시대의 이야기
이야기의 시대

시대의 이야기, 이야기의 시대
이야기로 읽는 한국 현대사

2015년 8월 30일 초판 1쇄 펴냄

펴낸곳 (주)도서출판 **삼인**

지은이 신형기
펴낸이 신길순
부사장 홍승권
편집 김종진 김하얀
미술제작 강미혜
총무 정상희 함윤경

등록 1996.9.16 제10-1338호
주소 120-828 서울시 서대문구 성산로 312 북산빌딩 1층
전화 (02) 322-1845
팩스 (02) 322-1846
전자우편 saminbooks@naver.com

제판 문형사
인쇄 수이북스
제책 은정제책

ISBN 978-89-6436-101-6 93810

값 18,000원

이야기로 읽는
한국 현대사

시대의 이야기 이야기의 시대

신형기 지음

삼인

책 머리에

이 책은 1945년 8월 식민지조선이 '해방'된 이래의, 이른바 한국 현대사라고 하는 시간을 통해 반복해 쓰이고 널리 읽혔던 이야기들을 되돌아본 것이다. 시대의 문제적 국면들에서 그와 맞닥뜨린 사람들의 생각과 기대, 그리고 길 찾기의 과정을 담아낸 이야기들을 다루었기에 책 제목을 '시대의 이야기'라고 했다. 나아가 그 이야기들이 세상을 기왕과는 달리 보고 사람들로 하여금 자신들이 누구인가를 다시 생각하게 함으로써 시대를 주도했다고 보았기에 '이야기의 시대'라는 제목을 덧달았다. 역사적 진동에 반응하며 대중을 향해, 혹은 대중에 의해 발화된 이 심각한 이야기들이야말로 시대를 만들어간 주인공이 아니겠느냐는 생각에서였다. 한국 현대사의 중요한 고비들에서 변화를 내다보거나 초래한 이야기의 동력학을 살피는 일은 또한 역사 서술의 방법일 수 있을 것이다. '이야기로 읽는 한국 현대사'라는 부제를 붙인 이유다.

이야기를 해독하여 의미를 해석해내고 그 의의를 평가하는 일은 비평적 작업이 되지 않을 수 없다. 이 책은 이야기에 대한 비평으로 쓰였다. 그런데 세상을 보는 창(窓)이자 자기정체성을 구성하는 좌표의 역할을 함으로써 시대를 만들어간 이야기라면 그것은 중요한 역사적 자료일 수밖에 없다. 사료(史料)로서의 이야기에 대한 비평은 이야기의 작용을 추적하고 검토하게 될 터여서 역사적인 사건의 발발과 그 경위에 대한 인과적 설명이 될 가능성도 있다. 사람들의 생각을 바꾸고 새로운 미래를 열어 보인 이야기를 통하지 않고 혁명적 변화는 진행될 수 없었으리라. 그러나 한편으로 이야기에 의한 상징적 투사(投射)가 현실의 모습을 일정하게 고착시키고 점유하게 되는 경우 역시 드물지 않았다. 이야기 비평은 그러한 양상과 과정을 헤쳐 밝히는 작업이어야 할 것이다.

오늘날의 한국인들 대부분에게 자신들의 삶이 예전과 비교할 수 없이 유족해졌음을 일깨우는 이야기는 특별하거나 예외적인 것이 아닌 듯하다. 가난 속에서 갖은 곤경을 헤쳐 온 역정(歷程)에 대한 감회는 흔히 국가적으로 이룩한 경제적 '기적'을 대견해하는 결말에 이르고 만다. 이런 줄거리가 돌이켜 내는 과거는 오늘의 성과를 낳게 한 뜻 깊은 고난의 시간이 된다. 그러나 언제부터인가 광범하게 수용된 이 발전의 신화야말로 지난 시대의 삶을 자의적으로 단순화하고 결국 모호하게 만들거나 왜곡하는 이야기일 것이다. 이 책은 입장과 근원을 달리하는 이런저런 이야기들이 한국현대사를 통해 경합하고 충돌해왔음을 보여주려 한다. 갈래진 여러 이야기들이 반복하는 문법적 연속성은 물론, 서로 부딪칠 수밖에 없는 이야기들의 이질성을 밝히는 일은 역시 이야기 비평의 중요한 과제이리라.

이 책의 각 장들은 개별적인 글로 씌었지만 전체적인 구도 속에서 순차적으로 배열된 것이다. 연이어 읽을 수도 있고 발췌독도 가능하다.

각각의 글들을 발표하는 과정에서는 여러 사람들의 도움과 조언을 받았다. 특히 예리한 지적을 아끼지 않은 학문적 동료들인 김철, 윤해동, 이경훈, 김예림, 송은영, 임유경 선생께 감사한다. 당연히 이 책은 여러 선학들의 통찰들에 힘입은 것이다. 중요한 인용을 하거나 문제의식을 공유할 수 있도록 하여준 이봉범, 이진경, 권보드래, 유임하, 정종현, 천정환 선생께도 이 자리를 빌려 사의를 표하고 싶다. 이 책의 몇몇 장들은 연세대학교 국학연구원, 중국 중앙민족대학, 푸른역사아카데미 등에서 발표하는 기회를 통해 수정하고 보충할 수 있었다. 정근식, 후지이 다케시, 소영현 선생이 해준 중요한 코멘트가 큰 도움이 되었음을 밝힌다. 책의 출판은 또 삼인의 신세를 지게 되었다. 여러 분들께 그저 감사할 따름이다.

차 례

서론

한국 현대사의 이야기들

—

이 책이 대상으로 한 것은 수기나 일기, 르포르타주, 기행문, 혹은 문학작품 등이다. 이런저런 필자들에 의해 쓰인 여러 장르의 글들을 이야기[1]로 다룬다고 할 때 공통적으로 보아야 할 바는 서술자가 어떤 입장에서 어떻게 무엇을 말하고 있는가이다. 서술자가 없는 이야기는 있을 수 없으며 이야기란 어떻게든 서술자에 의해 꾸며지게 마련이다. 사건의 연쇄를 나름대로 선택하여 구성하고, 해석된 설명[2]을 삽입하는 등 서술자

1 여기서 이야기narrative란 명제proposition보다 상위의 단위이며 시간성temporality이 재현된 지시적 텍스트referential text를 가리킨다. 수기나 일기 등은 모두 시간성이 재현된 지시적 텍스트로 읽을 수 있다. 명제로 그치지 않는 사건들의 계기적 연쇄sequence는 이야기의 일반적 형태이자 요건이다.

2 이야기는 계기적 연쇄와 그에 대한 해석적 설명diegesis이 들어간 집합적 텍스트로 정의되기도 한다. Robert Scholes, "Language, Narrative, and anti-narrative", *On Narrative*, ed. W.J.T. Mitchell, Chicago University Press, 1981, pp. 205~206.

는 그의 이야기를 특별하게 만든다.[3] 두루 알려진 사건에 대한 이야기들도 누가 말하고 누구에게 초점을 맞추며 어떻게 사건이 이어진 계기적인 이유를 제시하는가에 따라 매우 다르게 쓰일 수 있다. 그러나 대체로 심각한 이야기를 하는 서술자는 여럿의 생각을 대변하거나 일반의 기대에 조응(照應)하지 않으면 대중을 향해 고백 또는 호소하는 입장에 서기도 했다. 심각한 이야기가 대상하는 심각한 사안이란 이미 공동의 문제일 수밖에 없었고 그런 만큼 그가 하는 이야기가 자신만의 이야기는 아니었기 때문이다.

두루 알다시피 이야기는 기억을 저장하고 세계에 대한 해석을 널리 퍼트리는 유력한 방법이다. 전혀 몰랐던 바를 이야기로 들어 알기도 하지만 이야기는 '알 수 있는 것, 또 알려진 것, 나아가 알게 되는 것 knowing, the known, the knowable'[4]을 다룬다. 여기서 알 수 있고 알게 되는 것이란 탐색을 통해 새삼스럽게 발견한다든지 잊혔던 바를 돌이키는 과정과 관련된다. 이는 이야기하는 행위가 넓게 역사적 공동성이라고 부를 만한 배경[5]을 바탕으로 이루어지기 때문일 터인데, 공동의 심각한 문제를 다루는 이야기라면 모두가 이미 알고 있거나 알게 되는 이야기일

3 모든 이야기에는 적어도 한 행위자agent가 있고 어떤 이야기이든 그것은 변형과 중개의 과정process of transformation and mediation을 거친 것이다. Oswald Ducrot, Tzvetan Todorov, *Encyclopedic Dictionary of the Sciences of Language*, trans. Catherine Porter, Johns Hopkins University Press, 1979, p. 297.

4 이야기narrative의 어원 gnâ(라틴, 그리스, 산스크리트어에서 공통적으로 발견되는)는 '알 수 있는 것을, 또 알려진 것을 아는 것 knowing, the known, the knowable'이라는 의미였다. 로만어의 narratio는 연설oration의 한 부분으로서 그 연설을 하게끔 한, 혹은 불가피하게 한 사실들facts에 대해 언급하는 것을 뜻했다. 즉 논란이 되는 사건의 배경에 대해 말하는 것이 narratio였다. Hayden White, "The Structure of Historical Narrative", *Clio*, vol. 1, number 3, June 1972, pp. 12~14.

5 노에 게이치, 『이야기의 철학』, 김영주 옮김, 한국출판마케팅연구소, 2009, 104쪽.

수밖에 없다. 특이 심삭한 이야기를 그야말로 심각한 이야기이도록 하려면 단지 어떤 사실만이 아니라 그 배경과 내력에 대한 이해를 환기함으로써 기왕과는 다른 국면이나 문제들을 부각하여 아는 바를 새롭게 해야 한다. 그럴 때 이야기란 보편적 경험을 바탕으로 여럿의 기대와 바람을 실어 세계 이해의 창조적 모형을 제시하고자 하는 매번의 시도가 된다.

이 책에서 다룬 수기나 기행문 등은 특별한 형식적인 의장(意匠)에 매이지 않으면서 필자의 실제 경험을 옮기고 마음의 깊은 속내를 고백하기도 하는 이른바 논픽션에 해당되지만 역시 문학적 형식이라고 해야 할 듯싶다. 예를 들어 장면 제시의 프레임이라든가 초점화의 양상은 서술자의 시점(視點)에 의한 허구적 여과(filtering)의 효과라는 관점에서 검토되어야 하거니와, 그렇게 진작되는 이야기의 흥미란 기본적으로 문학적인 것이기 때문이다. 이야기의 서술자는 말하는 내용의 진리성 여부를 확인하거나 검증할 의무를 갖지 않는다.[6] 어떤 서술자는 감정적 교감(empathy)을 유도하여 자신의 주장을 절실하고 마땅한 것으로 만든다. 이야기를 통해 발전되는 동감(sympathy)은 플라톤이 걱정했듯 지성이나 이성적 판단을 넘어설 수 있다. 때로 이야기의 진리성은 오히려 허구의 효과를 통해 구축된다. 대상을 감각적으로 구체화하고 그럴듯하게 재현해낼 때 이야기가 더욱 핍진하게 되는 탓이다. 이야기에 의한 소통 과정에서 미처 몰랐던 바를 깨우치고 기왕과 다른 생각을 하게 되는 것은 이야기가 제공하는 정보 때문만은 아니다. 이야기 분석이 이 허구의 효과를 놓쳐서는 안 되는 이유가 여기에 있다.

6 허구의 언술이란 가장된 주장pretended assertion 이다. 이야기가 허구적 형식이라면 화자는 언술의 진리성에 대한 증거를 제공해야 하는 책임이 없다. Searle, J., "The logical status of fictional discourse", *Expression and Meaning*, Cambridge, 1979, p. 58.

심각한 이야기가 대중의 이목을 모으면서 큰 영향을 끼친 이야기라면 역시 어떻게 그럴 수 있었는지가 논의되어야 한다. 즉 왜 그 지점에서 그런 이야기가 기획되거나 쓰였는가를 묻고 답해야 한다는 뜻이다. 어떤 이야기가 널리, 혹은 빠르게 수용되었던 데는 적극적인 동조를 가능하게 하는 요소와 조건들이 작용했을 것이다. 논쟁적인 전망을 제시하는 경우엔 특별한 증거들에 대해 관심을 기울이게 하는 서술자의 목소리에 유의해야 할 필요도 있다. 의도적으로 선택된 대상을 앞세우고 (결과적으로 보이지 않는 부분은 숨기며) 특별한 메시지를 거듭해 조형(造形)하는 이야기는 분명히 이데올로기적 형식이다. 이야기를 하는 것이 대상의 의미를 고정시키는 이데올로기적 총체화를 통해 그 안에 자신을 위치시키는 '체험'[7] 이라면 일정한 이야기의 지속적인 반복 내지 증식은 일정한 이데올로기가 확산되고 그에 의한 장악이 진행되는 현상이다. 심각한 이야기들이 쓰이고 읽힌 경위를 살필 때 드러나게 될 것은 이데올로기적 지형(地形)과 그 움직임이다.

모든 이야기는 읽는 사람들로 하여금 그것이 취하는 태도나 말하는 내용에 대해 어떤 위치에 설 것을 선택하게 한다. 가볍게 흘려듣거나 반신반의하는 정도로 지나칠 수 있는 이야기가 아닌 한 이 선택에는 고심이 따른다. 이야기가 의미하는 관계 안에 어떻게 위치하느냐에 따라 형성되는 것이 이야기 정체성(narrative identity)이다. 이야기에 대한 위치 잡기는 기왕의 세계 이해라든가 이미 영향력을 갖는 도덕적 질서 내지 사회적 규범 등에 의거하게 마련이지만 다른 선택이 불가능하지는 않다.[8]

7 슬라보예 지젝, 『이데올로기라는 숭고한 대상』, 이수련 옮김, 인간사랑, 2002, 170쪽.
8 가브리엘레 루치우스 회네, 아르눌프 데퍼만, 『이야기 분석』, 박용익 옮김, 역락, 2006, 35쪽.

심각한 이야기는 여러 사람들에게 절실한 이야기였거나 절실한 이야기가 된 것이다. 심각한 이야기 중에는 대중의 이목을 모아 그 내용을 믿고 따르며 어떤 대의를 위해 헌신케 한 경우도 있다. 그러나 이야기에의 몰입이 자연스럽게만 일어나는 현상일 수는 없다. 외부적인 조건의 강제 때문에, 혹은 집단적인 트라우마 내지 욕망, 특별한 정서적 메커니즘이 작용하여 특정한 이야기가 마땅하고 필연적인 것으로 받아들여진 상황에선 그에 쉽게 동의하지 못하는 사람들조차 자신의 거취를 고민해야 한다. 만약 지배적인 영향력을 갖는 이야기에 의해 구성원의 정체성이 규정된다면 위치잡기는 그 속에서 일정한 자리와 지분을 확보하려는 경쟁으로 나타나게 될 것이다. 결국 심각한 이야기란 일종의 화용론적 공조를 통해 어떤 방식으로든 집단적인 결속을 창출해 사회 형성과 역사 변화에 지대한 영향을 끼친 이야기를 이른다. 심각한 이야기가 어떻게 작동/작용해갔고 그 결과는 무엇이었는가를 살피는 것 또한 이 책의 과제이다.

세계상을 주조(鑄造)하는 심각한 이야기가 반복적으로 회자되어 그 내용에 대한 해석과 도덕적 설명이 부연, 확대되면서 구성원의 정체성을 규정하고 장악하게 되는 결과는 정형화된 코드라 할 이야기 문법의 영향력이 크게 작용한 때문으로 설명될 수 있다. 물론 이는 바람직한 경우가 아니다. 특정한 문법의 지배는 이야기되는 내용과 경로를 일정한 방향으로 유도, 고착시킴으로써 다른 이야기의 가능성을 제한하기 때문이다. 한국 근현대사에서 끊임없이 재생산되어온 민족 이야기(nation narrative)는 다양한 형태로 수용되고 전이된 거대한 문법 그 자체여서 해방과 혁신의 이야기를 펼치기도 했지만 지배 권력을 유지하고 강화하기 위한 이야기적 구속의 수단이 되기도 했다. 이 책은 대중에게 회자된 심각한 이야기들이 어떤 문법적 기반을 갖는가를 분석하려 했다. 이야기의 심부에서 작동하는 문법이 이야기를 통한 비판과 성찰의 노력을 차단해버린다면 그 문법이야말로 근원적인 권력기구가 아닐 수 없다. 외부의 어떤 것도 부정하면서 유일한 세계를 세우는 지배적인 문법은 가장 폭력적인 주권자라고 할 만하다. 특정한 이야기 문법에 의해 지배되는 사회는 이야기의 자유(narrative freedom)를 갖지 못한 사회이다. 이야기의 자유가 정치적 자유의 중요한 조건일 수밖에 없다는 사실은 시대의 이야기(이야기의 시대)를 되돌아보는 이 책이 잊지 않고 환기하려는 바다.

이 책은 서문을 제외하고 모두 9장으로 되어 있다. 각 장들은 시대적 순서로 배치되었다. 해방 직후부터 이른바 산업화시대에 이르는 과정에서 쓰이고 읽힌 대표적이고 심각한 이야기들, 즉 역사적 흐름의 향방을 가리키고 변화의 전기를 마련하거나 사회와 사람들을 만들어간 이야기들을 분석한 것이다.

1장의 「인민의 국가, 망각의 언어」에서는 해방 직후 건국의 비전으로서의 '인민의 국가'를 향한 바람과 기대를 표현한 기행문들을 다루었다. 식민지시대 말기 중국 연안(延安)으로의 탈출 여정을 돌이킨 김태준의 「연안행」(1946~1947)과 김사량의 「노마만리」(1946~1947)는 경탄으로 가득 찬 이태준의 『소련기행』(1947)과 더불어 인민의 국가가 인민을 해방시켰다는 예증(例證)을 제시하려 한 기행문들이다. 중국 공산군이 확보한 해방구의 풍경이나 사회주의 국가 소련의 이모저모를 인민이 자유롭고 평등하게 된 새로운 앞날의 모습으로 그려낸 이 기행문들은 이제 인민이 주인이 되는 인민의 국가를 건설해야 한다는 대중적 바람에 부응했다. 인민의 국가 건설은 이들 이야기 안에서 마땅한 과제이자 성취해야 할 역사적인 필연으로 간주되었다. 1948년 4월의 이른바 '남북연석회의'의 취재차 38이북을 방문했던 온낙중의 『북조선기행』(1948)이나 서광제의 『북조선기행』(1948), 그리고 김동석의 「북조선의 인상」(1948) 역시 이북을 인민의 국가 — 도덕적 근대화가 실현되고 있는 곳으로 그렸다. 한결같이 김일성의 지도력을 예찬한 이 글들에 의하면 이북의 발전은 무엇보다 이 특별한 지도자에 의해 가능했던 것이었다. 그러나 토지개혁 등을 시행함으로써 인민을 거듭나게 한 인민의 국가의 탄생이 김일성이 이끄는 혁명적 무력을 '산파(産婆)'로 하여 가능했다는 이야기는 인민이 누구인가를 구획하는 것이었다. 인민은 김일성에게 땅을 받은 농민들이며 그가 이끈 민주적 개혁조치를 통해 거듭난 사람들을 가리켰다. 특별한 주권자에 의해 인민이 누구인가가 규정된 상황에서 과연 그 인민은 새 국가의 주인일 수 있었던가? 이 글은 인민의 국가 건설에 대한 이야기가 만들어간 인민의 국가는 실제로 어떤 것이 되었는지를 묻고자 했다.

2장 「이야기의 역능과 김일성」의 논지는 김일성이 북한의 지도자가 되는 데 항일무장투쟁의 전력이 아니라 그에 관한 이야기가 결정적인 역할을 했다는 것이다. 해방 직후 '민족'이나 '독립', '민주주의'와 같은 말이 대중의 기대와 바람을 장악한 지배기표(master signifier)가 되었던 상황에서 김일성에 대한 이야기는 그를 이 지배기표들과 묶어냄으로써 민족해방의 아이콘으로 만들었다. 이 글은 김일성의 항일무장투쟁 이야기가 요구한 '경애의 나르시시즘'(김일성을 우러름으로써 허구적인 동일성을 기대한)을 분석함으로써 그가 단지 정치 지도자만이 아니라 정신적이고 도덕적인 지도자가 되었던 이유와 경위를 밝혔다. 이어 김일성과 그의 무장투쟁을 그리는 틀을 구체화한 조기천의 장편서사시 『백두산』(1947)의 독해를 통해 경애의 나르시시즘이 하나의 스펙터클을 만들어내고 스펙터클이 위대한 지도자를 우러르게 한 메커니즘을 분석했다. 이 글이 궁극적으로 문제시한 것은 (정치적) 주권의 소재이다. 김일성을 영웅으로 만든 이야기가 그의 권력적 군림에 선행하였다면 이야기야말로 주권의 거처가 되고 만다.

3장인 「해방 직후의 반공 이야기와 대중」은 해방 직후 38이남에서 쓰이고 통용된 반공 이야기의 내용과 의미를 밝힌 글이다. 미군정에 의해 통치된 38이남은 반공반소를 통해 세계를 장악하려는 '탈식민의 제국주의(imperialism of decolonization)'가 관철되었던 공간이었다. 아직 세워지지 않은 국가의 법이 된 반공은 도의적으로 공산주의(자)를 질타하거나 국제정치의 냉엄한 현실을 일깨워 대중의 경각을 요구하는 현실주의에 입각했다. 잡지 『이북통신』(1946~1948)은 소련군의 '만행'을 고발함으로써 공산주의의 악마적 폭력성에 대한 공포를 조성하는 한편, (공산주의에 의해) 오염된 부분을 과감하게 삭제해야 한다는 민족적 초자아의 명령을 부과한다. 도덕론과 이족혐오(Xenophobia)에 입각한 민족 이야기가 반공 이야기에 습용되었던 것이다. 반공이 반마르크시즘이나 반볼셰비즘뿐 아니라 반이북, 반소비에티즘, 혹은 반러시아를 의미했던 이유는 여기에 있다. 한편 군정청 공보부 여론국에서 발행한 잡지 『민주조선』(1947~1948)은 민주주의를 실현하는 조건으로 '민중의 자기반성'을 요구한다. 이 간행물의 중심 필자들은 민주주의와 공산주의가 '문명화'의 수준에 따라 구획된다는 관점을 좇아 '민지'의 향상을 강조하지만, 결국 역설적이게도 민주주의 불가론에 도달한다. 채만식이 소설 「도야지」(1948)에서 언급하고 있듯 반공은 순종하지 않는 대중을 상대로 한 추방령이었다. 누구든 언제라도 추방의 대상이 될 수 있는 공포상황은 국가의 절대적 군림을 가능하게 했다. 빨갱이를 배제해야 하는 긴급한 상황을 통해 주권권력이 작동했기 때문에 주권권력의 작동을 가능하게 한 반공(예외상태를 지속시킨)은 이 국가의 '국시'가 될 수밖에 없었다.

4장 「6.25의 이야기 경험」은 『자유공화국 최후의 날』(박계주, 1955), 『고난의 90일』(유진오 외, 1950), 『적화삼삭구인집(赤禍三朔九人集)』(양주동 외, 1951) 등을 대상으로 전쟁 수기의 이야기 경험(narrative experience)에 대해 논의한 것이다. 전쟁 수기들은 대부분 반공 수기였는데 여기서는 반공의 내면화를 이야기 경험의 효과와 관련하여 설명하고자 했다. 반공 수기가 반복한 반공 이야기는 공산당의 만행을 그려냄으로써 공포 — 적의를 북돋았다. 생존자가 돌이켜 낸 참혹한 학살의 장면은 공포의 경험에 몰입하게 함으로써 그 경험을 재단(裁斷)하고 전파했다. 공산주의를 겪은 고난의 증인들에게 국가는 공산주의와 공산당으로부터 자신들을 살려낸 구원자였거니와, 그들은 반공투사로 거듭나는 것이 구원의 조건임을 보여주었다. 그러나 반공 수기로서의 전쟁 수기는 전쟁을 통해 저질러진 폭력을 타자화함으로써 그에 대한 성찰을 어렵게 했다. 나아가 문제는 폭력의 타자화가 줄곧 자의적 폭력에 노출되지 않을 수 없었던 사람들로 하여금 자신들이 놓인 무법상태를 외면하고 용인하도록 했다는 점이다. 폭력에 대한 편향된 불감증은 한국전쟁의 이야기적 재현이 전후 한국 사회와 대중들에게 미친 영향의 하나다.

5장 「4.19와 이야기의 동력학」은 4.19 당시에 쓰이고 출간된 수기들을 통해 4.19 이야기의 작용과 효과를 살핀 것이다. 4.19 이야기를 하고(쓰고) 들은(읽은) 사람들은 그들이 나눈 사건의 정황과 줄거리, 그리고 그를 통해 새롭게 환기되었던 국면들 안에 자신들을 위치시켰다. 4.19 이야기가 쓰인 과정은 그들의 의거가 혁명이 되는 과정 — 혁명적 시민대중이라는 주체가 상상된 — 과 분리되지 않는다. 그렇기 때문에 이 글은 혁명의 전개와 그 성과를 4.19 이야기의 전개를 통해 설명하고자 했다. 4.19는 불의의 폭력에 맞서 정의를 세우는 이야기로 시작하여 희생자들을 애도하는 이야기로 씌었다. 4.19 이야기에서 '우리'의 형상은 폭정을 혐오하며 주권을 확보하려는 '의로운' 우리로 묘사되었다. 시위에 앞장선 순수한 청년학생들은 이를 대표했으나 '우리'가 어떻게 구성되어야 하는가에 대한 협상은 모호한 수준에 머물렀다. 개혁을 주도할 주체를 구체화하지 못한 것이다. 희생자를 애도하는 이야기는 으레 국가에의 헌신을 요구했는데, 혁명이 국가를 위한 혁명으로 규정되면서 국가의 발전은 혁명의 과제가 되었다. 결과적으로 4.19가 외친 민주주의는 국가발전의 기획으로 한정되기에 이른다. 국가의 '도덕적' 번영에 대한 기대가 4.19의 한 귀결이었다고 할 때 누대의 빈곤을 물리치고 '민족중흥'을 이룰 청렴하고 강직한 국가지도자의 등장은 이미 고대되고 있었다고 보아야 한다. 스스로 혁명을 완수할 주체를 참칭한 5.16군사쿠데타 세력의 정치적 등장은 4.19 이야기의 헤게모니에 편승한 결과였다.

6장 「혁신담론과 대중의 위치」에서는 4.19 이후 확산된 혁신담론을 검토함으로써 5.16군사쿠데타를 겪은 후 이른바 '민정이양'(1963)까지 혁명이라는 주제가 어떻게 언급되고 소통되었던가를 조명했다. 혁신담론의 대상은 대중이었다. 즉, 그것은 대중이 누구이고 어떤 문제를 안고 있으며 따라서 어떻게 무엇을 해야 하는가를 이야기하는 공공적인 기투(企投)의 형식을 취하게 마련이었는데, 4.19 이후 혁신담론의 내적 논리를 구체화한 것은 대학생들을 중심으로 한 '신생활운동'이었다. 신생활운동은 대중을 상대로 의식과 생활의 혁신을 꾀했다. 그것은 '피해대중'의 입장에서 혁신을 위한 마땅한 강제를 시행하려 했고 이를 가능하게 하는 혁명적 예외상태(state of exception)의 지속을 요구했다. 그러나 '거리의 사치를 청소한다'는 행동방침을 앞세운 계몽대의 활동은 '선의의 남용'으로 비판받는다. 5.16군사쿠데타 이후 쿠데타 세력이 국가재건프로그램의 일환으로 시작한 재건국민운동은 혁신담론을 전유한 것이었다. 재건국민운동은 신생활운동에서처럼 대중의 정신개조와 내핍을 통한 생활합리화, 경제적 독립, 후진국을 벗어나는 근대화를 목표로 했다. 그러나 재건국민운동이 앞세웠던 것은 반공이어서 신생활운동이 가른 피해대중과 소비대중의 구획은 무시되고 만다. 국민으로의 통합이 명령되었던 것이다. 재건국민운동은 긴급의식을 강조함으로써 군사주의를 수용했고 결과적으로 특별한 지도자의 등극을 정당화했다.

7장 「베트남 파병과 월남 이야기」는 한국군의 베트남 파병이 이루어진 당시에 출간된 베트남 현지의 특파원보고서와 종군기, 혹은 참전자의 수기 등을 분석하여 월남 이야기를 비판적으로 조명한 것이다. 월남 이야기의 임무는 베트남(전)을 바라보는 대중의 시선에 부응하면서 국가적 스코프를 구체화하는 데 있었다. 베트남전은 무엇보다 반공전쟁으로 간주되었다. 그리고 반공전쟁은 개발을 동반하거나 추구해야 했다. '자유수호의 십자군'으로서 반공전선에 나선 한국군은 한국을 해외로 '진출'하게 한 조국재건의 역군으로 묘사되었다. 베트남에 온 한국인들이 한국의 발전을 자부하는 이야기들은 베트남을 역시 개발의 대상으로 한정했다. 한국군이 우대를 받는 전장은 인종적 위계가 조정되는 공간으로 그려지기도 한다. 한국군(인)이 베트남인과는 차별되는 거인('황색의 거인')으로 자칭되었던 것이다. 그러나 실제로 베트남의 전장에서 한국군이 확인해야 했던 것은 군사 프롤레타리아로서 팔려온 자신들이 견뎌내야 하는 열악한 처지였다. 과거 한국군이 베트남에서 무슨 일을 했던가는 아직도 논쟁의 대상이다. 이는 월남 이야기가 통용되었던 한국 사회에 대한 역사적 성찰이 이루어지지 않은 결과일 것이다.

8장 「식민지시대 계몽(개척)소설을 통해 본 새마을운동 이야기」는 1970년대의 새마을운동 수기를 식민지시대에 쓰인 농촌을 무대로 하는 소설들 — 이광수의 『흙』(1933)과 심훈의 『상록수』(1935), 그리고 이기영의 『고향』(1934) 및 『처녀지』(1944)를 통해 검토해본 것이다. 새마을운동은 농촌마을 구성원이 마음의 총화로써 공동체적 쇄신을 이루어 개발을 수행할 것을 요구하면서 자력갱생을 그 방침으로 내세웠다. 『흙』과 같은 소설들 역시 자력갱생을 농촌 쇄신의 원칙으로 제시했다. '살여울'을 잘 사는 공동체로 만들려 한 '허숭'(『흙』)의 노력은 이광수가 언급한 민족개조의 기획을 상상적으로 개진한 의미를 갖지만, '현 사회조직'이 허용하는 범위 안에서 농촌의 쇄신을 도모한 자력갱생의 꿈은 애당초 국가의 기획 안에 있었다. 농촌공동체가 총동원을 위한 국가기구의 공공성에로 포섭되게 마련이었다면, 허숭과 같은 인물은 국가의 사업을 대행한 형상이 되고 만다. 이기영의 『처녀지』(1944) 역시 특별한 대안적 공간으로서 농업공동체 건설의 전망을 제시했지만, 주인공 '남표'가 도모하는 개척은 현실적으로 만주 오지의 조선인 마을을 제국에 편입시키는 방법이었다. 농촌개척을 위한 남표의 지극한 성심이 제국에의 봉공(奉公)으로 나아간 이유는 공동체적 쇄신으로 획정되는 공간이 국가에 의해 재허(裁許)될 수밖에 없고, 그렇다면 국가의 보장을 받아야 한다고 생각했던 결과로 보인다. 즉 그가 이룩하려 한 공동체는 국가의 형식에 종속된 것이어서 그의 단호하면서도 심각한 형상은 이미 통치의 절대성을 구현하고 있었다. 농촌의 공동체적 쇄신과 국가의 쇄신을 포함되는 부분과 포함하는 전체의 관계로 놓는 구도는 농촌이 자력갱생으로 국가적 총화체제를 구축해야 한다고 요구한 새마을운동에서 그대로 재연되었다. 새마을운동 수기는 이니셔티브를 행사하는 특별한 농민인 지도자의 관점을 관철시킴으로써 공동체적 쇄신을 통해 농민의 지위를 높이는 국가적 '멤버십 획득'의 과정을 보여주었다. 그런데 새마을의 새 농민이 낙후한 피해대중의 위치를 스스로 벗어나 새 국민으로 정위되어야 했다면, 이 이야기에 의빙된 농민의 욕망은 농촌에 머물 수 없었다. 더구나 농촌의 개발이 산업화라는 국가적 개발의 방향을 거스를 수 있는 것이 아닌 한 자력갱생은 농촌을 잘 사는 공동체로 지켜내는 방법일리 만무했다.

마지막 장인 「전태일의 죽음과 대화적 정체성 형성의 동학」은 전태일의 죽음을 전한 전태일 이야기가 읽히고 쓰인 대화적 관계의 역사적 의미를 살펴보려 한 것이다. 전태일 이야기에서 전태일은 노동자를 위해 순교를 감행한 신화적 인물로 그려졌다. 전태일 이야기를 어떤 입장에서 어떻게 읽느냐는 이야기 정체성을 형성하고 획득하는 경로이자 방식이 되었다. 전태일 이후 1970년대 후반부터 쓰이기 시작하는 노동자 수기들은 일정한 위치에서 전태일 이야기를 읽은 산물이다. 몇몇 수기들이 보이는 반성적 플롯은 위치잡기의 양상과 효과를 보여주는 것이다. 반성의 플롯은 변혁을 위한 대항권력의 형성을 요구했지만 조직화와 지도/학습을 위한 권력적 위계화를 받아들이는 경로가 되기도 했다. 예를 들어 1977년 발표된 유동우의 수기 「어느 돌멩이의 외침」이 역설한 도덕적 공동체를 묶어낼 필요는 국가주도의 경제개발을 도모하는 입장에서 운위된 공동체적 결속의 요구와 차별되지 않는다. 그러나 노동자들이 품성의 공동체를 이룩해가는 이야기는 노동자들 간의 지도와 배움의 가능성을 타진한 것이기도 했다. 이렇게 확보되는 도덕적 자발성이 '민중적' 정체성의 한 부분을 이룬다고 할 때, 품성의 공동체 — 민중의 상상은 공동체의 쇄신을 말하는 국가담론을 재맥락화함으로써 그 이데올로기적 내용을 탈구축하려는 것이었다고 말할 수 있다.

한국 현대사를 통해 쓰이고 읽힌 심각한 이야기들이 결국 한국을 오늘에 이르게 하고 오늘의 한국인들을 만들었다면 이 이야기들을 꼼꼼히 재독함으로써 우리는 우리 자신과 대면하는 기회를 가질 수 있을 것이다. 누구나 자신의 얼굴을 꼼꼼히 뜯어보려 했을 때 낯설고 때로는 당혹스러워 오히려 외면해야 했던 경험이 있으리라. 그러나 자신의 민낯과 마주하는 것은 피할 수 없고 피해서도 안 되는 일이다. 깊은 주름들과 굴곡진 안색(顔色)을 읽는 문해력은 앞날을 내다보기 위해 절실히 요구되는 능력이다. 여러 독자들의 거침없는 질정을 바란다.

제**1**장

인민의 국가, 망각의 언어

— 인민의 국가를 그린 해방 직후의 기행문들

1 말의 해방과 인민의 해방

2 새로운 중심을 향하여

3 현실정치적 상황

4 38이북 — 도덕적 근대화

5 지도자의 인상

6 인민, 망각의 언어

7 혁명적 무력에 대한 단상

1

말의 해방과 인민의 해방

1945년의 해방은 또한 말의 해방이었다. 식민지배 장치였던 일본어의 구속이 작동을 멈추었을 뿐 아니라 이전에는 할 수 없었던 말을 해도 되었기 때문이다. 무엇보다 '조선말'을 회복하게 되었다는 사실은 사람들로 하여금 마침내 압제에서 벗어났음을 실감케 했으리라. 말의 해방이 갖는 의의는 말하는 자유가 곧 생각하는 자유를 신장한다는 점에 근거한다. 말하는 자유가 보장되는 가운데 말/생각의 잠재력은 발양될 터였다. 나아가 그럴 때 사람들은 세계의 모습을 새롭게 구성해내고 그 속에서 자신들이 서야 할 위치를 조정해낼 수 있었다. 말의 해방을 통해 비로소 실존적 선택은 가능했다. 이런 의미에서 자연스러운 '모어(母語)'를 되찾은 일이 말의 해방을 진정한 해방이게끔 하는 충분조건은 아니었다. 말을 통해 탐색의 영역을 넓히고 깊이를 더하는 부단한 기도 없이 말의 해방은 담보될 수 없었다. 과연 해방된 말 앞에는 해방이라는 예상치 못한 실재의 현현을 감당해야 한다는 다급한 과제가 던져져 있었다. 정녕코 눈을 가리고 입을 막은 구속의 시간에서 벗어났다면 이제 맞닥뜨려야 할 것은 진실이었다. 말의 해방은 한국인들이 자신들의 과거와 자신들을, 그리고 현재의 처지와 미래를 성찰적으로 헤아려 말하려는 노력으로 이어져야 했다. 이 글은 해방된 말들의 궤적을 뒤좇으려는 것이다.

1945년의 해방은 흔히 도덕적이거나 역사적인 필연성의 결과로 규정되었다. 다르지 않은 입장에서 해방은 마땅히 그간 억압과 수탈을 당해온 인민의 해방이어야 함이 언급되었다. 인민이야말로 해방된 말이 언급해야 할 실재이며, 인민의 해방을 말하지 않고 해방의 진실을 구체화할 수 없다는 생각이었다. 해방을 가능케 한 세계사적 흐름이 '민주주의'로 통칭되었던 가운데 인민은 도덕적 법칙에 입각해 자유를 실현할 민주주의의 주체로 지목된 것이다. 칸트는 인간의 자유로운 선택이란 도덕적인 정당성을 갖는 보편적 법(규범)을 발견하고 이를 (도덕적 삶을 통해) 실천함으로써 이루어진다고 생각했다.[9] 그에게 자유는 법의 발견이라는 목적적 행위를 하게 하는 조건이자 이를 통해 성취될 이상적 상태를 가리켰다. 그 경로는 언어였다. 인간이 도덕적으로 가장 원하고 그래서 말해야 하는 것은 진실이어서 자유는 진실을 말하려는 자유가 된다. 진실을 말하는 언어경험의 깊은 형식에서 자유는 발원할 것이었다. 이렇게 자신의 선택을 언어로 '철학화'하려는 인간은 도덕적 존재일 수 있고, 보편적인 법칙에 이르려는 철학은 그럼으로써 자유를 구체화한다는 것이다.[10]

칸트를 따르면 해방으로 가능해진 말의 자유는 곧 보편적인 법을 말하는 데 이르러야 하는 자유였다. 인민의 해방이 도덕적으로 가장 절실

9 임마누엘 칸트, 『실천이성비판』, 백종현 옮김, 아카넷, 2002, 92쪽 전후.

10 Dennis J. Schmidt, *Lyrical and Ethical Subjects; Essays on the Periphery of the Word, Freedom, and History*, State University of New York Press, 2005, pp. 79~80.

하고 정당한 일이라고 생각하는 입장에서 법을 말해야 하는 철학의 과제는 명백해진다. 그런데 인민의 해방이란 철학의 과제라기보다 집단적으로 획득해내야 할 역사적 과제였다. 칸트의 논변과는 달리 인민의 해방을 향한 선택은 그들을 억누르는 모든 억압을 철폐하려는 혁명적인 노력으로 이어져야 할 것이었다. 무엇보다 한반도가 미소에 의해 군사적으로 분할점령되었던 상황이 그저 철학이나 도덕적 삶으로 해결될 리는 만무했다. 1945년의 해방은 애당초 해방의 의미를 한정하고 있었다. 미군정 이외의 어떤 정치적 세력화도 부정한 맥아더의 포고(1945. 9.)는 한국인들이 또 다른 피지배 상태에 있음을 선언한 것이었다. 일제가 물러나 맛본 자유는 임시의 자유였으며 새로운 피지배를 앞둔 자유였다. 이를 문제시하지 않는 한 말의 해방은 해방일 수 없었다.

푸코는 자유가 불평등(그가 부언한 바로는 '비교되는 불평등')의 산물이라는 의견을 제시한 바 있다. 누군가의 자유는 누군가의 부자유에 의해 제공된다는 뜻이었다.[11] 이런 의미에서 식민관계는 말할 필요도 없이 불평등한 관계이다. 식민자와 피식민자 간의 불평등을 제도화하여 식민자의 자유를 확보하려는 것이 식민 지배였다. 과연 일본인은 한국인과의 불평등 속에서 더 많은 자유를 누렸으며 한국인의 부자유를 바탕으로 자신들의 자유를 신장할 수 있었다. 그런데 한국인들이 그간 감당해야 했던 불평등한 관계는 1945년의 해방으로 해소되지 않은 것이다. 인민의 해방은 그들을 결박한 불평등한 관계를 철폐함으로써 달성될 목표였다. 해방 직후 한국인들이 바라고 요구해마지 않은 '독립'이란 이러한 불평등으로

11 Michel Foucault, "Society Must Be Defended", Lectures at the College de France 1975-76, Edited by Mauro Bertani and A1essandro Fontana, General Editors: François Ewald and A1essandro Fontana, Translated by David Macey, Picador, New York, 2003, pp. 157~158.

부터 벗어나려는 열망의 표현이었다고 읽어야 한다.

식민지의 시간이 국가주권을 빼앗긴 상태로 돌이켜졌던 상황에서 독립은 국가적 독립이 아닐 수 없었다. 국가주권을 되찾는 일, 곧 주권국가의 수립은 해방을 맞은 한국인들의 우선적 과제가 되었다. 독립에의 열망이 국가주권을 향한 열망으로 나타났던 것이다. 해방이 인민의 해방이어야 한다고 할 때 새로 세워질 주권국가는 마땅히 인민의 자유를 보장하는 국가여야 했다. 독립을 바라는 입장과 장차 세워야 할 국가가 인민의 국가여야 한다는 생각은 독립과 인민의 해방이 서로를 필요조건으로 한다고 여기는 한 불가분의 것이었다. 나아가 인민의 국가가 인민들 사이에 어떤 비교되는 불평등도 있어서는 안 되는 국가이고 그렇게 인민들의 단합된 총의로 이룩될 국가라면, 그것은 과거의 인종적 차별은 물론 한국인들 사이에 역시 엄존했던 계급적이거나 신분적인 위계를 무너뜨리는 위에서 수립되어야만 했다. 한국인들이 기왕에 경험해보지 못했던 민주주의는 이렇듯 내외부적 불평등이 지양될 때 구성원 대다수가 자유로울 수 있으리라는 기대로 표현되었다. 나아가 평등이 단합을 공고히 할 것이므로 인민들의 평등한 단합이야말로 민족적 단합을 가장 유효하게 만드는 형태이게 마련이었다.

그러나 인민적 단합에의 기대는 이내 좌초하고 만다. 신탁통치 문제에 대한 대응을 두고 이른바 좌우의 대립이 격화되면서 인민들 사이에 서로를 배제하는 구획선이 그어지기 시작한 것이다. 독립과 주권, 그리고 자유에 대한 생각의 차이는 점차 좌우의 극성화를 좇아 크게 벌어진다. 예를 들어 극단적 반공의 입장은 소련과 미국으로 세계를 가르는 냉전적 구획에 따라 공산주의와 민주주의를 대별하는 것이어서, 독립에 대해서도 독특한 해석을 안출해냈다. 독립이란 무엇보다 공산주의를 물리쳐 이룰 일이기 때문에 국가주권을 확보하기 위해서는 미국에 의존해야 한다는 역설적 주장이 그 하나다. 자유 또한 오히려 이 불평등한 관계 속에서만 보장될 수 있는, 상대적인 우위의 상태를 가리키는 말로 사용했다. 즉 '자유진영'이라는 반공블록에 얼마나 공고히 귀속되느냐의 정도에 따라 자유는 주어질 수 있다는 궤변이었다.

좌우 대립이 심화되면서 인민의 국가를 운위하는 일은 빠르게 좌익의 아이템이 된다. 결과적으로 반공의 압박에 맞서 이념적 결속을 공고히 하는 것이 인민의 해방—자유를 전취하는 길로 여겨질 수 있었다. 인민의 국가 건설을 열망한다면 이데올로기적 적대자들을 단호히 분쇄해야만 하는 상황이 되고만 것이다. 좌우는 모두 민족을 앞세웠지만 물론 그 민족에 적대적 상대는 포함되지 않았다. 인민은 어느덧 그에 포함되고 배제됨을 가르는 경계선의 언어로 쓰였다. 그렇다고 인민이 인민임을 식별하는 주권적 주체의 자리에 올랐던 것은 아니다. 주권이란 구성원들이 결속함으로써가 아니라 장악(enslave)됨으로써 형성된다고 푸코는 지적한 바 있다.[12] 포함/배제를 결정하는 권한의 소재가 구획되는 구성원들을 장악하는 장소였다면 인민의 국가를 향한 바람의 전말을 살피기 위해서는 그 장소가 규명되어야 할 필요가 있다.

이 글은 해방 직후 쓰인 몇몇 기행문[13]을 대상으로 인민의 국가에 대한 기대가 어떻게 표현되었는가를 조명하려는 것이다. '인민의 국가'로

12 Ibid, p. 69. 이 강연에서 푸코는 그 경위를 간단히 다음과 같이 설명했다. '민족이 다른 민족과 싸우기 위해서는 왕이 필요하다. 왕은 민족을 구성하는 존재는 아니지만 민족의 지배자가 된다. 이것이 민족주권이 구성원들을 장악(enslave)하는 이유이다.' (p. 218)

13 연안으로의 탈출기인 김태준(金台俊)의 「연안행(延安行)」(『문학』, 1~3호, 1946~1947.: 『김태준전집 3』, 보고사, 1992)과 김사량(金史良)의 「노마만리(駑馬萬里)」(1946~1947)(『김사량 선집』, 국립출판사, 1955), 소련기행문인 이태준(李泰俊)의 『소련기행』(백양당, 1947), 그리고 38 이북을 대상으로 한 김동석(金東錫)의 「북조선의 인상」(『문학』 8호, 1948. 7), 서광제(徐光霽)의 『북조선기행』(청년사, 1948), 온낙중(溫樂中)의 『북조선기행』(조선중앙일보 출판부, 1948)이 그것이다.

간주된 중국 해방구와 소련, 그리고 38이북을 직접 보고 겪은 기행문들은 인민의 국가를 향한 바람이 실제로 성취된 모습을 전한다는 입장에서 쓰였고 또 그렇게 읽혔던 듯하다. 그런 만큼 해방된 인민의 상모를 그려내며 인민의 국가를 예찬한 이 기행문들에서는 여정을 기록하는 입장보다 대상을 구체적인 사실로 확인하려는 의도가 앞서고 있다. 필자들에게 중요한 것은 인민의 국가의 실재였기 때문이다. 이 글은 기행문들이 인민의 국가를 특정화하는(포함/배제를 통해) 과정에서 인민을 장악하는 주권권력의 소재가 드러날 가능성에 유의하려 한다. 인민의 해방은 인민의 국가를 세움으로써 성취될 것으로 여겨졌다. 그러나 인민의 국가를 말하는 이야기에 인민을 장악하는 주권권력이 관철되고 있었다면 그 이야기는 이미 지배 장치이기도 했다.

2

새로운 중심을 향하여

일본의 패전으로 해방을 맞은 조선인들에게는 과거와 다른 지역적 상상이 불가피했다. 무엇보다 '대동아공영'을 앞세우며 아시아의 맹주를 자처했던 일본이 제국의 기억을 지우고 미국의 지원 아래 단일민족국가로서의 정체성을 재정립해갔기 때문이다. 제국의 변방에 속했지만 대동아가 해체되어 다시 '일국'으로 설 가능성을 바라보게 된 한국인들은 새롭게 짜여가는 세계체제 속에서 기왕과는 다른 위치를 확보하려는 열망을 가질 수밖에 없었다.[14] 이태준(李泰俊)이 평양 조소(朝蘇)문화협회 사절

14 김예림, 「냉전기 아시아 상상과 반공 정체성의 위상학 : 해방~한국전쟁 후(1945~1955) 아시아 심상지리를 중심으로」, 『상허학보』 20, 2007. 6, 319쪽. 중국은 일본에 대항한 연대의 새로운 중심이 될 수 있었으나 '붉은 중국의 탄생이 아시아에 또 다른 분리선을 긋게 했다.'(322쪽) 이후 남한에서는 동양적 정체성을 부정시하는 입장에서 중국의 공산화를 비판하게 된다. 즉 중국의 공산화를 동양적 후진성의 증상으로 간주했다는 것이다.

단의 일원으로 1946년 8월부터 10월에 이르기까지 70여 일간 소련을 여행하며 쓴 기행문을 묶은 『소련기행』(1947)[15]의 서문에서 '어느 나라보다 중국과 소련을 가보고 싶었다'[16]고 술회한 부분 역시 이런 관점에서 읽을 필요가 있다. '새로운 시대정신'[17] 그 자체로 표상되었던 소련과, 여전히 내전 중이었지만 신생의 중국은 미국과 다른 인민의 국가로 간주되었던 것이다. 새로운 좌표가 절실했던 주변부의 지식인들이 이 인민의 국가들을 경이로운 새 세상의 출발점으로 보고자 했음은 다시 말할 필요 없다. 그들은 법이 올곧게 선, 평등하고 자유로운 국가의 모습에 대해 언급하고 싶었으리라. 새로운 중심을 향해 나아가는 추구(quest)의 기행은 인민의 국가를 향한 바람을 표현하는 글쓰기의 형태였다.

국학자이자 공산주의자였던 김태준(金台俊)이 해방을 맞아 써낸 「연안행(延安行)」(1946~1947)[18]과 「빛 속으로」의 작가 김사량(金史良)이 역시 해방 직후에 출간한 「노마만리(駑馬萬里)」(1946~1947)[19]는 필자들이 식민지시대 말기에 감행한 연안으로의 탈출 과정을 돌이켜 낸 것이다. 그들의 탈출은 단지 일제치하의 악착한 상황을 벗어나려는 선택이 아니었다. 두 탈출기의 필자들은 자신들이 갖가지 간난신고를 겪고 심지어 목숨을 위협받는 처지에 놓이기도 했음을 술회할 때도 한결같이 희망과 의지를

15 이태준의 소련기행문은 문학가동맹 기관지인 『문학』에 실리기도 했다. 「붉은 광장에서」, 『문학』 3호, 1947. 4.

16 이태준, 『소련기행』(백양당, 1947)의 '서'.

17 소련군을 해방군으로 예찬한 시편들에서 쓰였던 표현.

18 이 글은 좌익계 문학단체인 문학가동맹의 기관지 『문학』 1~3호에 연재되었다. 이 내용은 『김태준전집 3』(보고사, 1992)에 그대로 수록되었다.

19 김사량은 1946년 『민성(民聲)』지에 「종이 소동」과 「담배와 불」이라는 제목의 「연안망명기-산채기」를 발표한다. 이후 같은 잡지에 1946년 3월부터 1947년 7월까지 총 7회에 걸쳐 「노마만리-연안망명기」를 썼다. 그리고 1947년 10월 평양 양서각에서 단행본 『노마만리』를 출간한다. 여기서는 양서각 판본을 그대로 옮겼다고 보이는 『김사량 선집』(국립출판사, 1955)에 실린 「노마만리 — 항일중국기행」을 텍스트로 했다.

잃지 않는다. 이미 탈출의 동기와 과정이 낭만적으로[20] 그려졌거니와, 김사량의 경우는 일본 헌병의 검문을 받고 공습까지 당하는 등 그럴 수 없는 상황에서조차 '행복한 감정'을 느꼈다고 적고 있다.(34~36쪽) 탈출기가 이렇듯 기대로 부풀어 있는 것은 조직의 명령[21]을 받았다든지 나름의 목적이 있었기 때문이었겠지만, 필자들에게 자신의 목적지가 매우 의미 있는 공간이었다는 점을 역시 지적해야 할 듯싶다. 김태준의 연안행이 간고한 개인사의 불행을 떨치고 투쟁의 무대로 나아가는 선택이었던 것처럼 김사량의 탈출기는 무너져 내리고 있는 과거의 성사(城舍)를 버리고

20 김태준의 연안행은 일면 사적이고 돌발적인 선택으로도 그려지고 있다. 그는 자신이 경성콤그룹 사건(1941)으로 3년 여의 옥고를 치르는 동안 노모와 아내 그리고 어린 아들이 사망한 아픈 경험을 피력한다. 그런데 여기에 덧붙여지는 것은 상처 입은 사람들 사이의 로맨스다. 그는 같은 사건으로 투옥되었다가 출감한 박진홍(朴鎭洪)을 만나 그녀에게 연안으로의 동행을 요청했고 그녀가 수락함으로써 '결혼식 없는 부부생활이 지하에서 출발하였다'고 적고 있다. 소중한 가족을 잃은 상태에서 연안행은 혹독한 유형지를 벗어나는 의미도 있었으리라. 김태준이 박진홍을 찾은 것이 중차대한 임무를 수행하기 위한 혁명사업의 일환이었는지 아니면 연정 때문이었는지, 혹은 둘 다였는지 알 수는 없다. '신화적' 공산주의자 이재유(李載裕)의 아내였지만 역시 남편의 죽음(1944)을 맞아야 했던 박진홍이 김태준의 제안을 받아들인 이유 또한 그저 짐작만 해볼 일이다. 어쨌든 큰 상실을 당한 두 남녀가 '결혼하자마자 신혼여행으로 시작'한 것이 연안행이었다.

1945년 5월 '국민총력조선연맹'이 조직한 '조선출신 학도병 위문단'의 단원으로 파견되었다가 귀국길에 오르지 않고 북경을 떠나 연안을 향한 김사량의 경우 역시 스스로 그렇게 돌이키고 있듯 매우 낭만적이다. 이미 평양에서부터 헌병대의 감시를 받는 등 쫓기어 온 처지여서 차제에 '연안으로 들어가 싸움의 길에 나서겠다'는 결심을 실행하게 되었다는 것인데, 그의 탈출기가 희망과 기대로 부풀어 있는 것은 무엇보다 그에게 연안이 특별하고 새로운 장소였기 때문인 듯하다.

21 김태준은 또 연안으로의 탈출이 '공산주의자협의회'(1944년에 결성된 공산주의자들의 소그룹)가 연 '군사문제토론회(안악에서 열렸다는)'의 명령에 따른 것이었다고 술회한다. 그 명령은 '중국공산당의 수도 연안으로 가서 김일성, 무정 등의 동지들과 함께 국내에 대한 군사대책을 세워보라는 내용이었다는데, 남만(南滿)과 서북선(西北鮮) 산악지대를 이용한 유격대 활동을 모색해 보라는 지시였다고 그는 보태어 설명한다. 그러나 이 명령이 1941년부터 이미 소련으로 '퇴각'해 있던 김일성의 소재를 파악한 위에서 내려진 것인지는 알 수 없다.

역사적 지진이 시작되는 장소를 찾아가는 모색의 도정이었다.[22] 장개석의 국민당 정부를 인정치 않는 입장에서 연안의 해방구는 아직 세워지지 않았지만 이미 참다운 인민의 국가로 여겨졌던 것이다. 탈출은 이데올로기적으로 옳고 도덕적으로 비할 바 없이 우월한 피안의 이상향을 찾아가는 과정이었다. 탈출기의 주인공들은 부자유를 떨치고 억압의 경계를 넘어 자유를 확인하는 과정을 실연(實演)해 보였다. 필자들에게 해방구에 이르는 길이 그들의 영혼을 쇄신(刷新)하는 길이자 새롭게 탄생할 미래의 자신을 찾아가는 길이었다면, 「연안행」과 「노마만리」는 장차 성취되어야 하는 (미래로의) 귀환 이야기가 된다.

과연 그들이 목도하고 체험한 연안은 어떤 곳이었던가? 김사량에게 연안은 인민과 그들의 군대가 혁명을 통해 자유의 영역을 넓혀가고 있는 곳이었다. 즉 도덕적인 정당성을 갖는 보편적 법이 관철되어서 자유로울 뿐 아니라 아름다운 곳이 해방구였다. 여기서는 투쟁의 엄정함과 비장함까지 목가적인 낭만성으로 심미화될 것이었다. 사하현의 작은 마을 장마당에서 한 여병이 연설을 하는 장면은 인민이 도덕적 일체화를 이루어 말을 하고 듣는 데 어떤 장애도 없는 자유의 상태에 이른 증거로 그려졌다.

"군복을 입은 단발의 녀병이 탁자 위에 올라서서 연설을 하고 있

22 「노마만리」는 일본의 패전이 눈앞에 다가온 시기, '호사스런 북경반점'에 모인 조선인군상들을 비추며 시작된다. '피 묻은 돈을 옆구리에 끼고' 안전한 곳을 찾아 북경반점에 모여든 '아편장사'와 '갈보장사'들에, 밀정들까지 북적이는 이 '복마전'의 모습은 무너져 내리고 있는 한 시대의 내면으로 제시되었다. 반면 연안은 장개석에 맞서 농민을 해방하고 대중을 도탄에서 구할 '새로운 태양'이 솟아오른 곳으로 제시된다. '태양'을 찾아가는 여정이었던 만큼 그의 탈출기에 긴장된 순간은 있어도 어두운 그림자가 드리워지는 적은 없다. 그는 '신민주주의 건설을 학습하여 나중에 건국의 진향(進向)에 이바지하겠다'는 포부를 피력하기도 한다.(23쪽)

다. 옥을 깨치는 듯 줄기차고도 아름다운 목소리가 청중의 심금을 울리고 있었다. 때때로 대담한 제스츄어를 써가며 부르짖는 얘기 속에 련방 팔로군, 모택동 선생, 주덕장군 이런 소리가 뛰여나온다. 정치연설이 아니면 시사해설인 모양이었다. 청중들은 가끔 끄덕이기도 하고 박장도 울리며 떠나가게 폭소도 터뜨린다. 녀병도 조그마한 눈을 지리감으며 웃는다. 뒤에 섰던 눈꼽이 낀 얽음뱅이 영감이 다가와서 부채를 부쳐주니까 녀병은 고맙다고 생긋이 웃어보인 뒤에 다시 몰아치는 소리로 연설을 계속하였다. 머리가 바람결에 나풀거리며, 행금한 목덜미가 간들먹이는, 군복만 입지 않았다면 분명 녀학생이다.

이런 광경을 바라보노라니 정말로 새로운 땅 미지의 나라에 왔다는 느낌이 더욱 간절해진다. 그러면서도 새로운 정의의 세계에 련결되는 이 땅이요, 새 시대의 올리닫는 력사와 결부되는 이 시간인 것이다. 각박하고도 빈고하고 스산한 산지대언만 작열하는 불빛이 엉키고 서리어드는 화산의 힘이 저류를 이루어 굼실거리고 있는 듯하였다.”(99~100쪽)

스산한 산지(山地)가 이상향으로 다가오는 조화는 인민이 획득해가고 있는 자유의 힘에 의거한 것이었다. 여기서 자유는 모든 사람들의(‘얼금뱅이 영감’까지도) 도덕적이고 이성적인 능력이 일체적으로 고양된 상태를 이르는 말이 된다. 적어도 위의 장면에서 모택동이나 주덕은 외부의 제한자를 두지 않으려는 인간적 본성을 거스르는 존재가 아니었다. 그가 만나는 인물들이 종종 민담적인 상상력[23]에 의해 채색되고 있는 점 역시 혁명이 도달한 자유의 상태, 그 잠재력에 대한 과장된 표현으로 읽힌다.

23 공작원 ‘현동무’를 ‘황천왕동이’에 비기고 있는 경우는 그 한 예임.

인민의 나라가 세계사적 방향인 민주주의의 고차적 단계라고 할 때 연안은 이미 신생의 중심이 아닐 수 없었다. 그들은 미래를 견학하고 있었다. 김태준이 「연안행」에서 줄곧 팔로군의 중국인들을 칭송하면서 그에 미치지 못하는 조선인들의 모습을 그려낸 점 역시 도덕적 이성이 구현된 신생의 중심과 뒤처진 주변 사이의 간극을 문제시한 것으로 읽어야 할 듯싶다. 김태준과 그의 아내는 자신들을 반기는 사람들의 '국제적 우의'에 매번 감격해마지않는다. 팔로군 간부는 평민적이며 인간적이다. "간부들은 모두 용감하고 예식 있고 친절하고 겸손한 것이 특색"[24]이라는 것이다. 반면 그는 팔로군 내의 동포들이 조선인 탈출자들에게 쌀쌀한 데 놀란다.〔"해방구에 발을 들여 놓은 후 우리가 늣기는 것은 중국 동지들의 주도(周到)한 온정에 비해서 조선동지들의 얼음장과 같이 쌀쌀하고 냉냉한 태도다.", 100쪽〕 그 이유는 조선인 탈출자의 열의 아홉이 '왜놈의 정탐으로 들어온 것'이기 때문에 경각심을 갖느라 그렇다는 설명인데, 김태준은 과연 자신의 일행 중에도 이미 스파이 혐의를 받는 이가 있었음을 밝히고 있다. 이성적이고 도덕적이지 못한, 그렇기에 자유롭지 못한 동족의 계속되는 이기적 이탈행위(그는 한 학병 출신 탈출자가 시계를 팔아 개를 사먹는 모습에 혀를 찬다)를 목도해야 하는 그가 결과적으로 이야기하고 있는 것은 혁명의 절실함이다.

조선인들을 개조할 혁명이 서둘러 성취되기 위해서는 그들을 옳은 역사적 방향으로 이끌 강력한 추진체가 필요할 것이었다. 이태준 역시 소련의 '기적'을 '제도의 승리'(『소련기행』, 279쪽)로 정의함으로써 이런 생각을 숨기지 않았다. 모든 사람들을 자유롭게 한 새로운 제도는 정의로운 혁명적 무력이 이룩한 성과일 터였다. 그가 본 소련 사회는 마땅한 통

24 「연안행」, 『문학』 3호, 1947. 4, 99쪽.

제가 이미 강력하고 효율적이어서 자연스럽게 관철되고 있는 곳이었다. 만약 그렇지 않은 경우, 마땅한 강제는 그야말로 강제되어야 했다. 이태준이 스탈린시대의 작가 예술인에 대한 탄압의 정점을 찍은 조시첑코 등의 필화사건[25]을 '나쁜 유혹'에 빠진 예로 입에 올리면서, '문예는 전체 사업의 유기적 부분이 되어야 한다'는 레닌의 금언[26]을 되풀이하고 있는 부분(150~151쪽) 역시 개인적 선택에 앞서 '정당한 원칙'을 우선시한 것으로 읽힌다.

『소련기행』의 이태준은 모든 사람이 자동적으로 옳은 방향을 향해 나아갈 수 없다면 옳은 것을 강제해야 한다는 입장에 어느덧 동의하고 있는 듯해 보인다. 옳은 것이 강제되는 상태에선 개별자가 그의 자유로운 선택에 따라 (도덕적) 책임을 질 가능성 자체가 배제되고 만다. 자신이 스스로 자신을 만들어갈 기회가 주어지지 않는 가운데 타자의 정체성이 용인될 여지 또한 있을 리 없다.

마땅한 강제는 오직 바람직한 정동(情動)만을 유도하고 허용한다. 이 메커니즘이 강제의 원점(原點)을 비판적으로 사유할 수 없게 하는 것이었음은 분명하다. 농민을 해방하고 도탄에 빠진 대중을 구할 '새로운 태양'[27]을 감격에 겨워 예찬하는 김사량이 보여주는 것은 주권권력의 장악에 무방비한 취약한 입지이다. 그가 말하는 인민의 국가는 인민이 '태양'을 우러르는 위치에 서야 할 곳이었다.

25 1946년 조시첑코와 아흐마또바가 소련인민과 체제를 모함한 '자본주의적' 작가로 비판받고 징벌된 사건. 그들의 글이 실린 잡지 '별'과 '레닌그라드'에 대한 소련공산당의 결정서가 『문학』 3호(1947. 4)에 소개되기도 했음. 이 사건은 흔히 '즈다노프의 암전(暗轉) Zhdanov's black out'으로도 불림.

26 "거대한 사회민주적 기계장치의 톱니바퀴와 나사가 되어야 한다.", 「당조직과 당문학」(1905), 『레닌의 문학이론』, 여명, 1988.

27 김사량이 모택동을 두고 한 표현. 「노마만리」, 『김사량 선집』, 23쪽.

3

현실정치적 상황

해방조선에서 인민의 국가를 향한 바람이 제시된 역사적 국면은 두루 알다시피 서구 식민주의가 붕괴되는 한편으로 새로운 강대국 소련과 미국이 서로를 의식하고 견제하면서 세계를 재편해가기 시작한 때다. 인민의 국가를 세운다는 이상적 기획이 현실적으로는 진영론(陣營論 camp theory)의 영향이 확대되고 냉전이 본격화되는(1947년) 국제적 시간으로부터 자유로울 수 없었다는 뜻이다. 과연 인민의 국가는 간단치 않은 현실정치(real politics)의 소용돌이 속에서 실효성을 확보하는 기표일 수 있었던가?

사실 인민의 국가란 이미 일정한 이데올로기적 정향을 갖는 표어였다. 인민의 국가가 식민의 역사로부터 벗어나는 탈식민을 행보해야 하는 한 이는 세계적으로 확장된 자본주의 너머를 바라보는 입장에 서게 마련이었기 때문이다. 막연한 세계혁명의 비전이나 레닌의 '제국주의론'이래 운위된 사회주의의 국제적 연대라는 이념은 인민의 국가를 향한 꿈의 배경이었다. 이 꿈이 잉태되는 과정에서 소련은 일찍이 식민체제에 맞서려는 곳곳의 민족적인 저항운동을 지원해온 국제적 연대의 중심[motherland]이었거니와, 1920년대부터 싹튼 중국혁명 또한 '봉건적' 아시아를 쇄신하는 기도로 여겨졌던 것이다. 이태준이 '어느 나라보다 중국과 소련을 가보고 싶었다'고 술회한 이유는 여기에 있었다. 그런 만큼 김태준과 김사량의 연안행은 주변에서 미래를 앞당기는 역사적 변화의 진원을 찾아간 선례가 된다. 특히 연안은 반제반봉건이라는 오랜 과제를 비약적으로 해결할 인민의 국가수립을 목표하는 점에서 해방조선이 주목해야 할 새로운 아시아적 예증(例證 examplum)이 아닐 수 없었다. '신민주주의'를 배워 건국의 진향(進向)에 이바지하겠다고 한 김사량의 발언은 그런 생각의 표현이었다. 더구나 수천의 조선인들도 참여한 해방전쟁의 도정 위에 세워질 인민의 국가가 국가들 간의 불평등한 지배관계를 불식하고 우호적인 국제적 관계를 형성하리라는 기대 또한 컸다.

아닌 게 아니라 일본제국주의와의 전쟁이 막바지로 치닫던 시기, 소련과 차별되는 또 하나의 공산국가가 태동하고 있었던 연안의 국제적 의미는 남다른 것이었다. 미국이 2차 대전 중에 연안에 부대를 파견하여 중국 공산주의자들과의 연락업무를 수행하게 한 이른바 '딕시미션(Dixie Mission)'[28]은 이 미생(未生)의 국가가 어떤 국제적 지위를 갖는 곳이었던가를 보여주는 한 예로 참고할 만하다. 딕시미션은 장차 소련을 견제하려

28 Carter, J. Carolle, *Mission to Yenan: American Liaison With the Chinese Communists, 1944-1947*, University Press of Kentucky 1997. 미국은 2차 대전 중에 연안에 미군부대(1943년 말부터 1944년 초에 만들어진)를 파견하여 중국공산주의자와의 지속적인 연락을 도모한다. 이른바 Dixie Mission으로 명명된 이 연락부대의 주둔과 활동은 1944년 7월부터 1947년 2월 연안의 사무실을 폐쇄할 때까지 계속되었다.

는 입장에서 미국이 중국공산주의자들과의 군사적이고 외교적인 접촉을 장시간 유지한 사례이다.[29] 2차 대전 이후 미국 정부는 국민당과 공산당이 연합해 미국식으로 해석된 민주적 발전과 국가적 재건에 나서기를 기대했지만(미국은 국민당 정권의 붕괴를 원하지 않았으므로) 현실은 그렇게 진행되지 않았고, 1947년 2월 미국은 마침내 연안의 사무실을 폐쇄하기에 이른다. 미국이 구상한 아시아전략은 연안의 공산주의 세력이 장차 새로운 중국을 건설할 때 모스크바와는 별개의 구심점을 형성하리라는 기대에 입각한 것이었다. 그러나 1947년 연안에서의 미군 철수(딕시미션의 폐기)는 아시아가 이데올로기적으로 구획되어간 데 따른 결과였다. 이로써 인민의 국가가 국제정치의 지형 속에서 제 3의 길을 모색할 가능성 역시 차단되고 만 것이다. 인민의 국가를 향한 꿈은 무엇보다 이데올로기적으로 구획될 수밖에 없었다.

인민의 국가가 사회주의의 국제적 연대를 통해 수립될 수 있는 것이라면 이 국제적 연대는 제국주의시대와는 달리 서로의 주권과 자유를 보장하는 평등에 입각해야 했다. 소련을 여행한 이태준에게 소비에트는 민족 간의 평등을 보장하는 체제였다. 아르메니아와 그루지아를 향해

29 딕시미션에 대한 한 연구에 의하면 미국은 대일전에서 중국의 항일군사활동이 갖는 중요성(대륙에 다수 일본군들의 발을 묶어두는)을 소홀히 여기지 않았고, 또 장차 중국의 여러 지역이 일본 본토를 공략할 (예를 들어 B29의 출격을 위한) 기지가 될 수 있는 가능성에 주목했다는 것이다. 즉 딕시미션은 중국공산주의 세력과의 협력을 직접적으로 모색한 시도로서, 장차 중국이 모택동에 의해 통일될 수 있다는 예상에 입각한 행보이기도 했다. 모택동 역시 미국에 대한 소련의 공포심을 이용해 양쪽으로부터 지원을 받는 쐐기의 역할을 하려는 심산이었을 것이라고 이 책의 필자는 추측하고 있다. 어쨌든 1944년 연안에 도착한 미군부대는 주은래 등의 환대를 받는다. 미군들 또한 낙후한 곳이지만 책방이 여럿 있었던 이 해방구의 공산주의자들이 검박한 생활을 하면서 강도 높은 헌신을 아끼지 않는 모습에 번번이 감명을 받곤 했다는 것이다. 그들이 볼 때도 타락한 국민당 정부와는 달리 연안은 새로운 국가의 가능성을 보여주는 곳이었다. Ibid, p. 40.

가는 길에서 그는 피압박민족이니 소수민족이 가질 수 있는 '감정적' 민족주의를 경계하며 민족 간의 절대평등이 소비에트의 원칙이라고 소개한다.

> "쏘베트는 적은 민족과 나라끼리의 배타와 침략만을 금제한 것이 아니라 어떤 강대한 민족이나 국가도 배타와 침략을 못하게 민족 간, 국가 간, 절대평등을 원칙으로 한 것이며 이 원칙을 쏘베트 연맹에 가맹한 민족이나 국가에만 한해 적용하는 것도 아니다. 그것은 쏘베트에 가맹하는 것이나 탈퇴하는 것이 그 민족, 그 국가의 자유라는 쏘베트 연방헌법으로 석연(釋然)한 것이니, 쏘베트는 어느 민족이나 국가에게 가맹을 강요하는 것도 아니요 가맹해야만 평등과 우호관계를 맺는다는 것도 아닌 것이다. 그러므로 쏘베트의 민족정책은 곳 그의 국제정책의 바탕일 것이며, 이 바탕이 민족들의 절대평등과 인류의 상호협조로써 보다 나흔 세계의 건설이 목표이기 때문에 가맹국 아닌 우리도 쏘베트의 민족정책과 국제정책을 지지하는 것이며 어느 지역에서나 소수의 권력독점자들을 제외하고는 전 인민, 전 민족들이 이를 신뢰하는 것이다."(127~128쪽)

소수민족의 독립성은 소비에트 안에 있든 밖에 있든 보장되며 이 원칙에 입각했기에 소비에트는 모든 민족이 신뢰하는 세계적으로 가장 선진한 체제라는 주장이었다. 이태준에 의하면 인민의 국가를 바람직하게 존재할 수 있게 하는 것이 곧 소비에트체제였다. 소비에트체제에선 모든 인민이 평등하고 따라서 민족 단위의 자유 또한 보장될 터였기 때문이다. 실로 이는 소련이 '세계사회주의의 모국'으로 불리기도 했던 이유이자 근거였다. 이태준은 이렇게 소비에트체제를 긍정하는 입장에서 자기

중심적이고 배타적인 '감정적' 민족주의를 소아병적인 단견으로 꼬집은 것이다. 소수민족일수록 인민의 국가를 건설하려면 민족 간의 절대평등을 보장하는 소비에트의 편에 서야 한다는 것이 그의 결론인 셈이었다.

과연 소비에트체제에선 민족 간의 절대평등이 보장되었던가? 레닌그라드의 승리(1944)가 다민족 소비에트국가체제의 우월성을 확인시킨 증거라고 예찬되기도 했지만 스탈린에게 소수민족은 줄곧 오염과 배반의 가능성을 갖는 의심스러운 대상이었다.[30] 사실 '위대한' 러시아 문화가 다른 민족문화들에 대해 심대한 인식적, 교훈적 영향을 끼쳐왔다고 주장하는 대슬라브주의(러시아민족주의)는 2차 대전 직후 반서구 분위기의 고조와 더불어 소비에트애국주의의 통합성분으로 작동했다.[31] 이태준은 스탈린의 권력정치(power politics)와 러시아를 앞세운 패권적 민족주의에 무지했거나 이를 외면하고 있었다. 한반도에서도 소련은 호의에 찬 해방자는 아니었다. 군사적 분할점령의 대상이 된 38이북은 스탈린에게도 전략적 중요성을 갖는 곳이어서, 미소공동위원회의 결렬 과정이 보여주듯(이태준 등의 사절단 일행이 소련을 여행하던 시기는 미소공위가 무기휴회에 들어간 때다) 조선인민을 위한 고려가 있기는 어려웠다. 미국과 소련이 한반도에 서로 자신들의 이익에 부합하는 정권이 수립되기를 기도한 만큼 인민의 국가를 세울 기회는 38이북에 한정되고 만다. 그리고 그 인민의 국가가 냉전의 구획이나 세계를 분할하는 권력정치의 그늘로부터 자유로울 가능성은 없었다.

30 Joseph L. Nogee, Robert H. Donaldson, *Soviet Foreign Policy since World War II*, Pergamon Press, 1981, pp. 77~78.

31 A. M. Aslanov, "The Development of Socialist Culture and the Mutual Influence and Enrichment of National Cultures", *Marxist-Leninist Aesthetics and the Arts*, Progress Publishers, 1980, pp. 53~56.; Gleb Struve, *Soviet Russian Literature 1917-50*, University of Oklahoma Press, 1951, pp. 326~327.

4

38이북 — 도덕적 근대화[32]

1946년 3월 5일 '북조선토지개혁에 대한 법령'[33] 발표 후 불과 20여 일만에 완수되었다는 38이북에서의 토지개혁은 무상몰수 무상분배의 원칙 아래 전격적으로 시행된 혁신적 조치였다. 경자유전(耕者有田)의 당위를 앞세웠지만 개혁이 그토록 신속하게 이루어졌다는 사실은 해방 이후 이북에서 신속하게 형성된 이른바 혁명적 무력의 위엄이 크게 작용한 결과로 보아야 한다. 토지개혁에 관한 소식은 38이남에도 전해졌으니, 지소작 관계와 같은 문제를 일거에 해결한[34] 이북은 이남과 판이한 길을 가

32 이 부분은 이봉범 교수의 발표문 「상상의 자주적 통일 민족국가: 북조선 1948년 체제」, 〈두 개의 전쟁 사이: 1941~1953 동아시아 국가의 재형성과 문학〉(성균관대학교 동아시아학술원 인문한국연구소, 2014. 8. 18.~19)에 대한 일종의 답변으로 쓰인 것이다.

33 '북조선토지개혁에 대한 법령'(『정로』, 1946. 3. 8.), 『북한문헌연구 VI』, 서대숙 편, 경남대학교극동문제연구소, 2004, 233쪽.

는 곳으로 차별화된다. 무엇보다 신분의 구속과 계급착취가 사라짐으로써 해방의 길이 열렸다는 평가였다. 토지개혁은 '제도의 승리'를 선취한 계기로 설명된 것이다. 그러나 이러한 개혁조치들이 장군으로 불린 김일성과 인민들의 관계를 설정하는 단초가 되었다는 사항 역시 간과해서는 안 될 점이었다. 토지개혁법령은 북조선임시인민위원회가 채택한 것이었으나, 토지개혁 과정을 그린 이기영의 잘 알려진 소설 「개벽」(『문화전선』, 1946. 7.)은 '우리 조선의 영웅 김일성 장군 만세!'라는 표어를 내건 농민 시위대가 '우리들 농민에게 토지를 주신 김일성 장군 만세!'를 외치는 모습을 그리고 있다.

해방을 맞아 등장한 김일성의 귀환은 '개선(凱旋)'[35]으로도 표현되었다. 일제에 맞서 무장을 들고 싸웠던 장군이 개선했다는 소식은 미상불 해방을 실감케 하는 사건일 수 있었다. 그가 겪어온 험난한 투쟁의 역정이 도탄에 빠진 인민을 구하기 위한 것이었다고 서술되면서 그는 도덕적 권위와 정당성을 획득하며, 이내 인민들의 간절히 소망을 실현할 특별한 지도자로 추앙받기에 이른다. 아마도 장군의 남다른 이야기를 듣고 옮기는 일은 해방과 맞닥뜨린 대부분의 사람들이 느꼈을 부끄러움을 떨쳐내는 방법이기도 했으리라. 장군의 투쟁이 새 시대를 열려는 혁명의 과정이었던 만큼 이제 그의 임재는 혁명의 진행을 예고하는 것이었다. 토지개혁이 이를 확인시켜준 사건이었음은 다시 말할 필요 없다. 항일투쟁을 이끈 전력이 앞세워지며 민족적 항거의 성전에 오른 이 혁명적 무력의 아이콘은 그렇게 변혁을 향한 인민의 의지를 관철시키는 주권적 주체의 자리를 또한 높이게 된다. '우리들 농민에게 토지를 주신 김일성 장군 만

34 한 예로, 김동환, 「민족해방과 토지농업문제」, 『민고(民鼓)』, 창간호, 1946. 5, 65쪽.
35 한설야의 단편소설 「개선」(1948)은 김일성을 '개선한 장군'으로 그려낸 경우의 하나다.

세!'를 외치는 농민들의 모습은 지도자와 인민의 관계가 어떻게 정착되었던가를 반영하는 장면으로 읽어야 할 것이다.

일제와 싸우는 것은 민족적 명령(mandate)이었고 실로 자유를 향한 인민의 바람을 실현하기 위한 유일한 길이었기 때문에 김일성은 혁명적 무력의 아이콘이 될 수 있었다. 이 혁명적 지도자에게 모아졌던 것은 과거를 떨쳐내는 변혁에의 바람이었다. 토지개혁을 통해 혁명적 무력이 새로운 세상을 여는 '산파'임은 증명되었다. 토지개혁은 인민이 자유를 얻고 주인이 되는 세상을 가리키고 있었다. 인민의 나라를 건설할 혁명적 무력이 가장 이성적이고 도덕적인 무력으로 기대되었던 것은 필연적이다. 그러나 혁명적 무력은 줄곧 정의로운 폭력일 수 있었던가? 과연 인민의 국가는 혁명적 무력이 궁극적으로 목적하는 바였던가?

38선을 건너는 일이 쉽지 않아지면서 이북은 점차 격절된 곳이 되어갔다. 이북에 관한 소식은 일반적으로 풍문을 옮기는 수준을 넘지 못하는 것이었으나, 이데올로기적 입장에 따라 매우 다른 양상을 보였다. 즉 이북의 김일성은 김일성 장군을 참칭한 가짜라는 주장에서부터 강탈과 강간을 일삼는 소련군의 행패가 우심하고 농민들은 현물세에 시달리고 있다는 부정적인 보고가 이어졌지만, 한편에서 북한은 피안의 세계로 그려지기도 했다. 여기서는 38이북을 인민의 나라로 그려낸 일련의 기행문들을 검토하려 한다.

1947년 4월부터 조선중앙일보에 연재했던 여행기를 모은 온낙중(溫樂中)의 『북조선기행』(조선중앙일보 출판부, 1948. 8.)을 비롯하여 1948년 4월 19일부터 23일 사이에 걸쳐 열렸던 이른바 '남북연석회의'(전조선 제 정당 사회단체 대표자 연석회의')의 취재차 기자단의 일원으로 평양을 찾았던 서광제(徐光霽)의 『북조선기행』(청년사 1948. 7.)과 김동석(金東錫)의 「북조선의 인상」,(『문학』 8호, 1948. 7.)이 그것이다.

이 글들은 공히 “북조선의 현실을 그대로 전하려는 데 노력했다.”(온낙중, 머리말)는 취지를 갖는 터여서 단순한 기행문이라기보다 르포르타주의 성격을 갖는다. 보고의 내용은 특별히 주목한 부분에 따라 약간의 차이를 보이지만 대체로 이북을 도덕적 근대화가 실현되었거나 실현되고 있는 곳으로 그려냈다. 토지개혁에 이은 여러 개혁조치들이 도덕적 근대화를 앞당겨 진행시킨 결정적 요인이었다고 설명하는 점에서도 이들은 다르지 않았다. 도덕적 근대화는 모든 불평등한 관계를 철폐하는 근대화로서 인민의 자유를 보장한다는 것인데, 이러한 평가는 혁명적 전기(轉機)가 새로운 인간적 자각이나 문화적인 르네상스 또한 꽃피우고 있다는 진단으로 뒷받침되었다. 발전된 농촌의 모습은 소련이나 미국의 그것과 비교되기까지 했다. 물론 이북이 실현해 가는 혁명적 발전은 주권국가로서의 독립성을 담보할 것이었다. 길거리에서 소련군이 눈에 띄지 않는다든가 그들이 특별한 대접을 받지 않더라는 식의 이야기들은 이와 관련하여 삽입되고 있다. 이 글들은 마침내 김일성의 풍모와 지도력을 예찬함으로써 이북이 이룩한 모든 변화의 원인을 설명하려 한다. 지도자의 능력과 혁명적 발전을 인과적으로 보는 시각은 예외 없이 관철되었다.

기행문의 형식을 취한 만큼 이 글들의 앞머리는 차창 밖에 보이는 자연풍광에 대한 묘사로 시작되고 있다. 이남과 비교하여 공통적으로 강조되었던 점은 ‘무엇보다 산이 푸르다’(온낙중, 2쪽; 서광제, 14쪽)는 사실이었다. ‘청청한 산색은 이남의 적지(赤地)천리와 대조’된다는 것인데, 온낙중은 다음과 같이 단정적인 진단을 내린다. “정치와 사회가 부패하고 문란한 곳에서는 자연은 학대받는다.”(2쪽) 도덕적 근대화를 이루어가는 사회는 합리적 소통을 통해 공동의 목표를 세우고 모두가 이를 실현코자 자연스런 성심(誠心)을 발현하는 공동체로 그려졌다. 이 같은 변화를 외현하고 있는 평양은 깨끗하고 아름다운 곳일 수밖에 없다.

"평양의 거리는 깻긋하다. (중략) 길바닥과 뒤골목에는 언제던지 물이 뿌려저 있고 정차장과 네거리에는 시민의 휴식을 위하야 화초로 꾸며 놓은 조고만한 공원이 정비되여 있다. 가지가지의 부취(腐臭)에 중독되지 않은 탓인지 이 거리를 것는 사람들의 눈에는 무기력이나 살기가 없다. (중략) 모든 눈과 눈은 바쁘게 움직이는 동체(胴體) 우에서 유화(柔和)하게 생동하고 있다. (중략) 오늘 북조선의 모든 인민 앞에는 오즉 한 개의 시표(視標)가 있다. 1948년도 인민경제계획의 완수…… 이것이다." (온낙중, 7쪽)

구성원 모두가 경제계획의 완수를 위해 동참하는 자발적인 동원은 그들이 누리게 된 자유의 결과로 설명된다. 토지개혁을 위시한 제반 민주주의적 개혁이 성공함으로써 인민들이 실질적인 자유를 누릴 수 있게 되었고 교육기회의 확대라든가 갖가지 사회적 보장의 정착에 따라 인민이 새롭게 거듭나는 "인민적 루네쌍스 기운"(온낙중, 51쪽)이 북돋워졌다는 것이다. 제도적 합리화가 조직적이고 효율적인 개변을 앞당겼고 그에 따라 인간의 개변이 이루어진 결과였다. 이제 이북은 오직 이타적 열정을 인센티브로 하는 새로운 사회가 되었다는 평가였다. 깨끗하게 정비된 도시에 '막난이(불량배)'나 거지는 있을 수 없다.(서광제, 38쪽) 모두가 각각 자신이 맡은 일을 충실히 수행하는 사회에서 잉여인간들은 사라졌다.('길에서 놀고 있는 젊은이가 없다.' 서광제, 22쪽) 인민들에게 주어진 자유는 새 세상을 건설해가는 공동의 행진에 참여하는 자유였다. 한 필자는 다음과 같이 외치고 있다. "노예적 국민은 강대할 수 없다. (중략) 자유! 이것이야말로 이 세계에 모든 위대한 것, 장엄한 것을 낳는 어머니이다." (온낙중, 19쪽)

일상용품이 풍부하고 식량난의 기미도 보이지 않는다는 것, 문맹퇴치의 슬로건이 드높다든가 전기의 혜택이 널리 주어지고 있다는 식의 보고는 이어진다. 유족해 보이는 농촌 풍경은 감탄해 마지않을 만한 것이다. "독자여! 내가 말하는 이곳은 소련이나 미국의 농촌이 아니다. 조선의 농촌 풍경이다."(온낙중, 63쪽) 발전된 이북은 선진국을 향해 가고 있었다. 도덕적 근대화는 의지의 힘과 주체적인 방법으로 결핍을 이겨나갈 것이었다. "없는 것을 창조하자는 불굴의 정신은 사방팔방으로 노력한 결과 평남 용강(龍岡)의 흙으로 미국제에 지지 않는 연와를 제조하는 데 성공하였다."(온낙중, 71쪽) 이러한 성과들은 '인민의 승리'를 가리키는 것이었다. 인민이 나서서 이루어가는 변화는 '민족적 우수성'(김동석, 128쪽)을 확인시키는 증거로도 간주된다. 이북은 잠자던 '민족의 우수성'을 꽃피운 곳이었다. 여행기들은 북조선이 세계적으로 발전된 국가가 되리라 전망을 제시했다.

이북이 성취한 도덕적 근대화는 마땅히 문화적인 근대화여야 했다. 인민들의 문화적 잠재력이 성장하고 새로운 인민적 문화가 발전함으로써 더욱 높은 수준의 도덕적인 근대화가 이룩될 것이었기 때문이다. 특별히 서광제의 여행기에서 두드러지는 것은 이북의 문화적인 상황에 대한 리포트이다. 그는 인민의 국가를 향한 기대를 문화에 대한 기대로 표현했다. '우리가 바라는 국가는 문화인들이 기를 펴는 국가'(머리말)인데 북조선은 바로 그런 국가라는 것이다. '엄청난 출판량'에 영화 상영이나 강연, 전람회가 이어지고 라디오 방송이 확대되고 있는(39쪽) 이북의 문화적인 융성은 제도적으로나 물질적으로 새로운 문화가 꽃필 수 있는 환경이 조성되었기 때문에 가능한 일이었다. 그는 시종 부러움을 표한다. 국립가극장을 방문해서는 "예술가가 갖일 수 있는 모든 조건"(35쪽)을 누리고 있다고 감탄하며 영화촬영소의 설비에 놀라기도 한다.(104쪽) 그런데 그가 전하는 촬영소 종업원들의 생활은 집단농장의 형태를 예고하는 듯해 이채롭다.

> "촬영소 종업원들은 거의 기숙사에 드러있으며 오천 평의 농원과 사백 여수의 포도밭이 있고 백 마리의 도야지 오백 마리의 오리와 양계 등을 촬영이나 작업이 끝날 때 기르고 있다. 년도 계획량이 넘으면 남는 것은 촬영소 식당에서 쓰고 있다고 한다. 그들은 정비된 도서실에서 자신들의 교양을 높이고 있다."(104쪽)

촬영소가 자급자족의 공동체 형식으로 운영되고 있음을 짐작케 하는 대목지만 필자는 단지 모든 것을 이상시하는 데 그친다. 이북은 '많은 문화예술인들이 자유스럽고 행복스럽게 그들이 오랫동안 하고 싶었든 문화적 활동을 하고 있는 곳'(머리말)일 뿐이었다.

5

지도자의 인상

이 글들은 예외 없이 핵심적인 대목에서 김일성의 인상기를 전한다. 풍문으로만 듣던 존재를 직접 목도했기 때문이겠지만, 또 무엇보다 이북의 혁명적 발전이 지도자의 비상한 능력에서 비롯되었다고 여기는 입장 때문이었다. 김일성의 인상에 대한 보고는 남북을 가른 이데올로기적인 입장에서 이루어지지 않았다. 민족을 위해 싸운 장군은 이제 한 국가의 능력 있는 지도자로 그려진다. 그를 치올려보는 서술의 위치에서 투사되었던 것은 부강한 국가를 향한 욕망이다. 강력한 리더십을 앞세운 발전국가가 인민의 국가라는 이상을 위배하는 측면이 있음에도 불구하고 발전에의 욕망은 이 기행문들을 관류하고 있다. 아마도 국가의 발전이 주권국가가 되는 우선적 조건으로 여겨졌기 때문이리라. 필자들은 이북에서 자신들의 기대를 충족시키는 장면들을 발견하고자 했던 듯하다. 결과적으로 김일성은 국가발전이라는 소망의 실현을 담보하는 형상이 된다.

그는 젊은데다가 이미 성공한 지도자라는 것인데, 영명함과 소탈함을 동시에 갖는 특별한 상모(相貌)는 반복해 부각되었다.

온낙중은 이북이 혁명적 개변을 이룬 동력을 김일성의 '젊음'에서 찾는다. '북조선은 젊다'는 것이고 그 이유로 '김 장군이 젊다'는 사실을 든다.("위선 김 장군 자신이 사십에서도 훨씬 거리가 있게 젊은이가 아니냐", 9쪽) 그러면서 '명치변혁기의 일본 지도자들이 대개 삼십 미만의 젊은이들이었고 대혁명 이후의 소련 지도자들이 대개 사십 내외였으며 히틀러 전의 독일이나 무솔리니 전의 이태리에는 늙은이들이 통치하고 있었다'는 역사적 전례를 들먹인다. 지도자의 젊음과 국가적 혁신의 동력을 동일시하는 그에게 제국주의와 국가사회주의 체제가 자행한 엄청난 폭력이나 그 결과는 눈 돌려 볼 사항이 아니다. 국가의 발전을 절대적으로 우선시하는 입장 때문에 북한이 이룩해간다고 보고한 도덕적 근대화가 발전의 궁극적 목표인가 하는 의심이 들기도 한다. 젊은 김일성은 노인이었던 이승만과 대비되었지만 젊은 혁신의 힘이 국가발전을 가속하는 결정적 요인이라는 관점으로부터 노정되는 것은 (발전)국가에의 욕망 앞에서 인민의 국가가 차별화되지 못하는 장면이다.

서광제는 김일성의 진위 논란을 언급한다. '김 장군에 대한 여러 이야기를 들었지만 그가 정말 김일성 장군이냐 아니냐는 문제가 아니'라는 것이다. 진위 논란이 의미가 없는 이유를 그는 다음과 같이 설명한다. "김일성 장군이 누구이였든간에 또는 김일성장군의 과거 투쟁이 여하히 찬란했든 간에 오늘의 북조선의 지도자로써 실패하였다 하면 그는 조선민족의 지도자는 못되는 것이다."(155쪽) 지도자의 자격이란 현실적으로 그가 얼마나 어떤 성과를 이룩했는가에 따라 주어져야 하는데, 오늘날 북조선의 현실을 보니 김일성은 민주개혁을 성공리에 이끌고 있는 위대한 민족지도자임에 틀림없다는 판결이었다. 서광제의 현실주의 역시 국가적 발전을 주도하는 능력을 절대시하고 있었다. 서광제가 본 김일성은 이미 특별한 능력을 입증한 지도자였는데 그럼에도 불구하고 '순박한 농부'의 모습을 한 '인민의 벗'이기까지 했다. 김일성이 국가발전의 욕망을 인민의 국가라는 이상과 일치시키는 형상으로 제시된 것이다.

> "소박하게 차린데다가 순박하게 생긴 김 장군은 흙냄새가 물신물신 나는 농부의 타잎이였다. 키는 중키에 뚱뚱하게 살이 찌고 둥근 얼골은 어디로 보던지 온후하고 강직하게 보였다. 우리가 흔히 보는 또는 볼 수 있는 세련된 정치가의 외교적 타잎은 없고 농민적 타잎이였다.
>
> 우리와 일분 일답이 있을 때에도 언어구구에 그는 자신만만히 말했으나 재래의 정치가들의 정견을 말할 때와 같이 오만불손한 태도는 티끌만치 없었다. 그는 어디까지든지 다정스러운 인민의 벗이였다. 눈은 영명하고 광채가 있었으나 그가 웃을 때에는 그렇게 착하게 뵈는 입도 없을 것이며 양쪽 볼에는 우물이 졌다." (156쪽)

김일성을 차별화했던 것은 이른바 인민적 풍모다. 농부를 연상시키는 친근한 겸손함에 선하고 따듯한 인상은 기왕의 어떤 지도자상과도 비교되는 점으로 부각되었다. 인민의 국가가 새 시대의 국가인 것처럼 그는 새 시대의 지도자였다. 더구나 이 지도자가 보이는 자신만만한 강직함은 풍찬노숙의 오랜 투쟁역정에서 우러나온 것일 터인 만큼 신뢰를 더하는 측면이었다. 새 지도자의 인상기에는 그가 인민의 입장에서 가장 실질적인 정책을 펴 나가리라는 기대가 압축되어 있다. 그는 이미 어떤 '세련된' 정치가도 할 수 없는 일을 타협 없이 신속히 이루어냈거니와, 앞으로도 정치가들의 방식이 아니라 인민의 바람과 의지를 구현하는 방식으로 개변을 이루어가리라는 기대였다. 인민의 지도자와 인민 사이에 어떤 틈도 없는 상태가 이상적인 상태라면 김일성은 바로 그에 근접한 경우로서 존재 그 자체가 놀라운 역사적 기적("기적적 존재", 김동석, 132쪽)이 된다. 이런 입장에서 김일성의 통치는 바로 인민의 통치이고 그를 추앙하는 것은 인민의 국가를 경축하는 방식이라는 논리가 성립될 수 있었다.

김동석은 김일성의 영도가 민주주의라는 생각을 솔직하지만 유치하게 표현했다. 김 장군은 우선 "체력이 적을 것 같지 않고 성격은 너그러울 것만 같다"면서 "김일성 장군의 인상은 아래서 쳐다볼 때 더욱 좋았다"(130쪽)고 술회한다. 이 초인("초인적 인상", 132쪽)은 마땅히 외경의 대상이었다. 그는 스스로 장군을 우러르는 위치에 섬으로써 지도자와의 수직적 위계를 수용한다. 그에게 인민의 신망을 얻은 지도자를 추앙하는 것은 인민의 국가가 민주주의를 구현하는 방식이었다. 김일성은 이북이 민주주의체제임을 단적으로 표현하는 존재가 된다.

> "북조선의 민주주의는 김일성 장군이 단적으로 표현하고 있다. 그것이 무슨 뜻이냐 하면 애국적 정렬로 보나 투쟁경력으로 보나 체력으로 보나 두뇌로 보나 대중의 신망으로 보나 정치적 력량으로 보나 가장 탁월한 김일성 장군을 최고의 령도자로 모시었다는 이 한 가지 사실만 보드라도 북조선은 민주주의적이라 할 수 있다."(131쪽)

이북이 이미 강력하고 효율적인 국가통제 기능을 갖추고 있다는 점은 대체로 이들 여행기가 공통적으로 이야기하는 바다. 38선에서 평양에 이르기까지 기자단과 동행한 보안서원은 이를 입증하는 존재였다. 서광제는 '보안서원의 조직과 훈련의 힘이 거대하다'(13쪽)는 점을 강조하고 있기도 하다. 국가통제의 측면은 '사회주의적인 요소'로 간주되었고 부강하고 자유로운 국가 건설을 위해서는 적절한 통제가 필요하다는 데 이

견은 없었다.[36] 인민의 국가는 인민을 사회주의적으로 통제하는 국가였다. 이북에서는 통제장치가 고도로 도덕화되어 오히려 자유를 확장시켜주는 데 이르렀다는 평가였다. 김동석은 길거리의 통행인들에게 공손하기 그지없는 보안원들을 보며 권력이 인민에게 복무하는 '진정한 민주주의 사회를 이룩했다'(122쪽)고 단정하고 있다.

36 '사회주의적 요소와 자본주의적 요소가 통일되고 연결되어서 부강하고 자유스러운 조국 건설의 목표에 이바지되고 있다.'(온낙중, 11쪽)

6

—

인민, 망각의 언어

이북 땅을 밟았던 기행문들은 개별적인 차이에도 불구하고 전체적인 줄거리에서 일정한 구조적 동일성을 보인다. 인민을 위한 민주적 개혁조치들이 성공적으로 시행되어 인민이 거듭나고 그럼으로써 국가적 발전이 가속되고 있다는 내용이었다. 인민은 해방된 말에 의해 앞세워진 새로운 가능성의 표지였다. 해방을 맞았기에 억압받던 인민이 자유로워져야 한다는 명제가 이성이고 도덕이 되었기 때문이고, 그럼으로써 인민을 말하는 것이 법을 말하는 일이 되었기 때문이다. 독립된 주권국가를 세우는 것은 법을 정립하기 위한 초미의 과제로 여겨졌다. 여행기들이 38이북에 인민의 국가가 실현되고 있음을 전한 이유는 이북의 현실이 그러했기 때문일 수 있지만 인민의 국가를 향한 소망충족적인 기대와 상상력이 우선적으로 작용했기 때문일 수도 있다.

'북조선의 현실을 그대로 전하'려 한다는 보고자의 입장을 천명했음에도 불구하고 필자들은 번번이 자신의 '소감'을 피력하는 데 지면을 할애했다. 그들이 옮기고 있는 이북 사정에 대한 여러 이야기들은 그들로선 모두 확인하기 힘든 것들이었다. 기행문들의 내용이 반복되고 있다는 점은 이북의 변화를 긍정하는 이야기가 어느 정도 틀을 갖춘 결과일 가능성이 크다. 즉 그들은 그들이 보아야 할 것을 보고 해야 할 이야기를 하고 있었다는 뜻이다. 이북에서 이렇게 저렇게 인민의 국가가 건설되고 있다는 이야기는 통째로 허구는 아니지만 일정한 관점이 관철되며 구성된 것이어서 다른 실제적 측면이나 문제들을 배제하게 마련이었다. 기행문들을 구체적인 보고로 읽는 데서 나아가 이야기로 다시 읽어야 할 필요는 여기에 있다.

기행문들이 거듭하는 이야기에서 인민을 재탄생시킨 인민의 국가는 무엇보다 특별한 지도자의 도래 없이는 가능하지 않았던 것이었다. 지도자가 혁명적 무력을 발동하여 인민을 위한 법을 시행했기 때문이다. 즉 토지개혁 내지 민주개혁을 시행함으로써 인민을 거듭나게 한 국가의 탄생은 혁명적 무력이라는 '산파'에 의해 가능했다. 그런 만큼 이 이야기는 애당초 지도자와 인민의 관계를 분명하게 설정하고 있었다. 개혁조치를 통해 혁명적 무력의 아이콘이 된 김일성은 인민에게 새 삶을 준 구원자가 되었을 뿐 아니라 누구의 자유와 누구의 부자유를 가르는 권력을 행사한 점에서 이미 주권의 소재를 알리는 기표였다. 역사를 바꾸는 강력한 법을 제정하고 시행하는 존재야말로 주권자가 아니던가. 그러나 실제로 더 결정적인 사항은 김일성이 인민의 의지를 구현했다는 동일시가 인민이 누구인가를 구획하게 되었다는 점이다. 인민은 김일성에게 땅을 받은 농민들이며 그가 이끈 민주적 개혁조치를 통해 거듭난 사람들이 되었다. 이 혁명적 조치를 긍정하지 않거나 그에 대해 불평불만을 일삼는 사람들은 인민일 수 없었다. 인민이라면 마땅히 자신들을 거듭나게 한 장군을 추앙해야 했다. 인민의 국가를 찬양하는 이야기가 주권자를 우러르는 이야기를 수용했고 그렇게 인민들이 규정되는 상황을 초래한 것이다.

예상치 못했던 해방은 식민지인들로 하여금 정체성의 급격한 전환—일종의 내집단(in group)적 동질화를 명령한 것이었다. 하루아침에 더 이상 일본제국의 신민이어서는 안 되는 상황으로 바뀌었기 때문이다. 과거의 신민은 이제 다시 조선인으로 되돌아가지 않으면 다른 무엇이 되어야 했다. 이 상황에서 절실히 필요로 했던 것은 포함과 배제의 기준이 아닐 수 없었다. 조선인을 제국의 신민으로부터 분리시키려 했을 때 당장 제기되었던 대표적인 기준은 친일부역의 여부를 묻는 일이었다. 더불어 일본인들을 비난하고 그들에 대한 분노를 표현하는 것은 과거를 정리하는 방식일 수 있었다. 이렇게 새로이 집단적인 규범을 확보하려는 도덕적 차별화의 요구에 수응했던 말이 또한 인민이었다.

식민기간 동안 억압과 수탈을 당해온 것이 바로 인민이라는 단언은 과거에 대한 원한과 공포를 일깨움으로써 급격한 전환의 상황에 대처하게 했으리라. 이제 인민이 자유로워져야 한다는 명제는 최고의 이성이자 도덕이었다. 인민의 편에 서거나 그에 자신을 포함시키는 선택은 전환을 좇아야 하는 데 따른 혼란과 당혹감을 해결하는 방법이 아닐 수 없었다. 인민이 새로운 정체성의 대표범주가 되는 데에 이러한 정동이 작용했다면 인민의 국가를 상상하는 데서 역시 그 역할은 적지 않았다고 보아야 한다. 이북을 인민의 국가로 예찬한 기행문들이 너무 쉽게 감탄하고 열광하거나 갑자기 자부심을 피력하는 등 지나친 감정이입(empathy)을 하고 있음 역시 그런 관점에서 설명될 수 있을 듯싶다. 인민의 국가를 향한 기대는 실로 1945년의 해방이 갖는 역사적 한계와 연동되어 있었다.

인민은 마치 자명한 의미를 갖는 말처럼 쓰였지만 식민지의 시간이 단지 피압박의 경험으로만 환원되기 힘든 것인 만큼 인민의 내포는 매우 모호하고 모순적이며 불확정적이게 마련이었다. 그런데 특별한 주권자가 역사적 전환의 법을 제정하고 시행한 이북에서 인민은 주권자에 의해 거듭난 사람들이 되었다. 인민이 더 이상 개방적이거나 비결정적인 용어가 아니게 된 것이다. 인민을 구획하는 선은 인민 아닌 것에 대한 배제와 적대로서 그어졌다. 도덕적 자기긍정에 입각한 차별화의 이분법은 현실에서 작용하는 실제적이고 다양할 수밖에 없는 이유들을 제거하여 인과관계를 단순화하며, 그럼으로써 오히려 기억의 시스템을 지우게 된다.[37] 인민의 국가를 향한 과잉된 열광과 과거를 향한 분노가 앞세워질 때 그에 대한 이성적 숙고와 성찰의 여지는 사라진다. 망각의 폭력이 진행되는 것이다.

일찍이 르낭은 "망각(forgetting)이 국가를 창조하는 데서 필수적인 요소"[38]임을 지적했다. 자신들을 거듭나게 한 장군을 추앙해야 하는 인민이 망각한 것은 과거 신민으로서의 기억이 아니었을까? 천황제 파시즘에 복속되었던 신민으로서의 기억을 망각하지 않았다면 다시 주권자를 한없이 우러르는 위치에 설 리 만무했기 때문이다. '인민의 국가'는 망각을 통해 세워진 사상누각이었다.

인민이 망각의 언어가 되고 결국 속박의 언어가 되고 만 정황을 보면서 다시 던져볼 수밖에 없는 것은 과연 해방이 자유를 되찾는 계기가 되었던가 하는 물음이다. 해방의 가능성을 표지했던 인민이라는 말은 도덕적 법칙을 실현하여 자유에 이른다는 이상을 품고 있었다. 하지만 그런 이상이 식민지의 시간을 지속시켰던 상징적 질서를 무너뜨릴 담보는

37 Patrick Colm Hogan, *Understanding Nationalism; On narrative, Cognitive Science, and Identity*, The Ohio State University Press, 2009, p. 177.

38 Ernest Renan, "What is a nation", *Nation and Narration*, edited by Homi K. Bhabha, Routledge, 1990, p. 11.

아니었다. 오히려 인민이 신민의 기억을 지우는 망각의 언어가 되고 주권자에 의해 거듭나야 하는 존재가 되고 만 과정은 인민이라는 '주체' 역시 이 상징적 질서의 구성물이 아니었던가 하는 생각을 불가피하게 한다. 인민이 주권자에 의해 구획되는 지점에서 인민이 주인이 되는 국가를 향한 바람은 주권자에 의해 소외될 터였으므로 그렇게 세워진 인민의 국가가 언제든 다시 감옥으로 바뀌리라는 예측은 어렵지 않다. 이북을 인민의 국가로 예찬한 기행문들을 역설적인 것으로 읽어야 하는 이유는 여기에 있다.

7

혁명적 무력에 대한 단상

역사가 법을 부과하는 힘의 순환적 연속에 구속(장악)되어 있을 때 그것은 정의의 수단이 될 수 없다. 때문에 가장 강력한 법은 그 역사를 바꾸는 법이다.[39] 과연 역사적 전환의 법은 줄곧 정의를 구현할 것인가? 38이북에서 토지개혁을 비롯한 여러 법적 조치들의 공표는 역사를 바꾸려는 혁명적 무력의 존재와 등장을 알렸다. 그러나 이 법들의 시행이 역사의 전환을 목적으로 한 것이었는지 장담하기는 어렵다. 법을 부과하는 (positioning) 힘은 이내 법을 보존하는 폭력이 되며 따라서 법의 유지란 그 법이 갖는 원래의 위치적 성격으로부터 등을 돌리고 멀어지는 과정이게 마련이었다.

39 Andrew Benjamin and Peter Osborne eds., *Benjamin's Philosophy: Destruction and Experience*, Routledge, 1994, p. 111.

마찬가지 이유로 법을 부과하는 혁명적 무력이 계속 정의로운 폭력일 가능성을 기대하기는 어렵다. 이북의 경우 혁명적 무력은 새로운 세상을 낳았지만 합법칙적 역사발전 과정을 좇아 순방향으로만 작동하지 않았다. 혁명적 무력에 부여된 특별한 지위는 곧 국가주의적 폭력을 예비한 것이었다. 사실 혁명적 무력이 인민의 나라를 건설하리라는 기대는 그 자체가 모순적이었다. 이후 북한에서 줄곧 강조된 군사우선주의는 권위적 전체주의를 강화하는 사회적 통제의 기반이 된다. 세계체제에 맞서는 자기중심적인 민족주의가 안팎의 상황과 현실을 자의적으로 재단했던 가운데 인민의 지적이고 도덕적 개혁은 제한된 방향으로만 진행되었고 비판과 저항의 가능성은 제거되었다. 권력(폭력)의 독점이 심화되어간 과정에서 건국의 주인공은 곧 메시아를 자칭하기에 이른다. 사람들이 높은 울안에 갇혀 생존을 이어가야 하는 수용소는 오늘날 북한을 비추는 여러 그림들 가운데 하나가 되었다.

일찍이 바쿠닌이 '권위적인 국가사회주의'라는 역사적 국가형태에 대해 엥겔스와 마르크스를 들먹이며 언급한 부분[40]을 돌이켜보는 일은 그의 관점이 갖는 엄정한 한계에도 불구하고 혁명적 무력이 과연 정의로운 폭력일 수 있는가 하는 물음을 다시 생각하는 방식일 수 있을 듯싶다. 바쿠닌에게 자유란 인간의 지성과 존엄, 나아가 행복의 관건이었다. 이렇게 자유가 인간이 잠재적으로 갖는 물질적이고 도덕적인 능력을 발전시킴으로써 확보되고 또 신장되어야 할 것이라면 외부로부터의 어떤 제한도 있어서는 안 된다는 것이 그의 주장이었다. 자유에의 노력은 인간의 내부로부터 나와야 했다. 그렇기에 누군가에 의해 허용되고 통제되는

40 Michael Bakunin, *Marxism, Freedom and the State*, Translated and Edited with a Biographical Sketch by K. J. Kenafick, Freedom Press, 1950.

공식적인 자유는 자유일 수 없었다.

그가 볼 때 마르크스와 엥겔스가 말한 공산주의 혁명 과정의 이른바 프롤레타리아 독재 단계는 모든 것이 국가에 의해 고용되고 지불되는, 즉 국가를 유일한 소유경영자(sole proprietor)로 하는 국가사회주의체제와 다르지 않았다. 부르주아 사회로부터의 급격한 전환에 따른 충격을 줄이기 위해 '독재'가 불가피하다는 주장이었지만, 바쿠닌이 지적한 것은 마르크스의 이런 생각이 비스마르크의 그것을 이어받고 있다는 점이었다.[41] 물론 마르크스는 '민주주의자'이지만 권력과 지배의 열망을 갖는 점에서 비스마르크의 후계자라는 주장이었다. 결국 마르크스의 민주주의 역시 구성원들의 자유를 제한하리라는 것이 바쿠닌이 말하려 한 요지였다. 이후의 역사가 결과적으로 보여준 것은 바쿠닌의 예상이 불행히도 틀리지 않았다는 점이다.

41 바쿠닌은 엥겔스가 부르주아지의 자유주의적 의회주의를 분쇄한 비스마르크의 군사주의적 '결단'을 역사를 진보시키는 힘으로 긍정했다(프리드리히 엥겔스, 「역사에서 게발트가 행한 역할」, 에티엔 발리바르, 『폭력과 시민다움: 반폭력의 정치를 위하여』, 진태원 옮김, 난장 2012, 183쪽 참조)고 비판했다. 바쿠닌의 비판은 마르크스를 향한 것이기도 했다. 마르크스 자신이 그렇게 생각하지 않았다면 엥겔스로 하여금 비스마르크가 사회혁명의 원인(reason)을 제공했다고 쓰게 만들지 않았을 것이라고 말하고 있다. Michael Bakunin, *Marxism, Freedom and the State*, p. 8.

참고문헌

자료

김동석(金東錫), 「북조선의 인상」, 『문학』 8호, 1948.7.

김사량(金史良), 『김사량 선집』, 국립출판사, 1955.

김태준(金台俊), 「연안행(延安行)」, 『문학』, 1~3호, 1946~1947.: 『김태준전집 3』, 보고사, 1992.

서광제(徐光霽), 『북조선기행』, 청년사 1948.

온낙중(溫樂中), 『북조선기행』, 조선중앙일보 출판부, 1948.

논문 및 단행본

김예림, 「냉전기 아시아 상상과 반공 정체성의 위상학: 해방~한국전쟁후(1945~1955) 아시아 심상지리를 중심으로」, 『상허학보』 20, 2007. 6.

이봉범, 「상상의 자주적 통일 민족국가: 북조선 1948년 체제」, 〈두 개의 전쟁 사이: 1941~1953 동아시아 국가의 재형성과 문학〉, 성균관대학교 동아시아 학술원 인문한국연구소, 2014. 8. 18.~19.

임유경, 「'오삐꾼'과 '조선사절단', 그리고 모스크바의 추억: 해방기 소련기행의 문화정치학」, 『상허학보』 27집, 2009. 10.

엥겔스, 프리드리히, 「역사에서 게발트가 행한 역할」, 에티엔 발리바르, 『폭력과 시민다움: 반폭력의 정치를 위하여』, 진태원 옮김, 난장, 2012.

칸트, 임마누엘, 『실천이성비판』, 백종현 옮김, 아카넷, 2002.

Aslanov, A. M., "The Development of Socialist Culture and the Mutual Influence and Enrichment of National Cultures", *Marxist-Leninist Aesthetics and the Arts*, Progress

Publishers, 1980.

Bakunin, Michael, *Marxism, Freedom and the State*, Translated and Edited with a Biographical Sketch by K. J. Kenafick, Freedom Press, 1950.

Benjamin, Andrew and Osborne, Peter eds., *Benjamin's Philosophy: Destruction and Experience*, Routledge, 1994.

Carolle, Carter J., *Mission to Yenan: American Liaison With the Chinese Communists, 1944~1947*, University Press of Kentucky, 1997.

Hogan, Patrick Colm, *Understanding Nationalism; On narrative, Cognitive Science, and Identity*, The Ohio State University Press, 2009.

Foucault, Michel, "Society Must Be Defended", Lectures at the College de France 1975-76, Edited by Mauro Bertani and A1essandro Fontana, Translated by David Macey, Picador, New York, 2003.

Nogee, Joseph L., Donaldson Robert H., *Soviet Foreign Policy since World War II*, Pergamon Press, 1981.

Renan, Ernest, "What is a nation", *Nation and Narration*, edited by Homi K. Bhabha, Routledge, 1990.

Schmidt, Dennis J., *Lyrical and Ethical Subjects; Essays on the Periphery of the Word, Freedom, and History*, State University of New York Press, 2005.

제2장

이야기의 역능(力能)과 김일성

1 이야기와 김일성
2 이야기의 의미와 작용; 방법적 시각
3 주인공의 등장—지배기표를 장악하다.
4 무대 설정과 플롯 짜기, 경애의 나르시시즘
5 『백두산』의 스펙터클
6 이야기와 주권의 소재

1

이야기와 김일성

해방 직후 북한에 등장한 김일성은 곧 '장군'으로 불렸다. 장군은 그가 일제에 맞서 무장투쟁을 벌인 것을 가리키는 호칭이었는데, 그의 행적을 비추고 그가 이끈 투쟁의 의의를 알리는 이야기가 거듭해 쓰이면서 정치적 지도자로서 그의 입지는 이내 공고한 것이 되었다. 북한에서 김일성을 주인공으로 하는 항일무장투쟁의 이야기가 증식되고 고착되었던 과정은 그의 권력이 절대화되는 과정이었다. 이런 결과는 북한체제가 이야기로 세워졌다는 설명을 불가피하게 한다. 그렇다면 과연 이 이야기는 누구에 의해 쓰이기 시작한 것인가? 갑작스레 해방을 맞은 상황에서 항일무장투쟁의 이야기는 식민지의 시간으로부터 벗어나려는 많은 사람들의 원망(願望)과 기대를 충족시키는 것일 수 있었다. 일제와 싸운 기억을 만들려 했던 그들이야말로 이야기를 써낸 장본인일 가능성을 생각해야 한다는 뜻이다. 이 글은 이야기가 쓰이는 출발점을 다시 되짚어보려는 것이다. 해방 직후 김일성이 항일무장투쟁의 이야기를 통해 부각되는 경위를 살피고 그를 '위대한' 주권자로 만든 이야기의 역능(力能)을 성찰하는 것이 이 글의 목적이다.

두루 알다시피 이야기는 상상의 방향을 유도하여 세계상과 역사상을 구성하고 나아가 고착시킬 수 있는 수단이다. 반복되는 이야기는 일정한 전언(傳言)을 생산하는 통사적이고 의미론적인 규칙들의 조직적 체계 — 문법의 작동을 알리는 것이다. 어떤 이야기 문법이 지배적으로 통용되는 상황에서는 그것을 당연시하는 생각이나 행동의 패턴이 보편적이고 마땅한 것으로 수용되게 마련이다. 이야기는 정체성을 생산한다. 자신(self)이란 이야기가 그려내는 역사와 세계 속에서 존재할 수 있다. 사건을 정돈하고 질서를 세워 의미화 하는 이야기 행위를 통해 자신을 그 어디에 위치시키는 일은 가능할 터이기 때문이다. 지평선 안의 사회적 풍경들을 고정하고 동시적인 시간감각을 제공함으로써 공동체에의 귀속감을 부여하는 이야기의 역할을 강조한 베네딕트 앤더슨의 논의[42] 또한 이야기가 정체성을 공급하는 한 방식임을 주목한 것이다.

이야기와 김일성에 관해 논의하려 할 때 먼저 검토해볼 견해는 김일성이 북한의 지도자가 되는 데 항일무장투쟁의 전력이 아니라 이를 옮기는 이야기가 결정적인 역할을 했다는 것이다. 김일성의 항일무장투쟁사는 민족 이야기(nation narrative)로 쓰였다. 해방 직후 그가 장군으로 불렸던 것 역시 민족의 존립이 위협받는 상황에서 민족의 주권을 되찾으려 싸운 민족영웅으로 간주되었기 때문이다. 장군은 민족독립을 향한 바람을 압축하는 은유였으니, 그가 이끈 항일무장투쟁의 이야기는 이 바람을 펼쳐내고 충족시키는 것이 되었다. 그런데 항일무장투쟁의 이야기 속에

42 Benedict Anderson, *Imagined Communities*, Verso, 1983, pp. 35~36.

서 김일성은 언제나 주인공이었으므로 이 이야기에 의해 주인공과 투사, 주인공과 대중의 위계적 구도는 부각될 수 있었다. 민족영웅의 투쟁사가 민족항쟁사로 쓰이며 영웅과 인민의 관계가 구조화된 결과였다. 한국전쟁 이후 그를 주인공으로 하는 항일무장투쟁사는 민족의 '위대한 과거'로 본격적인 '발굴'의 대상이 된다. 위대한 과거는 집단적인 기억을 장악했다. 숭엄한 민족 이야기란 의문을 허락지 않는 것이다. 결국 김일성을 주인공으로 하는 민족 이야기는 그의 '지도'가 마땅하고 또 필연적인 것임을 말하는 역할을 했다.

민족 이야기란 흔히 민족을 도덕화하는데 김일성 역시 도덕적 주인공으로 그려졌다. '위대한 인격'을 추앙하는 민족 이야기가 요구한 독법은 도덕적 감응(感應)[43]이었다. 이야기에 의한 지배는 도덕적 감응을 권유하는 인간적인 형식을 취했다. 그러나 이 도덕은 정치적 억압의 수단에 지나지 않는 것이었다. 김일성을 유일무이한 지도자로 그려내는 이야기가 반복되는 상황은 정치적인 억압의 결과일 뿐 아니라 그것을 가능하게 한 조건이기도 했다. 반복되는 이야기에 구속되어 다른 이야기를 하는 것이 불가능하게 된 상황은 윤리적 성찰의 능력을 빼앗고 만다. 윤리적 성찰 없이 정치적 자유는 요청될 수 없었다.

이 글은 위의 논점들을 구체화하면서 보다 설득력 있는 분석을 시도하려 한다. 그러기 위해서는 이야기가 만들어져 소통되는 경위에 대한 섬세한 접근이 필요할 것이다. 김일성이 이야기를 통해 하나의 아이콘이 되는 과정을 조명하는 것은 이 글의 목적이자 핵심이 되는 내용이다. 그 과정은 김일성을 우러름으로써 허구적인 동일성을 기대한 '경애의 나르

43 느껴 응한다는 뜻. 사람이라면 마땅히 훌륭한 모범에 대해 느끼는 바가 있어야 하며 그렇다면 그에 부응해야 한다는 도덕적 동원론을 가리키는 용어로 쓰고자 함.

시시즘'을 분석할 때 보다 설득력 있게 해명될 수 있다. 이 글은 김일성과 그의 무장투쟁을 그리는 틀을 세운 조기천(趙基天)의 장편서사시 『백두산』(1947)을 분석하여 경애의 나르시시즘이 하나의 스펙터클을 만들어내고, 스펙터클이 위대한 지도자를 아이콘으로 제시하는 양상을 서술하고자 한다. 이 글이 마지막으로 묻고자 하는 것은 주권의 소재이다. 김일성을 영웅으로 만든 이야기가 그의 권력적 군림에 선행하는 것이었다면 이야기야말로 주권의 거처일 수밖에 없다는 견해다.

2

이야기의 의미와 작용; 방법적 시각

이야기는 우리가 경험하고 상상할 수 있는 세계를 재현하는 일반적이고 근본적이며 유력한 방법이다. 인간의 경험이 '이야기의 시간' 안에서 구성될 수밖에 없다면 삶이라고 하는 것은 이야기적으로(narratively) 구조화되는 것이다. 이야기는 삶의 데이터의 가장 지배적인 형식이다.[44]

이야기를 성립시키는 조건인 시간성을 갖는 사건의 연쇄는 선택적 구성을 통해 제시될 수 있다. 사건을 재배치하는 연쇄는 그럼으로써 시공간을 설정하고 구체화한다. 이 과정에서 일정한 해석은 수반된다. 이야기는 대상을 (시공간을 갖는) 사건의 연쇄라는 형태로 선택하고 해석한 전체상을 제시하는 것이다. 선택 — 재배치 — 해석의 과정을 거친다는

44 Mark Freeman, "Data are everywhere; Narrative Criticism in the Literature of Experience", Coltte Daiute, Cynthia Lightfoot eds., *Narrative Analysis; Studying the Development of Individuals in Society*, Sage publications, 2004, p. 63.

점에서 이야기는 불가피하게 일정한 변형을 내포한다. 이렇게 볼 때 이야기되는 경험과 상상의 경계는 그다지 확실한 것이 아니다.

이야기의 연쇄는 플롯 짜기(emplotment)를 통해서 인과적 전체상을 제시한다.[45] 플롯은 사건의 연쇄를 '지배'한 결과라고 할 수 있다. 즉 이야기의 제시에 작용하는 일정한 관점이 플롯 짜기로 나타나는 것인데, 이 관점은 특정한 의도를 관철시키는 것이다. 김일성의 항일무장투쟁의 이야기는 애당초 소략한 전문(傳聞)의 형식으로 출현하지만 이내 그 내용을 구체화해 간다. 이는 항일무장투쟁을 이야기로 만드는 선택적 구성이 잠재적으로 이루어져 있었고 해석된 인과적 전체상에 대한 기대가 확고했음을 짐작하게 한다. 즉 항일무장투쟁의 플롯은 이미 짜여 있었다고 보아야 한다. 지배적인 플롯이 선행하는 이야기는 실제와 무관하게 증식되며 확대될 수 있었다.

인과적 전체상으로서의 세계를 제시하는 이야기는 그 안에서 살아가는 자신이라는 것에 대한 감각, 혹은 자신이라고 생각(상상)하는 모습의 구체화를 진행시키게 마련이다. 특히 플롯 짜기의 과정이란 그 맥락 안에서 '나의 역할은 무엇인가?'라는 물음과 관련된 것일 수 있다. 이런 방식으로 이야기는 정체성의 형성에 관여하며 그것이 통용되는 집단 내지 개인의 신념과 행동에 영향을 준다. 결국 정체성이란 경험의 시간을 필요로 한다기보다 상상과 기억의 시간을 필요로 하는 것이다. 이야기는 인간 상호작용의 가장 위력한 용구(用具)임에 틀림없지만 동시에 가장 엄혹한 감옥일 수도 있다. 인간이 이야기를 통해 비로소 자기상과 자신이 서는 위치를 확보할 수 있다면, 그는 이야기를 통해 존재하며 이야기 속에 존재하는 것이기 때문이다. 다른 이야기를 하는 것이 불가능해지는 상

45 Paul Cobley, *Narrative*, Routledge, 2001, p. 5~6.

황이란 그가 이미 이야기 속에 갇힌 상황일 것이다.

이 글이 조명하려는 것은 이야기가 일으키는 반향(resonance)으로서, '느껴 부응하는' 감응의 양상이다. 이야기의 효과는 반향의 정도로 나타날 것이다. 따라서 반향은 이야기를 지속시키거나 증식시키는 조건이기도 하다. 반향에는 여러 형태가 있겠지만 수용자가 이야기의 내용을 집중적으로 '흡수'하는 경우 그에 대한 믿음이 형성될 것이며, 그 내용으로 '진입'할 때 특별한 행동이 유발될 수 있다.[46] 이는 자연스러운 감정의 논리를 따르는 것이기도 하다. 예를 들어 사람들은 분노를 통해 복수를 다짐하며 연민을 느낌으로써 다른 사람을 돕는다. 마땅한 감정적 반응으로 보이지만 이 경우 감응은 결국 이야기가 요구하는 역할을 맡아 수행하는 것이다.

이야기가 감응을 일으키며 이를 통해서 반복된다는 점에 주의를 요청하는 이유는 김일성이 권력을 쥐는 과정에 병행해 증식되고 고착되어 간 항일무장투쟁의 이야기를 단지 정치선전(propaganda)의 산물로 간주해서는 안 된다고 생각하는 데 있다. 거듭 말하지만 김일성이 장군으로 불리고 이내 '위대한 지도자'가 되는 데에는 대중의 설득된 동의가 더 큰 요인으로 작용했을 가능성이 있다. 무장을 들고 일제와 싸운 김 장군의 이야기는 해방이라는 '개벽(開闢)'을 맞아 새로운 시대에 발맞춰 나가야 한다는 사람들의 내면적인 요구를 수용하는 것일 수 있었다. 해방 직후 '독립'과 '민주주의'는 모두의 바람이 되었고 건국은 이를 실현하는 목전의 과제였다. 누구도 이 과제를 거슬러서는 안 된다고 여겼던 마당에, 민족적 영웅의 투쟁기는 독립과 민주주의의 실현을 예상하고 기대하게

46 Theodore R. Sabin, "The Role of Imagination in Narrative Construction", *Narrative Analysis; Studying the Development of Individuals in Society*, pp. 8~13.

하는 근거 가운데 하나였다. 항일무장투쟁의 이야기가 끝이 열린 플롯으로서 밝은 미래를 선취하는 예언처럼 쓰이고 읽혔을 가능성도 있는 것이다.

그렇기에 항일무장투쟁의 이야기는 그 내용에 대한 확인을 필요로 하거나 할 수 있는 것이 아니었다. 미래를 담보하는 영웅을 그려낸 이야기가 해방을 맞은 많은 사람들을 설득했다면 그 설득은 자기설득이기 쉬웠다. 자기설득의 이야기는 내면의 요청에 부응하는 것이다. 그것은 미학적이거나 허구적일 수도 있다.[47] 김일성을 주인공으로 하는 이야기는 마땅한 도덕적 명령과 역사적 순리(順理)에 대한 해석에, 수사적인 요소들이 뒤섞인 총체적인 편성으로 나타난다. 이데올로기가 사회적 삶의 형식을 자연화하는 것[48]이라고 할 때, 내면적 요구를 수용하여 설득된 동의를 이끌어내는 이야기야말로 어떤 신념이나 행동을 당연하고 명백한 것으로 만드는 성공적인 이데올로기의 형식임이 분명하다.

이야기에 의한 감응은 도덕적이고 이데올로기적인 지배의 메커니즘을 작동시킬 수 있는 것이다. 다시 말해 김일성의 빛나는 투쟁 전력과 영웅적 풍모를 알리는 이야기들에 감응한다는 것은 곧 그를 경애의 대상으로 우러르는 일이었다. 이야기는 이렇게 민족과 인민을 위해 싸운 영웅이 이제 국가의 지도자가 되어야 한다는 생각을 자연스럽게 받아들이도록 했다. 그의 투쟁사와 풍모를 그린 이야기들은 감응을 요구하는 방식으로 '이데올로기적인 불러내기 — 호명(ideological interpellation)'을 수행했고 다른 질문은 포기하게 만들었다. 사실 민족의 해방이라든가, 독립, 민주주의 등의 말들은 설령 그것이 간절한 바람의 대상이었다 하더라도 내

47 설득적인 이야기의 성격에 관해서는, Cynthia Lightfoot, "Fantastic Self", *Narrative Analysis; Studying the Development of Individuals in Society*, p. 36.

48 Terry Eagleton, *Ideology; An Introduction*, Verso, 1991, p. 58.

용이 매우 모호한 떠다니는 기표들(floating signifiers)이었다. 명백한 내용이 없는 모호한 기표들의 의미를 고정시키고 미끄러지는 것을 막아 통합적으로 구조화하는 매듭 지점(nodal point)[49]을 마련한 것이 항일무장투쟁과 민족영웅의 이야기였다. 김일성의 이야기가 추상적이지만 누구도 외면할 수 없었던 바람의 대상이 된 기표들을 누벼내는(quilting) 역할을 했다고 보는 것이다. 항일무장투쟁의 이야기 안에서 김일성은 민족의 해방과 독립을 위해 싸운 주인공이자 장차 인민의 나라를 세울 민주주의의 담보였다. 그를 우러르고 따르는 것은 독립을 위하고 민주주의를 실현하는 길이 되었다.

제국의 신민이었던, 그러나 갑작스러운 해방을 맞아 민족의 일원이 되어야 했던 많은 사람들이 김일성과 같은 군사영웅(military hero)을 우러른 내면에서는 이 영웅에 의존하려는 나르시시즘이 작동했을 수 있다. 그를 그린 이야기가 경애의 감정을 요구했다는 점도 의존적 나르시시즘과 관련된 것으로 보인다. 이 영웅의 힘과 끈기, 낙천적이면서도 단호한 형상이 많은 사람들의 자기애적 상상을 충족시켰을 가능성은 충분했다. 예를 들어 김일성을 그리는 데 앞장 선 작가 한설야가 단편소설 「개선」(1948)에서 보여 준, 영웅적 기상의 훤한 얼굴[50]을 향한 경애와 흠모의 태도는 새롭게 바뀌는 자신을 상상하게 하는 것이기도 했다. 훤한 얼굴을 가까이에서 우러르는 위치에 섬(positioning)[51]으로써 그의 일부, 혹은 그의 편에 속한다는 생각을 할 수 있었기 때문이다.

49 Slavoj Zizek, *The Sublime Object of Ideology*, verso, 1989. p. 87.

50 "그 끌밋한 풍신, 둥그스럼한 얼굴, 잘 웃는 얼굴, 쩍 벌어진 가슴, 겁낼 줄 모르고 락망할 줄 모르는 그 기상……", 한설야, 「개선」(1948), 『개선』, 조선작가동맹출판사, 1955, 271쪽.

51 Michael Bamberg, "Positioning with Davie Hogan; Stories, Tellings, and Identities", *Narrative Analysis; Studying the Development of Individuals in Society*, p. 136.

영웅적 지도자를 통해 허구적인 동일성을 상상하는 경애의 나르시시즘은 그를 숭배함으로써 지속되고 강화될 것이었다. 일종의 '상상계적' 고착이 진행될 수 있었다는 뜻이다. 이 신경증적인 상황이 타자를 철저히 배제할 때 상상의 영웅은 누구와도 비교할 수 없는 유일자가 되게 마련이었다. 허구적인 동일성이 깨지지 않는 한 상상 속의 유일자는 영원히 군림해야 했다.

이질적 타자를 부인하고 배제하는 유일자의 이야기는 끊임없이 되풀이될 수밖에 없다. 다르지 않은 이야기만이 반복되어야 하는 현실에서 이야기의 자유(narrative freedom)는 사라진다. 이야기에 의한 구속은 이렇게 진행되었다. 다른 이야기를 생각지 못하는 데서 정치적 자유가 요청되기는 힘들다. 이 불행한 결과에 이른 과정을 돌이켜보자.

3

주인공의 등장 — 지배기표를 장악하다

1945년의 해방은 한국인들로 하여금 '민족'을 다시 발견하게 했다. '독립'은 새삼 절실했고 '민주주의'는 건설해야 할 새 시대의 거룩한 표어가 되었다. 그러나 민족으로의 귀환이 절대적인 과제이자 명령으로 여겨졌음에도 불구하고 이를 확인해주는 분명한 절차는 없었다. 민족이라는 말은 자명한 듯했지만 사실 불투명한 기표였다. 귀환해야 할 대상으로서의 민족은, 적어도 그 내용이 이념적으로 규정되기까지 그간의 억압과 차별을 뒤집는 새로운 정체성의 구획을 뜻하는 막연한 범주일 뿐이었다. 독립 역시 더 이상 식민지가 아닌 국가적 주권을 갖는 상태를 가리켰지만 그 실제적인 의미내용은 쉽게 모아지지 않았다. 혼란스러운 정치적 투쟁과 경합의 목표가 된 주권의 소재는 이 시기의 가장 논쟁적 주제였다. 나아가 민주주의야말로 갖가지 억측의 대상이었다. 그럼에도 불구하고 이 말들이 앞세워진 이유는 그것들에 실현의 방도를 찾지 못하는 간절한 바람이 실렸기 때문이다. 즉 민족은 민족으로의 귀환이 확인되지 않는, 독립은 여전히 주권을 갖지 못한, 그리고 민주주의는 그것의 달성이 요원한 현실을 벗어나려는 바람을 표현한 말이었다. 이 말들은 현실의 결여를 일깨우는 피안의 목표로 절대화됨으로써 지배적인 작용을 했다. 막연한 기표들이 혼란스러운 현실 속에서 등대 아닌 등대가 된 상황은 실로 아이러니했다.

원망의 목표가 된 민족이나 독립, 민주주의와 같은 말들이 권위적인 지배기표[52]가 되었던 사정은 이 기표들이 강력한 호명의 힘(interpellative force)을 갖는 것이었다는 점을 통해 설명될 수 있다. 민족으로 귀환하고 독립을 달성하며 민주주의를 건설하자는 데 대해 의문을 제기할 수 있는 사람은 없었다. 모두의 바람에 동참하는 것은 자신과 남의 인정을 얻는 길이기도 했다. 그런 상황에서는 지배기표에 매달리고 이를 이상화하는 것이 현실과의 간극을 메우는 방법으로 여겨질 수도 있었다. 지배기표는 이러한 방식으로 이데올로기를 가동시켰다. 결국 지배기표는 그 모호한 내용을 채우는, 즉 지시적 의미를 고정시킨다든가 이를 절대화해 배제의 선을 그음으로써 작용할 것이었다. 예를 들어 좌우를 나누는 이분법이 가동되면서 민족은 '인민'의 동의어로(인민이 아닌 부분을 배제하는) 여겨지는가 하면, 생경한 물질주의와 외세(우파에게는 특히 소련)를 배격하는 정신적 주체성에 의해 획정되어야 할 것이 되기도 했다. 독립과 민주주의 또한 극단적으로 충돌하는 입장들을 내포하는 말이 되었다.

민족의 구획에 관한 대립된 견해나 민주주의에 관한 다른 생각들이 간단히 합의에 이를 수 있는 것은 아니었다. 지배기표의 의미 한정은 이

52 'Master signifier'에 대한 논의는 라깡에 의거한 것이다. 이 부분은 직접적으로 다음 책에서 도움을 받았다. Mark Bracher, *Lacan, Discourse and Social Change*, Cornell university press, 1993, p. 22.

데올로기가 구성되고 작동하는 방식이었기 때문이다. 이데올로기적인 대립이 격화됨에 따라 민족이나 독립, 민주주의는 같으면서 다른 말이 되어갔다. 이 비어 있는 기표들을 꿰고 누비는 이야기가 이데올로기를 구성해갔다고 본다면 이야기는 지배기표의 의미를 고정하며 매듭지음으로써 이데올로기가 가동되는 구체적 양상을 드러내줄 것이다. 김일성이 장군이자 민족의 영웅으로 그려졌을 때 그 이야기는 이미 민족의 경계를 가른 것이었다고 보아야 한다. 그의 항일무장투쟁사가 독립과 민주주의의 의미를 규정하고 있었기 때문이다.

갑작스럽게 예상치 못한 해방을 맞은 대부분의 한국인들에게 해방을 위해 자신이 해야 할 역할을 하지 못했다는 자책은 불가피했다. 1945년 8월 30일 '조선공산당 재건준비위원회'가 서울도 아닌 '경성지구 당부'의 이름으로 소련군의 진주를 알린 한 격문은 일본 제국주의로부터의 해방이 "우리 민족 자신의 피로써 얻은 것이 아니다"[53]고 단언하고 있다. 해방은 파시즘이 무너진 결과인데, 이 세계사적 전변을 맞아 "민족적으로 일본제국주의 타도를 위하여 아무런 역할도 못하였다는 사실에 대하여 우리는 엄숙하고 무자비한 민족적인 자기비판을 하지 않어서는 아니 될 단계에 다다렀다"는 내용이었다. 이 논리대로라면 민족의 영웅은 있을 수 없었다. 과연 격문은 해방자 '붉은 군대'에 감격하고 '소련 대원수' 스탈린을 '세계 약소민족의 지도자'로 추앙하고 있을 뿐이다. 이른바 진보적인 입장에서 볼 때 소련은 파시즘을 무너뜨린 세계사의 주인공이었기에 소련을 귀감으로 삼는 것은 새 시대를 예감하고 각성하는 방식이었다.

53 「붉은 군대의 조선 진주에 당하야 노동자 농민 급 일반 근로대중에게 격함」, 조선공산당 재건준비위원회 경성지구 당부, 1945. 8. 30.『미국국립공문서관 소장 북한 해방 직후 극비자료』(1), 고려서림, 1998, 1쪽.

그러나 해방 직후는 그야말로 '정치'의 시기였다. 민족으로 귀환하여 독립을 이루고 민주주의를 건설해야 한다는 목표를 정치적으로 달성하려 했기 때문이다. 이 바람이 실현되는 건국이 모두의 과제가 되었던 상황에서 정치지도자들은 갖가지 비전과 포부를 내세우며 등장했다. 장래가 불안한 만큼 앞날을 말하는 지도자는 이런저런 기대를 실현할 담보로 여겨졌다. 특히 이념적 전선이 복잡하게 그어지면서 이쪽저쪽의 지도자는 예찬과 극단적인 매도의 대상이 되기도 했다. 한 예로 서울에서 공산당 조직을 재건한 박헌영의 연설을 실은 『옳은 노선을 위하야』(1945. 11.)라는 책은 그 표지에 "조선무산계급의 위대한 지도자 박헌영 동무 만세!"라는 예찬의 문구를 박아 넣고 있다. 박헌영에 대한 숭배의 찬사는 그의 정치적 지위가 확고한 상태에 이르렀음을 말하는 것은 아니었다.[54] 그럼에도 불구하고 이미 그는 조선무산계급의 영수(領首)로 명명되었다.[55]

김일성과 그의 빨치산 그룹은 1945년 9월 19일 소련군과 함께 원산에 상륙하였고 김일성은 소련군 위수사령부 부사령의 직함으로 평양에 배치되는데,[56] 그가 숭모의 대상으로 부상하기까지는 오랜 시간이 걸리지

54 1946년 초까지도 박헌영과 경성 콩 그룹을 향한 당내의 비판이 있었다. 조선공산당 전라북도 위원회는 1946년 2월 10일 「북조선 분국의 동지들의 메시지와 우리들의 주장」을 통해 박헌영의 지도자적 지위가 '민주적으로' 주어진 것이 아님을 비판했다. 시민대회에서까지 박헌영을 위대한 지도자로 부르며 추앙을 강요하는 것 또한 비판했다. 이 문서는 박헌영을 지지해야 한다고 요청한 '북조선 분국의 동지들'을 향해, 당의 지도권은 민주적 절차를 통해 확립되어야 한다는 입장에서 박헌영을 향한 불만을 노출한 것이다.

55 『옳은 노선을 위하야』(우리문화사, 1945. 11. 24.)에 실린 「5도당원급열성자 연합대회 회의록」(37쪽)에는 "전세계 프로레타리아의 영수 스탈린 동지 만세!! 조선무산계급영수 박헌영 동지 만세!!"가 부기되어 있다. 또 재건된 공산당의 「사대결의(四大決議)」(『정로(正路)』, 1945. 12. 5.)에는 "조선무산계급의 영수 박헌영 동무에게 멧세지를 보내자"는 내용을 담고 있다. 『북한관계사료집(31권)』, 국사편찬위원회, 73쪽.

56 서동만, 『북조선사회주의체제성립사 1945~1961』, 선인, 2005, 63~65쪽.

않았다. 무엇보다 그는 출현과 더불어 장군의 호칭을 얻는다. 이내 김일성은 "진정한 애국자, 위대한 지도자"[57]로 불리며, 북조선 분국의 설치[58]에 따라 분국 책임자가 된 이후엔 그의 유격대 활동이 소개[59]되기도 한다. 그리고는 북조선임시인민위원회(1946. 2. 9.)의 위원장에 추대되어 마침내 "우리의 지도자"로 불린다.[60] 북조선인민위원회가 주권기관으로 간주되고 이를 향한 지지와 옹호가 마땅한 일로 여겨지며 위원장인 지도자의 위치 또한 공고한 것이 되어갔던 것이다. 이 과정에서 일제와 싸운 장군의 이미지는 점차 부각되고 반복적으로 돌이켜졌다. 장군은 풍찬노숙의 고난을 감당해온 존재였으므로 이제 존경과 우러름을 받아야 마땅하다는 입장에서였다. 나아가 주목해야 할 사항은 무장투쟁의 공간이 주권의 공간으로 상상되기도 했다는 점이다. 1945년 10월에 쓰였음을 밝힌 한 시편(이경희(李京禧), 「귀환 — 김일성 장군을 맞으며」, 『문화전선』, 창간호, 1946. 7.)은 김일성의 빨치산의 투쟁을 다음과 같이 형상화해냈다.

> 목릉(穆陵)에 뻗친 산중 토굴암실(山中 土堀暗室)은
> 우리의 의사당(議事堂)이엇고
> 하로밤 끼여자든 바위짬은
> 우리의 별장(別莊)이엇다

57 「김일성 장군에게 보내는 멧세이지 - 전국청년단체총연맹 서울시연맹으로부터」(『정로』, 1945. 12. 14.), 『북한관계사료집(31권)』, 80쪽.

58 서울의 중앙에 속하는 형태로 북조선 공산당 분국(分局)이 공식적으로 결성된 것은 1945년 10월 13일 서북5도당 책임자 및 열성자대회를 통해서이다.

59 「김일성 동지의 빛나는 투쟁사」(『정로』, 1945. 12. 21.), 『북한관계사료집(33권)』, 87쪽.

60 1946년 2월 9일 여성동맹의 이름으로 발행된 「북조선인민위원회 성립을 경축하는 표어」는 "북조선인민위원회는 우리의 정부이다. 다 같이 사랑하자! 다 같이 지지하자! 다 같이 옹호하자!"고 외치고 있다. 김일성은 "우리의 지도자"였다.

칡넝쿨 얽키고 이깔 분비 저뻬 잣솔 ○무 나무가 욱어저
하늘을 잊어버린 장백산 골짝에서
이리떼같이 몰려오는 왜적과 일어난 전투
우리는 굶어죽을 각오
우리는 얼어죽을 각오
우리는 적탄에 죽을 각오
우리나라 독립만세
이렇게 구호를 부르며 싸웠노라[61]

빨치산은 갖은 어려움 속에서도 고매한 정신의 힘으로 싸움에 이긴 승리의 표상으로 그려졌다. 그들의 범용치 않은 용맹을 부각하기 위해 민담적 형상이 동원되기도 한다.("여름이면 번개를 삼키랴는 호랑이었고 겨울이면 눈 속에 날뛰는 백웅(白熊)의 떼였다") 드디어 "해방의 총(銃) 울려" 그들은 '삼천만 인민의 환호' 속에 귀환했지만, '인민을 괴롭히든 악독(惡毒)의 매연(煤煙)이' 아직도 가시지 않은 상황에서 또 다른 싸움을 앞두고 힘을 더하려 하고 있다는 내용이었다. 필자가 밝힌 것처럼 위의 시가 1945년 10월에 쓰였다면, 이미 이 시점에서 뒷날 김일성을 그리는 기본적인 틀은 제시되었다고도 말할 수 있다. 일제를 무찌르는 민족적 군사영웅의 형상적 윤곽이 드러났고 그를 우러르는 인민과 인민을 이끄는 영웅의 관계가 정식화된 것이다. 특히 "산중 토굴암실(山中 土堀暗室)"이 "우리의 의사당(議事堂)"이었다는 표현은 이들 빨치산의 거처가 부재하는 국가의 주권을 새롭게 창출하는 장소였음을 말한 것으로 읽힌다. 일제에 맞서 무장투쟁을 벌인 공간이 곧 주권의 공간으로 상상된 것이다. 김일성과 그의

61 이경희(李京禧), 「귀환 — 김일성 장군을 맞으며」, 『문화전선』, 창간호, 1946. 7. 92쪽.

빨치산이 주권의 불씨를 키워온 것이라면 그는 특별했다. 해방이 독립으로 완성되고 건국으로 실현되어야 한다고 했을 때 누가 그간 주권을 지켰느냐는 진정한 주권자를 가리는 결정적인 자격요건이 아닐 수 없었기 때문이다. 그는 이미 민족독립의 주인공이었다.

김일성이 군사영웅에서 '민주개혁'의 주인공으로 그려지는 기점은 1946년 3월에 있은 토지개혁이다. 이미 토지개혁 이전에 김일성은 '토지를 갖고 싶다는 농민들의 바람을 실현해줄' 인물로 지목되었다.[62] 과연 작가 이기영은 토지개혁을 역사적인 개벽(開闢)으로 묘사한 소설(「개벽」, 1946)에서 김일성을 농민들에게 땅을 나누어준 시혜자로 부각한다.[63] 토지개혁 이후 고마움을 표하는 농민들의 '혈지(血紙)'[64]가 답지할 정도로, 김일성은 농민들로 하여금 고난의 과거를 떨치고 새 삶을 살 수 있도록 길을 연 구원의 형상이 된다. 토지개혁은 민주개혁이었으니 그는 민주주의를 실현한 것이다. 특히 민족해방을 위하여 '20여 년간 혈전고투(血戰苦鬪)한' 김일성의 경력은 그가 진정한 민주주의를 구현하리라는 믿음의 담보로 비춰졌다.[65] 민족의 독립을 위해 싸운 그인 만큼 민주주의 또한 그

62　평안남도 순천군의 농민대회가 보내는 「북조선임시인민위원장 김일성 장군에게 보내는 멧세이지」(1946. 2. 18.)는 "우리 농민의 가장 간절한 요구, 즉 토지를 갖고 싶다는 희망이 장군 및 북조선임시인민위원회의 힘으로 성취될 것을 굳게 믿는 바입니다."라고 적고 있다. 『정로』(1946. 2. 25.), 『북한관계사료집(33권)』, 290쪽.

63　토지개혁 법령이 발표된 며칠 뒤를 배경으로 시작되는 이 소설은 농민 시위대가 "우리들 농민에게 토지를 주신 김일성 장군 만세!"라고 외치는 장면을 그려내고 있다. 이기영, 「개벽」, 『문화전선』, 창간호, 1946. 7. 170쪽.

64　피로 쓴 편지를 가리킴.

65　북조선 노총 평안남도 연맹 결성대회(1946. 4. 19.)에서 채택된 「김일성 장군에게 서장(書狀)」은 "오직 조선민족의 해방을 염두에 두시고 험악한 백두산맥과 황량한 만주광야에서 20여 년간 혈전고투하였으며 오늘에 있어서는 조선의 진보적 민주주의 건설의 건실한 발전을 위하야 일야분투하시며 우리를 지도하여 주시는 장군에게 대회는 뜨거운 감사와 무수한 경의를 표하나이다"로 시작되고 있다. 『정로』(1946. 5. 7.), 『북한관계사료집(31권)』, 402~403쪽.

가 이룩하리라는 기대였다.

토지개혁 이후로 김일성에 대한 찬사는 갖가지 공식 문건 등에 표어나 구호로 새겨지기 시작한다. 그가 장차 건설될 정부의 수석, 즉 주권자여야 한다는 기대는 반복해서 공표되었다. 심지어 38이북 각도의 보안책임자 회의에서조차 「김일성장군께 드리는 감사문」[66]을 채택하고 있다. 김장군의 '영명장대(英明長大)한 의도' 아래 이루어지는 '정확한 지도'를 예찬하는 내용이었다.

『당의 정치노선 및 당사업 총괄과 결정』(1946.8)이라는 당문헌집은 토지개혁을 전후해 김일성의 지위가 어떻게 변해갔는가를 가늠케 하는 문건 가운데 하나다. 이 문헌집에 실린 토지개혁을 총괄하는 보고(「토지개혁 사업의 총괄과 금후 과제」, 제6차 확대집행위원회에서의 보고, 1946. 4. 10.)에서 김일성은 토지개혁이 "순리(順利)롭게 승리적으로 완수"[67]되었음을 축하하며, 이로써 군중이 당을 인식하게 되었고 당이 군중의 대표자라는 사실을 분명히 했다고 말하면서, 토지개혁이 '농민들의 마음에 들었다'[68]는 표현을 쓰고 있다. 농민들의 바람과 기대에 그대로 부응했다는 뜻이었다. 토지를 나누이준 민주개혁의 주인공은 농민과 마음으로 통한 것이다. 군사영웅의 형상에 인민을 마음으로 알고 인민과 마음으로 통하는 지도자의 모습이 덧씌워지는 것은 토지개혁으로 가능했다. 마음의 지도자는 이미 인민과 하나였고 그 사이에 균열이 있어서는 안 되었다. 이로써 그는 인민의 바람을 실현할 유일한 존재가 될 수 있었다.

이제 김일성은 다른 지도자들과 나란히 놓일 수 있는 인물이 아니

66 제2회 각 도 보안부장 회의에 따른 「김일성 장군께 드리는 감사문」(1946. 7. 3.), 『북한관계사료(9)』, 264쪽.

67 『당의 정치노선 및 당사업 총괄과 결정』, 당문헌집, 1946. 8. 25쪽.

68 위의 책, 30쪽.

었다. 당의 선전부장을 맡았던 김창만은 분국 결성 이후의 당 선전사업을 총괄하는 자리에서 선전간부들의 잘못으로 평안북도에선 '김일성, 박헌영, 무정 동무 만세!'라는 구호를 내건 경우도 있었음을 질타한다. 조선의 영수는 누구여야 하는가에 대해 그는 다음과 같이 말하고 있다.

> "김일성, 박헌영, 무정 동무 만세!의 구호를 쓴 곳이 있다.(평북) 당의 영도자 문제인데 조선엔 아즉 당수가 없다. 당의 역사가 불과 일 년도 못되는 당에 영수가 생겨날 리 없다. 영수(領首)는 인공으로 만들어지는 것이 않이다. 오늘 쓰딸린 동지가 세계근로대중의 세계인민들의 수령(首領)이 되기까지에는 쓰딸린 동지의 장구한 투쟁과 공로가 있는 것이요, 그 투쟁과정을 통하야 일정한 노선과 이론이 세워졌다는 점을 알아야 한다. 정확한 이론과 노선이 실제 투쟁을 통하야 군중을 파악하였고 인민대중이 스스로 이러나 그를 받들 때 그는 영수가 되는 것이다. 오늘 중국공산당 당수 모택동 동지는 20여 년 투쟁을 경과한 오늘에 와서 비로소 중공(中共)의 영수로 인정한 것이다. 북조선당에 있어서 그동안 노선을 바로잡고 각종 정책을 정확하게 세우고 당을 정말 근로대중 속에 정립하는 데 있어서 일성(日星)동지의 결정적 영도를 우리는 똑똑히 인식하여야 한다. 일성 동지를 그 지도자로 한 분국의 영도에 더 굳게 단결하여야 할 것이다. 민주주의 조선임시정부 수립을 앞두고 이 정부의 최고 지도자로 일성 동무를 추대하게 되는 것은 결정적이다."[69]

69 김창만, 「북조선공산당중앙위원회 제2차 각도 선전부장 회의 총결보고요지」, 위의 책, 67~68쪽. 내용으로 볼 때 이 회의는 1946년 5월경에 열린 것으로 보인다.

김창만은 영수가 오랜 투쟁과 공로의 시간을 통해 획득되는 지위임을 말하면서도 김일성을 다른 누구와 경합하지 않는 유일한 지도자로 간주하고 있다. 김일성은 준비되고 약속된 영수였다. 이후「로동신문」과 같은 대중매체에는 이런저런 행사에서 김일성이 한 '훈시'의 내용이 실리고 있다.[70] 임시인민위원회를 합법화하는 지방인민위원회 선거(1946. 11. 3.) 또한 김일성이 대중 위에 군림하는 존재가 되는 계기였다. 이 '민주선거'의 광경을 보도한 한 탐방기사는 학생들이 '김일성 장군의 노래'를 부르며 행진하고 '김일성장군 만세!의 구호가 거리를 진동하는' 축제의 장면을 그려내고 있다. '모두 공민증을 들고 나온' 인민들이 '거룩한 한 표를 바치어 영명한 지도자를 받들'고자 한다는 것이 기사의 내용이었다.[71]

70 한 예로 1946년 10월 20일자『로동신문』에는 제1차 북조선 과학기술인 전체대회(1946. 10. 17.)에서 한「김일성 장군 훈시 요지」가 소개되어 있다.

71 한재덕,「김일성 장군을 받들어 삼등(三登)에 인민의 명절」,『로동신문』, 1946. 11. 5.

4

무대 설정과 플롯 짜기, 경애의 나르시시즘

장백산 줄기줄기 피어린 자욱
압록강 구비구비 피어린 자욱
오늘도 자유조선 면류관 우에
력력히 비춰드는 거룩한 자욱
(후렴) 아 그 이름도 그리운 우리의 장군
아 그 이름도 빛나는 김일성 장군(이찬, 「김일성 장군의 노래」, 1946)

김일성의 활동 무대는 장백산(백두산)과 압록강으로 설정되었다. 그의 풍모와 행적을 알리는 데 앞장섰던 극작가 한재덕은 김 장군이 "동에 번쩍 서에 번쩍 장백산을 날아 넘고 압록강을 뛰어 건느며"[72] 일제와 싸웠다고 소개했다. 백두산은 이른바 강토의 머리에 해당하는 지역으로 그 전체성(totality)을 환유하는 특별한 기원적 장소였다. 이 강토의 정점은 민족적 정체성의 뿌리로 여겨진 곳이어서 이미 많은 이야기를 내장하고 있는 그 자체가 하나의 상징이었거니와, 무엇보다 민족적 기원신화의 무대로서 민족이 면면히 이어지리라는 약속을 표상하는 곳이기도 했다. 백두산을 근거지로 일제와 싸운 김 장군은 이 기원의 약속을 실현한 형상으로 그려진 것이다. 그의 이야기가 역시 신화가 되고 뒷날 그가 민족적 시조(始祖)로까지 추앙되는 데서 백두산이라는 배경은 큰 역할을 했다.

김일성의 활동무대가 백두산이었다는 설정은 지하에서 투쟁하거나 해외에 머무른 그 누구의 이야기와도 차별되는 점이었을 것이다. 그는 민족적 성소(聖所)를 지킨 영웅이었다. 나아가 백두산의 상징성 때문에 이 기원적 장소를 무대로 한 투쟁의 이야기는 그 어떤 이야기보다 식민지의 기억을 떨치고 민족의 기억을 축조해야 하는 필요에 부응하는 것일 수 있었다. 백두산에서 싸운 김 장군의 이야기가 과거를 민족항쟁의 시간으로 기억하게 한 것이다. 이후 북한에서 민족의 기억은 이 특별한 영웅의 무장투쟁사로 채워져야 했다.

기원의 약속을 실현한 백두산의 장군으로 부각된 김일성의 인상으로 강조된 것은 '생동감'이었다. 그것은 단순한 인상이 아니라 정신적 풍모의 특징으로 부각되었다. 한설야는 김일성의 투쟁사를 약전(略傳)의 형태로 그려낸 책에서 그에 대한 나름의 해석을 가하고 있다.

> "김 장군의 머리속에서 움지기는 이 과학적 또는 예술적 기법의 표현을 우리는 그 동작과 표정에서도 찾을 수 있다. 장군은 어느 때 어느 장소에서도 '정(靜)'이나 휴식을 상상케 하는 고요함이 없다. 장군의 머

72 한재덕, 「김일성 장군 유격대전사」, 『김일성 장군 찬양 특집 — 우리의 태양』, 북조선예술총연맹, 1946, 3쪽.

리와 몸 전체에서는 늘 무엇이 생동하고 발기(勃起)하면서 있는 것 같다. 이것은 장군의 머리에 넘쳐흐르는 위대한 정신력의 표현인데 그것은 딱딱한 과학적인 형태로뿐 아니라 실로 음악, 무용의 형상과 통하는 부드러운 파도(波濤)와 같은 것이다."[73]

김일성의 '머리와 몸 전체에서' 흘러나오는 생동감은 '위대한 정신'이 현상되는 양상으로서, '과학'과 '예술'을 결합한 높은 단계의 에너지라는 설명이었다. 아무리 어려운 상황에서도 그가 결코 낙담하지 않았고, 어디에도 매이지 않으면서 투쟁하고 승리해 왔다는 것은 그가 비상한 에너지의 화신이라는 증거였다. 한설야는 이 에너지를 창조의 에너지로 보았다. 그가 적을 제외한 모두를 포용하여 묶어내는 친화력을 발휘했다는 이야기라든가, 매번 문제의 핵심으로 바로 들어가 이를 해결하는 실제적인 길을 열었다는 내용의 삽화들은 그가 무엇이든 새롭게 만들어내는 창조자임을 말한 것이었다. 남이 볼 수 없는 것을 보고 남은 생각조차 못하는 일을 해내는 창조자로서의 형상은 이미 이야기를 통해 제시된 것이었다. 예를 들어 김 장군의 심안(心眼)은 천지를 꿰는 것으로, 심지어 적들조차 그를 '신통력(神通力)'을 갖는 존재로 생각했다는 것이다. 모든 사람의 신망을 모은 그는 새로운 미래를 열어줄 것이었다. 최고의 정신과 힘을 표상한 백두산의 영웅은 쇄신된 앞날을 예고하고 있었다.

김일성의 형상적 특징으로 부각된 생동감은 백마를 탄 나이 든 김일성 장군에 대한 대중적 상상을 불식하고 대체하는 것이었다. 사실 새 시대의 주인공이라면 온 몸으로 에너지를 뿜어내는 영웅이 보다 개연적

73 한설야, 『영웅 김일성 장군』, 신생사, 1947. 69쪽. 이 책은 1947년에 부산(釜山)에서 중간된 것으로 쓰인 시기는 앞당겨야 할 것이다. 내용상으로 볼 때 이 책은 항일무장투쟁기의 김일성을 묘사한 한설야의 「혈로」(1946)와 비슷한 시기에 쓰인 것으로 보인다.

이었다. 특히 과학과 예술을 결합한 에너지로서의 생동감이라는 것은 해방으로 자아의 재배치가 불가피해진 가운데 그간 진행되어온 역사와 개인, 몸과 정신, 상황과 지향의 분열을 통합하는 이상적 자아(ego ideal)의 속성일 수 있었다. 더구나 그는 창조자로 그려지지 않았던가! 실제적인 현명함을 통해 실천의 힘을 구현하고 이로써 모든 사람을 감화시키는 창조자의 능력은 미래에 대한 불안을 지우는 것이었다. 김일성이 해방 직후 '우리의 태양'[74]으로 그려졌던 것도 그가 이미 대중의 기대를 수용하는 창조자로 묘사되었다는 사실과 관련하여 이해될 필요가 있다. 사람들은 그를 우러러 보아야 했는데 이로써 그들은 대지를 비추듯 태양과 같은 그의 눈빛 아래 놓이게 되었다.

민족적 성소를 지킨 영웅이자 생동감 넘치는 미래의 담보를 우러르는 것은 민족으로 귀환하는 유력한 방법이었다. 그를 향한 경애는 능동적인 의존의 방식으로서 나르시시즘적인 욕망을 북돋고 충족시킬 수 있었다.[75] 민족적인 자기존경을 가능하게 한 영웅을 맞아들이고 그 주변에 서는 것은 가치 있는 일이 되었다. 그러나 경애의 나르시시즘은 결코 넘을 수 없는 위계를 내장하고 있었다. 경애의 대상은 아무나 쉽게 따라잡고 흉내 낼 수 있는 것이 아니었기 때문이다. '태양'과 같은 지도자는 일방적으로 빛을 발하는 존재였으며 따라서 철저히 의존하는 선택만이 가능했다. 태양을 앙모한다면 그가 허락지 않는 생각이나 태도는 포기해야

74 이찬이 1946년 4월 20일 함흥에서 쓴 것이라고 밝힌 시 「환영 김일성 장군」(『승리의 기록』, 문화전선사, 1947)에서 김일성은 '삼천리 왼 강토를 비추는 위대한 태양'으로 추앙되고 있다.

75 능동적인 의존의 나르시시즘이란 자신이 잃어버린 것을 회복하기 위해 다른 사람에게 적극적으로 의존하는 것을 가리킨다. 다른 사람이 욕망의 궁극적 대상을 구현한다고 믿고 기대하는 것이다. 그 메커니즘에 대한 자세한 설명은, Mark Bracher, *Lacan, Discourse and Social Change*, p. 44.

옳았다. 창조자는 이미 절대자였다.

김일성의 활동무대가 상상되고 그의 정신적 풍모가 부각되는 과정에서 필요했던 것은 도대체 이 영웅이 어떻게 출현할 수 있었는가 하는 내력(來歷)의 제시였다. 영웅의 등장을 계기적으로 설명하려면 그의 자질이 어디서 비롯된 것이며 어떤 근원을 갖는가가 조명되어야 했기 때문이다. 그의 투쟁기는 일대기(一代記)로 확대되어야 할 것이었다. 이를 위한 플롯 짜기 또한 일찍이 시작되었다. 한재덕은 열렬한 애국투사였다는 김일성의 아버지 김형직 선생의 일화를 비춘다. 아버지는 독립운동을 위해 만주로 옮겨 갔으며 돌아가는 순간에서조차 '자리 아래 깔았던 권총을 쥐어주며 독립을 위해 싸울 것을 유언하였다'[76]는 것이다. 부득이 고향을 떠나야 했던 고난의 시간은 계승의 시간으로 그려졌다. 이제 '20년 만에' 개선한 김일성은 아버지의 유지(遺志)를 실현한 셈이 된다. 한재덕은 다음과 같이 외친다. "대를 이은 투쟁이고 대를 이은 승리이다. 조선의 아들의 개선이다."[77]

김일성을 민족의 영웅으로 그리는 데서 삽입된 부계적(父系的) 계승의 이야기는 아버지의 유지를 받든다는 보편적인 코드(meta code)를 내장한 것이다. 창조자 이야기에서처럼 지난 이야기는 흔히 일정한 약호체계에 의해 대체되게 마련이거니와,[78] 이 보편적 이야기 코드는 영웅의 활약에 필연성을 부여하는 역할을 했을 것이다. 선고(先考)의 뜻을 따른다는

76 한재덕, 「김일성 장군의개선기 — 빛나는 혁명가의 집을 찾아서」, 『문화전선』, 창간호, 80쪽.

77 한재덕, 위의 글, 83쪽.

78 Hayden White, "The Value of Narrativity in the Representation of Reality", *On Narrative*, p. 2.; Martin Cortazzi, *Narrative Analysis*, The Falmer Press, 1993, p. 70.

것은 익숙하고 관습적으로 수용되는 일이었기 때문이다. 계승의 이야기는 공동성(communality)을 확인케 함으로써 경애의 나르시시즘을 강화하는 요소로 작용했을 것이다. 한편 부계적 계승이 민족의 시간을 상상하는 틀이었다고 보면 선고의 유지는 민족의 부름을 구체화하는 것이기도 했다. 그러나 김형직의 일화는 결국 김일성이라는 영웅의 자질을 가계(家系)의 내력으로 설명한 것이었다. 그의 특별한 능력이 오로지 가계에서 비롯된 것이었으므로 그와 함께 그의 가계 또한 존숭되어야 했다.

식민지에서 벗어난 민족의 바람이란 세계의 인정을 바라는 것이 아닐 수 없었다. 비록 소련군을 '해방자'로 맞았고 소련의 '후원'을 뿌리칠 수 없는 상황이었지만 그렇기 때문에 더욱 세계적 인물은 필요했다. 김일성은 역시 그러한 바람의 대상이 되었다. 경애의 나르시시즘은 그를 단지 민족의 영웅이 아니라 세계적인 존재로 부각함으로써 충족될 수 있는 것이었다. 김일성이 세계적인 인물이어야 하는 이유는 일단 그의 빨치산 투쟁이 '세계에서도 가장 영용하며 심각, 참혹한 것이었기'[79] 때문이기도 하고, 또 그가 '중국공산당을 고무'하였을 뿐 아니라 그의 영향으로 '중국의용군도 조직'[80]된 만큼 큰 역할을 한 인물이었기 때문이기도 했다. 김일성이 세계적 인물이었다면 그가 귀환한 장소 또한 세계적인 의미를 갖는 곳이 아닐 수 없었다. 한재덕은 김일성의 귀향에 동행한 소련군 장교가 만경대에 이르러, "조선의 아니 세계의 만경대다."[81]라며 감탄하는 장면을 옮겨 놓고 있다.

백두산을 근거로 일제와 싸운 유격대 대장의 이야기는 식민지의 기억을 떨쳐내려 한 사람들에게 새로운 시공간의 상상을 가능하게 했다. 강

79 한재덕, 「김일성 장군 유격대전사」, 『김일성 장군 찬양 특집 — 우리의 태양』, 1946, 4쪽.
80 한재덕, 위의 글, 7쪽.
81 한재덕, 「김일성 장군의개선기 — 빛나는 혁명가의 집을 찾어서」, 84쪽.

토는 백두산에 의해 다시 정렬되었으며 과거는 투쟁의 시간이 되었다. 대신 민족적 바람을 신념화한 형상이 된 주인공은 그 신념을 모든 구성원에게 강요하는 호명의 주체로 등극했다. 주인공을 올려다보는 경애의 나르시시즘이 호명의 주체가 절대화되는 과정을 제어할 수는 없었다. 오히려 경애의 나르시시즘은 숭배를 통해 강화되었다. 민족을 운위하는 경애의 나르시시즘이 자신의 시각과 입장을 절대화할 때 그것은 타자에 대한 이해를 결여한, 분열을 모르는 독선에 빠질 수밖에 없다. 오늘날 북한이 이른 편집적인 고립의 상태는 이 과정의 종국적 결과로 보인다.

5

『백두산』의 스펙터클

1947년 조기천에 의해 쓰인 장편서사시 『백두산』은 김일성을 주인공으로 하는 이야기가 증식되고 또한 고착되는 양상을 알리는 이정표로 볼 만하다. 평론기 안함광이 이 서사시를 비판하면서 벌어진 논쟁은 김일성의 형상화가 예외적인 방식으로 이루어져야 함을 확인하는 것으로 종결되었다.[82] 김일성은 긍정적 인물이란 역사적 현실이 발전해 가는 과정 속에서 묘출되어야 한다는 이른바 사회주의 리얼리즘적 형상화 원칙에 해당되지 않는 특별한 존재였던 것이다.

『백두산』은 김일성과 그가 이끄는 유격대의 항일무장투쟁을 스펙터클로 제시했다. 김일성을 그려낸 스펙터클은 김일성의 이야기와 그 공간

82 김창만, 「북조선 문학의 새로운 수확, 조기천 작 장편 서사시 『백두산』을 평함」, 『모든 것을 조국 건설에』, 로동당출판사, 1947, 196쪽.

© 연합뉴스

을 획정한 것이다. 일정한 관점에 의해 선택적으로 가공되고 부각된 가상(假像)으로서의 스펙터클이란 무엇보다 현실적 감각에 구애되지 않는 나름의 자율성을 갖는다. 개연적인 설명을 거부하는, 그렇기에 매번 반복될 수밖에 없는 스펙터클은 김일성의 형상과 이야기를 증식시키는 공간이었던 것인데, 그 안에서 다른 이야기를 하는 것은 불가능했다. 『백두산』에서도 과장된 의고적(擬古的) 수사가 남용되고 명백한 전언을 갖는 영탄이 반복되고 있는데, 이는 김일성을 그리는 방식이 이미 상투화되었음을 보여주는 증거로 읽어야 한다. 결국 백두산과 김일성, 그리고 그를 주인공으로 하는 항일무장투쟁의 이야기는 이 스펙터클을 벗어날 수 없게 된 것이다. 민족적 저항의 정당성을 앞세우고 강조했지만, 스펙터클에 갇혀 고착된 이야기는 이야기를 통한 실천적 이해와 인식을 제약하는 것이었다.

제목과 같이 백두산은 스펙터클의 중심이다. 시선의 집중과 몰입을 요구하는 스펙터클이 극장의 구조를 설정하는 것이라고 할 때 백두산은 언제나 스크린의 중심에 위치한다. 그런데 이 백두산은 누구나 쉽게 가 닿을 수 있는 곳이 아니다. 그곳은 인간의 발길을 불허하는 신비로운 성소로서 항상 '절정'의 시간 속에 있는 것이다.

> 첩첩 층암이 창공을 치뚫으고
> 절벽에 눈뿌리 아득해지는 이 곳
> 선녀들이 무지개타고 내린다는 천지
> 안개도 오르기 주저하는 이 절정![83]

정점으로서의 백두산은 강토를 한 눈에 조망하는 높은 위치에 서는 것이다.("삼천리를 손금같이 굽어보노라!", 10쪽). 백두산의 스펙터클은 백두산을 통해 강토를 굽어보는 우위의 시점을 확보할 뿐 아니라 강토의 지난 역사를 비추는 것이기도 하다. 백두산이 "세기의 증견자(證見者라는 뜻인 듯 — 인용자)"(23쪽)로 설정되었기 때문이다. 그런 만큼 백두산은 또 앞날을 예언하는 인격화된 화자로 나선다. 요컨대 스펙터클로서의 백두산은 과거 역사에 대해 권위적인 규정을 내리고 미래의 모습을 또한 개시(開示)하는 기능을 하고 있는 것이다. 따라서 백두산을 치어다보는 입장에서는 그것의 물음을 피할 수 없다. 백두산은 묻는다. "뉘가 인민을 위

83 조기천, 『백두산』, 작가동맹출판사, 1955, 9쪽. 이후 『백두산』의 인용은 인용된 부분 뒤에 면수를 부기함. 『백두산』의 여러 판본들(1955년 판, 1986, 1987년 판, 1995년, 2004년 판)의 의미와 차이를 검토한 고현철 교수는 1955년 작가동맹출판사 판이 1947년 판과 동일한 것임을 확인했다. 고현철, 「조기천 『백두산』 연구의 선결 문제」, 『한국문학논총』, 한국문학회, 39집, 2005. 4.

해 싸우느냐? 뉘가 민전의 첫머리에 섰느냐?" (10쪽)

물론 백두산이 비춰내는 것은 김일성이다. '원쑤'를 무찌르는 '빨치산 김 대장'은 '흰 두루마기 자락을 나래와 같이 펄럭이는' 민중적 아이콘으로 그려진다. 그는 '축지법'을 쓰는 '천명(天命)의 장수'였다. 선명한 시각화를 통해 설화적 상상력이 동원되고 있는 것이다. 이 스펙터클 안에서 김 장군은 과거로부터 약속된 존재이면서 미래의 주인공이었다. 그의 출현은 운명이었고 그를 좇고 그에 의지하는 것 또한 운명이었다.

김일성을 비추는 스펙터클 안에서 전개될 수 있었던 것은 그를 따르는 빨치산과 혁명적 인민의 관계를 확인하는 이야기였다. 정치원 '철호'와 혁명적 인민 '꽃분이', 그리고 연락원 '영남' 등의 인물들은 그들의 무대인 북지의 산촌(山村)이 조출한 향토로 그려진 것처럼 소박하고 충성스러운 직심(直心)의 형상들이다. 서로 애틋한 동지애를 나누는 그들에게 김 장군은 절대적인 믿음의 표상이다. 그들은 내면의 어떤 분열도 없는 투명한 존재여서, 김 장군을 향한 믿음을 의심치 않는 것처럼 원수를 증오하는 데도 충실할 뿐이다. 그들은 원수에 대한 원한을 경건함의 높이로까지 끌어올린 본보기를 보인다. 원한이 윤리적 도그마로 내면화되어 있는 것이다. 그리고 그렇기 때문에 그들은 적을 감쪽같이 기만할 수도 있다. '선포문'을 찍던 철호와 꽃분이가 용의주도하고 또 천연덕스럽게 부부로 위장하여 순사를 따돌리는 장면이 그것이다. 그들은 투사이면서 공작자이기도 하다. 물론 적을 기만하는 일은 그들의 윤리에 저촉되지 않는다.

스펙터클의 여정 속에는 김일성이 빨치산의 정신적 규율을 세운다든가 국내로 '진공'하는 에피소드가 이어지는데, 때로 에피소드들은 긴박한 줄거리의 흥미를 제공하기도 한다. 동지의 희생은 투쟁의 의지와 각오를 벼리게 하는 것이다. 그러나 일방적인 전투 장면들은 오히려 활극에 가깝다.

스펙터클의 한 지점에서 김일성은 「쏘련 빨치산 약사」를 '밤 가는 줄 모르게' 읽고 있다. 소련은 이 스펙터클의 광원(光源)으로 그려졌다.("또 북에 있는 자유의 나라 정의의 나라/(중략) 백일하에 빛나 빛나는/ 그 창조의 휘황한 성진이/ 누리에 퍼지여 장백에 비추노니", 29~30쪽). 스펙터클은 소련을 배경으로 하는 원근법을 통해 세계를 스크린에 담아냈다. 그리고 세계를 스크린에 담음으로써 백두산이 세계를 향해 외치는 구도를 제시할 수 있었다. 이 시는 세계를 향한 백두산의 외침 — 백두산이 백두산의 나라를 세운다는 건국선언으로 끝난다.

> 세기의 백발을 추켜들고
> 북으로 찬란한 우랄산을 바라보며
> 곤륜산 히마라야 산념에
> 신생의 중국도 살펴보며
> 증오에 찬 추상을
> 태평양 거츤물과 부사산에 던지며
> 백두는 웨친다 —
> "너, 세계야 들으라!
> 이 땅에 내 나라를 세우리라!
> 내 천만년 깎아 세운 절벽의 의지로
> 내 세세로 모은 힘 가다듬어
> 온갖 불의를 즉쳐 부시고
> 내 나라를,
> 민주의 나라를 세우리라!(중략)" (53쪽)

백두산은 대지의 주권자로서 세계를 향해 건국을 천명했다. 『백두산』의 스펙터클이 국가를 세운다는 '거룩한 목적'을 새겨낸 것이다. 그리고 그럼으로써 중심 아이콘 김일성은 이 신성한 과제를 수행할 주인공이 되었다.

김 대장이라는 아이콘의 기호적 내용이라든가 스펙터클 안에서 그것이 놓이는 위치를 비롯하여, 그가 다른 형상들과 맺는 위계적 관계를 말하는 이야기 줄거리의 구조 등은 이후로도 바뀔 수 있는 것이 아니었다. 다시 말해 서사시 『백두산』은 김일성과 그의 투쟁을 그리는 틀을 세웠다. 김 대장이라는 아이콘, 혹은 그것을 담아낸 스펙터클은 이미 군림한 권력 자신의 자화상[84]이어서 이 서사시는 특정 작가의 창작이라기보다 하나의 기획물로 보이기까지 한다.[85] 이제 김일성은 언제든 스펙터클 안의 아이콘으로서의 김일성이어야 했다. 김일성체제는 그를 중심 아이콘으로 하는 스펙터클이 지배적인 것이 되는 과정을 통해 강화되어갔다. 아이콘이 끊임없이 복제되고 이야기가 스펙터클 안에서 고착되는 상황이 지속되었던 것이다.

84 기 드보르, 『스펙터클의 사회』, 이경숙 옮김, 현실문화연구, 1996, 19쪽.

85 여기에 대해서는 이미 고현철 교수가 언급한 바 있다. 1946년 말 1947년 초 『백두산』의 창작 과정에서 김일성의 개입이 있었다는 것이다. 「조기천 『백두산』 연구의 선결 문제」, 『한국문학논총』, 387~390쪽. 필자 역시 그럴 개연성이 있다고 본다. 『백두산』과 북한정치사의 관계에 대해서는 고 교수의 다른 논문(「북한정치사와의 상관성으로 살펴 본 조기천의 1955년 판 『백두산』」, 『국제어문』, 35집, 2005. 12)을 참조할 수 있다.

6

이야기와 주권의 소재

김일성의 항일무장투쟁 이야기는 새로운 시공간과 새로운 질서를 구축해냈다. 이 질서가 김일성을 최상의 입법자(立法者)로 만든 것이다. 이야기를 통해 시배기표를 장악한 그가 강력한 호명의 힘을 갖는 주체가 된 결과였다. 이야기 안에서 그는 줄곧 민족을 위해 싸운 영웅이자 승리의 담보였고 모든 것을 쇄신할 창조자였다. 다른 이야기가 쓰이지 못한 가운데, 그를 우러르고 충실히 따름으로써 그의 밑에 들려는 경애의 나르시시즘은 결국 유일하게 옳고 가능한 선택이 되었다. 그를 주인공으로 하는 이야기는 긍정적인 것과 부정적인 것, 바람직한 것과 그렇지 못한 것을 엄격히 대별했는데, 새 질서는 그것을 그대로 반영하는 것이어야 했다. 이런 상황에서 이내 김일성의 말은 그 자체가 절대적인 진리이자 준수해야 할 가르침이 되었다.[86] 그의 말은 곧 법이어서 그가 매번 법을 말하는 주권자가 된 것이다. 주권의 특수한 힘은 폭력과 정의를 결합하는 데서 발생한다.[87] 일제와 싸우는 항일무장투쟁의 이야기는 이 힘을 키운 발전기였던 것이다. 김일성이 주권자가 되는 것이 이야기를 통해서, 그리고 이야기 안에서 가능했다면 이야기야말로 주권의 진정한 소재가 아닐까 하는 추리도 해볼 만하다.

법을 말하는 주권자는 법질서의 외부와 내부에 동시에 존재하는 자다. 법질서가 예외상태를 선포하는 경우, 즉 어떤 형태로든 법의 효력이 정지되는 경우, 그에 대한 권한을 가지며 새로운 입법을 행사하는 자가 주권자이기 때문이다.[88] 이야기에 대해서도 같은 지적이 가능할 듯싶다. 주권자를 만드는 이야기란 법 이전에, 혹은 법의 외부에 존재하게 마련이다. 김일성체제가 이야기에 의해 세워졌고 김일성 역시 스펙터클 속의 아이콘처럼 이야기 속에 존재하며 그것을 벗어날 수 없었다면 그 이야기는 이미 예외적인 것이다. 이야기의 외부에 아무것도 있을 수 없는 상황에서 이야기는 언제나 이야기 된 것[89] 너머에 존재하게 된다. 항일무장투쟁 이야기는 그 주인공으로 하여금 법을 말하게 함으로써 예외상태가 지속되도록 해온 것이다.

매번 법을 말하는 김일성은 정치 너머의 존재로서 불멸의 입법자가

86 1947년경이면 김일성의 지시를 얼마나 충실히 따르느냐는 모든 일의 성패를 가르는 관건으로 여겨지기 시작한다. 한 예로 한효는 '문학창작에 대한 김일성 장군의 교훈'이라는 부제가 붙은 글에서 "김일성 장군의 지시를 진실로 자기의 창조 사업 위에 살리었느냐! 못 살리었느냐!"가 건설적인 작품을 쓰는 관건임을 역설하고 있다. 「고상한 리알리즘의 체득」, 『조선문학』, 창간호, 1947. 9, 280쪽.

87 조르조 아감벤, 『호모 사케르』, 박진우 옮김, 새물결, 2008, 85쪽.

88 위의 책, 55쪽.

89 이야기와 이야기된 것의 관계는 랑그(langue)와 파롤(parol)의 관계에 비추어 볼 수 있을 것이다. 랑그를 통해 파롤의 외시(外示)는 가능하다. 랑그는 파롤의 "실제적인 적용이 정지되는 순간, 즉 주권적 예외 속에 순수한 잠재성으로 남아 있을 때만 개별 사례에 적용될 수 있다."(『호모 사케르』, 64쪽). 문법으로서의 이야기 또한 이야기된 것 '너머에' 잠재성으로 존재하는 것이다.

되었다. 주권자로서의 그의 위치가 육체적 생명과 상관없이 유지될 수 있었던 이유는 여기에 있다. 김일성의 항일무장투쟁의 이야기가 작동한 역정은 이야기의 가공할 역능을 보여주었다. 이 역정을 정치적으로 사유하는 일은 이야기의 역능을 성찰하지 않고는 불가능할 것이다.

참고문헌

자료

『미국국립공문서관 소장 북한 해방 직후 극비자료』(1), 고려서림, 1998.

『북한관계사료집』, 국사편찬위원회.

이경희(李京禧), 〈귀환 — 김일성 장군을 맞으며〉, 『문화전선』, 창간호, 1946. 7.

조기천, 《백두산》, 작가동맹출판사, 1955.

한설야, 『영웅 김일성 장군』, 신생사, 1947.

한재덕, 「김일성 장군 유격대전사」, 『김일성 장군 찬양 특집 — 우리의 태양』, 북조선예술총연맹, 1946.

논문 및 단행본

고현철, 「조기천 《백두산》 연구의 선결 문제」, 『한국문학논총』, 39집, 2005. 4.

서동만, 『북조선사회주의체제성립사 1945~1961』, 선인, 2005.

신형기, 오성호, 『북한문학사』, 평민사, 2000.

조르조 아감벤, 『호모 사케르』, 박진우 옮김, 새물결, 2008.

Bracher, Mark, Lacan, *Discourse and Social Change*, Cornell university press, 1993.

Cobley, Paul, *Narrative*, Routledge, 2001.

Eagleton, Terry, *Ideology; An Introduction*, Verso, 1991.

Daiute, Coltte & Lightfoot, Cynthia, eds., *Narrative Analysis; Studying the Development of Individuals in Society*, Sage publications, 2004.

Zizek, Slavoj, *The Sublime Object of Ideology*, verso, 1989.

제3장

해방 직후의 반공 이야기와 대중

1 반공과 반공 이야기

2 '빨갱이'는 누구였나? — '도덕화'와 주술적 기대

3 '추방령'으로서의 반공

4 『이북통신』; 성(性)의 공산주의

5 『민주조선』; 반공 민주주의 강론

6 반공이라는 국시(國是)

1

반공과 반공 이야기

이 글은 해방 직후 38이남에서 반공이 어떻게 이야기되었는가를 밝히려는 것이다. 즉 반공 이야기(anti-communism narrative)에 초점을 맞춰, 발화의 맥락이나 이야기 양상과 구조 및 작용을 살피려 한다. 식민체제가 무너짐으로써 새로운 사회형성의 전제가 마련되었지만 38선이 가로 놓이고 이념적 대립이 가속된 가운데, 이남에서 벌인 전(前) 국가적 반공 캠페인은 비단 그 말뜻에 국한되지 않는 규제와 금압을 정당화했다. 반공을 법으로 위치시키고 강화하는 폭력적 과정은 38이남에 이른바 분단국가를 세우는 과정이 되었다. 반공 이야기는 반공이 절실함을 말하고 그 이유나 사례를 제시하여 법을 미리 말하는 역할을 한 것이다. 반공이 '국민으로의 통합을 명령하는 강력한 규율장치'로 작동했다는 기왕의 지적[90]은 반공 이야기의 문법을 분석함으로써 보완될 필요가 있다. 이 글에서는 도덕론이나 이족혐오(Xenophobia)에 입각한 민족 이야기가 반공 이야기에 습용된 데 유의하려 한다.[91] 도덕적이고 종족적인 배제야말로 통합을 명령하는 지배적인 방식이지 않았던가.

두루 알다시피 해방 이후의 반공은 2차 세계대전과 더불어 진행된 미소에 의한 세계분할 과정이나 민족해방운동 노선상의 오랜 이념적 분기의 역사를 배경으로 한다. 파시즘이 무너진 만큼 해방된 식민지는 이제 진보적인 민주주의를 건설하기 위한 사회주의적 개혁에 나서야 하리라는 기대와, 일로 세력을 확대해가는 공산주의의 책동을 물리쳐야 한다는 경계가 적대적으로 충돌한 한반도에서 반공은 물론 후자의 편에 서는 것을 뜻했다. 이 이분법에 따라 반공은 반마르크시즘이나 반볼셰비즘뿐 아니라 반이북, 반소비에티즘, 혹은 반러시아를 의미하기에 이른다.

그렇지만 물리쳐야 할 대상을 구획하는 경계가 모호한 가운데 반공은 이념적인 공박을 펼치기보다 도덕론에 근거하여 그 경계를 선악으로 나누었고 부도덕한 '빨갱이'의 타자화를 명령했다. 적의 철저한 타자화가 '우리'의 이념적(도덕적) 정체성을 지키는 관건이라 주장할 때 자기존립과 유지는 반공을 조건으로 해서만 가능한 일이 된다. 반공이라는 법

90 강웅식, 「총론: 반공주의와 문학장의 근대적 전개」, 『반공주의와 한국문학의 근대적 동학 1』, 한울, 2008. "반공주의는 근대국가형성의 메커니즘과 관련해 하나의 중핵으로 기능해 왔으며 개인을 국민으로 편입, 통합하는 과정에서 강력한 규율장치로 작동해 왔다."(12쪽). 즉 반공은 '국가정책, 사회문화의 제도, 개인의 일상에 구조적인 영향력'(13쪽)을 발휘했고 그럼으로써 '정신구조 속에 내재화된 일종의 아비투스'(14쪽)가 되었다는 것이다. 한편 '한국의 반공주의는 공산주의와의 직접적인 논쟁 속에서 형성되지 않고 공산주의와의 철저한 격리 속에서 발생했다'(류경동, 「해방기 문단형성과 반공주의 작동 양상」, 『반공주의와 한국문학의 근대적 동학 1』, 68쪽.)는 발언은 다소 지나쳐 보이지만 참고할 만하다.

91 반공 이야기가 민족주의의 문법을 습용했다는 것은 이 글의 전제이자 이 글을 통해 확인하려 하는 바다. 반공 이데올로기의 기원을 민족주의 이데올로기와의 관계 속에서 살핀 글로는 모리 요시노부의 「한국반공주의이데올로기 형성과정에 관한 연구」(『한국과 국제정치』, 경남대학교 극동문제연구소, 1989)가 있다.

은 그 자체가 '우리'를 지켜야 하는 절실함을 상기시켰을 뿐 아니라 그렇게 함으로써 도덕적 폭력, 혹은 도덕적이지 않은 폭력을 정당화했던 것이다. 적의 타자화는 '우리' 내부의 불순하고 불온한 것, 이질적이거나 오탁의 가능성이 있는 의심스러운 일절을 적발하고 제거하는 데서 시작되었다. 안으로부터의 배제를 통해 내부의 침식을 막아야 적의 타자화가 가능했던 탓이다. 결국 반공 이야기는 밖을 향하기에 앞서 안을 향해 발화되었다고 보아야 한다. 그렇게 반공 이야기가 번번이 '우리'에의 귀속 여부를 물었다고 할 때 반공은 통합의 명령 속에서 살아온 긴 시간의 임팩트이기도 했다.

반공캠페인의 대상은 대중이다. 해방 직후 정치적 관심의 형태로 모아지는 대중적 기대가 억압과 수탈을 견뎌내야 했던 시간에 대한 원한과 또 그로부터 벗어나려는 바람의 표현이었다면, 그들을 빨갱이로부터 격리시키고 그들의 생각과 태도를 한정하려고 한 것이 반공이었다. 반공의 입장에서 볼 때 부화뇌동하는 대중은 어리석고 취약해서 언제든 변질 가능한 위험한 존재였다. 반공 이야기는 근본적으로 대중을 교도하는 형식을 취한다. 공산주의가 외부로부터의 위협이자 비인간적인, 기만적이며 위험한 사상이라고 설득하기 위해 반공 이야기는 일단 민족을 한정한다. 즉 빨갱이는 도의적(인간적)으로나 민족적으로 변질된 부류였다. '근본'을 물어 민족으로의 귀속을 요구하는 민족 이야기를 되풀이하는 것은 타자화의 주된 방법이었다. 대중의 오해와 미망을 일깨워야 한다는 긴급의식 속에서 반공 이야기는 이내 적을 극단적인 공포와 증오의 대상으로 만든다. 공산주의는 어떤 교섭도 해서는 안 되는 악마적 타자로 그려졌다. 이 과정은 이족혐오가 반공 이야기의 중요한 화소가 되었던 사정과 무관치 않다.

이 글에서는 먼저 배제의 대상이 된 빨갱이가 과연 누구였는지, 나아가 그러한 구획이 어떤 역사성을 갖는지 조명하고, 반공이 근본적으로 갖는 추방령으로서의 성격에 대해 논의하려 한다. 반공은 그것을 작동시킨 반공의 언어 — 반공 이야기 안에 있었다. 여기서는 이북의 실상을 알린다는 목적 아래 1946년 중반부터 발간되는 정기간행물『이북통신』(1946~1948)에 쓰인 글들을 반공 이야기의 한 경우로 분석하는 한편, 대중에게 민주주의를 교양하기 위해 미군정청 공보부가 편집, 발행한『민주조선』(1947~1948)의 내용을 또한 검토할 것이다.

2

'빨갱이'는 누구였나? —'도덕화'와 주술적 기대

대한민국 정부의 수립(1948. 8. 15.)을 전후해 쓰인 것으로 보이는 채만식의 소설 「도야지」(1948. 10.)는 정상배와 모리배가 판을 치는 남한사회를 풍자하면서, 그 남한사회의 공적(公敵)이 된 빨갱이를 다음과 같이 주석하고 있다.

> "1940년대의 남부조선에서, 볼쉐비키, 멘쉐비키는 물론, 아나키스트, 사회민주당, 자유주의자, 일부의 크리스챤, 일부의 불교도, 일부의 공맹교인(孔孟教人), 일부의 천도교인, 그리고 주장 중등학교 이상의 학생들로서 사회적 환경으로나 나이로나 아직 확고한 정치적 이데올로기 —가 잡힌 것이 아니요, 단지 추잡한 것과 부정사악(不正邪惡)한 것과 불의한 것을 싫어하고, 아름다운 것과 바르고 참된 것과 정의를 동경 추구하는 청소년들, 그 밖에도 ○○○과 ◇◇◇당의 정치노선을 따르

지 않는 모든 양심적이요 애국적인 사람들, (그리고 차경석의 보천교나 전룡해의 백백교도 혹은 거기에 편입이 될 가능성이 있다) 이런 사람을 통틀어 빨강이라고 불렀느니라."[92]

위의 언술에 의하면 빨갱이를 구획하는 경계는 매우 모호한 것이다. 두루 알다시피 이 말은 탁치 문제로 반공의 상황이 빠르게 조성되어 간 가운데 우익의 입장에서 적대시하는 타자 전반에게 들씌운 호칭이어서, 우익임을 표명치 않는 모든 상대를 향해 구사될 수 있었던 용어였다. 그런 만큼 이 말이 부여된 대상은 다양하고 광범할 수밖에 없었다. '볼쉐비키나 멘쉐비키, 아나키스트, 사회민주당'은 물론 '자유주의자'와 '일부의' 종교인이 같은 반열에 놓인 이유는 이렇게 설명된다.

그런데 이 소설의 서술자는 빨갱이로 간주된 사람들 안에 보천교(普天敎)나 백백교(白白敎)도와 같은 이들도 '혹은 편입될 가능성이 있다'고 말했다. 이런 언술은 과연 어떤 의도에서 이루어진 것일까? 보천교, 백백교 운운은 빨갱이로 불린 대상 안에 한때 위세가 대단했거나 악명을 떨친 사교(邪敎)의 추종자들처럼 뚜렷한 주관 없이 우레 소리를 좇는 무리가 포함된다는 해석이 가능하다. 서술자는 빨갱이가 실은 '양심적이고 애국적인 사람들'이라고 하면서 빨갱이가 양산된 세태를 풍자했다. 그런데 여기에 섞일 수 있다고 한 보천교나 백백교는 일상적인 박탈을 피할 수 없었던 사람들이 빠져든 혹세무민의 사교였다. 이미 사회적 병리현상으로 지목된 보천교나 백백교 사건에서 종교적 신심은 전적인 투신을 요구하고 과도한 보상을 약속하는 집단적인 주술로 나타났다. 결국 보천교, 백백교 운운은 빨갱이에 대한 앞서의 긍정적인 평가를 일부 뒤엎어,

92 채만식, 「도야지」, 『문장』, 3권 5호, 1948. 10. 14쪽.

'양심적이고 애국적인 사람들' 역시 막연한 유인(誘因)에 휩쓸리는 대중이며 주술에 빠져들 수 있는 집단임을 의미한 셈이 된다. 작가 채만식은 양날의 풍자를 행하고 있었던 셈이다.

이 소설이 쓰인 정부 수립을 전후한 시점은 바로 제주도에서 4.3사건이 터진 뒤고 여순사건(1948. 10. 19.)을 앞두고 있는 때다. 이 시기를 통해 빨갱이는 민족과 국가의 적이자 더 이상 '인간이 아닌',[93] 배제하여 절멸시켜야 할 대상이 되었다. 빨갱이라는 말이 무차별한 적의를 동원했을 뿐 아니라 자의적 처분이 가능한 공포의 호칭이 되어서, 누구든 빨갱이로 지목되면 그 혐의만으로도 죽임을 당할 수 있었던 것이다. 이런 가운데 빨갱이가 누구인가를 주석한다는 것은 어느 쪽에서 보더라도 대담한 시도였다. 그런데 빨갱이가 되어버린 다양한 성분과 경향의 사람들을 긍정한 서술자는 뜻밖에도 그 안에 보천교나 백백교가 편입될 수 있다고 했다. 위의 주석이 빨갱이 일반의 중요한 면모로 본 도덕적 지향과 보천교나 백백교를 들어 지적한 주술적 맹목성은 과연 어떤 관련을 갖는 것인지는 좀 더 신중하게 해독할 필요가 있다.

역사적으로 보면 서로 다른 정치적, 이념적인 입장을 갖는 사람들이 두루 빨갱이로 불리게 된 이유는 식민지 시대의 민족적 저항이 사회주의 내지 공산주의를 여러 방식으로 수용하였던 사정에서 찾아야 한다. 제국주의의 침탈을 벗어나는 독립의 꿈은 흔히 공동체적이거나 종족적인 선(virtue) — 평등과 자조(自助)의 이상을 지향하는 — 의 실현을 기대했거니와, 자본주의(제국주의)를 비판하는 사회주의적 상상력은 그 화소(話素)나 동기가 될 수 있었다. 성공(?)한 프롤레타리아 소설로 언급되어온 이기영의 『고향』(1934)에서도 사회주의는 도덕적 공동체주의의 이상과

93 김득중, 『빨갱이의 탄생 — 여순사건과 반공국가의 형성』, 선인, 2009. 372쪽.

부딪지 않는다.[94] 제국에 의한 '부도덕한' 수탈이 이루어지는 식민지에서 도덕적 공동체를 회복하는 민족의 꿈은 반자본주의를 전제했던 것이고 그렇게 사회주의를 수용했던 것이다.

해방을 맞아 민족의 '진정한' 독립을 보장하는 국가의 건설이 당면의 과제가 되었던 상황에서도 사회주의는 이 꿈을 구체화하는 이데올로기였다. 예를 들어 그간 억압과 착취를 받아온 인민대중, 곧 노동계급과 빈농층이 새로운 건설의 주인공이어야 한다는 (사회주의적) 주장은 민족을 쇄신하는 명제가 된다. 민족을 인민으로 불러 이를 '도덕화'[95]했던 것이고, 그럼으로써 인민권력 운운은 일층 정당성을 가질 수 있었다. 뒤늦게 해방의 소식을 듣고 상경한 '순수작가' 이태준은 「조선문학건설본부」를 찾아 이른바 좌파 문인들을 만나고는 그들이 계급보다 민족을 앞세우고 있는 점에 자못 안도하거니와,[96] 인민의 국가를 세워야 한다는 진보적인 주장도 민족을 도덕화하는 맥락 안에서 이야기될 때는 특별한 거부감 없이 받아들여질 수 있었던 듯하다.

해방 직후의 이념적 분위기나 사람들의 일반적인 바람이 '좌익적' 이었다는 지적[97]은 대중적 혁명성이 고조되었다는 뜻으로 새기기보다 도

94 김철 교수가 「고향」과 「신개지」 등을 분석하며 '원형공간을 향한 그리움'이라고 명명한 노스탤지어는 도덕적 공동체주의의 이상을 표현한 형식이라고 생각된다. 김철, 「프롤레타리아 소설과 노스탤지어의 시공」, 『식민지를 안고서』, 도서출판 역락, 2009. 135~142쪽.

95 'Moralize'의 뜻으로 도덕화라는 말을 쓰려 한다. 도덕화는 대상을 도덕적으로 채색하거나 도덕적 프리즘을 통해 대상을 보는 것을 의미한다.

96 이태준, 「해방전후」, 『문학』, 1946. 7. 22쪽.

97 1946년 초 미군정청이 파악한 여론동향에 의하면 대체로 많은 사람들이 통제경제와 토지개혁을 원하는 등 공산주의적 이상에 공감하고 있었다는 것이다.(정용욱, 『미군정자료연구』, 선인, 2003, 162쪽). 미군정의 정보장교로 근무했던 그랜트 미드(Grant Meade)는 그의 저서 *American Military Government in Korea*(1951)에서 미군정이 공산주의에 대한 한국인들의 태도를 제대로 이해하지 못하여, 한국인들이 소련인들과 공모하고 있다고 생각했음을 밝힌다. 위 책의 번역본인 『주한미군정연구』(안종철 옮김, 공동체, 1993)의 293쪽.

덕적 공동체주의의 이상이 확산적으로 수용되었던 상황을 가리킨다고 이해할 필요가 있다. 해방이 숨은 (역사적) 원리랄까, 어떤 거대한 당위가 실현된 사건으로 닥쳐왔을 때, 마땅히 그 대의를 좇아야 한다고 여긴 사람들에게 민족을 도덕화하는 사회주의적 개혁의 언사들은 다른 선택의 여지가 없는 바른 방향을 말하는 것으로 보였을 것이다. 특히 '파시즘에 대한 민주주의의 승리'[98]로 종결된 2차 세계대전의 결과 해방이 주어졌다는 해석을 좇을 때, 해방조선 역시 민주주의를 실현해가는 지구적(global) 흐름의 예외로 남아서는 안 되었다. 나아가 이 세계대전이 '세계자본주의 발전과정의 모순에서 야기된'[99] 것이었다면, 장차 건설해야 할 민주주의는 자본주의를 넘어서는 무엇이어야 했다. 식민지의 시간은 자본주의에 의한 침탈의 시간이었기 때문이다. 새 민주주의가 인민의 민주주의여야 한다는 생각은, 식민지시대의 계급착취를 척결하는 경제적 평등을 민주주의가 추구하는 자유의 동의어이자 해방조선의 과제가 된 독립의 조건으로 간주하는 경향이 그만큼 지배적이었기에, 번번이 단언될 수 있었다.

그렇지만 민주주의가 협의의 사회주의라든가 마르크스레닌주의에 의해 한정되었다고 단정하기는 어렵다. 오히려 '뿌리 깊은' 공동체주의라든가 도덕적 평등에 대한 지향이야말로 민주주의에 대한 상상을 뒷받침했을 것이다. 한 연구자는 해방 직후 새로운 미래를 향한 급진적이고

미군정이 반공의 입장에서 한국의 정치 지도자들이나 한국인들 전반을 경계했다는 점은 여러 연구자들이 지적하고 있는 바다. 정부 수립을 전후한 공보부(처)의 활동을 대상으로 한 한 연구는 남한의 한국인들에게 공산주의 이상이 호소력을 갖게 된 이유가 식민지 시대 일본인들의 반미선전(인종주의와 자본주의의 문제를 지적한)의 영향 때문이라고 보는 견해도 있었음을 지적한다. 김학재, 「정부수립 전후 공보부·처의 활동과 냉전 통치성의 계보」, 『대동문화연구』 74집, 2011, 79쪽.

98 박치우, 『사상과 현실』, 백양당, 1946, 97쪽.

99 권태섭, 『조선경제의 기본구조』, 동심사, 1947, 2쪽.

과도한 기대가 확산되었던 현상을 "유교풍의 전통적인 평등관, 한말 동학운동의 유산, 그리고 반제민족운동 등이 용해되고 착종되어 있었던 결과"[100]로 설명하고 있다. 해방 직후 분출된 대중적 파토스 안에서는 그러한 분열적 결합이 진행되고 있었으리라 추측된다. 빨갱이의 경계가 모호했다는 사실은 이 파토스가 매우 큰 영향력을 가졌다는 증거이기도 하다.

삶의 갖가지 어려움을 단번에 해결하는 '진리'를 기대하는 사람에게 종교는 주술이 되기 쉽다. '진리'의 힘에 의한 물질적 변화를 믿게 되는 것이다. 도덕적으로 규율되는 공동체를 회복하는 전망은 동학(東學) 이래 제국주의의 침탈에 항거하는 움직임을 이끈 지속적 유인의 하나였다. 해방 직후 (진보적) 민주주의가 지배기표로 되었던 사정은 앞서 서술했듯 도덕적 공동체를 건설해야 한다는 당위를 수용하고 표현한 대중적 파토스를 통하지 않고는 설명될 수 없다. 그런데 도덕적 원칙의 실현을 당연시하는 입장에서 이를 약속하는 진리는 회의해보기보다 좇아야 할 것으로 여겨지게 마련이다. 구체적인 과정과 방법에 대한 고려 없이 다만 진리의 약속을 맹종하려 들 때 미래에 대한 기대는 주술로 바뀌게 된다. 즉 도덕을 실현시킬 신리에 대한 대중적 믿음이 어느덧 자기암시의 집단적인 주술로 작용할 수 있다는 뜻이다. 한 당파에 드는 것이 곧 '더럽혀진' 자신을 구원하는 방법이라고 믿는 경우[101]는 이미 진리가 하나의

100 전상인, 『고개 숙인 수정주의』, 전통과 현대, 2001. 63쪽. 전상인 교수는 그것이 '낭만적이고 열정적인 시대정신이었다.'고 설명한다.

101 한 예로 읽을 수 있는 것은 박영준의 「잔재」(『인민예술』, 1946. 10.)라는 단편이다. 내면을 고백하는 일기 형식의 이 소설에서 일기의 필자는 해방을 맞아 '현실 도피를 일삼으며' 살아온 '오랜 습성'을 떨쳐버리고 진보적인 운동에 가담하려 한다. 그는 해방으로 자신에게도 '민족과 함께 전진'해야 하는 사명이 주어졌다고 생각해서 "또다시 방구석에서 현실을 도피하려는 것은 나라가 용서할 수 없는, 그리고 대중이 가만둘 수 없는 반역자다"라고 자신에게 강다짐을 하기도 한다. 그는 변신의 주문을 자신에게 걸고 있는 것이다. 그러나 주문은 온전히 걸리지 않아 그는 여전히 주저하는 모습을 보인다. '너무 전위(前衛)

주법(呪法)이 된 경우를 보여준다. 소설 「도야지」의, 빨갱이에 보천교나 백백교가 '혹은 편입될 수 있다'고 한 대목은 민족과 인민의 해방, 혹은 역사의 진전을 말하는 진리가 막연한 형태로 대중적 신앙의 대상이 되어 마치 부적(符籍)이나 징표처럼 통용되었던 현상을 빗댄 것이 아니었나 생각한다.

적인 일은 위험하고 너무 뚜렷한 데 이름을 올리는 것도 불안하다'는 것이다. 소설은 결국 그의 두려움이 극단적이고 첨예한 것에 대한 두려움이고, 그런 것이 자신에게 어울리지 않는다는 것을 아는 두려움임을 드러내고 있다. 좀 더 자세한 내용은, 신형기, 「해방기의 박영준과 윤리적 감각」, 황현산·신형기 외, 『이산과 귀향, 한국문학의 새 영토』, 민음사, 2011.

3

'추방령'으로서의 반공

해방 직후의 대중적 좌경화가 특정한 정치이데올로기를 동력으로 하면서도 도덕적이고 주술적인 기대가 뒤섞인 광범하면서도 분열적인 현상이었다면, 이를 타자화해야 했던 것이 반공이었다. 반공은 공산주의(자)뿐 아니라 '아름다운 것과 바르고 참된 것을 추구'하는 '모든 양심적이요 애국적인' 움직임을 금압해야 하는 일이 된다. 빨갱이의 경계가 모호하고 이 현상이 그만큼 여러 원인을 갖는 만큼 반공은 매우 어려운 기획임에 틀림없었다. 더구나 빨갱이의 확산이 보천교나 백백교의 경우처럼 주술적인 기대의 맹목성을 보였다고 할 때 반공은 그에 맞서야 했다. 대중적 주술을 깨치는 이 계몽적 사업은 과연 이성적인 것일 수 있었던가? 반이상주의, 혹은 반주술의 현실주의는 반공이 취한 기본적 입장이었다. 대중을 상대로 이를 설파해야 하는 반공 이야기는 (주술에 빠진) 대중의 집단적 취약성을 지적해야 했지만 또한 이를 이용할 수도 있었다.

과연 대중의 공분(公憤)을 자극하는 것은 반공 이야기의 일반적 전략이었다. 결국 이런 방식으로 반공 이야기는 도덕을 재규정하게 된다. 반공 이야기 역시 민족을 도덕화함으로써 피아를 구획하려 했던 것이다. 반공은 도덕적 공방(攻防)의 양상을 보이기도 한다. 빨갱이를 도덕적이고 종족적 입장에서 배제하는 것은 반공 이야기의 목표였고 이족혐오는 그 방법이 된다.

반공의 역사는 물론 해방 이전으로 거슬러 올라간다. 해방 직후 사회주의적 개혁의 수행은 민족을 새롭게 하리라 기대되기도 했지만, 식민기간 동안 종족적 민족주의는 대체로 공산주의를 구축(驅逐)하는 위치에 섰다. 민족주의자에게 민족은 계급과 달리 근본적이며 영구한 실체여서 민족의 특별함이 계급적 일반성에 의해 재단되거나 환원되어서는 안 되었다.[102] 예를 들어 추상적으로 도덕화되고 심미화된 개념인 '족수(族粹)'를 보전해야 한다고 여기는 입장에서 볼 때 공산주의는 그것의 의미와 존재를 부정하는 파괴적인 세속주의였다. 계급을 앞세우는 일부 대중은 결국 민족을 분열시키게 될 것이었다. 그들이 제시하는, 계급혁명에 의해 실현될 평등한 공동체의 이상 역시 특정한 계급이나 집단의 이익을 관철시키려는 기만적인 술책의 부분으로 간주되었다. 무엇보다 공산주의가 생경한 근래의 박래품이라는 점은 그에 대한 모든 비판을 뒷받침하는 근거였다. 공산주의는 수입된 외래사조로, 전통적인 문화나 생활습속과 맞지 않는 만큼 배격되어야 했다. 사회주의적 공동체의 이상이 널리 전파되어 있었고 또 이를 실현하려는 혁명이 민족독립의 길일 수 있다는 견해가 한편의 상식이었음에도 불구하고, 공산주의를 구현했다는 소련체

102 Gi-Wook Shin, *Ethnic Nationalism in Korea: Genealogy, Politics, And Legacy*, Stanford University Press 2006, pp. 58, 77.

제에 대한 의심과 경계는 불식되지 않았다.[103] 공산주의에의 경도가 민족도의에 어긋나며 외래의 것을 좇는 '외화주의(外化主義)'[104]의 한 양상이라는 생각은 해방 직후의 반공 이야기에서 그대로 반복되었다.

공산주의에 대한 민족주의적 비판은 상당한 점에서 일본 제국주의가 펼친 '방공(防共)' 정책의 내용과 겹친다. 중일전쟁의 발발 이후 일제는 식민지 조선에서도 '조선방공협회(朝鮮防共協會)'를 결성[105]하는 등 '국민정신'을 공고히 하는 '사상전(思想戰)'을 요구함으로써 전시동원체제의 강화를 꾀했다. 공산주의는 '오직 유물(唯物)에 기울'은, '계급상극의 이념에 입각하여 일부 계급의 이익을 도모하는 반도의적인' 사상으로 규정되었다.[106] 편협한 기계론인 유물론은 또 천박하고 동물적인 욕망을 부추김으로써 대중의 정신적 타락을 초래할 것이었다. 공산주의의 '유해성'은 그것이 극복해야 할 서구(근대)의 산물이라는 증거이기도 했다. 공산주의는 구체적으로 소련의 공산주의였다. 제국 일본에게 소련은 배격해야 할 서구의 일부로서, '인민전선과 같이 자유주의의 탈을 쓰고 음흉하게 (자신을) 캄푸라치하지만'[107], 아시아의 공존공영을 위협하는 최대의 적

103 앙드레 지드가 『소련여행기』(1936)에서 보인 소비에트 체제에 대한 환멸감이 식민지 조선에서도 논란거리가 되었던 사실은 그 한 예다.

104 해방 직후 김동리가 좌익을 공격하며 언급한 외화주의는 정신의 근거를 외래의 것에 두고 그에 의거하려는 경향을 가리키는 것이었다. 이 용어나 그에 담긴 생각은 식민지 시대 이른바 전형기(轉形期)의 근대 비판 내지 서구 비판에 닿아 있는 것으로 보인다. 김동리에 의하면 좌익들이 금과옥조로 하는 유물사관은 서구 물질주의에 기반을 둔 '반생명적'인 것이었다. 유물사관에 의해 소련이 생겨났다면 유물사관을 좇는 것은 소련을 좇는 것이 된다. 외화주의 비판은 소련 추종을 비판하는 것일 수 있었다.

105 '조선방공협회(朝鮮防共協會)'의 결성을 알린 『매일신보』 기사(1938. 8. 31.)는 '공산주의를 박멸'해 '적마의 침입을 방지'하고 '사상 국방'을 강화하는 것이 방공협회의 사업임을 밝히고 있다. 조선방공협회는 전국적인 조직으로 확대되었다.

106 朝鮮防共協會 編, 『時局宣傳に關する參考資料』, 朝鮮防共協會, 1938. p. 12.

107 Ibid.

이었다. 소련의 남진(南進)을 경계하는 지정학은 소련의 공산주의를 남진(적화)을 위한 공산주의로 규정했다. 그와 같은 입장에서 중일전쟁은 아시아의 거대한 부분인 중국이 소련에 의해 적화되는 것을 막은 의의가 있다고 설명되기도 한다.[108] 소련에 의한 적화를 저지해야 하는 아시아의 사명이라는 명분 아래 '타공(打共)'의 사상전은 진행되었다. 도의론과 반외세(서구 혹은 소련)의 이족혐오는 오래 전부터 반공의 근거이자 기조였던 것이다.

해방은 이러한 반공반소주의를 잠시 무효화시킨다. 소련이 파시즘을 무너뜨린 해방자로서 38이북에 진주했을 뿐 아니라, 민주주의 건설의 방향을 가리키는 선진한 본보기이자 나침반이 되었기 때문이다. 국경을 넘어온 소련군은 '참된 인민의 벗'[109]으로 칭송되었다. 해방조선의 미래를 기획할 해방의 사상으로 여겨진 공산주의는 더 이상 생경한 박래품이거나 아시아를 위협하는 반도의적 사상일 수 없었다. 소련을 여행한 이태준이 모든 억압이 사라진 현실과 오직 선의(善意)를 베풀려고 애쓰는 사람들의 모습에 경탄하면서, 이를 소비에트 체제에 의한 '제도의 승리'로 예찬한 경우[110]는 공산주의 소련이 단번에 선망의 대상이 되었음을 보여주는 예다. 해방군으로서 소련군의 진주는 이미 프롤레타리아의 국제적 연대를 실현한 것으로 해석되기도 했다. 이제 공산주의의 길은 세계적 보편성을 호흡하는 길이었다. 이렇듯 공산주의가 진보의 정점을 가리키고 정치적 첨단의 표식이 된 가운데 빨갱이의 확산은 가속되었던 듯하

108 공산주의 비판에 적극적으로 나선 한 조선인 전향자는 외몽고가 이미 소련의 실질적인 통치 아래 들어갔음을 상기하며 지나사변(중일전쟁)이 중국의 적화를 막아 태평양을 향해 남진하려는 소련의 야욕을 차단했다고 평가한다. 金斗禎, 『防共戰線勝利の必然性』, 時局對應全鮮思想報國聯盟, 1939, p. 250.

109 강승한의 시 「려사에서」(1946)의 한 구절.

110 이태준 『소련기행』, 백양당, 1947, 279쪽.

다. 그러나 해방은 소련군만이 아니라 미군의 점령으로 또한 이루어진 것이었다.

미군이 38이남에 진주하기 이전에 맥아더는 자신이 이 점령지에 대한 '통치의 전 권한을 갖는다'[111]는 포고문을 발표한다. 과연 미군정은 특별한 예외적 위치에서 주권권력을 행사하는 직접적인 군사통치의 형태로 시행되었다. 진보적 지향을 수렴하며 나타났던 인민공화국을 부정하고 갖가지 대중운동을 금압한 군정은 한편으론 우파 정치세력을 지원했다. 미군정하의 선전활동이 자유민주주의 이념의 유포, 미국문화의 전파, 반소 대항선전과 단독정부 수립 캠페인에 초점 맞춰졌다는 분석[112]이라든가, 소련 공산주의에 맞서는 '방벽(bulwark)을 구축'하려는 것이 미국의 한반도 정책이었다는 오래된 언급[113]에 덧붙여 검토해야 할 것은 2차 세계대전 후 미국이 과거 영국의 식민지였거나 그 지배적 영향 속에 있었던 이집트 및 중동의 여러 나라에 접근, 반공주의를 전파하여 소련의 영향을 차단하고 자국의 지배력을 확대하려 했다는 지적[114]이다. 기왕의

111 미군의 진주를 앞두고 나온 맥아더의 포고문(1945. 9. 7.) 1호는 '38선 이남의 조선 영토와 조선 인민에 대한 통치의 전 권한은 당분간 나의 권한 하에서 시행한다'는 내용이었다.

112 차재영, 「주한미점령군의 선전활동연구」, 『언론과 사회』 5호, 1994년 가을, 32쪽.

113 Bruce Cummings, "American Policy and Korean Liberation", *Without parallel: The American-Korean Relationship Since 1945*, edited by Frank Baldwin, Pantheon Books, 1974. 커밍스의 이러한 지적은 미소간의 냉전이 이미 1917년부터 시작되었고 두 나라 간의 적대적인 스파이 활동 역시 1924년부터 시작되었다는 주장(Ted Morgan, *Reds: McCarthyism in Twentieth-Century America*, Random House, 2003, p. 12.)을 확인시키는 것일 수도 있다. 공산주의가 일찍부터 미국의 정체성을 위협하는 적으로 간주되어왔다는 뜻이다.

114 John D. Kelly and Martha Kaplan, "Empire preserv'd: how the Americans put anti-Communism before anti-imperialism", *Decolonization: Perspectives from Now and Then*, edited by Prasenjit Duara, Routledge, 2004, p. 161. 서구제국의 지배로부터 벗어나려는 과거 식민지나 신생국을 돕는다고 하면서 반공주의를 통해 자국의 영향력을 증대시키려 한 것이 2차대전후 미국의 외교정책이었음을 지적한 위 연구는 이를 '탈식민화의 제국주의(imperialism of decolonization)'로 명명하고 있다.

식민지를 장악하려 한 미국에게 이데올로기적 전선을 두고 대치한 38이남의 점령지는 매우 중요한 지역이었다. 이 점령지 또한 반공반소를 전파해야 하는 '탈식민의 제국주의(imperialism of decolonization)'가 실현되어야 하는 장소였던 것이다.

미군정에게 점령지를 '정상화'하는 일차적 조건이 반공이었다면 38이남에서 이를 거스르지 않고 수립될 수 있는 국가는 당연히 반공국가여야 했다. 반공은 아직 세워지지 않은 이 국가의 법이었다. 그러나, 아니 그렇기 때문에 군정치하에서 공산주의(자)의 추방은 법에 의거하기보다 오히려 법으로부터 '버림받게' 하는 방식으로 이루어진다.[115] 공산주의에 대한 탄압의 시작을 알린 이른바 '정판사 위폐사건'에서 보듯 반공은 치안을 위해 사회질서 문란행위를 추방한다는 명분 아래 시행되었다. 반공은 이미 초법적 과제여서 어떤 이유로든, 또 어떤 방법으로든 빨갱이는 배제되어야 했다. 빨갱이는 곧 악당이라는 도의론과 그들이 소련의 사주를 받은 집단이라는 이족혐오는 추방령의 근거가 된다. 도의론은 그 혐의에 대한 입증을 면제하는 것이었으며 반소의 이족혐오 역시 이미 정당하고 절실한 것이었다. 도덕적이고 종족적인 배제는 법 이전의 법으로 작동하고 있었다. 그리고 그런 만큼 추방령은 불가피하게 자의적 처분이라는 방식으로 진행될 수밖에 없었다.

115 두루 알다시피 반공의 법제화는 정부 수립 이후 이루어졌다. 1948년 12월에 제정되는 '국가보안법'과 1961년 7월 공포된 '반공법'이 그것이다. 공산주의에 대한 탄압의 시작을 알린 이른바 '정판사 위폐사건'에서 보듯 반공은 치안의 관점에서 사회질서 문란행위를 추방한다는 식으로 진행되었다. 아감벤에 의하면 추방령은 법에 의거하는 것이 아니라 법으로부터 버림받게 하는 것이다. 그런 점에서 추방령이야말로 "법의 가장 순수한 형태"라는 주장이다. 왜냐하면 법이란 '스스로를 무효화하면서 또 더 이상 어디에도 적용되지 않음으로써 스스로를 유지하는 잠재성을 갖기' 때문이라는 것이다. 조르조 아감벤, 『호모 사케르』, 박진우 옮김, 새물결, 2008, 79쪽, 120쪽.

미군정에 의한 추방령으로서의 반공 통치는 역시 도의론(미국문화 내지 미국식 민주주의의 우월성에 대한 믿음에 입각한)이나 지정학적 패권주의 및 종족적 선입견에 입각한 것이었다는 점에서 일본제국주의의 방공정책을 연장했다고 말할 수 있다. 민족주의는 외래의 것을 배격한다는 입장을 갖지만 실제로 식민지시대 이래 반공은 민족적 수준을 넘는 외래의 힘에 의해 작동했고 반공민족주의는 이를 받아들였던 것이다.

주지하다시피 한반도의 분단은 38이남과 이북에 각각 국가가 수립되며 고착의 길을 걷는다. 이는 서로에 대한 이데올로기적 배타성을 철저히 관철시킨 과정이기도 했는데, 결과적으로 볼 때 주권권력이 이념적 단일성의 실현이라는 명분 아래 모든 적대자를 추방함으로써 분단을 진행시켰다고도 말할 수 있다. 예를 들어 이승만은 해방 직후 찬반탁 논쟁을 계기로 반공반소의 입장을 분명히 밝힌다.[116] 이미 러시아를 '탐욕스러운 호랑이'로 간주한 이승만에게 공산주의자는 '민심을 현혹하는 극렬분자'로서, '우리를 남의 노예로 만들어 저의 사욕을 채우려는' 배반자였다.[117] 소련을 좇아 조국을 버린 그들을 패륜적 이족(異族)으로 간주하는 분류법 안에서 민족은 무엇보다 공산주의자를 배제한 부분이어야 했다.

116 이승만에 관한 한 연구는 맥아더가 이승만의 귀국을 돕고 그가 특별한 정치지도자로 부각되는 데 기여했음을 지적하고 있다. 정병준, 『우남 이승만 연구』, 역사비평사, 2005, 268~271쪽.

117 홍용표, 「현실주의 시각에서 본 이승만의 반공노선」, 『세계정치』, 28-2, 2007. 56~57쪽. 이 논문에서 인용한 이승만의 발언은 다음과 같은 것이다. "나라와 동족을 팔아다가 사익과 영광을 위하여……민심을 현혹시키니 이 극렬분자들의 목적은 우리 독립국을 없이 해서 남의 노예를 만들고 저의 사욕을 채우려는 것을 누구나 볼 수 있을 것입니다. 이 분자들이 로국(露國)을 저의 조국이라 부른다니, 과연 이것이 사실이라면 우리의 요구하는 바는 이 사람들이 한국에서 떠나서 저의 조국에 들어가서 저의 나라를 충성스럽게 섬기라고 하고 싶습니다."

공산주의를 일부 대중의 문제로 보는 것은 공산주의자를 민족으로부터 배제하는 방책이었다. 민족주의적 입장에서 보았을 때 공산주의는 대중적 현상일 수 있어도 민족과는 무관한 것이어야 했다. 다시 말해 민족주의적 반공은 민족과 대중을 구분했다. 번번이 반복되었던 '민심의 현혹' 운운은 민족이 아닌 일부 대중을 지목하는 표현으로, 그들이 공산주의에 넘어갈 만큼 어리석음을 부정하지 않는 것이었다. 식민지시대에서도 공산주의의 수용은 '영웅심리라든가 호기심, 자포자기 내지 신앙적 맹종' 등 여러 동기를 가질 뿐 아니라 또 '외래사상에 대한 비판적 교육이 불충분한' 데 기인하는 것으로 진단되었다. 심지어 '전통적 도덕을 강요하는 데 대한 성적(性的) 불만' 때문에 공산주의자가 되는 경우도 있다고 했다.[118] 이 지적대로면 공산주의는 대중의 취약성을 파고들거나 대중의 욕망과 환상에 영합함으로써 그 세력을 넓혀온 것이 된다. 그렇기 때문에 반공은 대중을 경계하면서 동시에 대중에게 다가서야 하는 일이었다. 반공 이야기는 불가피하게 대중비판과 계몽을 동시에 수행해야 했다.

대중계몽으로서의 반공 이야기는 도의적으로 공산주의(자)를 질타하거나 공산주의의 너울을 벗기고 국제정치의 냉엄한 현실을 일깨워 대중의 경각을 요구하는 현실주의에 입각한다. 현실주의는 때로 도의론을 구체화할 수도 있었지만 무엇보다 공산주의에의 주술적 기대 — 맹목적 몰입을 차단하려는다는 입장을 갖는다. 즉 38이북의 실상을 알리는 한편 '건전한' 상식과 반주술의 합리적 태도를 요구하며, 때로 정치적 이해의 득실을 따지려[119] 했다. 그러나 과연 공산주의에 현혹될 수 있는 취약한

118 앞서 인용한 『防共戰線勝利の必然性』(金斗禎, 1939)의 부록 「轉向と皇民的 自覺」 참조.

119 대체로 이런 논의는 소련은 믿을 수 없는 대상이므로 미국에 의존하는 것이 현실적으로 안전하고 나은 선택이라는 주장을 수용하는 것이었다. 그 한 예로는 김동리의 장편소설 『해방』(1950)의 마지막 장면을 참고할 수 있다. 이에 대해서는 신형기, 「순수의 정체」, 『해

부분으로서의 대중과 그렇지 않은 대중을 가르는 경계가 분명히 그어질 수 있었던 것일까? 오히려 계몽의 효과를 확인할 수 없는 한 그것은 대중을 식별되지 않는 상태 속에 계속 붙잡아두는 것이 된다. 대중은 언제든지 추방령, 곧 자의적 처분의 대상이 될 수 있었다. 그런 점에서 대중을 향한 반공계몽은 사실상 추방령을 예고하고 작동시킨 형식으로 보인다.

방기 소설 연구』, 태학사, 1992. 202~203쪽.

4

『이북통신』; 성(性)의 공산주의

1946년 6월 이승만의 휘호와 방응모의 축사를 앞세워 발간되었던 『이북통신』[120]은 공산치하에서 이북동포가 겪는 '참상', 특히 소련군에 의한 약탈과 강간을 부각한다. 공산주의의 이상이란 기만일 뿐이어서 38이북은 붉은 장막에 덮인 스산한 감옥으로 변했다는 것이다. 이 감옥에 갇힌 수인 아닌 수인들인 이북동포는 소련군에 빌붙어 득세한 공산주의자들과 구분되었다. 이남의 대중에게 공산주의의 현실을 보여주려는 의도 아래 기획된 『이북통신』은 공산주의자와 소련군을 적으로 가시화해낸다. 남한에서 빨갱이가 섬멸의 대상이었듯 38이북에서도 이들을 몰아내는 이외에 다른 선택은 있을 수 없었다. 한편 이 간행물은 이북의 권력자

120 『이북통신』(1946~1948)을 발간한 이북(李北)의 본명은 이경득이다. 평북 대천 출신인 그는 1946년 3월의 토지개혁으로 소유했던 농토와 광산을 잃고 월남하여 이북통신을 발간하였다고 한다. 고정일, 『한국출판 100년을 찾아서』, 정음사, 2012, 777~779쪽.

로 등극한 김일성이 '가짜'에 불과하다고 주장하는 통일론을 펼치기도 한다.[121] 공산압제 속에서 신음하고 있는 동포를 구하는 통일은 민족적 과제이자 인도적 과제가 된다. 『이북통신』이 궁극적으로 말하려 한 바는 적을 제거해야 하는 정당성이었다.

연합군의 한축이었던 소련군을 적대시하는 것은 조심스러운 문제였겠지만(소련군이 '○련병'이라는 식으로 표기되고 이 간행물의 주된 필자들이 모두 필명을 쓰고 있는 점은 이와 무관치 않을 것이다), 『이북통신』에는 소련혁명이나 코민테른의 역사를 비판하는 글부터 실리고 있다. 소련을 낙후한 전체주의 국가로 보는 시각은 일관하게 관철되었다. 이북에 진주한 소련군은 '쌀과 가축, 기계 등을 소련으로 반출'하는 약탈자이거나, '의주(義州)의 통군정(統軍亭)에 머물며 마루를 뜯어 불을 때고 심지어 기둥마저 불태우'[122]는 무지한 침입자로 그려졌을 뿐이다. 소련군이 폭력적이고 야만적이었던 만큼 무력한 이북동포의 피해는 커갈 수밖에 없었다. 이북은 훼손된 향토이자 아직 해방되지 못한 수난의 실지가 된다. 불원간 이 향토를 되찾아야 했지만 여러 '탈출기'들이 말하듯 당장은 탈출만이 살 길이었다. 그러지 못한 동포들이 '파리 죽듯' 하는 절박한 상황에 내몰리고 있다는 보고는 이어졌다.

소련군과 한패가 된 공산주의자는 애당초 도의를 모르며 나태와 향락에 빠진 패륜적 존재로 규정되었다. 즉 "부모도 없고 사우(師友)도 없고 도덕도 없고 스사로 사지(四肢)를 게흘리 하야 반동과 음주를 즐기며 조

121 주간인 이북은 「조선민족인 공산당 제형께 고함」이라는 글에서 "우리 국부 이승만 박사를 선두로 같은 마음으로 임정을 떠메고 38선을 깨트려 민족통일을 하자"고 외친다. 『이북통신』 창간호, 1946. 6. 9쪽.

122 「의주의 통군정아! 고달픈 네 신세를 말 좀 하렴」, 『이북통신』 2권 6호, 1947. 11. 27쪽. 그 밖에도 '이태조의 출생지 함흥의 사적물을 ○련병이 파괴했다'는 기사가 실려 있다.

국을 불고(不顧)할 뿐 아니라 반만 년 역사 있는 조국을 멸망시키려고 하며 약탈한 금전을 탕진함이 공산당 동무의 사업이 아닌가 의심된다."[123]는 것이다. 성욕은 공산주의를 부정시하는 환유(換喩)였다. 공산주의자의 면모는 흔히 성욕으로 특징화되어서, 허헌의 딸인 '맑스걸 출신의 허정숙이 로스키와 6번째 결혼을 한다'[124]는 등의 가십성 기사가 보이기도 한다. 그러나 소련군의 경우, 그들의 성욕은 무차별적이고 무자비하게 뿜어져 나오는 마성(魔性)과 같은 것이다.[125] 조선 여성이 소련군의 강간을 피해 도망치다가 총에 맞아 죽었다[126]는 식의 이야기는 여러 사례로 제시되었다. 심지어 조선인 남성들이 소련 여군들에게 붙잡혀서 일주일 동안 흥분제 주사를 맞으며 강간을 당한 '체험기'[127]가 실리기도 했다. 소련군에 의한 강간 피해를 상세하게 다룬 한 경우로 살펴볼 만한 것은 평양 정의(正義)고녀 학생들이 단체로 목욕을 하던 목욕탕에 소련병사들이 난입하여 강간을 자행했고, '몸을 더럽힌' 학생들은 부벽루에서 뛰어내려 자결을 했다는 사건이다.

> "그들은 결단하였다.—이 더럽힌 몸으로써 학교에 가 공부하면 무엇해, 이 처녀성을 빼앗긴 몸을 길러 어느 남자에게 맊긴단 말이냐.

123 이성(李聖), 「부랑 적화분자이여」, 『이북통신』, 창간호, 14쪽.

124 『이북통신』 2권 5호, 1947. 10. 16쪽.

125 소련군은 대체로 천진함과 무례함을 같이 갖고 있는 것으로 그려졌다. 남녀 소련군의 인상으로 흔히 강조되었던 것은 육체적 건강성이었다. 허준의 소설 「잔등」(1946)에서 소설 속 화자는 소련 여군의 '영양에 빛나는 탄력'에 감탄한다. 그에 눈에 소련군은 '순간적이고 충동적'이며 '소박하고 어리석은' 존재로 비친다. 허준, 「잔등」, 『잔등』, 을유문화사, 1946. 51~54쪽.

126 「평양교외 미림원두(美林原頭)에 사라진 두 송이 백합화」, 『이북통신』 3권 1호, 1948. 1.

127 「○련 여자병대에게 붓들려가 일주일간 큰 욕을 당한 체험기」, 『이북통신』 2권 4호, 1947. 8, 9월호, 창간 1주년 기념호.

차라리 차라리 그 옛날 사비수 흐르는 백마강에 몸을 던진 삼천궁녀— 그 많은 후궁들은 소리 없이 흐르는 눈물을 씻츠면서 피신하려 배를 탄 임금을 떠나보내고는, 후ㅅ날에 올 천대와 백제의 여자 몸을 적국인에게 빼앗기는 것보다는 죽엄이 정당한 갈 길이라 바람에 날리는 꽃닢처럼 날려 떠러진 선대의 열녀들—과 같이 죽엄이 행복된 길이라 하여 그들 수십 명의 여학생들은 옥계에 우던 귀뚜라미도 목이 메이고 부벽루 아래 쉬여 넘은 달빛도 어듸인지 숨어버린 그윽한 밤에 말없이 발길을 옮겨 잔잔히 흐르는 대동강 기슭에 웃뚝 서 있는 늙은 바위를 더듬고 올라가, —영화도 총애도 또 모든 희망도 잊어버린 우리들은 이 더럽힌 몸을 깨끗이 싯어버리기 위해 아지 못하는 저 편 나라로 가노라— 하고 첨봉첨봉 뛰여들어 그들의 갈—길을 향하였다고 한다."[128]

과장된 자기연민을 분출하는 이 조사(弔辭)에 의하면 피해자들의 자결은 훼손의 오점을 씻어 정결함을 회복하려 한 적극적인 행동이었다. '깨끗이 정조를 지켜온 우리 겨레의 여성들'이 '일을 당'하자 '자존심을 손상시키지 않을려고' 죽음을 택했다는 것이다. 그러나 목욕탕에서 집단적으로 일어났다는 강간사건은 그 이야기 자체가 엽기적이라 할 만큼 비현실적이기도 하고 또 '수십 명의' 여학생들이 한밤에 떼로 강물로 뛰어드는 장면의 묘사 역시 실로 가학적이어서 위의 조사는 다르게 읽힐 수 있었다. 즉 이 텍스트는 대중을 훈계하기보다 오히려 대중을 자극하는 황색 선정주의에 빠진 것으로 보이기도 한다. 그렇지만 선정주의는 민족적 심미화에 의해 일정하게 제어된다. 피해자들의 죽음은 낙화암에서 떨어

128 「물어보자! 부벽루야 수십 명의 여학생들 간 곳이 어듸냐고」, 『이북통신』 2권 6호, 1947. 11, 13쪽.

져 절의를 지켰다는 삼천궁녀의 전례와 겹쳐지며 비장함을 일깨운다. 피해자 여학생들을 자결토록 함으로써 그들을 '정조관념이 강한 우리 백의 여성들'로 불러 세운 화자는 자결의 장면을 잔혹하고 횡포한 외세의 침탈에 맞서 특별한 종족적 선을 부각하는 민족적 저항으로 그려낸 것이다. 소련군은 야만인이 아니라 "북극의 잔인한 백웅(白熊)과 인간의 교접으로 태어난 반인반수의 괴물"[129]이었다. 소련의 공산주의는 이 괴물의 사상이 된다.

섹슈얼리티는 종종 공산주의의 위장술로 간주되었다.[130] 예를 들어 식민 말기의 '여간첩'[131] 형상이나 여순의 이른바 '여학생 부대' 이야기[132] 등에서 섹슈얼리티의 유혹은 치명적인 음모를 숨긴 것이었다. 공산주의의 (성적) 유혹은 '우리' 내부의 취약한 부분을 파고들게 되어 있었는데, 특히 대중은 그런 부분이 아닐 수 없었다. 반공이 끊임없이 대중의 경각심을 요구하고 대중의 욕망을 경계해야 했던 이유는 이렇게 설명된다. 그런데 무자비한 강간을 일삼는 소련군은 성의 공산주의가 결국 짐승이나 괴물의 수준으로 타락할 것임을 보여주는 증거였다. 황색 선정주의는 악마적 폭력성에 대한 공포를 조성하는 요소로 작용해야 했다.

성의 공산주의는 사회주의를 수용한 도덕적 바람을 부정하고 있었다. 즉 도덕적 공동체를 향한 기대 속에서 진행된 민족적 이상과 사회주

129 『이북통신』 3권 1호, 18쪽.

130 미국의 반공주의에서도 성적 유혹은 공산주의가 미국에 침투하고 미국인을 포섭하는 방식으로 그려졌다는 것이다. Cyndy Hendershot, *Anti-Communism and Popular Culture in Mid-Century America*, McFarland & Company, Inc., Publishers, 2003, pp. 4~9.

131 권명아, 「총후 부인, 신여성, 그리고 스파이」, 『역사적 파시즘: 제국의 판타지와 젠더 정치』, 책세상, 2005.

132 여순사건의 와중에, 반란군 편에 가담한 여학생들이 진압군을 환영하는 척하면서 치마 속에 감추어둔 총으로 병사들을 쏘아 죽였다는 이야기가 회자되었다는 것이다. 김득중, 『빨갱이의 탄생』, 424~429쪽.

의적 화소의 분열적 결합과 같은 것은 커다란 오해에 불과했다. 대중은 공산주의의 실상을 깨달아야 할 뿐 아니라, 금욕적 공분(公憤)에 입각해야 했다. '백의여성들'의 자결을 기린 위의 이야기는 목숨을 버려 절의를 지켜야 한다는 민족적 초자아의 명령을 전함으로써 대중이 쇄신해가야 할 방향을 가리켰다. 자기 안에서부터 오탁의 가능성을 과감하게 삭제해야 한다는 것이 그 명령의 실제적 내용이었다.

한편 이북의 김일성은 진짜 김일성 장군을 사칭하고 모욕하는 한낱 '위조인간'일 뿐이었다. "조선민족해방의 구주(救主)요 영웅인 김일성 장군은 일본육군사관학교 출신이며 장개석 장군의 3, 4년 후배"로서 "일본 우원(宇垣)[133] 대장과도 퍽 친근한 관계였다"[134]는 것이다. 가짜 김일성은 박사인 이승만과는 비교할 수 없는 불량하고 "무식한 청년"[135]으로 매도되었다. 해방이 되어도 진짜 김일성 장군이 나타나지 않는 것은 그가 전사했기 때문이 아닌가 하는 추측도 있었다.[136]

『이북통신』은 민족의 자결과 독립을 이루기 위한 통일운동의 전개를 또한 요구했다. 38이북에서 소련을 몰아내야 공산주의(자)를 몰아낼 수 있고 그럼으로써 민족통일을 이룩할 수 있다는 생각이었다. 소련군의 횡포와 김일성의 학정으로부터 이북동포를 구하기 위해 이남 사람들은

133 일본군인으로 6대 조선총독을 지냈던 인물. '진짜' 김일성이 우까끼와 친근했다는 서술은 김일성과 우까끼가 일본육사를 같이 다녔다는 이야기에 따른 것인 듯하다. 또 김일성이 1890년생인 우까끼와 동년배(진짜 김일성 장군은 '58세의 나이 지긋한 혁명가'로 묘사되었다)임을 주장하려 한 것으로, 아마도 김일성을 조선총독 수준의 인물로 그려내려 했기 때문이 아닌가 생각된다.

134 서팔(徐八), 「위조 김일성의 정체」, 『이북통신』 창간호, 16~17쪽.

135 「생? 사? 총살당하였다는 김일성의 그 후 소식」, 『이북통신』 2권 6호, 14쪽.

136 '진(眞) 김일성 장군은 전사했다.' 이북, 「이뻬 · 스탈린 동무에게 과대진언을 하노라」, 『이북통신』 2권 5호, 5쪽.

비상한 각오로 다져야 한다는 것인데, 그렇지 못하다는 것이 문제였다. 『이북통신』에는 매판세력과 모리배가 설치는 이남 현실을 비판하는 글도 실린다. "빙설을 뒤덮고 잠든 체하는 38이북의 우리 동포들이 이남에서 어서 속히 구세주 오기를 기다"[137]리고 있는데, 이남 사람들은 아무런 준비도 하고 있지 못하다는 자탄이었다. 반공으로서의 통일운동은 이런 나태함을 극복하고 내부적인 단결과 발전을 꾀할 때 가능했다. 체제경쟁에서 이겨야 한다는 이야기였다. 그러나 당장 늘어나는 월남민[138]의 '구호'가 문제시된 상황이었다. 사지를 탈출한 동포인 월남민을 멸시하거나 박대하지 말라는 절실한 호소의 글이 보이기도 한다.("오 이남 동포여. 공산당인지 노동당인지에게 한데 졸릴 대로 졸리며 시달릴 대로 시달리며 알몸뚱이로 거지가 되어 이곳을 찾아온 불상한 이북동포를 멸시하고 박대하지 마소서.")[139]

『이북통신』은 선정적인 고발에 치우쳤지만 여기서 제시된 38이북의 '실상'은 이후 출간되는 월남자들의 증언이나 수기의 내용을 규정했다. 소련군에 의한 강간과 약탈을 고발하는 한편 '가짜' 김일성이 득세하고 '벼락공산주의자'들이 설치는 상황을 희화화한다든지, 토지개혁을 실시하고 현물세를 부과한 제도적 개변에 따른 문제나 '나물로 연명하는' 식량난 소식을 전하는 것은 이들 수기의 주된 내용이었다. 소련군의 진주를 정치적일 뿐 아니라 문화적인 침략으로 보는 시각은 반복되었다. 소련군은 '소련의 것을 그대로 강요'했는데, 그 공산주의 정책은 "백의배달민족에게는 너무나 맞지 않는 정책"[140]이었다는 식의 술회였다. 과도한

137 이북, 「정해년을 보내며」, 『이북통신』 2권 6호, 5쪽.

138 월남의 이유는 다양했다. 정치적인 동기에서뿐 아니라 식량부족, 혹은 친일의 전력 때문에 월남이 이루어졌다는 것이다. 월남민은 난민으로 인정받지 못했고 오히려 빨갱이일 가능성이 있는 모순적 존재로 담론화되었다. 김귀옥, 『월남민의 생활 경험과 정체성: 밑으로부터의 월남민 연구』, 서울대학교출판부, 1999, 44, 273쪽.

139 『이북통신』 2권 4호, 17쪽.

성욕이나 성적 이상성(異常性)은 소련군의 종족적인 성격을 표하는 것으로 단정되었다. 소련 여성이 이국 취향의 대상이 되는 경우도 없지 않았지만, 여군들조차 '대단히 성에 굶주린 듯한 얼굴'(『이북통신』 2권 4호, 24쪽)을 하고 있는 것이 소련군이었다. 심지어 김일성의 초상과 함께 곳곳에 내걸린 스탈린의 얼굴도 '음침하고 정력적'으로 비쳐 보였다.(56쪽) 소련군을 이상성욕자로 그리는 이족혐오는 이런저런 빨갱이들을 향해서도 작용할 수 있었다. 그들 역시 도리에 어긋나는 행동을 서슴지 않는 망나니들이었다.[141] 민족적 동질성을 위배한 그들은 마땅히 배제되어야 했다.[142]

140 최상덕, 『북한괴뢰집단의 정체』, 공보처, 1949. 72쪽.

141 예를 들어 조영암의 『북한일기』(삼팔사, 1950)에는 '머슴이 지주 마누라를 강간구혼'한 이야기가 실려 있다. 머슴살이 하던 돌쇠가 주인집의 주인이 되고 과거의 지주는 타군으로 추방되었는데 지주 마누라가 추수 후에 옛집을 찾아 쌀말이나 인정을 구한 상황에서 돌쇠가 그녀에게 달려들어 '그럴 것 없이 나랑 살면 되지 않겠느냐'며 허리를 부여잡았다는 것이다.(104쪽)

142 그러나 38이북의 변화를 긍정하는 기행문도 없지 않았다. 조선중앙일보 '특파기자'의 보고문 형태로 쓰인 한 여행기(온낙중, 『북조선기행』, 조선중앙일보출판부, 1948.)는 해방 후 이북에서는 도둑과 거지, 도박이 없어졌고(1쪽) 이남과 달리 산이 푸르다고 전한다. 더구나 부패한 이남과 달리 평양에는 무기력이나 살기가 없다'(7쪽)는 것이다. "평양의 거리는 바쁘다. 눈을 딱고 보아야 태타(怠惰)와 사치는 없다. (중략) 눈섭을 그리고 입술에 빨간 것을 칠한 여인을 발견하지 못하였다. (중략) 봄바람에 들떠서 자기광고로 헤매이는 유한매담(여사)도 없을 뿐 아니라 소일장소를 찾아서 뒷거리로 끼웃거리는 건달신사도 한 사람 발견되지 안었다. 모든 사람은 노동자로서의 비슷비슷한 복장을 비슷비슷하게 차리고 바쁘게 다름질한다."(6쪽) 북한은 '새로운 형태의 질서를 창조'(19쪽)해가고 있는 듯하다는 것이 이 여행기의 결론이었다.

5

『민주조선』; 반공 민주주의 강론

대중을 상대로 한 반공계몽은 좀 더 근본적인 방어선을 구축할 필요가 있었다. 특별한 부류만이 아니라 보통사람들도 공산주의에 현혹될 수 있다고 할 때 문제시해야 할 것은 대중의 지적이고 도덕적 수준이었다. 공산주의가 수준 낮은 대중을 파고들게 마련이라면 먼저 내부의 문제를 해결하고 결속을 다져야 했다. 『민주조선』(1947~1948)의 민주주의 강론은 이런 차원에서 시도된 것으로 보인다. 1947년 11월에 창간호를 내는 『민주조선』은 군정청의 공보부 여론국 정치교육과에서 편집하고 발행한 간행물로, 앞서의 『이북통신』과는 성격이 다르다. 『민주조선』의 대표를 맡은 공보부장 이철원(李哲源)은 미국 콜롬비아대학에서 수학한 철학박사였고 주간을 맡은 한치진(韓稚振)은 역시 남가주대학에서 철학박사를 받은 인물로, 당시엔 서울대학교 교수였다. 글을 쓴 빈도로 볼 때 한치진은 『민주조선』을 주도한 필자였다.

미군정청 공보부가 『민주조선』을 통해 홍보하려 한 민주주의는 해방과 더불어 회자된 '진보적' 민주주의와는 다른 민주주의였다. 이 민주주의는 시민적 교양을 요구하는 민주주의여서, 대중의 성향과 태도를 교정함으로써 성취할 수 있는 것이었다. 이철원은 『민주조선』의 창간사에서 민주주의란 '민중의 자기반성으로 자라날 수 있는 현실적 세력'이라고 규정한 뒤, 이 간행물을 통해 "자기반성의 묘법을 대중에게 알리"[143]려 한다고 말했다. 민주주의를 '현실적 세력'으로 자라날 수 있게 하는 조건이라는 '민중의 자기반성'은 과연 어떤 생각을 배경으로 요청되었던 것인가?

민중을 거론한 이철원과 달리 한치진은 개인을 언급한다. 민주주의는 개인주의에 기초하는 것이어서, '독립된 자기의 결의'를 통해 작동한다는 설명이었다. 개별자의 자립과 자주성은 민주주의의 바탕으로 지목된다. 개별자가 자주적인 가운데서 자신의 권리를 주장할 수 있을 터였기 때문이다. 개인주의에 기초하는 민주주의는 먼저 개인의 욕망을 만족시켜야 할 것이었다. 개별자의 권리란 그의 욕망을 실현할 수 있는 권리이기도 했다. 한치진은 "민주주의는 욕망만족주의다."[144]라고 외치기까지 한다. 그런데 개인의 욕망이란 사회나 집단 안에서 조정될 때 현실적으로 충족될 수 있는 것이었다. 민주주의의 길은 개인의 욕망을 공공의 차원에서 조정하고 모아내어 (사회적) '행복'을 달성하는 데 있었다. 공적 이익의 도모를 통해 사적 이익을 최대화하려는 일종의 공리주의가 이 민주주의의 원리였던 것이다. 이런 입장에서 한치진이 강조한 사항은 "인민의 지적, 도덕적 정도가 우수하게 될수록"(93쪽) 욕망의 공공화가 가능

143 이철원, 「창간에 제하야」, 『민주조선』 창간호, 1947. 11.
144 한치진, 「민주주의 강좌」, 『민주조선』 창간호, 1947. 11, 92쪽.

하다는 점이었다. 결국 민주주의는 인민의 지적이고 도덕적인 고양을 요구하며, 그럼으로써 바라볼 수 있는 것이 된다. 이철원이 '민중의 자기반성'을 요구한 사정은 여기에 있었다. 그가 민주주의를 '현실적 세력'이라고 규정한 이유 역시 개인의 욕망이 '민중의 자기반성'으로 조정되어야 한다는 점을 강조하려 한 데 있었다고 보인다. 즉 지적이고 도덕적으로 고양된 인민이 자신들의 욕망을 공공화함으로써 작동하는 민주주의야말로 허황한 이상에 휩쓸리지 않는 현실적인 세력을 형성하리라는 생각이었다.

인민이 지적이고 도덕적으로 고양되어야 한다는 점을 중시하며 '민중의 자기반성'을 요청한 이 민주주의강론은 대중의 수준 낮음을 이미 전제한 것이었다. 대중은 자기성찰을 통해 교양적으로 '우수'해져야 했다. 대중적 변성(變性)이야말로 공산주의에 넘어가지 않는 체력을 갖추는 길이었다. 민주주의의 성취를 인민의 지적이고 도덕적인 수준의 문제로 본 『민주조선』의 민주주의 강론은 미국의 대표적인 자유주의적 반공론자인 시드니 훅(Sidney Hook)의 민주주의 논의와 비교해 볼 만하다.

시드니 훅은 민주주의와 공산주의를 지역적이고 종족적 특질이라든가 문화적인 전통과 관련시켜 구획했다. 즉 민주주의와 공산주의를 가르는 경계를 지역적이고 종족적인 차별성이나 문화적 전통에 따라 그어냈던 것이다. 그에 의하면 '영어를 말하는 사람들(English speaking people)'인 앵글로 아메리칸의 문화적 전통은 공산주의를 결코 수용할 수 없는데, 왜냐하면 앵글로 아메리칸이 자유로운 동의의 원칙을 제도화했고 실험적이면서 경험적인 태도를 발전시켜왔을 뿐 아니라 실용적 기질과 다양성의 가치에 대한 인식을 갖고 있기 때문이라는 주장이었다. 그가 볼 때 상식에 기반을 두되 증거에 단호한 일방, 가능성을 찾는 개방적 태도를 견지하는 것은 정치적인 신조에 열광한다든가 감정적으로 휩쓸리는 경향과 구별되어야 하는 자질이었다. 그는 이런 자질론에 입각해서 앵글로 아메리칸과 러시아 및 중국을 대비했고 후자에 공산주의가 수용되었다고 본 것이다.[145] 물론 지역적이고 종족적 특질이나 문화적 전통은 명백하게 우열로 갈리는 것이었다. 훅은 앵글로 아메리칸의 민주주의를 여타 아류 민주주의와 차별되는 '대서양 민주주의(Atlantic Democracy)'[146]로 특화한다. 대서양 민주주의는 이미 나치의 팽창주의에 맞서 싸웠고 이제 또 소련공산주의의 위협에 당면해 있었다. 그는 2차 세계대전의 결과, 전체주의에 대한 경계가 오히려 약화되었음을 문제시한다. 소련의 승리로 소련 전체주의에 반대해야 하는 명분이 깎였다는 뜻이었다. 대서양 민주주의가 세계를 이끌고 통일해야 한다는 것은 그의 결론이었다.[147]

훅은 민주주의를 앵글로 아메리칸의 종족적이고 문화적인 우월성의 산물로 규정했고 그런 입장에서 민주주의와 공산주의를 구획한 것이다. 이렇게 보면 공산주의는 종족적으로나 문화적으로 낙후한 지역에서 발생하는 현상이어서, 결국 문명화의 수준에 따른 경계를 표하는 것이 된다.[148] 민주주의의 성패가 대중의 지적이고 도덕적 수준에 따른 문제임을

145 미국의 반공주의는 소련을 전체주의 국가로 묘사했다. 이 전체주의는 아시아적 전제주의(asiatic despotism)에다가 근대의 기술정책(policy of technology)이 결합된 것으로 설명되었다. 군사주의적인 무신론이 그 결과적인 특징이라고 지적되기도 했다. Cyndy Hendershot, Ibid, p. 59.

146 대서양 민주주의는 나치가 준동한 유럽대륙을 배제하고 영국을 포함하는 미국을 가리키는 것으로 보인다. 공산주의는 파시즘을 반공의 온상으로 적대시하지만, 미국에서 공산주의는 흔히 나치와 비교되었다. Anthony Trawick Bouscaren, *A Guide to Anti-Communist Action*, H. Regnery Co., 1958, pp. 148~149. 양자는 미국을 공격하는 외부의 것이라는 공통점을 갖는다. 공산주의와 나치를 같이 묶는 분류법에는 이 둘을 미국이 아닌 유럽, 혹은 아시아적 산물로 보는 견해가 작용하고 있는 듯하다.

147 Sidney Hook, *Political Power and Personal Freedom: Critical Studies in Democracy, Communism, and Civil Rights*, Collier Books, 1959, pp. 30~39.

148 종족과 지역, 그리고 문명적 구획은 공산주의를 타자화하는 근거였을 뿐 아니라 공산주의의 입장에서 파시즘을 타자화하는 근거이기도 했다. 예를 들어 소련에서는 반공주의가

지적한 『민주조선』의 강론은 민주주의를 가능케 하는 새로운 문화적 전통의 형성을 요구한 것이었다고 말할 수 있다. 예를 들어 한치진이 민주주의의 실현을 위한 조건으로 강조한 민지(民知)[149]의 내용은 흑이 앵글로 아메리칸의 문화전통이라고 지적한 사항들과 다르지 않다. 민지는 사실에 근거하여 실증적이고 성찰적으로 사유하는 능력을 뜻했다.

> "민지는 사실에 근거하는 자기지식이다. 먼저 자기부터 알고 그 선 자리와 하는 일이 무엇인가를 반성하는 것이 민지다. (중략) 자기를 반성하고 깨닫는 사람이 남의 말이나 지나가는 말을 믿고 그대로 움직이지는 아니할 것이다. (중략) 사실을 정확히 보고 자신이 그 근거를 찾아보는 지적 행동이 민주적 민지다."(6쪽)

한치진에게 민지의 본보기는 미국이었다. 미국은 민지의 수준이 높아 개인주의를 부르짖으면서도 욕망의 공공화가 성공적으로 진행되는 곳으로 그려졌다. "미국에는 각종 인구가 모여 살지마는 민지가 일정한 수준에 올라가 있는 고로 일편 개인주의를 극단으로 부르짖으면서도 통제를 잘하여 나아간다."(6쪽)는 것이었다. 반면 해방조선의 문제는 민지의 수준이 매우 낮다는 데 있었다. 해방조선이 민주주의를 이룰 만한 토대를 갖추지 못했다는 자탄은 불가피했다. 『민주조선』의 민주주의 계몽은 애당초 그 성취를 기대하기 힘든 것이 되고 만다.

2차 세계대전을 발발시킨 원인의 하나였다고 주장되기도 했다. 즉 2차대전은 유럽에 대한 소련의 영향력을 경계한 히틀러와 그의 추종자들이 '붉은 러시아'를 정벌하기 위해 일으킨 '서방문명의 십자군 전쟁'이었다는 것이다. V. Kortunov, *The battle of ideas in the modern world*, translated from the Russian by Anatoly Bratov and David Fidlon, Progress Publishers, 1979, pp. 44~46.

149 백웅(白熊 — 백웅은 한치진의 호), 「민주와 민지(民知)」, 『민주조선』 2호, 1947. 12. 4쪽.

이윽고 『민주조선』에는 '국민도의의 퇴폐'를 우려하는 글들이 실리고 있다. '조선인은 사기의 천재'라는 말이 자주 들리는데, '매직, 모략, 비방, 모리, 도난 등'이 자행되는 현실에 누구도 책임감을 갖지 않고 있다는 것이다. 이 글의 필자는 '우리 민족 삼천만의 반성과 자책'을 요구한다.[150] 그러나 '몰상식한' 대중에게서 분별을 기대하기는 난망이었다. 한치진은 다시 '냉정'[151]을 주문했다. '회의적 태도를 견지하고 속단을 미루며 합리적으로 생각하는 것'이 냉정이었다. 모략을 일삼는가 하면 화를 내고 폭행을 하는 것은 냉정하지 않은 행동이 된다. 하지만 냉정 역시 민지가 일정한 수준에 이를 때 확보될 수 있는 태도였다.

민지가 하루아침에 높아질 리 없는데 거듭 냉정을 처방하고 있는 것은 그만큼 상황에 대한 우려가 깊었던 때문일 수 있다. 한치근은 '주의하여 사고'할 때 '남의 선동에 끌리어 다니지 않는다'면서, '정당한 상식에 기초한 균형된 심정'의 중요성을 새삼 강조했다.(4쪽) 그는 다시금 해방의 조건을 일깨운다. '미소연합군이 본래 조선을 해방시키기 위하야 싸운 것이 아닌 것은 세계적인 상식'이며, 따라서 '어느 연합군에도 치우치지 않고 우리가 정신을 차려 홀로 설 준비를 하는 것'이 조선인의 상식이라는 것이다.(6쪽) 이 상식을 바탕으로 냉정을 찾지 않으면 '남의 생명과 재산을 강탈하려 들거나 독재주의와 전제정치를 수용'(7쪽)하게 되리라는 예견이었다.

한치진의 우려 섞인 목소리는 점차 절박하고 절망적인 것으로 바뀌어간다. '모리, 파괴, 테로'가 점점 늘어갈 뿐인 남한에서 민주주의의 희망조차 발견할 수 없었기 때문이었다. 그는 민지의 향상을 위해 일단 '생

150 일우국생(一憂國生), 「퇴폐되는 국민도의」, 민주조선』 3호, 1948. 1. 108쪽.
151 백웅, 「민주주의와 민족적 냉정」, 『민주조선』, 5호, 1948. 4. 3쪽.

활의 안정'이 필수적이라고 생각했지만, 그도 여의치 않은 상황이었다. 한치진의 강의는 막연한 도덕론을 되풀이할 수밖에 없었다. '남의 것을 그저 먹을 생각 말고 자기가 직접 벌어먹는 자가 되는' '인생관 개조', 혹은 '생활 개조'의 요구였다.[152]

한치진에게 진정한 민주주의를 실현할 가능성은 진정한 반공의 가능성이었다. 민지가 낮으면 민주주의가 어려워지고 반공도 어려워질 수밖에 없다는 생각에서였다. 『민주조선』의 필진은 공산주의를 상식이 통하지 않는 상황에서 번지는 일종의 후진적 현상으로 간주했던 것이다. '남의 것을 그저 먹으려는' 공산주의는 사람들을 현혹할 수 있지만 이미 도덕적으로 타락했고 또 불합리한 점에서는 주술의 수준을 넘는 것이 아니었다. "노력 없는 횡재를 바라는 허영심은 무당 불러 굿하는"[153] 심리 작용과 다를 바 없다는 비판이었다. 이런 비판은 자본주의가 문명적 발전을 표하고 이끈다는 믿음을 배경으로 하고 있었다. 전후 미국의 반공 대중담론은 사람들로 하여금 공산주의에 빠지게 하는 여러 요인이 있지만 공산주의가 자본주의의 매혹—소비사회의 경이로움을 이길 수는 없다고 주장했다.[154] 그러나 해방조선에서 자본주의의 매혹은 아직 이야기될 수 있는 것이 아니었다. 결국 민주주의는 공산주의에 맞서는 지도원리가 되기에는 '너무나 빈약한' 사상으로 간주되기에 이른다. 공산주의를 상대로 한 사상전에서 이기기 위해서는 이승만의 일민주의가 민주주의를 대체해야 한다는 주장[155]은 이런 맥락에서 나올 수 있었다.

152 백웅, 「신조선의 진로」, 『민주조선』, 7호, 1948. 7. 4쪽.
153 백웅, 「민주와 민지(民知)」, 『민주조선』 2호, 6쪽.
154 Cyndy Hendershot, Ibid, p. 13.
155 안호상 편술, 『일민주의의 본바탕』, 일민주의연구원, 1950, 42쪽.

6

—

반공이라는 국시(國是)

도의를 앞세워 '우리'를 규정하려 한 반공론은 대중이 민족적으로 쇄신되어야 한다고 주장했다. 민족적 초자아의 명령을 대중에게 부과하여 빨갱이를 민족의 외부로 구축해내려 한 것이다. 그러나 민족적 도의에 의한 배제는 우리의 밖으로만이 아니라 안으로도 작동하게 되어 있었다. 『이북통신』에서 보듯 소련군에게 강간당한 평양 정의고녀 학생들은 도의를 위해 대동강 속으로 뛰어들어야 했다. 정절을 잃은 여학생들이 '더럽혀진' 육체를 스스로 제거하여 '자존심'을 지켰다는 줄거리에서 자결은 안타깝지만 불가피한 선택인양 그려졌다. 거룩한 목적을 위해 정신(挺身)하는 행위로서의 자결에 대한 예찬은 반복되어왔다. 그러나 이 무죄한 강간 피해자들의 사정은 한층 억울해 보인다. 단지 강간을 당했다는 이유로 감행한 자결은 과연 그들의 결단이었던가? 강간피해자일 따름인 그들의 삶을 박탈하고 그들의 죽음을 회수한 것이 이 이야기에 관철된 도의의 관점이었다. 결과적으로 이 이야기는 우리를 구획하는 경계가 타자에 의해 훼손(오염)된 부분을 과감하게 잘라버림으로써 확보될 것임을 말하고 있었다. 그것이 바로 도의의 경계였다.

그러나 위의 예와는 달리 훼손이나 오염이 곧바로 확인되지 않는 경우, 문제는 어떻게 삭제해야 할 대상을 식별하고 구획하느냐에 있었다. '붉은 물이 드는' 과정이 쉽게 포착되거나 감지되지 않을 수 있다는 점은 공산주의의 위협을 치명적인 것으로 여긴 이유의 하나였다. 도의를 말하는 민족적 초자아는 종종 국가의 의지나 뜻을 대변했는데, 이는 국가가 제거할 부분을 식별하는 특별한 능력을 가져서라기보다 그 판정이 국가에 의해 이루어져야 했기 때문일 것이다. 국가는 도의로써 경계를 긋고 그 안과 밖을 '과감하게' 재단하는 주체가 되었다. 국가에 의한 배제는 곧 동원의 형식이었으니, 누구든 언제라도 추방의 대상이 될 수 있는 상황이야말로 국가가 구성원의 동원을 강제할 수 있는 상황이기도 했다. 반공이 추방령으로 작동했던 이유는 또한 이렇게 설명되어야 하지 않을까 싶다. 국가로 하여금 공포의 군림을 가능하게 한 반공은 국가의 반공이 되었다.

『민주조선』의 민주주의강론에서 반공은 시민적 교양의 함양에 달린 문제였다. 대중의 지적이고 도덕적인 수준이 제고될 때 민주주의는 실현될 것이고 그러면 공산주의가 발을 붙일 곳이 없게 된다는 생각이었다. 공산주의를 향한 막연한 신앙이 전적인 투신과 지나친 기대를 조장하는 집단적인 주술로 확산되었던 현상은 성찰적인 민지의 향상을 통해 해결되어야 했다. 이 강론은 개인의 욕망에 충실하면서 이를 합리적으로 공공화할 수 있어야 한다는 반주술의 현실주의를 근거이자 핵심으로 하고 있었다. 그러나 민지 향상을 위한 계몽은 빠른 효과를 기대할 수 없는 사업이었다. 더구나 대중을 교양하는 일 자체의 가능성 또한 의심되었던 듯하다. 『민주조선』의 필자들은 대중(민지)의 후진성에 대한 절망감을 숨기지 못한다. 그들에게 미국은 올려다보아야 하는 선진한 본보기였는데, 민주주의의 성취를 종족이나 지역에 따라 구획하는 관점을 수용했다면 해방조선은 민주주의를 실현하기 어려운 곳이 되고 만다. 민주주의 강론이 민주주의 불가론을 내장하고 있었던 셈이다.

대중(민지)의 후진성을 해결하는 사회의 역할을 기대하지 못하는 상황에서 국가의 강력한 개입은 불가피한 것으로 여겨질 수 있었다. 국가가 공공화를 강제할 권한을 전유하게 되고 공공화의 명분 아래 추방령을 작동시켰던 상황에서 대중은 언제든 그 앞에 노출되어야 했다. 누구든 자의적 처분의 대상이 될 수 있다는 공포야말로 반공을 법으로 작동시킨 힘이었다. 민주주의를 이야기하면서 국가의 폭력을 정당화한 반공은 이미 분열적인 것이었다.

반공은 전체주의적 기획이다. 그것은 특정한 정치이데올로기를 부정하고 그 작용을 차단, 금압하려는 데서 사상 전반의 통제와 언어적 통제, 나아가 생활과 무의식의 통제로 확대되었다. 공산주의가 대중을 현혹한다는 생삭, 누구든 공산주의에 넘어가면 우리가 아닌 타자가 되고 만다는 우려, 그러한 변신을 돌이킬 수 없고 개전(改悛)이 불가능한 치명적인 감염으로 여기는 관점은 가히 편집적인 것이다. 이 편집증은 공산주의에 대한 공포에 앞서 빨갱이로 간주(지목)되는 데 대한 공포를 증폭시켰다. 즉 빨갱이로 보일 수 있는 어떤 가능성도 사전에 삭제해야 하는 편집증—공포야말로 국민을 주조해낸 틀이었다. 그러나 빨갱이라는 기표와 그 기의의 관계는 얼마든지 자의적이고 어긋날 수 있었기 때문에 이 편집증—공포는 허공에 떠있는 듯한 불안감을 또한 불식할 수 없었다. 결국 근본적인 자기부정은 불가피했다. 자신이 그 무엇도 아니며 또 무엇일 수도 있는 분열적 상황은 반공을 통해 조성되고 지속되었다.

반공의 기획은 애당초 특별한 예외적 위치에서 발동하는 주권적 권력에 의해 주도된, 그에 의한 통치의 방식이었다. 즉 빨갱이를 배제해야 하는 '긴급한' 상황을 통해 주권권력이 작동했기 때문에, 통치행위가 지속되기 위해서는 계속 이 상황을 만들고 유지하는 것이 필요했다. 다시 말해 누구든 빨갱이로 지목되어 추방될 수 있는 유동적인 상황을 조성하는 일 자체가 통치행위일 수 있었던 것이다. 반공이라는 추방령이 통치패러다임으로서의 예외상태[156]를 지속시켰던 가운데, 추방 대상에 대한 자의적 처분은 국가(민족)의 이름으로 이루어진다.[157] 38이남에서 반공국가는 이렇게 성립되었다. 주권권력의 작동을 가능하게 한(예외상태를 지속시킨) 반공은 이 국가의 '국시'가 될 수밖에 없었다.

156 조르주 아감벤의 『예외상태』(김항 옮김, 새물결, 2009)의 1장 '통치패러다임으로서의 예외상태' 참조.

157 "하나를 만드는 데 장애가 있는 것을 제거해야 하는 것"이 일민주의의 명령이었다. 이승만, 『일민주의개술』, 일민주의보급회, 1949, 10쪽.

참고문헌

자료

『민주조선』(1947~1948)

『이북통신』(1946~1948)

안호상 편술, 『일민주의의 본바탕』, 일민주의연구원, 1950.

온낙중, 『북조선기행』, 조선중앙일보출판부, 1948.

이승만, 『일민주의개술』, 일민주의보급회, 1949.

조영암, 『북한일기』, 삼팔사, 1950.

채만식, 「도야지」, 『문장』, 3권5호, 1948.10.

최상덕, 『북한괴뢰집단의 정체』, 공보처, 1949.

논문 및 단행본

강웅식, 「총론: 반공주의와 문학장의 근대적 전개」, 『반공주의와 한국문학의 근대적 동학 1』, 한울, 2008.

고정일, 『한국출판백년을 찾아서』, 정음사, 2012.

권명아, 「총후 부인, 신여성, 그리고 스파이」, 『역사적 파시즘: 제국의 판타지와 젠더 정치』, 책세상, 2005.

김귀옥, 『월남민의 생활 경험과 정체성: 밑으로부터의 월남민 연구』, 서울대학교출판부, 1999.

김득중, 『빨갱이의 탄생 — 여순사건과 반공국가의 형성』, 선인, 2009.

김철, 「프롤레타리아 소설과 노스탤지어의 시공」, 『식민지를 안고서』, 도서출판 역락, 2009.

김학재, 「정부수립 전후 공보부·처의 활동과 냉전 통치성의 계보」, 『대동문화연구』 74집,

2011.

류경동, 「해방기 문단형성과 반공주의 작동 양상」, 『반공주의와 한국문학의 근대적 동학 1』, 한울, 2008.

모리 요시노부, 「한국반공주의이데올로기 형성과정에 관한 연구」, 『한국과 국제정치』, 경남대학교 극동문제연구소, 1989.

전상인,『고개 숙인 수정주의』, 전통과 현대, 2001.

정병준, 『우남 이승만 연구』, 역사비평사, 2005.

정용욱, 『미군정자료연구』, 선인, 2003.

차재영, 「주한미점령군의 선전활동연구」, 『언론과 사회』 5호, 1994년 가을.

홍용표, 「현실주의 시각에서 본 이승만의 반공노선」, 『세계정치』, 28-2, 2007.

그랜트 미드, 『주한미군정연구American Military Government in Korea(1951)』, 안종철 옮김, 공동체, 1993.

조르조 아감벤, 『호모 사케르』, 박진우 옮김, 새물결, 2008.

조르조 아감벤, 『예외상태』, 김항 옮김, 새물결, 2009.

Cummings, Bruce, "American Policy and Korean Liberation", *Without parallel: The American-Korean Relationship Since 1945*, edited by Frank Baldwin, New York: Pantheon Books, 1974.

Hendershot, Cyndy, *Anti-Communism and Popular Culture in Mid-Century America*, McFarland & Company, Inc., Publishers, 2003.

Hook, Sidney, *Political Power and Personal Freedom: Critical Studies in Democracy*, Communism, and Civil Rights, New York: Collier Books, 1959.

Kelly, John D. and Martha, Kaplan, "Empire preserv'd: how the Americans put anti-Communism before anti-imperialism", *Decolonization: Perspectives from Now and Then*, edited by Prasenjit Duara, Routledge, 2004.

Kortunov, V., *The Battle of Ideas in the Modern World*, translated from the Russian by Anatoly Bratov and David Fidlon, Moscow: Progress Publishers, 1979.

Morgan, Ted, *Reds: McCarthyism in Twentieth-Century America*, Random House, 2003.

Shin, Gi-Wook, Ethnic Nationalism in Korea: Genealogy, Politics, And Legacy, Stanford University Press, 2006.

Trawick Bouscaren, Anthony, *A Guide to Anti-Communist Action*, Chicago: H. Regnery Co., 1958.

金斗禎,『防共戰線勝利の必然性』, 京城: 時局對應全鮮思想報國聯盟, 1939.

朝鮮防共協會 編,『時局宣傳に關する參考資料』, 京城: 朝鮮防共協會, 1938.

제4장

6.25의 이야기 경험

— 전쟁 수기들을 중심으로

1 전쟁 수기와 '공포의 효과'

2 몰입(immersion)의 정치학

3 고발하는 고백, 그리고 국가

4 발견하는 이야기

5 남의 눈으로 본 전쟁

6 결어: 공포의 군림

1

전쟁 수기와 '공포의 효과'

이 글은 한국전쟁[158]의 와중이나 정전(停戰) 이후 몇 년래 출간된 전쟁 수기를 대상으로 이야기 경험(narrative experience)[159]에 대해 논의하려는 것이다. 수백만 명의 희생자를 낸 한국전쟁 또한 잔혹한 죽임의 전쟁이었다. 전쟁기간 동안 수없는 죽음을 보고 겪어야 했던 사람들에게 그 경험은 다시 돌이키고 싶지 않은 것이었겠지만, 또 어떤 식으로든 언급되어야 하고 구성(plotting)되어야 할 것이기도 했다. 전쟁의 기억이 강렬하

158 남한의 한국인들에게 6.25 동란, 혹은 사변으로 명명되었던 이 전쟁은 또 한국전쟁, Korean war로 불리고 있다. 어떤 용어가 더 적절한 것인지에 대한 특별한 의견을 갖고 있지 않기 때문에 여기서는 그저 명칭의 역사성을 고려해야 한다는 입장에서 6.25를 한국전쟁과 더불어 쓰려고 한다.

159 이야기 경험이란 이야기에 의한 경험을 뜻한다. 갖가지 텍스트를 통해서, 혹은 대화나 심지어 내면적 회상을 통해서 우리는 이야기를 하거나 듣는다. 이야기는 그 자체가 경험의 형식이다. 이야기를 통한 경험, 이야기로 매개된 경험이 이야기 경험이다.

고 절박했다면 그것을 어둠 속에 가두어 놓을 수만은 없었기 때문이다. 직접적인 경험을 옮겨낸다는 수기는 한국전쟁을 다시 비추고 구성하는 형식이었다. 전쟁 수기들을 읽는 이야기 경험의 양상과 작용, 효과에 대해 생각해보려는 것이 이 글의 목적이다.

이 글이 대상으로 하는 수기는 박계주의 『자유공화국 최후의 날』(정음사, 1955)을 비롯하여 유진오, 모윤숙 등이 쓴 『고난의 90일』(수도문화사, 1950), 오제도가 편한 『적화삼삭구인집(赤禍三朔九人集)』(국제보도연맹, 1951)과 『자유를 위하여』(문예서림, 1951), 그 밖에 김중희 편집의 『전몰 해병의 수기』(해병대사령부 정훈감실, 1952), 이한의 『거제도 일기－석방된 포로의 혈(血)의 일기』(국제신보사, 1952), '재일교포 학도의용병 수기'라는 부제가 붙은 이활남의 『혈혼(血魂)의 전선』(계문사, 1958), 미국 기자 마가레트 히긴스(Marguerite Higgins)가 쓴 *News is a Singular Thing*을 번역한 『젊은 여기자의 수기』(손기영 역, 합동통신사, 1956) 등이다.

흔히 수기는 필자의 경험을 곧바로 옮겨낸 실기(實記)일 것이라는 기대 아래 읽힌다. 수기는 일기나 일지, 혹은 편지의 형식을 수용하기도 한다. 그렇지만 위의 수기들 가운데는 인터뷰나 전문(傳聞)에 의존했음을 밝힌 경우도 있다.[160] 수기는 경험적 직접성을 담는 난만(爛漫)한 형식을 취한다는 점에서 특별한 형식적 의장(意匠)에 의한 문학작품들과 구분된다. 그러나 수기 역시 자기반영적 구성물임이 분명하다.[161] 어떤 수기들

160 예를 들어 『자유공화국 최후의 날』에 실린 글들은 흔히 '나'에 의해 서술되지만 그 '나'가 필자 박계주는 아니다. 박계주는 참혹한 변을 겪거나 영웅적 투쟁에 나섰던 이들의 '실기'를 '나'의 경험으로 서술하고 그 이야기는 주인공 아무개와 '하룻밤을 같이 지내며 들은' 것이라는 식의 설명을 붙이고 있다.

161 기록물과 허구가 다른 세계를 말하는 것이 아니라면 양자는 의사소통적인 의도의 차이에 따라 구분될 수 있는 것이다. Richard Walsh, *The Rhetoric of Fictionality*, The Ohio State University Press, 2007, p. 128.

은 소설로 읽히기도 한다. 적에게 잡혀 갖은 고초를 겪은 '전우'들의 수기를 모아 낸『귀환』(청구출판사, 1953)에서 편집자 선우휘는 단지 "필기자(筆記者)"(서문, 7쪽)로서의 역할을 자임했지만, 이야기를 주석하고 간섭하는 필기자는 어느 결에 작가의 역할을 맡는다. 재현 대상에 충실하려다는 기록의 의지가 근본적으로 다른 형식을 만들어내지 않는 한 기록물과 허구의 차이는 수사적인 것이다. 이렇게 볼 때 수기와 문학작품의 경계를 분명하게 나누는 일은 불가능해 보인다. 수기는 결국 이야기이다. 수기와 문학작품의 관계는 이야기되는 방식이 이야기의 내용을 부분적으로 규정한다는 입장에서 고려되어야 한다.

분립한 남북한 두 체제에게 한국전쟁은 처음부터 어느 편이 살고 누가 죽느냐를 가르는 전쟁이었다. 서로 민족을 구획하고 상대방을 민족의 타자로 내몬 가운데 발발한 전쟁은 타자를 제거해야 한다는, 그렇지 않으면 자신을 지킬 수 없다는 위기의식을 증폭시켰다. 전쟁의 와중에선 누구든 불시에 죽임을 당할지 모른다는 공포로부터 자유로울 수 없었는데, 이 공포는 체제의 존폐 여부가 그에 속한 모두의 생존을 결정하리라는 예측을 통해 강화될 수 있었다. 죽음의 공포는 흔히 집단적인 절멸의 공포로 표현되었다.

적의 무자비함을 부각[162]할 때 절멸의 공포는 개연적인 것이 될 터였다. 남한체제가 적으로 규정한 공산주의, 혹은 공산당[163]은 민족이 아

162 남한에서 공산군이 '살인귀'로 간주되었던 것처럼 북한에서 역시 미군은 원자탄으로 인종청소를 획책하는 악마들로 그려졌다.

163 반공의 입장에서 敵은 곧 '赤'이었다. '반공검사' 오제도는 공산주의의 이론과 정체를 알리는 계몽적인 책『공산주의 A·B·C』(국민사상지도원, 1952)의 서문에서 적과 공산주의를 동일시해 '敵(赤)'이라는 표현을 쓰고 있다.

니라 '슬라브'에 속하는 무도(無道)한 살인귀로 표상되었다. 이 공포의 대상을 철저히 제거하지 않는 한 공포는 불식되지 않을 것이었다. 절멸의 공포야말로 반공의 동력이었던 것이다. 전쟁의 기억은 이 공포를 벗어날 수 없었으며 그런 만큼 전쟁 수기들은 반공의 입장에서 씌었거나 그리로 귀결되었다. 전쟁이 정지(정전)된 이후로도 절멸의 공포가 해소되기는 어려웠다. 적이 제거되지 않았기 때문이다. 한국전쟁은 남북한 두 체제에게 자신을 없애려 한 적을 여전히 남겨두고 만 전쟁이 되고 말았다. 이 사실은 전쟁을 이야기하는 방식을 근본적으로 규정했다. 전쟁시기나 정전 직후에 쓰인 수기들은 '같은 하늘을 이고 살 수 없는' 적의 분쇄를 다짐하고 있다. 수기들은 그것이 개인적인 기록임을 앞세웠지만, 대부분의 경우 분명한 의도 아래 공공화되어야 할 시각을 반복적으로 제시했다.

한국전쟁이 반공을 내면화하는 실제적 기점이 된다는 지적[164]은 수기를 통한 이야기 경험과 관련하여 설명될 필요가 있다. 집단학살로 인해 공산주의가 공포심과 혐오의 대상이 되었다면, 그 공포심과 혐오는 이야기 경험에 의해 재생산되고 유지된 것으로 생각해볼 수 있다는 뜻이다. 집단학살은 공산주의에 의해서만 저질러진 것이 아니었다. 그러나 한국전쟁을 기억하고 말하는 일이 적대하는 두 체제와 이념에 의해 구속된 가운데 모든 악행은 오직 적이 저지른 것으로 서술되어야 했다. 이야기 경험에서 반공은 무엇보다 적의 악행에 전율함으로써 수행될 것이었다. 수기들은 6.25의 이야기 경험이 논쟁적인 것일 수 없었음을 확인시켜준다.

적의 악행을 알리는 이야기는 흔히 반공의 자기재현(self representation)이라는 형식을 취했다. 즉 공산주의를 악행의 근원으로 고발함으로

164 손호철, 「한국전쟁과 이데올로기 지형」, 『한국전쟁과 남북한 사회의 구조적 변화』, 경남대학교 극동문제연구소, 1991, 13~15쪽.

써 자신의 이념적 정체성 ― 귀속을 천명하는 것이었다. 예를 들어 처형의 위협이나 핍박, 고통스러운 부역의 경험, 피난의 어려움 등을 이야기함으로써 공산주의를 향한 이족혐오의 감정을 부추기는 한편으로, 이 고난을 통해 공산주의의 실체를 알게 되었다는 식의 고백이 수반되었던 것이다.[165] 고발하는 고백, 고백을 통한 고발은 전쟁이라는 참극의 모든 책임을 적에게 돌림으로써 적을 없애야 할 도덕적이고 역사적인 필연성을 역설한다. 오랫동안 한국전쟁에 대한 기억을 장악했던 반공 이야기는 이렇게 전쟁의 경험을 공산주의의 경험으로 축소시켰다.

전쟁에 대해 구체적이고 각성적인 정보를 제공하기보다 단지 공산주의에 대한 적개심을 요구하는 이야기들은 읽히기 전에 이미 읽힌 것이었다. 기대된 내용 이상을 말할 수 없었기 때문이다. 반복된 반공 이야기들은 다른 실재의 세부에 접근하려는 기도 자체를 봉쇄함으로써 전쟁에 대한 비판적인 사유를 제한하는 억지(抑止 deterrence)[166]로 기능했다. 반공 이야기로 쓰인 수기 또한 직접 경험한 바를 옮긴다는 미명 아래 사실이나 증거를 부분적으로 조명하여 일방적인 기억을 강요하는 데 기여했다. 공포라든가 원한, 비탄과 분노의 감정을 전경화(前景化)한 수기들이 현장을 긴박하게 묘사할 때에도 종종 실제적이지 못한 느낌을 주기도 하는 이유는 전쟁터 곳곳에서 자행된 참극의 모든 책임을 공산주의의 '마성(魔

165 수기의 고백적 면모를 언급한 글로는 서동수의 「한국전쟁기 반공텍스트와 고백의 정치학」(『한국현대문학연구』, 2006. 12, 20호)이 있다. 서동수는 부역혐의가 있는 잔류파들을 필자로 한 『적화삼삭구인집』 등을 분석하면서 그들의 수기가 스스로 반공주의자임을 증명하려는 "고해성사"(위의 글 81, 103쪽)였다고 지적했다.

166 억지(deterrence)는 자신이 힘을 행사할 수 있다고 위협함으로써 남이 일정한 행동을 못하도록 억누르는 것이다. 즉 그것은 무엇이 일어나지 않도록 강제하는 특별한 종류의 행동이다. 억지의 의미에 대해서는, Jean Baudrillard, "The Illusion of the End", *Selected Writings*, Stanford University Press, 2001, pp. 256~257. 참조.

性)' 탓으로 돌리는 완고한 입장과 관련되어 있는 듯하다. 결코 타자의 얼굴을 보지 않는 이 시선은 매우 비실제적인 것이었고 그런 만큼 교정의 여지도 적었다. 참극은 곧 악몽이었으며 환영과 같은 것이 된다.

그러나 그럼에도 불구하고 반공 수기들은 6.25의 고통스러운 상처를 그 원인과 결과를 잇는 이야기 속에 새겨 넣었다. 반공 이야기는 전쟁을 겪은 사람들이 그들을 짓누른 공포를 설명하고 기억하는 지배적인 틀이었으며 또 그 기억을 신뢰할 만한 것으로 만든 메커니즘 자체였다.(반공이 모든 것에 앞서는 공적 준거였기 때문에) 반공 이야기의 구조는 어느 정도 규명되었다.[167] 이 글은 반공 수기들의 독서가 어떤 장치를 통해 수행되었으며 그러한 이야기 경험이 또 어떻게 정착되었던가를 살피는 데 주력할 것이다. 특히 수기를 읽는 이야기 경험에서 '공포의 효과'는 무엇이었던가를 밝히는 것이 이 글의 관심사다.

2000년대에 들어 '공공기억인 냉전의 기억에 눌려 언표되지 못한 기층민들의 역사 경험을 연구'[168]해야 한다는 문제의식 아래, 이런저런 '구술'을 토대로 6.25라는 역사적 사건을 새롭게 조명하려는 노력들이 진행되고 있다. 그동안 말할 수 없었던 사람들의 또 다른 증언들에 귀 기울이는 것은 의미 있는 일이다. 그러나 한국전쟁에 대한 기억을 문제시하기 위해서는 공적 기억이라는 것부터 다시 세밀하게 검토되어야 할 필요

167 '반공주의'와 그 문학적 현상에 대해서는 이미 많은 연구가 누적되어 있다. 『반공주의와 한국문학의 근대적 동학』(I,II)(한울, 2008~2009)은 그 가장 업데이트된 성과라고 판단된다. 이 책에 실린 여러 글들 가운데서도 여순 사건을 증언하기 위해 쓰인 수기인 『반란과 민족의 각오』(1949)에 대한 유임하의 분석(「정체성의 우화」, I—160)은 반공 수기로서 전쟁 수기가 갖는 내력을 돌이킨 것으로, 국가체제에 의해 반공 이야기가 형성되고 정착된 경위를 보여준다.

168 염미경, 「전쟁연구와 구술사」, 표인주 외, 『전쟁과 사람들: 아래로부터의 한국전쟁 연구』, 한울, 2003, 15쪽.

가 있다. 공적 기억이 어떤 기억들을 부각하고 또 배제하면서 주조되었다면, 공적 기억을 만든 여러 형식들을 비판적으로 분석함으로써 그것이 강제된 과정을 돌이키고 지워진 기억의 빈자리를 조명해볼 수 있을 터이기 때문이다.

2

몰입(immersion)의 정치학

공산당의 악행을 고발하는 반공 수기는 수난과 희생의 이야기라는 익숙한 틀을 답습했다. 그러나 그것은 공산당의 잔혹성을 부각함으로써 이야기에의 몰입(immersion)을 보다 강력히 기대하고 요구하는 입장에서 씌어졌다. 이야기에의 몰입이란 인지의 메커니즘이 텍스트와 결합되면서 독자가 텍스트의 세계로 이동(transportation)하는 현상을 가리킨다.[169] 흥미는 몰입을 촉진하는 요소임이 분명하다. 더불어 미적 완성의 수준이나 박진감 있는 표현, 이야기의 개연성, 구성의 긴밀함 등은 몰입을 더 가능하게 할 수 있다. 그러나 그것들만이 몰입을 보장하는 조건은 아니다. 전쟁 수기가 몰입을 요구한 상황적 근거는 공포였다. 전쟁 기간 동안

169 Richard J. Gerrig, *Experiencing Narrative Worlds*, Yale University Press, 1993. 이 책의 곳곳에서 말하고 있는 '이동(transportation)' 곧 '옮겨 놓기'라는 개념 참조.

© 국가기록원

죽음의 공포를 떨칠 수 없었던 사람들에게 공포는 절실한 공감의 기반이었다. 그들은 공포의 '현장'을 지나쳐 왔고 따라서 그들에게 수기가 비추어내는 현장은 멀리 있는 것이 아니었다. 그들은 이내 현장으로 옮겨질 수 있었다. 이미 '4.3'의 제주도나 '여순'의 현장을 알리는 보고문[170]들이 씌어졌거니와, 한국전쟁은 모든 사람들로 하여금 죽음의 현장을 경험하게 했고, 그럼으로써 몰입의 조건을 마련했던 것이다.

몰입은 서술자(화자)를 좇음으로써 가능해진다.[171] 경험자의 서술이 우선적으로 관철되는 것이 수기이다. 수기의 경우 몰입은 경험자인 서술자의 시선에 집중함으로써 진행되며 그에 제약됨으로써 유지된다. 소설

170 앞에서 언급한 '전국문화단체총연맹'을 편자로 한 『반란과 민족의 각오』(1949)는 그 대표적인 것임.

171 일찍이 코울리지는 독자가 허구적인 독물에 대한 '불신을 자발적으로 차단(willing suspension of disbelief)'함으로써 독서가 지속되며 그 세계 속으로 들어가게 된다는 점을 지적한 바 있다.

과 비교해볼 때 수기는 단성적(單聲的)이고 그런 만큼 일방적인 형식이다.[172] 무엇보다 서술자로서의 경험자가 절대적인 우선권을 갖는다는 점에서다. 게다가 대체로 형식적 의장(意匠)을 결여한다. 수기는 서술자가 아닌 인물들의 성격 묘사나 내면 상황에 주의를 기울이지 않을 수 있으며, 또 수기의 서술은 과거의 내력이라든가 지난 경위를 돌이키기보다 진행되는 사건을 눈앞에 펼쳐 보이는 데 치중한다. 현장의 세부를 제시하고 사건을 핍진하게 서술하는 수기는 빠른 몰입을 추동할 수 있다. 텍스트란 세계를 선택적으로 구성해낸 것임에도 불구하고, 몰입이 일어날 때 그것은 실제의 보고(report)로 읽히게 된다. 반공 수기들 또한 생생한 체험의 증언으로 제시되었다.

죽음의 공포를 보다 집합적인 형태로 만든 것은 국가 붕괴의 공포였다. 국가의 붕괴가 그에 소속된 구성원 대부분의 절멸을 초래하리라 단정되었기 때문이다. 전쟁 이면의, 통계로는 잡히지 않는 "슬프고 기막히는 많은 사실(비사)"(3쪽)들을 모아 기록했다는 박계주의 『자유공화국 최후의 날』(정음사, 1955)은 제목에서처럼 6.25를 국가가 붕괴되는 '최후'의 경험으로 그려낸 것이었다. 그가 그려낸 것은 최후의 지옥도(地獄圖)였다. 이 책에 실린 「지옥 유폐 130일 — 원산 대학살 사건의 진모」는 1950년 10월 연합군이 북진하자 공산군이 기독교 관련 인사들을 비롯하여 정치보위부에 의해 피체된 이런저런 사람들을 살해한 '원산대학살'[173]의 현장으로 독자들을 이끈다. 몇 안 되는 생존자들 가운데 하나인 '한준명(韓俊

172 바흐친에 의하면 소설은 다성적인 형식이다. 타자의 발언과 목소리를 어떤 방식으로든 수용할 수 있는 것이 소설 장르의 성격이자 또한 가능성이라는 것이다. 반면 수기는 다성적이기 힘든 형식이다. 그것은 수기의 특성이자 한계라고 말할 수 있다. 그러나 전쟁시기와 그 이후에 쓰인 반공 소설들 역시 타자의 목소리를 수용할 수 있었던 것은 아니다. 반공 수기와 반공 소설들의 관계는 이런 입장에서 검토해 볼 만하다.

173 원산인민교화소 등에서 진행된 이 학살 사건의 피해자는 약 1700여 명으로 추정된다.

明) 목사'의 체험기를 '나'의 증언으로 옮겨 놓은 이 글은 학살이 진행된 과정을 정밀하고 실감나게 묘사했다. 여럿이 줄에 묶여 지하 방공호로 끌려 들어가는 순간은 다음과 같이 제시된다.

> "앗!
>
> 하고, 비명을 발했다. 내 앞 3메터도 못되는 곳에 먼저 들어온 사람들의 시체가 착착 쌓여 있는 것이 아닌가. 눈앞이 아찔해지는 나는 그래도 기절해 쓰러지지 않은 것이 이상했다. 그리고 그때까지도 그렇게 심한 피비린내를 몰랐던 것도 이상했다.
>
> 한 이삼 분 전에 총을 맞았던 모양이여서 몇 사람의 시체는 손과 발이 꿈틀거리며 힘없이 내저어졌고 입에선지 코에선지 삐익 삑, 씨익 씩 소리가 난다. 그리고 머리가 모두 왼통 피투성이인 것이 촛불 빛에 바라보인다. 시체는 장작을 가리듯 다섯 층씩 쌓여서 방공호를 채워 나온다.
>
> 단총을 든 그 키가 큰 중위는 우리들더러도 시체 위에 올라 가 앉으라고 호령한다. 넷씩 묶인 우리는 어쩔 수 없이 시체 위에 올라가 꿇어앉는 수밖에 도리가 없었다." (50～51쪽)

층층이 쌓인 시체 위에 제 발로 올라가서 죽음을 맞아야 하는 희한한 정경과 엽기적인 살해의 방법은 끔찍함 그 자체이다.

> "시체 위에 올려 앉혀 놓고는 뒷덜미의 옷깃을 왼손으로 감아쥐고 오른손에 잡은 벌프껀(25발 기관총)으로 후두부를 쏘아 버리는 것이므로 죽는 사람에게는 오히려 다행한 일이라고 할까. 고통과 신음을 할 사이도 없이 사형은 잘 진행되는 것이었다. 우리 네 사람 한 패 중에서

제일 왼편 사람 김경록(金京綠 - 사십 세인 전기기술자) 씨의 머리가 깨여지는 모양이 엎디인 내 눈에 너무도 똑똑히 보인다. 피가 뿜겨지고 뇌수가 내 얼굴에도 뿌려진다. 그다음, 나와 손을 한데 묶인 오명랑(吳明朗 - 육십일 세의 의사) 씨의 반백의 머리도 바로 내 코앞에서 깨지며 피를 뿜고 흰 뇌장을 뿌려 놓는다."(52쪽)

현재형의 비주얼한 장면은 공포에 앞서 경악을 요구한다. 이 끔찍한 장면에 치를 떠는 독자에게 경악은 몰입을 추동한 원인이자 방식이었다. 이야기에 다가섬으로써 현장으로 옮겨진 독자는 희생자와 자신을 동일시하게 마련이다. 죽음의 공포가 그(그녀)를 희생자의 편에 서게 할 것이었기 때문이다. 몰입된 독자는 무력하게 죽임을 당할 수 있는 희생자로서 공포에 짓눌리는 경험을 하게 된다. 엎드려 처형을 기다리고 있던 한 목사는 살인집행자가 아직 생명이 남은 다른 사람의 머리를 다시 쏘느라 그를 처리한 것으로 착각하고 넘어감으로써 살아남는다. 참극에 전율하는 상황에서 이 사건의 전반적인 맥락이나 이면을 바라보려는 유보적인 태도는 가능하지 않다. 특히 죽음의 공포가 신체에 깊이 새겨져 있었던 경우, 몰입은 경험적 구체성을 재단(裁斷)하고 동원해낼 수 있었다. 악몽은 간단히 끝나지 않는다. 공산군이 방공호 입구를 막아버려 요행히 목숨을 건진 생존자들은 썩어가는 시체더미 속에서 유엔군이 진주할 때까지 갇혀 있어야 했다는 것이다. 독자들은 이 지옥도의 묘사를 외면하려 해도 외면할 수 없었을 것이다.

"굴 안에는 시체들이 더욱 암모니아 까스를 발산하여 견디기 어렵다. 벌써 학살이 끝난 지 20시간이 넘었던 것이다. 바람을 맞아 시체의 얼굴들은 물동이만큼 커 갔고, 띵띵 부었던 배가 터지는 소리가 들린다. 송장의 코마다 입마다 썩은 피와 진물이 흘러나온다. 그리고 쌓여 진 송장들이 물앉는 음산한 소리는 마치 귀신들이 중얼거리는 것 같다. 팔과 다리가 푸드럭 푸드럭하며 움직이는 것은 고무 뽈이 터지듯 아마 피부가 썩어 터지는 때문이리라. 게다가 수백 마리의 쥐가 어디서 몰려 들어 왔는지 바가지 긁듯 두개골 속을 긁어먹어 들어간다." (65쪽)

이야기에의 몰입 정도는 그로 인한 호응(resonance)의 양상을 좌우한다. 독자가 이야기에 흡수[174]되어 이야기된 세계를 그 외부에서 바라볼 수 없게 될 때 호응은 즉발(卽發)하는 형태로 나타난다. 참극의 희생자와 자신을 동일시함으로써 이루어지는 공포의 경험이 가해자를 향한 즉각적인 분노와 적개심을 자극하게 되는 것이다. 분노라든가 적개심은 공포를 상쇄시키는 감정적 기전이기도 했다.

위의 수기에서 공산군은 착실하다 못해 흥겹게 집단학살을 수행하는 잔혹한 도살자들로 그려졌다(집행자인 '납빛 제복'에 '검은 장화'를 신은 중위는 '술에 취한 듯 이글이글 타는 붉은 얼굴'에 '벽력같이 호령'을 하며, 총을 맞고도 아직 살은 사람을 찾아낸 간수는 "야 저 대가리 쏴라!"라고 외친다., 53쪽) 그들은 인간일 수 없으며 따라서 화해를 기대하거나 용서할 수 있는 대상이 아니었다. 공산주의는 인간을 인간 아닌 것으로 만드는 마성의 전염병이었다. 반공 이야기는 공산당을 제거해야 할 인간의 적으로 규정했다.

174 흡수(absorption)는 몰입의 양상이다. 흡수는 여러 단계적 과정을 거치는 것일 수 있다. 단지 주의를 집중(concentration)하는 단계로부터 텍스트에 상상적으로 개입(involvement)하는 과정 — 이야기된 세계로의 이동(transportation)이 일어나지만 독서 주체의 나머지 부분이 분리된 상태에서 이동을 바라보는 — 과 이야기 세계에 빠져 넋을 잃은 상태(entrancement), 그리고 실제와 이야기 세계를 구별하지 못할 뿐 아니라 이야기 세계에도 머무르지 못해 빠른 횡단이 계속되는 중독(addiction)의 단계가 그것이다. Marie-Laure Ryan, *Narrative as Virtual Reality*, Johns Hopkins University Press, 2001, p. 98.

인간 아닌 도살자인 공산당 내지 공산주의를 척결하는 것은 인간의 의무였다. 반공 수기에의 몰입은 반공 이야기의 주장들을 수용하게 할 것이었다.

반공 이야기에서 공산당의 척결이란 국가를 회복하고 지킴으로써만 가능한 일이었다(6.25는 한반도의 유일한 주권국가가 '공산도배'에 의해 침범당한 사변이었기에). 반공 이야기는 국가('자유공화국')를 마성이 판치는 전쟁의 혼돈으로부터 인간을 구할 주체로 제시함으로써 국가에의 귀속을 명령했다. 국가에의 귀속은 인간으로 사는 길이었다. 이념적 구획과 그에 겹쳐진 인간/비인간, 국가/혼돈의 구획에서 다른 선택의 여지는 있을 수 없었다.

한국전쟁이 남북한 사람들에게 국가에의 귀속을 요구한 '국가형성의 전쟁'이었던 이유는 이 전쟁이 무한한 폭력을 경험하게 했고 그럼으로써 사무치는 공포를 각인시켰다는 데서 찾아야 한다. 공산당의 만행을 고발하는 반공 이야기는 죽음의 공포를 공산당의 만행에 대한 공포로 경험하게 했다. 몰입은 공포를 그들의 만행에 대한 공포로 여기게끔 하는 조건이었다. 진서리쳐지는 살해의 참극을 초래한 모든 책임은 공산당에게 돌려졌다. 공산당의 척결은 인간의 의무이자 국가를 지키는 길이었다. 공산주의자란 마땅히 응징하고 처단해야 할 타자였다.[175] 『자유공화

175 우익 비전투원에 의한 민간인 살해를 다룬 소설도 씌어졌다. 곽학송의 「바윗골」(『독목교』, 중앙문화사, 1955)은 전쟁 시기 국군에 의해 점령된 '청천강' 변의 농촌마을에서 치안대장을 하는 인물이 가두어둔 '공산당원의 직계가족'들의 처형을 앞둔 상황에서 고민하는 모습을 그리며 시작된다. 그들이 같은 성씨의 '일가'라는 점은 치안대장이 고민을 거듭하는 이유 중의 하나다. 그러나 그들은 서술자에 의해 '범죄자', 혹은 '적'으로 규정되며 그들을 제거하는 일은 훗날 닥칠 참사를 막기 위해 필요하고 또 마땅한 일로 간주된다. 죽음을 앞둔 이들의 발언은 수용되지 않는다. 치안대장이 그들에게 '죽이지 않겠다'고 거짓말을 한 뒤 치안대는 곧바로 그들을 묶어내 총살한다. 치안대장의 고민은 그의 인간적인 면모를 부각하기 위한 것이지 민간인을 살해하는 데 대한 고뇌를 담고 있는 것은 아니었다.

국 최후의 날』은 1950년 10월의 황해도 신천(信川)[176]에서의 '레지스탄스' 투쟁과 구월산(九月山)을 거점으로 한 '백색 빨치산'의 활약을 소개하고 있다. 그들은 '적랑(赤狼)'을 '수렵'하는 영웅들로 그려졌다.[177]

물론 비전투원의 학살은 공산주의자에 의해서만 저질러진 것이 아니다. 이데올로기나 국가의 이름으로 자행된 학살은 절차를 따지지 않고 정당화되었다. 반공 이야기가 일깨운 죽음의 공포는 언제든 해명의 기회도 주지 않는 죽임의 대상이 될 수 있다는 공포였던 것이다. 그렇기에 전쟁을 통한 북한 공산주의의 경험이 '대한민국 정부를 그리워하게 했다'[178]는 식의 회고가 체제의 비교적인 우월성을 확인하는 증언으로 읽혀서는 안 된다. 국가가 배제의 금을 긋는 주체였다면, 그리고 이를 통해 구원의 영역이 표시되었다면, 국가야말로 공포의 주인공이었다. 배제, 곧 죽음의 공포 위에서 국가는 빛날 수 있었다. 반공 이야기는 공산당을 향한 적개심을 북돋웠지만, 이 적개심의 대상만이 공포의 원인은 아니었던 것이다. 반공 이야기가 몰입을 요구한 실제 이유는 여기에 있었다.

정체성이란 주체의 내면적 선택에 의해서라기보다 상황과의 관계에서 부여되고 만들어지는 것이다. 반공 이야기로서의 전쟁 수기는 타자를

176 신천(信川)은 북한의 주장에 의하면, 1950년 10월 이 곳을 점령한 미군이 3만 5000여 명의 양민을 학살했다는 '신천 대학살'의 장소이다. 신천에서의 살해는 기독교 세력과 반공 지하조직에 의해 저질러졌다는 주장도 있다.

177 구월산 유격대의 활동을 소개한 「적지 심장부의 자유유격대」라는 글에는 '북한에서의 적랑수렵기'라는 부제가 붙어 있다. 신천의 이른바 '레지스탕스', 우익 청년들의 의거를 알린 다른 책으로는 조동환을 필자로 한 『항공(抗共)의 불꽃: 황해 10. 13. 반공학생의거투쟁사』(보문각, 1957)가 있다. 황해도와 구월산을 소개하고 1945년 해방 이후부터 시작된 이념적 대립과 학생유격대의 탄생 과정을 그리며 시작된 이 투쟁사는 국군, 유엔군의 북진과 또 후퇴 과정에서 유격대가 치른 '전투'를 상세하게 기록하고 있다.

178 김성칠, 『역사 앞에서: 한 사학자의 6.25 읽기』, 창작과비평사, 1993, 109쪽.

구획함으로써 정체성의 경계 긋기를 수행했다. 누가 보느냐에 따라 사실이 다르게 규정될 수 있는 만큼 정체성의 경계를 확인하는 시선이 줄곧 관철되는 이야기에서 사실은 그에 종속된 것이기 마련이다. 수기가 제시하는 사실의 핍진성은 반공의 시선에 앞서는 것일 수 없었다. 몰입을 요구한 수기의 이야기 경험은 사실이 아니라 이 시선을 수용하는 것이었다. 자신이 본 것을 말할 수 있는 권한이 주권의 중요한 부분이라고 할 때 반공 이야기에의 몰입은 주권이 양도되는 방식이었다. 반공 이야기의 유포가 국가적 지배의 방식이 되었던 이유는 이렇게 설명되어야 한다.

3

고발하는 고백, 그리고 국가

반공 수기에서 고백은 공산주의 체제를 겪은 자신의 심사를 피력하는 고발의 한 방식이다. 서울 수복(1950. 9. 28.) 이후 공산치하에서 부역을 했다는 이유로 지탄을 받거나 막연한 의심의 대상이 된 이른바 '잔류파'들은 자신의 속내를 열어 보이는 고백을 통해 공산주의 체제의 폭력성과 비인간성을 고발하는 수기들을 써야 했다. 이들은 부역자로 의심받는 자신 또한 절박한 처지에서 공포에 떨어야 했던 피해자였다고 주장했다. 자신의 경험이 얼마나 절박하고 고통스러운 것이었던가를 알림으로써 그들 역시 공산주의의 실상을 목도한 증인을 자처할 수 있었던 것이다. 지옥의 경험을 한 증인의 입장에서 그 경험의 교훈을 말하려는 고발하는 고백은 기왕의 생각이 어떠했든 진상을 확인하는 내면의 모습을 제시해야 했고 그럼으로써 고발의 진정성을 높여야 했다.

고발하는 고백에서는 일단 자신이 증인의 자격을 갖는다는 점을 입증할 필요가 있었다. 고백은 무엇보다 고백되는 내면의 깊이를 요구했다. 증인의 자격이 내면의 고뇌를 설득력 있게 제시할 때 주어질 것이라면, 고백자는 이를 유효하게 시각화해낼 필요가 있었다. 내면 상황을 인상적인 메타포로 묘사하는 것은 그 한 방법이었다. 그러기 위해서는 개성적인 시점(視點)이 확보되어야 했다.[179] 서술자가 일방적으로 나서기도 하는 수기에서 서술자가 자신의 내면을 얼마나 실감나고 심각하게 제시하느냐는 몰입의 심도를 결정하는 요인일 수 있었다.

고백자의 개성에 공감하고 동조할수록 독자는 시야의 재조정을 하게 되며 고백자의 시점을 좇아 그의 내면적 상황을 추체험하게 된다. '정신적 흉내 내기(mental simulation)'라고 할 수 있는 상상적 행위가 일어나는 것이다. 결국 고백에의 몰입 역시 일정한 의도 아래 정보를 제한하고 대상을 규정하는 시선의 통제를 따르는 것을 뜻한다. 고발하는 고백은 시선의 통제를 특별한 체험의 시점을 통해 도모했다고 말할 수도 있다.

멸공(滅共)이 곧 홍국(興國)이라는 '홍국훈(興國訓)'[180]을 서두에 새겨 넣은 『적화삼삭구인집(赤禍三朔九人集)』(국제보도연맹, 1951)과 『자유를 위하여』(문예서림, 1951)는 '진정한 타공(打共)인사'를 자처해온 오제도에 의해 기획되고 편집된 잔류 문화인과 지식인들의 수기 모음집이다. 두 책의 필자인 양주동, 백철, 최정희, 송지영, 장덕조, 황순원, 박훈산, 노천명 등은 공산군이 서울을 점령했던 세 달 동안을 지옥의 경험으로 돌이

179 개성적인 시점은 인상적인 메타포를 만들기 위한 장치이다. Mark Currie, *Postmodern Narrative Theory*, St. Martin's Press, 1998, p. 18.

180 서문을 쓴 오제도가 '자신의 경험에서 나온' 것이고 '항상 주장하는 바'라는 '홍국훈'의 내용은 다음과 같다. "容共卽協共 協共卽反逆 反逆卽亡國 反共卽打共 打共卽滅共 滅共卽興國"

켰다. 감시자와 밀고자가 따르고 냉혹한 폭력 앞에 노출되어 공포 속에서 떨어야 했던 '암흑'의 시간이었다는 것이다. 그들 중 몇몇은 위협에 떠밀려, 혹은 어쩌지 못할 상황에서 생각과는 다른 행동(「문학가동맹」[181]에 가입하는 등의)을 하였다고 고백하였지만, 그런 경우에도 시종 자신이 공산주의라는 것의 실체를 생생하게 목도한 증인임을 자처했다.

그들은 옛 동료의 변신한 모습을 전하기도〔예를 들어 "월북했던 안회남이 왕일(往日)의 타입은 찾아볼 곳 없이 자못 폭군처럼 '로이드' 안경을 번득이며 젊은 패들을 호령하기에 바뻐"[182]다거나 하는 식의〕 했지만, 대체로 그들의 증언은 자신이 겪어야 했던 갖가지 고충을 피력하는 형태를 취했다. 자신이 '아직 얼떨떨한'[183]상태임을 술회한 장덕조는 '암흑' 속에 던져져 겁에 질린 사람들의 모습을 "갑자기 나희를 먹은 듯 주름 잡힌 뺨이며 움푹한 눈가장자리며 우뚝해진 코ㅅ마루에 누구나 입만이 커다랬다."(73쪽)고 돌이켰다. 그들은 자신들이 공포의 나날을 보내야 했고, 그런 만큼 생각과 다른 행동을 한 것 역시 오점이기에 앞서 흉터임을 주장했다. 흉터를 입었기에 그들은 증인일 수 있었다. 공산주의에 대해 막연히 동정자(同情者)의 태도를 취해 온 지식인들의 경향을 비판한다든가, 민중들에게 '공란(共亂)'의 경험은 그들로 하여금 공산주의가 어떤 것인지 그 실체를 똑똑히 보게 하여 이 역병에 대한 '면역성'을 갖게 한 '좋은 기회'가 되었다는 서술[184]은 모두 증인을 자처한 입장에서 가능했던 것이다.

181 이른바 '남조선문학가동맹'을 뜻함. 『자유를 위하여』에 수록된 박훈산 등의 글에 의하면 이 문학가동맹은 공산군이 서울에 진주하면서 이내 조직되어 그에 이름을 올린 모든 문인들을 일단 맹원으로 수용했다. 남조선문학가동맹에는 감옥에 갇혔다가 나온 '출옥파' 김만선, 이용악, 김영석, 이병철 등과 종군작가로 나타난 이태준, 안회남, 김사량, 박팔양 등이 또한 관여했다고 한다. 박훈산, 「언어가 절한 시간 위에서」, 『자유를 위하여』, 110쪽.

182 송지영, 「적류삼월(赤流三月)」, 『적화삼삭구인집』, 58쪽.

183 장덕조, 「내가 본 공산주의」, 『적화삼삭구인집』, 69쪽.

증인이 증인으로서의 위치를 공고히 하기 위해서는 자신의 상처 입은 내면을 제시해야 했다. 내상의 깊이는 자신의 경험이 절박한 것이고 그로부터 자신이 진정한 깨달음에 이르렀음을 말하는 증언으로 나아가야 했다. 자신의 못남을 드러냄으로써 자기연민에 빠지는 경우도 있었다. 『자유를 위하여』에 실린 황순원의 「일원리(逸院里)의 추억」은 '나'의 가족이 점령된 서울에서 뚝섬 건너 일원리로 피난 아닌 피난을 간 몇 달간을 돌이킨 글이다. 서술자는 수염도 깎지 않고 초췌한 병자로 행세하는 '나'의 모습이며, 겁에 질려 다만 국군을 기다려야 했던 시간을 돌이킨다. 이 글은 마침내 동회사무소에 태극기가 걸린 뒤, '면도를 하고 거울을 드려다본' 내가 부끄러움 때문에 거울을 밀어놓고 말았다는 고백으로 끝난다. 나약하고 무력한 자신을 비춘 이 글에서 필자가 표하는 부끄러움은 소극적인 국외자로 처신해 온 데 대한 반성에 닿으면서 동시에 자기연민을 숨기지 않는 것이었다. 내면의 상처는 백철의 「사슬로 묶여서 삼 개월 — 적색정치하 일 문학인의 수기」에서 좀 더 강렬하고 극적으로 제시된다. '결국 사는 문제 때문에'(25쪽) 문학가동맹에 들었던 것을 고해하는 백철은 그럴 수밖에 없었던 경위를 다음과 같이 술회하고 있다.

> "하루아침에 상전(桑田)이 벽해(碧海)로 변한 이상이었다. 어제까지 계획되고 계속되던 모든 사실이 '스톱' 되고 오늘 아침부터 전연 딴 것이 시작되는 것이다. 국가 사회의 질서가 전복되고 생활의 체제가 일변하고 나와 같이 빈약한데로 근대적인 지식과 학문에 살던 그 토대가 허무러져버린 것이다. 나의 초라한 이간서실(二間書室)에는 어제 아침까지도 계속하고 있던 문예사전의 초고뭉치가 그대로 쌓여 있으나 그

184 양주동, 「공란(共亂)의 교훈」, 『적화삼삭구인집』, 5, 7쪽.

것은 오늘부터 휴지로밖에 쓸 곳이 없다.(중략) 학교에서 젊은 학도를 앞에 놓고 학문과 진리를 강의하던 일, 부박한 문단 저널리즘 우에서 속된 허영을 다투던 일 등 생각하면 모두가 쑥스러운 희극적인 사실뿐이었다. 그러나 어떻게 이 모든 것을 애낌없이 내버릴 수 있을까! 아니 이 모든 것을 송두리채 내던지고 알몸덩어리로 어떻게 살어갈 수가 있을까!

같은 날 저녁 집 앞 노상에서 쌀 배급을 준다고 기뻐 떠들면서 아버지의 손목을 끄는 여덜 살 되는 아들놈에게 끌리어 문 앞에 나가니 과연 맞은 편 집 문 앞의 노상에서 몇 개의 쌀가마니가 놓이고 그것을 중심으로 뫃여 선 군중을 향하여 어떤 낯모를 청년 하나가 일장의 연설을 하고 있었다. — 대한민국과 같이 장관이나 모리배만이 쌀을 독점하던 것을 인민공화국은 이와 같이 일반 인민에게 공평하게 배급하는 것이니 그 뜻을 이해하라는 주지였는데, 그 어조에서 벌써 어떤 아지 못할 강박을 느꼈다. 그 청년은 말을 하는 중도에 이쪽 층계 우에 어색하게 서 있는 나의 모양을 힐끗 바라보았는데, 나의 자비지심(自卑之心)에 선지 모르지만 그는 나를 전부터 알고 있으며 그의 눈은 확실히 나를 모멸하는 빛이었다. 홍 대학교수가 무엇이고 문학자가 무엇이냐 이제부터는 근로자와 농민의 세상이다. 너는 깃것해야 브르조아지-의 주구가 아니냐. 너의 지식과 학문은 우리에겐 아무 소용도 의미도 없다.

나는 혼자서 무색(無色)을 느끼고 집으로 들어와서 구디 대문을 걸어버렸다."(22~23쪽)

백철이 묘사하고 있는 것은 공산군이 서울에 진주함으로써 일상이 순간적으로 무산되고 마는 놀랍고 무서운 경험이다. 갑작스러운 전변에 의해 자기 정신의 토대가 일거에 붕괴된 "실신 상태"(22쪽)에서 기왕에 소중했던 것들이 희화화되고 그는 '발가벗겨져' 절망 속으로 떨어졌다는 것이다. 그는 자신이 세상모르고 자기 일에만 빠져 살았던 고지식하고 나약한 존재였음을 숨기지 않음으로써 자신이 느낀 두려움을 인상적으로 표현했다. 그의 고백을 탓할 수 있는 사람은 많지 않았으리라. 공포의 효과는 이 증언으로서의 고백에서 더욱 진작될 것이었다.(소설보다 수기에서 공포의 효과가 더 직접적으로 나타나리라는 예상은 어렵지 않다.)

공포의 효과는 또 자기연민을 승인하고 강화하는 쪽으로 작용할 수 있었다. 모두가 자신을 피해자로 여기는 데 참여했던 것이다. 백철은 자기연민을 통해 자신의 처신에 대한 일정한 면책을 요구했다. 자신의 나약함을 부각함으로써 자신을 포함한 지식인이 보호되었어야 했음을 주장한 것이다. 백철은 하루아침에 변란의 무질서 속으로 내던져진 것이 자신의 잘못은 아니지 않느냐고 묻는다. 글 곳곳에서 자신을 "자애한 어버이를 잃은 고아"(19~20쪽)나 "주인을 잃은 어린 양"(22쪽)에 비기고 있는 것은 자신이 국가의 보호를 받지 못했고 무력하게 폭력에 노출되고 말았음을 말한 것으로 읽어야 한다. 국가의 돌봄이 미치지 않아 그가 피해를 입은 것이라면 면책은 마땅한 것이 된다.

수기 속의 '나'는 예민하고 심지어 예지적인 피해자이다. 자신을 '힐끗' 바라본 '낯선 청년'의 시선에서도 발가벗겨져 모욕을 당하는 예상에 전율하고 있는 것이다. 공포에 떠는 상황은 자신의 어눌하고 내성적인 면모를 부각함으로써 더욱 인상적으로 장면화되었다. 위협을 느낀 그가 할 수 있는 일은 단지 대문을 걸어 잠그는 것뿐이었다. 역설적으로 자신의 무력을 시위한 이 은유가 일깨우는 것은 절망의 깊이다. 이런 그에게 일상을 돌려준 것은 돌아온 '대한민국'이었다. 다시 구원자가 된 국가 앞에서 자기연민은 새삼 귀속의 다짐으로 바뀐다. '어버이를 잃었던 고아'는 이제 부모에게 안겨야 했다. 완벽하지도 않고 자신들을 보호하지 못한 국가지만 그에 귀속되는 것이야말로 면책의 길이었기 때문이다. 백철은 지식인이 비판을 일삼기보다 대한민국에 협력해야 한다는 결론에 이른다. "자유주의적 지성인들은 그 진리를 탐구하는 데 있어 너무 완전하고 순수한 것을 기대한 것이 잘못인데, 대한민국의 모든 약점이 눈에 띄워도 거기에 7분의 진리가 인정되면 3분에 대한 불평보다는 그 약점을 제거하는 데 협력의 태도를 취할 것이었다."(33쪽)

잔류파들에게 3개월의 공산치하는 무엇보다 국가로부터 분리된 상태의 취약성을 절감하게 한 시간이었다. 그들은 '믿었던 정부가 하루아침에 사라지고 만' 데 대한 원망을 숨기지 못했지만,[185] '천하의 고아'로서 겪어야 했던 간난신고를 호소할 때 국가는 새삼 구원자로 부각되었다. 『고난의 90일』에 실린 모윤숙의 「나는 지금 정말로 살아 있는 것인가」는 공산군의 검거를 피해 숨어 지내야 했던 시간이 얼마나 고통스러웠는지를 감상적으로 읍소하는 글이다. 배가 고파 떡장수에게 떡 부스러기를 얻어먹을 때는 "수십 년이나 쌓아 올린 교양과 자존심이 가슴속 한녘에서 흐느껴 울었다."(66쪽)는 것이고, 농가의 식모로 취직하기도 했지만 그도 여의치 않아 "남몰래 산야로 돌아다니며 태고인의 생활처럼 먹을 것을 구했다."(68쪽)는 부분에서 자기연민은 히스테리와 뒤섞인다. 잡히면 자진하려고 '아편을 간직하고' 있었다는 그녀는 그러나 자신을 구원할 "국군의 용자(勇姿)"(57쪽)를 고대하며 지옥에서 살아남을 수 있었다는 것이다. 그녀는 국가에 의해 구원을 받아 되살 수 있었음을 말함으로써 국가의 보호와 보장 없이 삶도 있을 수 없음을 역설했다. 처절하게 무

185 예를 들어 『고난의 90일』(수도문화사, 1950)에 수록된 유진오의 「서울 탈출기」에는 1950년 6월 27일 그가 남행차편을 구하기 위해 서울시 경찰국과 국방부를 찾는 등 우왕좌왕하는 모습들이 그려지고 있다. 경찰국과 국방부를 찾아가 차편을 요구할 수 있었던 이 유력 인사는 사라진 정부를 향한 분노와 절망을 숨기지 않는다.

력을 경험한 이들이 겪은 공포는 귀속에의 강렬한 열망으로 뒤바뀔 것이었다. 국군포로들이 겪은 말할 수 없는 고난의 역정을 그린 선우휘의 『귀환』(1953)에서도 국가는 귀환한 그들을 살리는 '가나안'으로 묘사된다.[186]

그러나 귀속의 열망이 강한 만큼 귀속의 대상이 되는 국가는 배제의 주체일 수 있었다. 귀속은 배제를 통해 확인될 것이었기 때문이다. 공포의 효과는 실로 국가에 의해 재생산되었다. 귀속을 확인하는 배제의 선은 공포에 입각하는 한 매우 자의적으로 그어질 것이었다. 국가가 규정하는 민족(동포)의 구획은 이미 공산당을 배제하고 있었다. 한 증언자는 공산군에 잡힌 미군 포로들을 보며 "미군 포로들이야말로 우리의 동포이며, 저 공산군들이야말로 우리의 구적(仇敵)이라는 사실"을 확인한다. 그는 "사상적 동포만이 진실한 동포"[187]임을 외친다.

186 판문점에서의 포로교환을 통해 귀환한 한 병사를 조명한 이 책의 말미 부분에서 필자는 그 장면을 다음과 같이 그려내고 있다. "쇠약한 권 일병은 인수본부에서 헤리콥타 - 로 36 육군병원에 이송되었다. 끝없이 맑은 하늘 밑에 3년 만에 굽어보는 이 곳 산천은 푸르르고 아름다웠다. 우거진 숲 사이 캼프 꼭대기에 곱게 삼색으로 물들여진 태극기가 휘날리고 있었다. 교인인 권 일병은 가만히 눈을 감았다. 그리고 나직이 입을 열었다. 젖과 꿀이 흐르는 땅. 그리고 잠시 있다가 애국가의 한 구절을 외웠다. 하느님이 보우하사 우리나라 만세.", 『귀환』(청구출판사, 1953), 181~182쪽.

187 이건호, 「폭력에 대한 항의」, 『고난의 90일』, 106쪽.

4

발견하는 이야기

반공 수기는 모든 악행을 적의 책임으로 돌렸지만 적은 이미 인간이 아니었기 때문에 관심을 갖고 살피거나 분석할 대상이 아니었다. 그들은 오직 악행으로 구획되었다. 그들을 인간 아닌 존재로 만든 공산주의 또한 고찰의 대상이 되지는 못했다.[188] 공산주의가 애당초 사상적 역병(疫病)과 같은 것으로 사갈시되었던 탓이다. 결국 적의 악행에 대한 증언은 일정한 문법을 반복하게 되어 있었다. 타자를 구획하면서도 그에 대한 접근이 봉쇄된 상태에서 진행되는 이야기는 근본적으로 가상적이게

188 한국전쟁 중에도 공산주의를 이론적으로나 역사적으로 분석, 소개하는 글들이 출간되었다. 오제도의 『공산주의 A · B · C』(국민사상지도원, 1952)라든가 홍지영의 『공산주의 비판 33강』(동일출판사, 1952), 양호민의 『혁명은 오다: 공산주의 비판의 제 관점』(중앙문화사, 1953) 등이 그것이다. 그러나 과연 공산주의가 고찰의 대상일 수 있었는지 의심스럽다. 전쟁 수기들 또한 공산주의를 비판하였지만 그에 대한 고찰을 하고 있지는 않다.

마련이다. 사실 공산당을 가르는 구획선은 매우 모호했고 악마일 뿐인 적의 얼굴 역시 구체적인 것은 아니었다. 그럼에도 이 모호함을 반복해 생산한 것이 반공 수기였다. 반공 수기의 이러한 성격은 그것이 전쟁 경험을 역사화하려하기보다 이를 매번 현재형으로 부각하려는 입장에서 씌었다는 사실과 관련하여 설명되어야 할 필요가 있다.

그러나 모든 전쟁 수기가 반공의 문법으로 수렴되었던 것은 아니다. 수기는 구체적인 경험을 옮겨낸다는 목적을 앞세우는 형식이다. 역설적이지만 경험자인 서술자가 일방적인 우선권을 갖는 것이 수기이기에 지배적인 발화의 틀을 벗어나는 경험이나 생각이 서술될 수도 있었다. 수기가 구체적 경험을 의미 있는 이야기로 제시하려 한다면 그 일은 일정한 문법을 따름으로써가 아니라 나름의 이야기를 말이 되게(making sense) 하려는 내면적인 노력을 통해 가능했다.[189] 말이 되는 이야기란 그럴 법하고 그래서 역시 이해할 만한(intelligible) 맥락을 가져야 하는데 구체적인 경험이 그 자체로서 이를 보장해주는 것은 아니지만, 단편적이거나 맥락을 갖추지 못한 채로도 경험한 것을 드러낼 수 있는 것이 수기였다. 수기의 이야기는 분열적인 양상을 보일 때도 있었다. 이야기가 안 되는 이야기를 해야 했기 때문이다. 수기가 생경한 박진감이라고 할 만한 효과를 낸다면 이는 쉽게 말할 수 없는 것을 말한 효과일 것이다.

반공포로의 눈으로 거제도 포로수용소의 참상을 고발한 이한(李漢)의 『거제도 일기 — 석방된 포로의 혈(血)의 일기』(국제신보사, 1952)는 포

189 이야기란 어떤 경험이나 의미 내용을 말이 되게 만드는 인간 활동의 소산이자 그 수단이다. 그런 점에서 이야기는 근본적으로 인간형상적(anthropomorphic)이고 인간중심적(anthropocentric)이다. 다시 말해 이야기는 인간 경험의 전거 틀(frame of reference)인 것이다. Richard Walsh, *The Rhetoric of Fictionality*, p. 106. 실제의 경험을 바탕으로 이야기를 말이 되게 하려는 노력은 반공을 말하는 문법과 부딪는 것일 수 있었다.

로들이 매우 혼성적인 집단이었음을 증언한다. 전쟁포로들이 꼭 전쟁포로라고 할 수 없는 다양한 '출신'으로 구성되어 있었다는 것이다. 이 증언에 의하면 '악질 공산군'과 반공포로를 가르는 금은 그렇게 선명한 것이 아니다.

> "부역〔(附逆) 혹은 박역(迫逆; 그럴 의사가 전혀 없었는데 강제에 의해 한 부역을 가리키는 듯 — 인용자)〕의 테두리에 속하는 남한출신 의용군도 많다. 그러나 이 밖에 동란을 피하여 갈팡질팡하다가 한국 사정에 정통치 못한 유엔군에 붙잡혀 끌려 들어온 피난민! 유엔군의 개선을 환영하려 가두로 나왔다 수용된 자! 혹은 제1선에서 불가피한 사정으로 낙오된 한국군! 기타 사감으로 인한 중상모략으로 공산주의자라는 누명을 쓰고 수용된 자! 유엔군 제2차 후퇴 시 이를 의지하여 함께 남하하였다가 수용된 북한 피난민(소위 私民)들이 얼마나 많았던가 —."(8쪽)

더불어 '간첩으로 이용된 10세의 전쟁고아'까지 갇혀 있는 곳이 포로수용소였다. 이 수기는 다양한 성분을 갖는 포로들을 둘로 나눈 것이 '조국들'이었음을 지적한다. 정전회담이 진행됨에 따라 '조국으로 돌아가기 위해서는 수용소 내부에서나마 용기 있게 싸워야 한다'(14쪽)는 공산당의 선전이 먹혀들면서 수용소 안의 좌익 활동이 극렬화되었다는 것이다. 이 수기 또한 사람들의 머리를 돌로 짓찧어 죽이고('돌 작업', 24쪽) 시체를 조각내 화장실에 버리는('인육의 똥간', 25쪽) 공산포로들의 만행을 고발했다. 공산당은 역시 인간이 아니었다. 피아의 구별은 북행(北行)이냐 남한에 잔류하느냐 가운데 무엇을 선택하느냐에 따라 나뉠 것이었다. 그런데 수용되었던 북한출신 지식인들 대부분이 남한을 선택한 것과는 달리, '북한체제의 실상을 겪어보지 못한' 남한 출신 지식인들이 '맑스주의에 매혹되어' 북행을 택했음을 수기는 덧붙이고 있다. 이 '대차적인 사실'을 부각한 필자의 의도는 공산주의가 기만적인 역병이었음을 말하려 한 데 있었지만, 여기서 또한 짐작하게 되는 것은 '조국'을 선택하는 문제가 복잡한 내면과 관련되어 있었을 가능성이다. 고향으로 돌아갈 것을 포기한 북한출신 지식인들이나 남한출신임에도 북행을 선택한 지식인들의 사연이 간단한 것일 리 없다. 물론 북행 지식인들의 심사가 조명되지 못했듯이 잔류를 결정한 이들의 속사정 역시 외면되었다. 그들은 다만 그른 선택을 했거나 옳은 선택을 한 것이다. 그러나 다른 조국을 선택한 그들이 인간 아닌 것과 인간으로 선명히 나뉘지는 않는다. 북행 지식인 또한 인간들이었다. 공산주의의 실체를 모르면서 북행을 선택한 그들의 존재는 이른바 공산당 역시 그 언저리가 선명히 구획되지 않는 집단임을 말하고 있었다. 그들의 모든 사연들을 접수함으로써 지워버린 것은 다름 아닌 조국들이었다.

반공의 입장에서 적인 공산당은 마땅히 응징해야 할 존재였다. 따라서 적을 죽이는 데 연민이나 가책은 불필요한 감정이었다. 그러나 전장에서 직접 적군을 살해하는 경험을 한 입장에서는 항상 이를 마땅한 응징으로 여기기는 어려웠을 것이다. 이런저런 전쟁 수기들이 적의 만행을 상세히 고발하였지만, 적을 살해하는 부분을 그린 경우가 드문 것은 이 때문인 듯하다. 여러 병사들의 일기나 편지를 모은 형식의 『전몰 해병의 수기』(김중희 편, 해병대사령부 정훈감실, 1965, 초판은 1952년)에는 적병을 죽인 후의 감상을 적은 기록이 보인다.

> "처음(시내 인천) 소탕전을 대강 끝마치고 어떤 약방 집 뒷골목을 들어서려니까 따발총을 왼손에 쥔 놈이 헐레벌떡거리며 닥아오는 것을 그대로 갈겨버렸다. (중략) 연방 세 발을 쏘았는데 세 발이 다 명중했

었다. 나도 모르게 쏘아버렸건만 잘 맞았다. 이마빼기와 어깨죽지와 양 가슴에 맞았는데 머리는 새대가리처럼 뿌서지고 검붉은 눈알이 불룩 빠져 볼 옆에 붙어 있고 이빨은 모조리 악물고 쓰러졌다.

찍소리 하나 없다.

손과 발가락이 포드드 떨고 온몸엔 선지피가 콸콸 쏟아져 나와 피투성이다.

땅바닥에도 피가 넘쳤다.

죽이고 보니 가슴이 울렁거리는 것이 좀 언짢았다. 등골에 소름이 끼치는 것같이 느꼈다." (문은수, 「일등 해병」, 40쪽)

적병은 살해된 후 훼손된 시신으로서 그 역시 인간임을 드러내고 있다. 수기의 필자가 '가슴이 울렁거리고 등골에 소름이 끼치는' 반응을 보인 것은 그가 죽인 적병도 자신과 다르지 않은 인간임을 확인했기 때문이다. 다시 말해 죽임을 당한 시신이 훼손된 모습을 통해 인간으로서의 동질성을 상기시킨 것이다. 이 수기가 그려낸 전장은 피아가 서로 죽고 죽임으로써 상대 또한 인간임을 알게 하는 역설적 장소였다. 『전몰 해병의 수기』에 실린 글들에는 상당한 첨삭이 가해진 것으로 여겨지는 부분도 없지 않지만, 젊은 병사들의 감정과 고뇌가 어쩔 수 없이 드러나 보이는 수기들에서 나타나는 특징은 감상적인 일기와 정교한 보고(report)가 뒤섞이는 등 이야기 형식의 선택이 때로 혼란스럽게 이루어지고 있다는 점이다. 그러나 경험된 구체성이 지배적인 이야기 형식과 충돌하면서 씌어진 '서툰' 글들은 오히려 의도하지 않았을 의미의 발견을 가능하게 한다.

참전 수기로 퍽 이채로운 것은 '재일교포 학도의용병 수기'라는 부제가 붙은 이활남의 『혈혼(血魂)의 전선』(재일교포 학도의용군 자립동지회, 계문사, 1958)이다. 동경의 사립대학 학생으로 우파 학생조직에 가담해 있던 필자에 의해 쓰인 이 책은 일단의 우익 교포학생들이 맥아더 사령부에 청원하여 미군에 배속되는 경위로부터, 인천에 상륙한 뒤 비로소 군사훈련을 받고 국군장교가 되어 동부전선과 중부전선 등에서 숱한 전투를 치러내는 과정을 세밀하게 기술하고 있다. 이 기록에 의하면 참전한 재일교포 학도의용병은 총 인원 653명으로, 그 가운데 행방불명자를 포함하여 170여 명이 희생되었다는 것이다. 상세한 참전기인 만큼 이 수기는 곳곳에서 흥미로운 사실들을 제시하고 있다.

전쟁 발발 소식이 전해지자 여러 일본인 청년들이 거류민단(居留民團) 중앙본부에 혈서로 된 참전 자원자 명단을 제출하였다거나 '침략전쟁반대운동'에 적극적이었다는 진술(10쪽)은 그 한 예다.[190] 천인침(千人針)을 해 오겠다는 일본인 여자 친구를 돌려보내고 '출정'에 나서는 장면은 자못 비장하기도 하다. 미군부대에 수용된 의용병들은 곧바로 수송선에 실려 인천에 상륙한 후 진격하는 미군을 따라 부평(富平)에 이르는데, 수기의 필자가 '수복된' 고국을 경험하는 장면은 전쟁의 또 다른 면모를 보여준다. 부대 밖으로 나가 쌀밥을 맛볼 생각으로 음식점이 있는 골목을 찾은 그는 고국에 대한 환상이 깨어지는 것을 경험한다.

> "그러나 나의 이러한 기대는 골목길을 몇 발작 들어가지 못하고 어긋나고야 말았다.

190 한국전쟁의 발발과 함께 일본의 해상보안군과 국영철도, 선박, 적십자 간호사들까지 연합군최고사령관의 명령에 따르도록 동원되었다. 중국군의 참전 이후에는 일본의 재무장이 제안되기도 한다. 이에 대해서는 Wada Haruki, "The Korean War, Japan and Northeast Asian Peace-Building", 〈한국전쟁과 동북아 평화: 과거, 현재, 미래〉, 한국전쟁 60주년 특별국제학술회의, 연세대학교 동서문제연구원 동아시아협력센터, 2010. 6. 23~24.

코를 찌르는 악취를 내품는 음식점은 너무나 불결하며, 어느 틈에 나타난 매춘부들의 기이한 목소리는 불쾌하기 짝이 없고, 낮고 컴컴스레한 방은 두 번 다시 드려다 볼 생각도 나지 않으며, 눈에 불이 나듯이 둥글거리면서 거래? 중년부인들의 추파는 견디지 못할 정도로 천열(賤劣)하였고, 아직 위험지구인데도 이성에는 눈 감고 덤벼들 듯이 병사들의 야수적 태도 등은 증오심마저 일어나는 것이었다."(24쪽)

부평의 골목길에서 필자가 느낀 혐오의 감정은 전쟁에 따른 혼란을 탓하는 것으로만 읽히지 않는다. 오히려 이 불쾌한 발견은 식민지 시대와 해방을 겪고 이제 또 전쟁 속에 던져진 한국 사람들의 일상이 줄곧 파탄된 무질서 속에 있었음을 짐작하게 하는 것이다. 재일조선인 역시 2차 대전의 참화를 피할 수 없었을 터인데, 그러한 필자를 경악하게 했던 천열함이 모두 전쟁으로 인한 불가피한 결과였다고 말하기는 어렵다. 과연 이후로도 수기의 필자는 그가 고국에서 겪어야 했던 문화적 충격을 숨기지 못한다. 국군에 배속된 그는 열악한 식사와 욕설에 시달리고 합리적이지 못한 억압에 황당해 하는 모습을 보인다. 그러나 수기가 묘사하고 있는 전투상황은 매우 구체적이며 이 장면들 안의 필자는 줄곧 성실한 군인으로 그려져 있다. 그가 돌이켜 낸 시간과 경험들은 마침내 조국애와 반공의 의의를 되새기는 것으로 마무리된다.

5

남의 눈으로 본 전쟁

한국전쟁이 한국인들만의 전쟁이 아니었던 만큼 참전한 군인의 입장에서나 종군기자로서 전쟁을 겪은 외국인들의 수기도 일찍부터 씌어졌다. 그 가운데 한국어로 번역이 되어 읽힌 책들로 언급할 만한 것은 모리스 샹뗄루(Maurice Chantelloup)라는 프랑스 신문기자가 1950년 6월 북한군의 서울 입성 장면을 취재하려다가 포로가 되어 북한의 포로수용소에 갇혔던 경험을 기록한 『북한포로수용소; 모리스 싼틀우 수기』(강영수 역, 동아문화사, 1953)를 비롯하여, 『맥아더의 일본(MacArthur's Japan)』(1948)이라는 책을 쓰기도 했던 당시 AP통신의 동경지국장 러셀 브라인즈(Russell Brines)가 편집한 『한국전선; 미국기자의 종군수기』(김광섭 역, 수도문화사, 1951)와 뉴욕 헤럴드 트리뷴(New York Herald Tribune)의 기자로 *War in Korea; the Report of a Woman Combat Correspondent*[191]라는 베스트셀러를 쓰기도 했던 마가레트 히긴스(Marguerite Higgins)의 『젊은 여기자의 수기

(News is a Singular Thing)[192]』(손기영 역, 합동통신사, 1956) 등이다.

한국전쟁을 겪거나 보도한 외국인들의 수기는 한국인들에게는 이채로운 것이었을 터이거니와, 자신들의 참극을 남이 어떻게 보았는가에 대한 관심은 이 책들을 번역하고 또 읽게 한 이유가 되었을 것이다. 무엇보다 이 책들에서 한국인들이 확인할 수 있었던 것은 전쟁을 통해 비로소 세계의 이목을 모은 자신들의 처절한 현실과 가엽고 남루한 모습이었다. 외국인들의 수기를 읽음으로써 한국인들은 자신들을 향한 연민을 객관화했을 것이다. 물론 이 책들은 전쟁에 대한 국제적인 관심과 시각을 반영하고 있었다. 특히 미국 기자의 글들은 전쟁을 이끈 미국의 세계전략이라든가 정책 결정의 입장들을 엿보게 하여서 한국인들의 운명이 어떻게 될 것인가를 생각하게 할 만한 것이기도 했다.

'미국 기자의 종군 수기'라는 부제가 붙은 러셀 브라인즈의 『한국전선』이 곳곳에서 부각하고 있는 것은 민간인들의 수난에 대한 인도적 관심이다. '1.4후퇴'의 과정에서 굶주림 때문에 혹은 폭격으로 죽어가는 피난민들의 정경에 대한 묘사는 매우 구체적이고 또 자극적이다. 취재 형식으로 쓰인 글에서 필자는 한 보병연대의 중대장에게 전해들은 말을 옮겨내고 있다.

> "나는 언젠가 난민의 여자가 길가에서 해산하고 있는 것을 보았다. 그런데 그 여자는 해산한 어린애를 곧 논도랑에 던져버렸다. 어떻게도

191 이 책은 일찍이 윤영춘 역, 『한국은 세계의 잠을 깨웠다』(삼협문화사, 1951)로 번역되었다. 최근의 번역판으로는 이현표 역, 『자유를 위한 희생: 여성최초의 퓰리처상에 빛나는 종군여기자 마거리트 허긴스의 소설보다 생생한 한국전쟁르포』, KORUS, 2009.

192 *News is a Singular Thing*, Doubleday, 1955. 이 책으로 히긴스는 여성으로선 처음으로 퓰리처상을 받았다.

할 수 없었다. 전장이니 말이야, 그 여자의 가족들도 옆에 있었는데 그것을 막지도 않았으며, 또 그 새에도 몇 백 명의 난민이 그 곁을 지나갔으나 모두 묵묵히 지나가고 있었다.

영군 장교들 말로는 어느 전선 냇물다리에서 특히 부하를 파견하여 난민의 어머니들이 유아들을 냇가에 던지는 것을 중지시키려고 하였다는 것이다. 처음에는 몰랐는데 냇물에서 유아의 시체가 몇 개나 떠올랐으므로 비로소 알게 되었다고 말하였다."(112~113쪽)

죄 없는 수난자들의 행렬을 상징적으로 대표하는 어린이들은 절박한 상황이 강요한 절망의 제물들이었다. 진술은 다음과 같이 이어진다.

"도처에서 방공(防空)두건을 쓴 어린아이들을 보았으며 옛이야기에 나오는 요정들이 들판에 나온 것 같은 환상에 잠기는데, 옆에 가서 그들의 얼굴과 수족을 보면 비참한 현실로 돌아온다."(114쪽) 한국인 독자들에게 그들이 겪은 고통에 대한 인도적 페이소스가 묻어나는 이 스케치들은 돌이키고 싶지 않은 기억을 돌아보게 했을 것이다. 이미 남의 눈에 의해 보였기에 그 기억들은 외면한다고 지워질 수 있는 것이 아니었다. 전쟁의 기억은 너무나 생생해서 오히려 악몽과 같은 것일 수 있었다. 이 참담한 스케치들은 그 의도와는 상관없이 전쟁의 기억이 정리되어야 하고 그럼으로써 그 의미를 되새겨야 할 것임을 말하고 있었다.

마가레트 히긴스의 『젊은 여기자의 수기』는 단순히 전선의 취재기록이 아니다. 이미 2차대전 중에 유대인 수용소 등에 대한 보도로 명성을 얻은 이 여기자는 트루먼이나 맥아더를 비롯한 정치지도자와 최고위급 군사지휘관들을 인터뷰할 수 있었던 인물로, 여기서도 미국의 세계정책과 군사행동에 대한 비판적인 문제제기를 하고 있다. 그녀는 공산주의자와 대면하고 하고 있는 두 전선 가운데 하나인 아시아에서 중국과 소련의 공세를 허용하게 된다면 일본과 인도차이나까지 위험할 수 있다는 미국의 보수적인 여론에 기대어 공산주의의 세계 진출을 막는 것이 미국의 이익이라는 입장을 확인한다. 이런 논리로 히긴스는 중공군에 대한 미국의 군사행동이 제한적인 것과 그 원인이 되는 정치가들의 소극적인 태도를 비판했다. 미국의 정치지도자가 중공에 대해 지나치게 조심을 함으로써 전쟁을 그르치고 있다는 것이다. 그녀는 미군들의 희생이 이어지는 전선의 상황을 보고하며 여전히 기세가 등등한 중공군을 저지하기 위해서는 압록강 이북의 적 기지를 폭격해야 하고 필요에 따라서는 고성능 폭탄(원자탄)을 사용해야 한다는 주장을 전한다. 흥미로운 것은 그녀가 한국전쟁을 인종적인 구획을 통해 보고 있고 나아가 이 전쟁이 지역의 패권을 결정하게 되리라는 시각을 언급하고 있는 부분이다.

> "아세아인들의 머리에 꽉 박혀 있는 것 — 그것이 아세아인들의 긍지를 조장해준 것이기도 했다 — 은 미국은 자기 나라 공업력을 그렇게 자랑하면서도 한낱 아세아인이며 일 년 전에야 겨우 자기나라 인민에 대한 지배권을 가지게 된 진짜 신생국가인 중국에 의하여 사실상 밀려나지 않았느냐는 것이다. 고성(固城)의 방벽 속에 앉아 있는 아세아인들 중에는 한국전쟁 이래로 중공의 세력은 나중엔 불가항력이 될지도 모른다는 단정을 내린 사람이 얼마나 많은가는 시간이 증명해줄 것이다."(271쪽)

위의 진술에 의하면 아시아에서 미국은 결국 타자이며 지역적이고 인종적인 구획은 이념적인 구획에 앞서는 것이다. 그런 만큼 이 지역에서 미국의 이익을 보장하기 위해서는 보다 적극적이고 지속적인 개입이 필요하다는 것이 그녀가 말하려 한 바였다. 미국의 이익을 도모한다는 입장에서 발화된 이런 이야기가 이념적 구획에 비해 지역적이고 인종적인 구획이 우선함을 인정했다면 이는 반공주의의 구도를 부정하는 진술로 읽힐 수 있었다. 이렇게 읽을 때 아시아의 미래란 반공이념을 통해서가 아니라 지역적 역사성에 대한 현실정치적인 고찰을 통해서 바라보아야 할 것이 된다. 미국의 입장에서 전쟁정책을 논의한 이 글을 읽은 한국 독자들은 국제적 역학 속에 놓인 한국의 운명에 대해 착잡한 생각을 하지 않을 수 없었으리라. 이념적 경계선을 절대화해야 했던 많은 한국인들에게 위의 글은 그 경계가 일시적일 수 있고 사실상 유동적인 것임을 말하고 있었기 때문이다.

6

결어; 공포의 군림

6.25의 와중에서 보복과 학살이 자행되었던 지역의 민간인들이 구술한 내용을 대상으로 한 최근의 연구는 그때의 일을 돌이키는 사람들이 대개 자신과 자신이 포함된 공동체를 피해자로 그려내고 있음을 지적한다.[193] 폭력은 공동체 밖으로부터 가해졌다고 말함으로써 자신을 애매한 희생자나 무력한 방관자로 제시하고 있다는 것이다. 폭력을 타자화하는 이 방어적 기억의 틀은 모든 악행을 적의 소행으로 돌리는 반공 이야기를 답습하고 있는 듯해 보인다.

반공 이야기는 전쟁의 참극을 공산주의에 의한, 혹은 공산주의 때문에 빚어진 재앙으로 기술하는 것이었다. 그것이 구획하는 우리는 무죄

193 박정석, 「전쟁과 폭력에 대한 마을 사람들의 기억」, 김경학 외, 『전쟁과 기억』, 한울 2005, 72쪽.

한(innocent) 피해자였다. 재앙이 어디로부터 비롯되었는지를 명시했고 그럼으로써 전쟁을 통해 저질러진 폭력에 대한 책임을 공산주의에 전가한 반공 이야기는 감당하기 어려운 전쟁의 충격을 흡수하는 역할을 했다. 사실 대부분의 한국인들에게 6.25는 영문 모를 재앙과 같은 전쟁이었다. 전쟁의 발발을 예상치 못했던 것처럼 그들은 전쟁의 끝 역시 내다볼 수 없었다. 그들은 억울하게 죽고 다쳐야 했고, 그렇기에 어느 편에서든 학살을 방조하거나 심지어 살해에 가담한 경우조차 자신을 알지 못할 광기의 피해자로 간주할 수 있었다. 자기연민을 집단적인 수준에서 공유하고 용인하는 것은 한국인들이 6.25를 기억하고 말하는 지배적인 방식이 되었다.

그러나 폭력을 타자화한 공포의 비전은 타자로 배제되는 것에 대한 공포를 끊임없이 일깨우는 것이었다. 나아가 폭력의 타자화는 불가피하게 그에 대한 성찰을 제한할 수밖에 없었다. 타공(打共)의 기치 아래 공포의 군림은 계속되었다. 자의적 폭력에 노출된 무법상태를 경험했던 사람들이 역설적이게도 이 무법상태의 척결을 주장하는 또 다른 무법상태를 용인한 현실은 공포의 군림이야말로 공포의 효과였음을 증언한다. 6.25의 기억은 언제든 공포의 군림을 위해 동원되었다.[194]

독자들로 하여금 '만행'의 현장을 목도하게 하는 수기라든가 고발하는 고백을 통한 증언들은 공포의 효과를 일깨움으로써 결국 공포의 군림

194 '반공 민족주의'나 반공에 의한 '국민 만들기'의 메커니즘은 이미 여러 연구자들에 의해 분석되었다.(『반공주의와 한국문학의 근대적 동학』 II)(한울, 2009)에 실린 강웅식의 「총론: 반공주의의 내면화와 문학적 표상」이라든가 남원진의 「반공 내셔널리즘 그리고 대한민국 역사를 문학으로 번역하기」를 참조.) 그러나 '국민 만들기'의 메커니즘은 여러 각도에서 조명되어야 할 필요가 있다. 이 글은 공포의 타자화와 집단적인 자기연민의 동학이라든가 공포의 효과로서 그것이 초래한 공포의 군림을 문제시함으로써 반공주의에 대한 논의가 좀 더 풍성해지기를 기대한다.

에 기여했다고 말할 수 있다. 폭력을 타자화함으로써 자신들을 다만 피해자로 여기는 틀을 수용한 수기가 남과 자신에 대한 성찰로 나아갈 수는 없었다. 적은 악행으로 구획되었지만 자명한 듯해 보이는 도덕적 구획이야말로 자의적인 폭력을 수용하게끔 하는 것이었다. 반공 이야기로 쓰인 수기들은 선악을 이야기했음에도 불구하고 결코 윤리적이지 않았다.

전쟁 수기들은 아마도 널리 읽혔던 듯하다. 이야기 경험의 관계로 본다면 수기는 허구적인 서술에 선행하는 것이었으리라. 누구든 전쟁의 참극으로부터 동떨어져 있을 수 없었던 상황에서 생생한 경험을 옮겨낸다는 수기의 프리미엄은 당시에 쓰인 소설 등에도 상당한 영향을 끼쳤던 것으로 보인다. 경험의 우선성을 앞세워 직접적인 보고 내지 전사(轉寫)의 형태를 취한다든가, 고발하고 고백하는 서술자를 앞세운 소설들은 수기와의 관련성 속에서 재독될 필요가 있다. 경험자의 서술이 일방적으로 관철되는 수기의 특성이 문학적 형식들에서 어떻게 수용되었던가 하는 점 역시 흥미로운 문제로 보인다.

6.25를 통해 반공 이야기는 절대적인 명령이자 준거가 되었다. 그것은 공포의 효과였고 또 이로써 공포의 군림은 지속되었다. 그러나 공포의 군림은 타자뿐 아니라 자신을 근본적으로 추상화하는 것이었다. 이 추상화는 이미 불안정한 균열을 내포하고 있었다. 이런저런 수기들에서는 반공 이야기의 틀을 벗어나는 개인적인 경험의 편린이 기록되기도 했다. 간혹 보이는 양식상의 뒤섞임이라든지, 지나치게 정밀한 기록이나 재현에서는 비록 중단된 흔적의 형태로나마 자신과 세계를 구성하고 제시하는 데 대한 주권적 고뇌가 읽히기도 한다. 수기에 비해 문학이 좀 더 자유로울 수 있는 형식이라면 이런 고뇌가 상상적 허구를 통해서는 과연 어떤 양상으로 나타날 수 있었는지 검토되어야 한다.

참고문헌

자료

김중희 편, 『전몰 해병의 수기』, 해병대사령부 정훈감실, 1952.

박계주, 『자유공화국 최후의 날』, 정음사, 1955.

선우휘, 『귀환』, 대구: 청구출판사, 1953.

오제도 편, 『적화삼삭구인집(赤禍三朔九人集)』, 국제보도연맹, 1951.

———, 『자유를 위하여』, 문예서림, 1951.

유진오 외, 『고난의 90일』, 수도문화사, 1950.

이한, 『거제도 일기 - 석방된 포로의 혈(血)의 일기』, 국제신보사, 1952.

이활남, 『혈혼(血魂)의 전선 — 재일교포 학도의용병 수기』, 계문사, 1958.

히긴스 마가레트(Higgins, Marguerite), 손기영 역, 『젊은 여기자의 수기(*News is a Singular Thing*)』, 합동통신사, 1956.

논문 및 단행본

『반공주의와 한국문학의 근대적 동학』(I,II), 한울, 2008~2009.

서동수, 「한국전쟁기 반공텍스트와 고백의 정치학」, 『한국현대문학연구』, 2006. 12, 20호.

유임하, 「정체성의 우화」, 『반공주의와 한국문학의 근대적 동학』(I), 한울, 2008.

Currie, Mark, *Postmodern Narrative Theory*, St. Martin's Press, 1998.

Gerrig, Richard J., *Experiencing Narrative Worlds*, Yale University Press, 1993.

Ryan, Marie-Laure, *Narrative as Virtual Reality*, Johns Hopkins University Press, 2001.

Walsh, Richard, *The Rhetoric of Fictionality*, The Ohio State University Press, 2007.

제5장

4.19와 이야기의 동력학

— 4.19 수기를 통해 본 이야기의 작용과 효과

1 4.19 이야기의 리얼리티

2 애도의 이야기 — 국가쇄신론

3 이야기 정체성의 문제

4 국가발전기획으로서의 '민주주의'

5 새로운 이야기를 향하여

1

4.19 이야기의 리얼리티

4.19는 그 진행 과정에서 비위불법(非違不法)을 저지른 권력에 맞선 민권운동으로 규정되었다.[195] 이 '의거(義擧)'는 마침내 권부의 항복을 받아낸다. 민권운동의 승리는 청년학생을 위시하여 시민대중[196]이 전국적으로 시위를 벌인 결과였다. 그러나 시위만이 의거를 수행한 방식은 아니었다. 4.19를 이야기하는 것이야말로 폭넓은 참여의 방식이 아닐 수 없었다. 사건이 진행된 경위를 전하고 시위 현장의 구체적인 양상을 그려내며 그 의미와 의의를 규정하는 이야기를 통해 4.19의 리얼리티(이데올로기)[197]는 구성되었기 때문이다. 4.19의 경험과 그에 대한 이해가 이야기

195 「강경일로책은 사태를 악화(사설)」, 『동아일보』, 1960. 4. 19.

196 '시민대중'은 당시에 흔히 쓰인 용어이다. 이 말은 시위의 주인공으로 부각되었던 청년학생을 포함하는 광범한 대중을 가리켰다. 간간히 '민중'이라는 용어도 사용되었으나 그 용법이나 이념적 배경에는 차이가 있었다.

를 통해 구조화되지 못하고, 따라서 이 의거의 리얼리티가 구성되지 않았다면 시위는 확대될 수 없었을 것이다. 주체가 리얼리티를 구성하는 언어적 수행의 주체이며 이를 통해 수립되는 것이라고 할 때, 의거를 이끈 주체라는 것 역시 4.19를 이야기함으로써 만들어질 수 있었다. 4.19의 리얼리티와 주체의 형상은 4.19 이야기를 통해 제시되고 그 안에 새겨졌다. 한 시인은 다음과 같이 읊었다.

> 시인이 아니라도 읊어야 한다
> 화가가 아니라도 그려야 한다
> 악사가 아니라도 노래 부르자
>
> 방대한 어휘를
> 전설로만 돌리지 않기 위하여
> 진실된 행동을
> 흥분으로만 미루지 않기 위하여
> 이 성스러운 벽혈(碧血)을
> 먼 후예들이 핏줄기로 하기 위하여
> 우리 모두가 참되게 참되게
> 춘추의 붓끝으로 기록해야만 한다.[198]
> (하략)

197 이데올로기는 언어적 지시체를 곧바로 현존과 등치시키는 작용을 한다. 언어에 의해 선택적으로 구성되는 리얼리티는 '언어적 현실'을 '자연적 현실'과 혼동하게 한다는 점에서 이데올로기적인 것이다. 특히 리얼리티가 대상에 대한 배타적인 전유를 수행함으로써 얻어지는 효과라고 할 때 리얼리티야말로 이데올로기라는 주장도 가능해 보인다.

198 김상중, 「기록」, 『불멸의 기수 — 4월 민주혁명 순국학생 기념시집』, 송재주, 김종윤 편, 성문각, 1960, 28쪽.

시위대는 주권의 문제를 제기했다. '우리가 국가의 주인'이라는 생각은 고등학생의 입을 통해서도 선언되었다.[199] 비위불법을 저지른 부패한 '가부장적' 권력에게 국가주권을 맡겨놓을 수 없다는 것이었으므로 의거는 주권을 되찾는 일, 곧 혁명을 뜻했다. 4.19 이야기는 혁명을 말하는 것이 되었다.

이야기는 발화의 위치를 내장하는 것이다. 혁명을 말하기 위해서는 새로운 정체성의 위치를 확보해야 했다. 즉 '참된 기록'은 주권적 자기의식을 갖는 주체로 설 때 가능한 일이었다. 당시에 쓰인 한 소설에는 시위를 하다가 경찰서 유치장에 갇힌 고3 학생이, 더불어 갇힌 사람들을 향해 "누가 뭐래도 자기 스스로가 자기의 뜻에 의해 저지른 일의 주모자는 자기 자신뿐이란 말야……"[200]라고 외치는 장면이 그려져 있다. 자기의사에 입각하여 행동하고 그에 대해 책임지는 주체적 태도야말로 부당한 권력에 항거하는 새로운 사회적 멤버십을 획득하기 위한 조건임을 말하는 장면이었다.

4.19 이야기를 하고(쓰고) 들은(읽은) 사람들은 그들이 나눈 사건의 정황과 줄거리, 그리고 그를 통해 새롭게 환기되었던 국면들 안에 자신들을 위치시켰다. 4.19 이야기가 쓰인 과정은 그들의 의거가 혁명이 되는 과정—혁명적 시민대중이라는 주체가 상상된—과 분리되지 않는다. 그렇기 때문에 혁명의 전개와 그 성과는 이야기를 통해 설명되어야 한다는 것이 이 글의 입장이다. 특히 혁명주체라는 것이 사회적 리얼리티를 구성하는 이야기 행위를 통해 세계와 자신의 관계를 재정립한 데 따

199 "국민이여 잠을 깨라!/ 우리는 국가의 주인이다.", 김승(부산고), 「동포에게 호소하는 글」(1960. 4. 19.)의 한 부분. 민주화운동기념사업회, 『4월혁명 사료총집(5): 선언·성명·수기』, 2010. 46쪽.

200 송병수, 「장인(掌印)」, 『현대문학』, 1960. 7. 81쪽.

른 산물이라면, 이를 수행한 이야기를 분석함으로써 그것이 상상된 과정과 이면을 드러다 볼 수 있으리라 생각한다.

4.19가 혁명이 되었다고 할 때 과연 그 혁명은 어떻게 이야기될 수 있었던가? 혁명을 말하는 이야기는 그 의미와 형태가 불안정하고 미정형적이게 마련이다. 신동엽의 표현대로 혁명이 그간 가려져 있던 하늘이 열린 순간이라면 그 하늘은 기왕의 말로 표현될 수 없었다. 하늘의 계시(revelation)는 인간의 말로 드러나지 않을 것이기에, 혁명을 외치는 선언은 때로 이야기가 아니라 시(詩)가 되었다. 혁명의 순간은 말할 수 없는 말인 일종의 절대언어와 마주치는 순간이었다. 예를 들어 당시의 표어가 되었던 민주주의는 모두가 언급했지만 여러 해석을 가하더라도 종국적으로 그 의미가 여전히 말해지지 않은 상태로 남는 어떤 무엇을 가리켰다. 혁명은 차라리 '우선 그놈의 사진을 떼어서 밑씻개로 하자'는 야유로 표현되기도 했다. 그러나 혁명의 비전이 결국 언어를 통해 제시될 수밖에 없다면,[201] 언어를 통해 언어의 한계를 넘는 시도가 불가피했다. 4.19 이야기는 과연 얼마나 '참된' 기록일 수 있었던가?

4.19를 보고한 수기류는 시위의 구체적 양상을 옮기고 진행 과정을 전하면서 그에 대한 소감을 피력했다. 직접적인 리포트의 역할을 자임한 수기류는 4.19 이야기가 어떤 입장에서 무엇을 어떻게 재현했는가를 살피기 위한 우선적 자료라고 생각된다. 그러나 이 리포트들이 전혀 새로운 것이었다고 말할 수는 없다. 4.19는 종종 3.1운동과 비교되기도 했거니와, 4.19 이야기는 익숙한 이야기로 쓰이기 시작한다. 이야기라는 언어적 앙상블에는 역사적으로 형성된 사회적이고 심리적인 구조가 있다.

201 Giorgio Agamben, *Potentialities*, Edited and Translated by Daniel Heller-Roazan, Stanford University Press, 1999, p. 47.

이야기를 쓰고 읽는 문해력(文解力)이란 이런 구조를 근거로 하는 것이다. 이는 이야기가 그 안의 구조들을 떨쳐내기 힘든 이유 중의 하나이다. 이야기 안의 사회적이고 심리적인 구조는 사람들이 갖는 꿈과 열정, 불안과 공포를 빨아들임으로써 반복되었다. 물론 이 구조는 이야기가 리얼리티를 구성하는 데 작용할 수 있는 것이다. 이야기의 리얼리티는 외부의 사건을 반영함으로써뿐 아니라 내부의 구조를 반복함으로써 제시될 것이었다. 4.19 이야기의 리얼리티 역시 한편으론 이야기 운용법(modus operandi)에 의거한 효과였다.

이 글은 4.19 당시에 쓰인 선언과 외침들, 수기류[202]를 분석의 주된 대상으로 삼아 4.19 이야기가 어떻게 구성되고 구조화되었는가를 살피려 한다. 수기류라고 하면 대체로 시위에 참여했거나 이를 지켜본 사람들의 이야기 일반을 가리킨다. 그것은 특별한 그룹이나 조직의 입장을 드러낸 주장이기보다는 오히려 이 놀라운 사건에 대한 대중적 소통의 채널이었다. 그밖에도 이 글에서는 소통의 방식이자 근거가 되었던 기록이나 기사들도 언급하게 될 것이다.

4.19에 대해서는 여러 입장에서 많은 논의가 이루어졌다. 이승만 정권이 붕괴되기까지의 사회경제적 상황이나 이념적이고 정치적인 움직임이라든가, 미국의 대한국정책과 그것의 역할에 대한 연구들[203]은 4.19의

202 이 글에서 다룬 이런저런 수기 내지 기록들은 대체로 다음의 책들을 인용한 것이다. 민영빈 편, 『사월의 영웅들: 세계의 눈에 비친 4.19혁명의 산 기록』(개정판), 시사영어사, 1993.; 민주화운동기념사업회, 『4월 혁명 사료총집(5): 선언·성명·수기』, 2010.; 사월혁명청사편찬회, 『민주한국사월혁명청사』, 비판신문사, 1960.; 안동일, 홍기범, 『기적과 환상』, 영신문화사, 1960.; 이강현 편, 『민주혁명의 발자취 — 전국각급학교학생대표의 수기』, 정음사, 1960.; 조화영 편, 『4월혁명투쟁사 : 취재기자들이 본 4월혁명의 저류』, 국제출판사, 1960.; 지헌모 편저, 『마산의 혼』, 한국국사(國事)연구회, 1961.; 현역일선기자 동인 편, 『4월혁명 — 학도의 피와 승리의 기록』, 창원사, 1960.

203 대표적인 것으로는, 한국역사연구회 현대사연구반, 『한국 현대사 2』, 풀빛, 1991.; 한국

역사상(歷史像)을 형성해왔다. 이 글은 4.19 이야기의 양상과 작용을 살핌으로써 기왕의 역사상을 재조명하려 한다. 특히 이야기가 구성되는 과정에서 작용한 익숙한 문법이 4.19의 구체적인 면모를 해석하는 근거가 되리라 기대한다. 4.19를 민족·민중운동이자 통일민족국가 수립운동으로 보고, 5.16을 그것의 단절로 설명해온 1990년대까지의 해석들[204]들과는 달리 4.19 이야기의 분석은 그 이야기구조가 5.16군사쿠데타의 발발과 박정희 정권이 수립되는 과정에서도 일정한 역할을 했다는 점을 지적하게 될 것이다. 쿠데타세력이 4.19 이야기를 전유했고 박정희 정권 아래서도 혁명을 말하는 이야기의 작용이 지속되었다는 점을 주목해야 하는 이유에서다.

4.19의 여러 기록과 또 이를 그린 소설들에 대해서는 근래에 괄목할 만한 연구들[205]이 제출되었다. 특히 4.19와 5.16 사이의 결코 단절적이지 않는 관계가 이미 거론되었는데, 이들 연구는 당시의 역사사회상을 입체적으로 제시하면서 갖가지 텍스트의 심층적인 해독을 시도한 의의가 있다. 이 글은 4.19 이야기의 양상과 작용에 초점을 맞춤으로써 선행연구들을 보족하려 한다. 특히 4.19 이야기가 쓰이는 데 작동한 문법과 혁명의 비전 사이에서 발생했던 모순이라든가 이야기의 헤게모니가 어떻게 배제의 논리를 작동시켜갔던가 등을 짚어볼 것이다.

정신문화연구원 현대사연구소 편, 『한국 현대사의 재인식 4』, 오름, 1998.

204 이런 입장은 박정희 정권의 퇴진을 주장한 '6.3학생운동'으로부터 일반화된 것이다. 이 견해는 강만길, 「4월 혁명의 민족사적 맥락」/ 백낙청, 「4.19의 역사적 의의와 현재성」, 『4월 혁명론』(한길사, 1983)이라든가 「4월 민주항쟁과 민족민주운동의 성장」(『한국 현대사 2』, 풀빛, 1991)등을 통해 확인되었다.

205 『상허학보』 30집(2010년 가을)의 특집으로 실린 오창은의 「4.19 공간 경험과 거리의 모더니티」, 오문석의 「전통이 된 혁명, 혁명이 된 전통」, 권보드래의 「4.19와 5.16, 자유와 빵의 토포스」, 서은주, 「소환되는 역사와 혁명의 기억 - 최인훈과 이병주의 소설을 중심으로」 등과 우찬제, 이광호 편, 『4.19와 모더니티』, 문학과지성사, 2010.

2

애도의 이야기 — 국가쇄신론

4.19는 역사적인 파괴의 순간이었다. 감옥의 문을 부수는 거사가 감행되었던 것이다. 시위 군중을 폭도로 간주한 이승만 정부는 4월 19일 서울, 부산, 대구, 대전, 광주에 비상계엄령을 선포하지만, 시위대는 그 합법성과 유효성을 부정했다. '폭정 아래서는 언제나 선의(善意)의 폭도가 되고자 한다'[206]는 시위대의 선언은 시위가 법을 어기는 것이 아니라 오히려 비법과 불법을 타개하고 법을 다시 세우려는 주권적 행위임을 역설한 말이었다. 여러 선언문들이 언급했듯 이승만 정권이야말로 '무법천지'를 만든 장본인이었다. 3.15부정선거는 무법과 탈법 상태의 절정을 표했다. 폭정의 감옥이 치안법과 반공법, 그리고 국가보안법을 창살로 하는 것이었다면 시위대는 기꺼이 그 법 밖에 서겠다는 입장을 밝힌 것이다.

206 이강현 편, 『민주혁명의 발자취 — 전국각급학교학생대표의 수기』, 정음사, 1960, 135쪽.

정당한 목적을 달성하기 위한 수단으로서의 혁명적 폭력은 경탄의 대상이 되었다. 시위대는 무법천지를 바로잡으려는 '의로운' 우리였다. 의로운 목적을 수행할 수단은 바로 자신이었다. 자신의 분노야말로 정의의 법을 확신하는 근거였기 때문이다. 혁명은 내가 '내 힘으로 혁명을 하겠다'[207]는 생각을 함으로써 시작된다. 정의의 법을 표상하는 민주주의는 그들이 품고 있는 어떤 무엇이었다. 그렇기에 '민주주의란 남의 것이 아니라 내 자신의 것이기 때문에 나를 위해 싸웠다'[208]는 진술도 가능했다. 시위대는 법 외부에 섰지만 법은 또 그들 안에 있었다. 시위대의 외침은 이미 법을 말하는 것이었다. 민주주의가 자신의 것이고 자신이 법을 말한다는 사실을 깨닫는 순간이야말로 일상을 넘어서는 '눈뜨는 순간'[209]이 아닐 수 없었다. 그 순간은 혁명의 비전으로 다가왔을 것이다. 혁명이 정당하고 필연적인 한, 폭정의 시간을 전면적으로 부정한 비상시는 이제 무엇인가를 낳아야 했다. 가슴속의 민주주의는 무엇인가로 출산(出産)되어야 했다.

그러나 기왕의 문법으로부터 자유로운 이야기를 한다는 것은 가능하지 않거나 매우 어려운 일이었다. 혁명과 민주주의는 가슴 벅찬 말이었지만 그 말들 자체가 모든 왜곡과 닫힌 경험의 형식을 파괴하는 새로

207 『4월혁명 사료총집(5): 선언·성명·수기』에 실린 마산지역 학생일기(1960. 3. 14.~4. 11.)의 주인공(고등학생으로 보이는)은 부정선거와 사회적 추태만상(醜態萬相)에 분노하며 울분 속에서 '내 힘으로 혁명을 하겠다'는 다짐을 적고 있다.(98쪽)

208 사월혁명청사편찬회가 펴낸 『민주한국사월혁명청사』(비판신문사, 1960)의 부록으로 실린 고대 철학과 학생의 글 김면중, 「고대 데모의 시발과 나의 위치 급 소감」의 한 구절(500쪽).

209 이호철의 단편소설 「용암류(熔岩流)」(『사상계』, 1961. 11.)는 '눈뜨는 순간'을 예감하는 청춘남녀들을 그렸다. 분명하게 말할 수는 없지만 변혁의 필연성을 감지하는 그들은 드디어 의거의 발단을 본다. 사람들이 "더 큰 무엇을 기다리고들 있"(388쪽)는 가운데 소설 속의 청년은 임신한 여자친구에게 '아이를 낳아'라고 외친다. 이 알레고리적인 장면은 혁명이 무엇인가를 이미 배태했으며 이제 낳아야 할 것이라는 생각을 표현한 것으로 읽힌다.

운 언어의 발견을 보장했던 것은 아니다. 일반적으로 무엇에 대한 이야기를 구성하는 과정은 이야기가 '발생'하는 시간을 필요로 하는데, 4.19의 경우 급박하게 돌아간 사태의 진행을 언급해야 한다는 조급함 때문에도 그런 시간적 여유는 짧았다. 다르지 않은 내용을 반복해 말해야 했던 4.19 이야기는 대체로 매우 규범적인 양상을 보인다. 시위의 광경을 그리는 방식은 일정했으며 희생에 비통해 한다든가 '순교자'들을 기리는 수사들 또한 정형적이었다. 혁명의 승리는 사필귀정으로 기대되었다. 4.19는 이미 그 의미와 의의가 자명한 사건이 되어 있었다.

4.19 이야기는 익숙한 이야기로 쓰였다. 익숙한 이야기는 4.19의 의미와 의의를 명백하게 했으며 그 내용의 구성적 응집성을 높였다. 사실 특별한 역사적 사건을 다루는 경우에도 이야기는 흔히 그로부터 '보편적 진실'을 찾아내어 이를 수용가능하게 제시한다.[210] 사람들은 보편적 진실을 담은 익숙한 이야기를 쉽게 받아들이게 마련이고 그럼으로써 그 안에 자신을 위치시킬 수 있다. 4.19를 통해서 되풀이되었던 익숙한 이야기의 하나는 희생을 애도하는 이야기였다.

이승만의 하야 선언으로 혁명의 감격적 승리가 구가되던 상황에서 발표된 여러 시편들은 거리로 나선 '젊은 사자들'을 찬양하고 그들의 희생을 애도했다. 애도의 이야기가 그려낸 혁명의 주체는 젊은 희생자들이었다. 그들이 흘린 피는 '민주의 제단에 바쳐진 붉은 꽃'으로 비유되기도 했다. 희생을 심미화하는 것이 피 흘린 그들을 혁명의 주체로 부각하는 일반적인 방법이었던 것이다. 한 시인은 거리 곳곳의 시위 현장에서 '꽃

210 Mark Freeman, "Rethinking the Fictive, Reclaiming the Real; Autobiography, Narrative Time, and the Burden of Truth", *Narrative and Consciousness*, Oxford University Press, 2003, p. 126.

망울이 터질 때 나던 소리'를 듣는다. 시위대를 향하여 발사된 '총의 격발소리'를 압도하는 그 소리는 죽음을 두려워 않은 항거의 외침이었다.[211]("광화문에서나/세종로에서/혹은/경무대 어귀에서// 당신은 들었을 것이다./총의 격발을/억누르듯/차마 그 어떤 소리로도/막을 길 없었던// 꽃망울이 터질 때/나던 소리를//~"). 희생자들은 꽃으로 산화(散華)하고 옥(玉)처럼 부서졌다.[212] 꽃망울이 터지며 그들이 흘린 피는 항거의 '해일(海溢)'[213]이 되어 부

211 김광림, 「꽃망울 터질 때 나던 소리」, 김용호 편, 『4월 혁명 기념시집 — 항쟁의 광장』, 신흥출판사, 1960, 15쪽.

패한 권력을 몰아냈다. 살해의 순간에서 꽃망울이 터지는 소리를 듣는 역설적인 변용(變容)을 통해 항거의 이야기는 희생이 빛이 될 수 있다는 보편적 진실을 환기한다. '선혈은 광명이고 사랑'[214]이었다.

애도의 이야기는 혁명이나 혁명적 주체를 더 이상 구체화할 수 없는 것이었지만 강력한 전파력을 갖고 혁명을 확산시켰다고 보인다. 보편적 진실을 말하는 이야기가 빠른 전염력을 갖기 위해 필요로 하는 것은 사실이라기보다 그에 대한 개연적인 해석과 긴장된 구성의 효과, 그리고 수사적인 표현이다. 혁명 이야기는 극적인 발단이나 도화선을 필요로 했다. 희생에 대한 애도는 분노의 폭발을 야기해야 했던 것이다. 이야기의 차원에서 볼 때 4.19를 항거의 해일로 나타나게 한 발단은 김주열이라는 어린 학생의 죽음이었다.

3.15부정선거를 규탄하는 시위에 참가한 뒤 행방불명되었던 어린 학생이 눈에 최루탄이 박힌 채로 마산 앞바다에 떠오른[215] 사건은 그 자체로 매우 센세이셔널한 반향을 불러일으킬 만했다. 시신의 모습이 전례 없이 참혹했기 때문이다.

212 옥쇄(玉碎)의 이미지는 4.19 당시 희생을 심미화하는 수사로 흔히 사용되었다.

213 시위대는 흔히 '해일'로 묘사되었다. '피눈물의 꽃파도'라는 표현이 사용된 경우도 있다. 조지훈, 「마침내 여기 이르지 않곤 끝나지 않을 줄 이미 알았다」, 『불멸의 기수—4월 민주혁명 순국학생 기념시집』, 114쪽.

214 김구용, 「4.19송(頌)」, 『4월 혁명 기념시집—항쟁의 광장』, 19쪽.

215 1960년 4월 11일 마산의 중앙동 해안에 떠오른 김주열의 시체는 어떤 낚시꾼이 건졌다고도 하고 한 현역 군인이 발견했다고 진술되기도 한다.

김주열의 시신은 도립병원으로 운반되어 경찰이 제지할 때까지 집단적인 참배가 이루어진다. 마산의 거리에서는 "눈에다 강철을 박았다"는 소문이 돌았다.[216] 분노의 증언들은 이미 동의를 요구하는 시점을 내장한 것이었다. 성난 군중은 태풍이 휩쓸 듯[217] 경찰을 공격하고 '미움을 받을 만한' 인사들의 집을 부수고 만다. 이후 마산을 비롯한 곳곳에서 시위대는 그의 이름을 앞세웠다.[218]('마산사건의 책임자를 처벌하라'는 서울에서도 데모의 구호가 된다.) 훼손된 육체로 국가권력의 잔혹성을 증언한 김주열은 민주의 제단에 바쳐진 첫 희생자(이미 마산시위가 사망자들을 냈음에도 불구하고)로 등록되었다.

김주열은 증인일 뿐 아니라 투사로 그려졌다. 참혹한 시신으로 등장한 이 희생자가 드디어 만인의 공분(公憤)을 이끌어냈기 때문이다. 소년의 죽음은 인간이라면 마땅히 연민해 하지 않을 수 없는 것이어서 '살해자'를 향한 분노에 동참하는 데에는 긴 협상이 필요치 않았다. 김주열이 일으켜낸 집단적 공분은 '순리'라든가 '필연'을 말하는 것이었다. 악은 물리쳐야 했고 마땅히 선이 승리해야 했다. 김주열이라는 훼손된 육체는 투쟁의 선봉에 세워졌다. 그는 하나의 아이콘이 되었고, 심지어 바다 위로 떠오른 시신의 모습까지 '잔인한 살해자를 고발하듯 두 주먹을 불끈 쥐고 마치 권투선수처럼 서서 떠 있다'[219]고 묘사된다. 소년의 희생에 분노하며 사필귀정을 기대하는 이야기는 호소력을 가질 수 있었다. 4.19 이야기의 압도적인 리얼리티는 이렇게 구현되었다.

216 『민주혁명의 발자취 — 전국각급학교학생대표의 수기』, 54쪽.

217 분노한 시위대의 모습은 흔히 1959년 9월에 있었던 '사라호 태풍'에 비유되기도 했다.

218 당시의 마산 시위를 찍은 사진에는 김주열에게 바치는 꽃을 든 여학생 행렬이 보이기도 한다.(『민주한국 4월 혁명청사』, 219쪽) 사진에는 "혁명동지 김주열 군에게 이 꽃을 올리고 싶어요"라는 설명이 붙어 있다.

219 지헌모 편저, 『마산의 혼』, 한국국사(國事)연구회, 1961, 48쪽.

희생을 애도하는 이야기는 김주열 이후로도 계속 씌어졌는데 그 가운데 또 다른 예로 언급할 만한 것은 한 여중생(한성여학교 진영숙)의 '유서'다. '겨레의 앞날과 민족의 해방을 위하여 목숨을 바치려 한다'[220]는 쪽지를 남기고 시위에 참가한 여중생이 총상을 입고 사망하자 이 어린 희생자는 '한국의 짠 따아크'로 불리기도 한다. 헌신의 열정을 추모하는 애도의 이야기는 기꺼이 목숨을 던진 그들의 희생을 순교로 예찬했다. 이 여중생의 어머니 이름으로 발표된, 죽은 딸에게 보내는 편지조차 다음과 같이 말하고 있다. "나라와 민족을 위해 생명을 바친다는데 어찌 내가 말릴 수 있었겠니."[221] 애도의 이야기는 희생자를 혁명의 주체로 내세웠고 이내 그들을 국가를 위한 순교자로 그려냈던 것이다.

부당한 국가권력에 맞선 시위가 정당한 주권행위임을 주장한 시위대에게 국가(혹은 민족)는 혁명의 대상이 아니라 혁명을 통해 새롭게 되어야 할 것이었다. 폭정에 대한 격렬한 원한이 오히려 '정당한' 국가를 절실하게 요청하는 것으로 나타났기 때문이다. 혁명은 국가의 쇄신을 위한 혁명이어야 했던 것이다. '제2의 해방'[222]은 마땅히 새로운 건국의 기점이어야 했다. 시위대가 외친 민주주의는 이 국가의 호칭이었던 셈이다. 그리고 그렇기 때문에 민주의 제단에 올리어진 희생자들은 이 국가를 위해 몸을 바친 것이 되었다. 희생자들을 접수하는 국가는 안타까운 희생과 감격적인 헌신을 통해 쇄신될 주체였다.

국가가 궁극적인 목표이자 주체가 되는 절차에 대해서는 애도의 이

220 유서의 내용은, 『4월혁명 사료총집(5): 선언·성명·수기』, 183쪽.

221 김명옥, 「딸아, 통곡해도 서럽지 않은 딸아」(『여원』, 1960. 7), 『4월혁명 사료총집(5): 선언·성명·수기』, 524쪽.

222 이승만이 하야 성명을 발표한 1960년 4월 26일은 "제2 해방의 날"로 간주되었다. 안동일, 홍기범, 『기적과 환상』, 영신문화사, 1960, 16쪽 사진 설명, 또 281쪽 참조.

야기가 희생을 순교로 만듦으로써 혁명의 주체를 국가를 위한 순교자로 바꾸어내었다는 식의 설명이 가능하지만, 또 이야기에서 국가의 흡인력이 그만큼 절대적이었다는 지적 역시 불가피해 보인다. 여기서 순교의 대상이 되는 국가는 그 쇄신을 위해서라면 비상시의 계속적인 연장을 요구하는 주권성의 추상적 정체(正體)였다. 즉 국가를 새롭게 하기 위한 혁명적 비상시는 국가가 주권성의 추상적 정체인 한 정당하고 필요한 것이었다. 국가는 이런 입장에서 혁명적 헌신을 요구하는 주체가 된다. 자식을 국가에 바친 어머니야말로 이 주체를 대리하는 발화의 적임자였다.

김주열이 희생의 아이콘이 된 이후 그의 어머니는 세간의 관심을 모았다.[223] 곧 그녀는 사랑하는 아들을 혁명의 제단에 올린 '사월혁명의 어머니'[224]로 부각되었다. 이 어머니는 한 아들의 어머니로서가 아니라 혁명의 어머니로서 대의에 헌신하는 모성의 귀감을 보인다. "이 기록을 김주열 군의 영령 앞에 바친다"는 표지를 단 『마산의 혼』에는 김주열 어머니가 다른 희생자들의 어머니를 대표하여 썼다는 편지가 소개되고 있다. 모성을 혁명적으로 승화시킨 어머니의 목소리는 과연 엄숙하고 단호하다.

> "자식의 죽음이 떳떳했을 때 이 어미는 한결 어미된 보람마저 느끼고 있습니다. (중략) 귀여운 자녀들을 잃은 어머니 여러분—우리 다 같이 눈물을 거둡시다. 밝아오는 새 나라의 아침 햇살을 받으며—그리고 자식들이 뿌린 따듯한 선혈이 남긴 이 민족의 넋이 헛되지 않도록 내일의 새로운 시대를 뒷받침하는 이 나라의 어머니로서 다시 한 번 옷

223 김주열의 고향 남원으로 가 어머니 '권 여사'를 만난 기사가 쓰이기도 했다. 우영(愚影), 「김 군의 고향을 찾아서」, 『마산일보』, 1960. 4. 21.

224 『마산의 혼』, 45쪽.

것을 여밉시다."[225]

혁명의 어머니는 '이 나라의 어머니'였다. 아들을 바친 어머니가 국가의 쇄신을 위한 헌신의 제의(祭儀)를 주도하는 위치로 표시된 것이다. 이 위치에서 혁명은 이미 국가에 귀속되는 것이었다. 그런데 국가의 쇄신을 위한 혁명적 비상시는 앞으로도 더 많은 희생과 헌신을 필요로 하는 것일 수 있었다. 이 시간은 다시금 비상한 각오를 요구하고 있었다. 모든 어머니가 혁명의 어머니가 될 것을 요구하는 전숙희의 글은 자못 준열하기 짝이 없다.

> "내 아들만을 찾는 어머니의 사랑은 옹졸합니다. 총을 맞고 쓰러져 피를 뿜으며 죽어가는 아들들을 보고 수많은 어머니들은 땅을 치고 통곡하며 두 눈이 부어 보지 못할 정도로 절통을 했습니다. 그러나 아들들은 겁도 없이 그 시체 위에 또 시체를 덮치며 민주주의를 절규했습니다. 미국은 이러한 한국의 젊은 용기를 보며 새싹의 희망이 있다고 감탄했고 많은 우방 국가들은 찬사를 보냈습니다. (중략) 우리 어머니들은 이 거대한 역사의 물결 속에서 마음을 가다듬고 무엇을 생각해야 할 것입니까?."[226]

4.19가 새로운 건국의 기회임을 역설한 전숙희는 '아들들'을 매개로 어머니들이 분발할 것을 명령한다. 그저 아들을 바쳤다고 혁명의 어머니가 될 수는 없었다. 어머니들 또한 아들들의 거룩한 희생이 밝힌 길을 가

225 『마산의 혼』, 84~85쪽.
226 『마산의 혼』, 105쪽.

야 했다. 그러려면 어머니들 자신이 새롭게 바뀌어야 했다. 그는 어머니들을 꾸짖고 독려한다. "이제는 양단치마 저고리를 벗어버리고 안일과 사치와 태만에서 분발해 아들들의 피 흘린 자국을 따라 갑시다."(105쪽) 죽은 자를 대신하여 어머니들을 독려하는 권위적인 발화[227]는 역시 국가의 시점에서 이루어졌다. 이 국가는 희생뿐 아니라 금욕과 절제, 근면을 요구했다. 국가의 이름으로 제시된 요구는 혁명의 외침이 언제든 일상적인 동원의 명령으로 전환될 수 있음을 예고하고 있었다. 국가를 위한 혁명적 비상시는 그 구성원 모두의 동원을 요구하는 방식으로 연장(지속)될 것이었다.

시위는 번번이 반공을 표명하는 가운데 이루어졌다.[228] 반공국가로서의 대한민국은 부정되지 않았다. 반공은 국가와 더불어 혁명의 대상이 아니었다. 반공이 초월적인 법이자 국가 그 자체였기 때문이다. 또 4.19가 진행된 과정에서 혁명이 1945년의 해방 이후 이 반공국가의 모든 분야에 막대한 영향을 끼쳐온 미국을 거부하려는 데까지 이르렀다는 증거는 발견되지 않는다.[229] 미국이 그간 이승만 정권을 지지해 왔다는 사실도 크게 문제가 되지 않았다. 4.19의 소식을 접한 미국에서는 반공전선을 공고히 해야 한다는 이유 때문에 이른바 우방의 독재자들을 지원해온 데 대한 언론의 비판[230]이 있기도 했다는 것이지만, 시위대의 구호 가운

227 '죽은 자를 대신하여 말하는 권위적인 이야기'의 의미와 작용에 대해서는, 도미야마 이치로, 『전장의 기억』, 임성모 옮김, 이산, 2002, 93쪽.

228 '적색전제에 반대하듯 백색전제에도 반대한다'는 「서울문리대 4.19선언문」(1960. 4. 19.)이라든가 '북한공산괴뢰의 학정을 반대하고 오로지 북한 청년학도의 총궐기를 바란다'는 내용의 4.19의거학생대책위원회 이름으로 나온 「호소문」(1960. 5. 5.)은 그 한 예다.

229 「반미데모 보고 없다」, 『동아일보』, 1960. 4. 23. 이 기사는 반미데모에 대한 어떤 보고도 없다는 미 국무성의 성명을 인용하고 있다.

데서 미국을 탓하는 부분을 찾기는 어렵다. 오히려 한국의 시위대는 미국을 개혁과 (국가)발전의 지원자로 여겼다. 4.19의 사진첩에는 성조기와 관련된 한 에피소드가 소개되고 있다. 이기붕의 집을 습격한 시위대가 모든 가재도구를 불태우는 가운데서도 그 짐 속에 있던 성조기는 고이 받들어 지나가는 미군(혹은 AP통신 기자)에게 인도했다는 것이다.[231]

혁명이 국가를 위한 것이었으므로 혁명의 대상은 '폭정'에 국한되었다. 반공에 대해서도 반공의 비효율성이나 형식화, 혹은 이를 통해 부패가 방조되었다는 점 등이 문제시되었을 뿐이다. 반공 또한 그 필요에 충실하도록 쇄신되어야 했던 것이다. (반공 연대의) 우방 미국이 혁명의 지지자라는 기대는 의심되지 않았다. 반공의 쇄신은 국가재건의 방향으로 여겨진 민주주의와 어긋나는 것이 아니었다. 반공의 쇄신, 곧 국가의 재건은 민족을 상상하는 경로였으니, 4.19 이후 등장하는 통일 논의는 이 경로를 크게 벗어나는 것이 아니었다고 말할 수 있다.

기꺼이 법 밖에 서겠다는 선언에도 불구하고 4.19가 희생을 애도하는 이야기로 쓰이면서, 애도-순교의 이야기 안으로 들어온 국가는 혁명적 검토의 대상이 되기보다 희생을 접수하는 궁극적 목표이자 주체가 되었다. 법 밖에 서겠다는 시위대의 선언은 사실상 자신들이 절대적인 법으로서의 국가 안에 있음을 주장한 것이었고 그럼으로써 자신들의 행위

230 「서울의 대학살」(4월 20일자 워싱턴포스트 사설), 민영빈 편, 『사월의 영웅들: 세계의 눈에 비친 4.19혁명의 산 기록』(개정판), 시사영어사, 1993. 242쪽.〔이 책은 4.19 당시 영자신문 The Korean Republic의 기자를 하던 민영빈이 세계 언론에 보도된 자료들을 모아 책으로 정리한 *The April Heroes*(1960년 6월 초판 발행)의 개정판임〕.

231 『사상계』 1960년 6월호의 게재된 사진 설명은 다음과 같다. "이기붕 집의 가재들이 모두 재가 되었다. 그러나 그 짐 속에 있던 성조기는 고이 받들어 지나가는 미군에게 인도되었다. 우방의 기대를 저버리지 말자는 듯이". 이 사진은 『민주혁명의 기록』(동아일보사, 1960) 등에도 실려 있다.

를 정당화하려 한 언사였다고 읽어야 한다. 국가적 정체와 반공, 그리고 우방 미국과의 상징적 일체성(totality)이 문제시되지 못한 점은 그 결과이자 증거였다. 혁명이 국가를 위한 것이라는 발화는 국가를 위한 혁명적 비상시의 연장을 정당화하게 된다.

3

이야기 정체성의 문제

시위에 나선, 혹은 시위의 모습과 경과를 전하는 '우리'의 정체성은 강한 흡인력을 갖는 것이었음이 분명하다. 그들이 부당한 권력을 타자로 구획했기 때문이다. '우리'는 폭정을 혐오하는 의로운 우리였다. 그들은 과거엔 할 수 없었던 말을 함으로써 기왕에 갖지 못한 신념을 갖고, 추구하지 못한 가치를 추구하게 되었다. 4.19가 실로 특별한 역사적 전기를 마련한 사건이었다고 말할 수 있는 이유는 여기에 있다. 무엇보다 주권적 주체를 상상함으로써 새로운 미래의 비전을 스스로 제시하기에 이른 것이다. 그런데 이 비전의 구체화는 바로 주체를 구체화하는 문제에 걸려 있었다.

시위에 앞장선 청년학생은 의로운 우리의 정체성을 규정하는 형상이었다. 여기엔 청년학생을 때 묻지 않은 순수한 집단으로 여긴다든지, 배움을 일로 하는 청년학생의 이상을 기대하는 관습도 작용했으리라 생각된다. 청년학생의 무사(無私)한 열정에 경탄하고 그들의 용기를 예찬하는 이야기 역시 익숙한 것이었다. 시위구호는 종종 '인류애'를 요청했으며 비겁하게 물러서지 말고 '청사(靑史)에 이름을 올려야 한다'는 정명론(正名論)을 펼치기도 했다.[232] 4.19가 흔히 학생의거로 불렸다는 점은 청년학생에 대한 기대가 동감과 분노의 구심적인 작용을 통해 일종의 심리적 리얼리티(psychic realities)[233]를 형성한 결과일 수 있다.

사실 4.19의거는 고등학생들의 시위로 시작되었다.[234] 이어 그 주체가 대학생으로 바뀌면서 시위구호가 발전해갔다는 분석도 있었지만,[235] 시위 내내 곳곳에서 '선배들은 썩었다'는 외침이 터져 나왔다는 것이고, 대학생 역시 그 선배 안에 포함될 수 있었음이 부정되지 않았다.[236] 대학생만 해도 혜택을 누리는 기성층이어서 데모에 소극적이었다는 것이다. 대학생이 '썩은 선배'로 여겨질 수 있었던 데에는 나름의 이유가 있었겠지만, 더 젊을수록 더 순수하다는 견해가 반영되었다고도 추측해 볼 수 있다. 때 묻지 않은 청년학생의 열정은 혁명의 진정성을 담보하는 상상적 동력이었던 것이다. 청년학생의 자기형상화 또한 흔히는 그런 방식으로 이루어졌다. 시위 과정에서부터 '우리'는 기성세대와 차별되는 새로

232 「부정에 항거하는 젊음들」, 『달구』(대구교), 창간호, 『4월혁명 사료총집(5): 선언·성명·수기』, 308쪽.

233 Jerome Bruner, "Self Making and World Making", *Narrative and Identity; Studies in Autobiography, Self*, edited by Jens Brockmeier and Donal Carbaugh, John Benjamins Publishing Co., 2001, p. 25.

234 시위의 출발점으로 일단 언급되었던 것은 1960년 2월 28일 대구의 학생 데모였다.

235 김성태, 「4월 19일의 심리학」, 『사상계』, 1961. 4.

236 「민주정치 최후의 교두보」(좌담)에서 한태연이 한 발언, 『사상계』, 1960. 5. 『4월혁명 사료총집(5): 선언·성명·수기』, 778쪽. 이런 지적은 곳곳에서 읽을 수 있다. 예를 들어 시위대가 경무대로 진격하는 과정에서 고등학생들은 대학생 시위대를 찾아 "대학생들 형님은 뭣들 해요. 중고생들만 죽었어요."라고 외쳤다는 것이다. 오소백, 「4월 혁명의 깃발을 따라」, 「새벽」(1960. 6.), 『4월혁명 사료총집(5): 선언·성명·수기』, 877쪽.

운 세대임을 주장했거니와, 구악에 물들지 않아 새로운 가능성을 갖는다는 것은 반복적으로 제시된 젊은 세대의 자기상이었다.

그러나 더 순수한 고등학생과 그렇지 못한 대학생이 구분되었던 것처럼 시위를 이끈 청년학생의 정체성은 사실 내부적으로 모순되고 모호했다. 시위 과정에서 고등학생들이 맹장의 역할을 했다고 하지만 '일류(고등)학교는 모두 특권층 자제라서' 참여가 떨어졌고, 데모는 주로 '미천한 사람들의 자제들인 3,4류 학교의 학생들이 했다'[237]는 지적도 있었다. 대학생이 '다방이나 당구장을 맴도는' 유한층으로 매도되었던 한편으로, 시위진압에 나선 경찰로부터 '선생님'이라는 소리를 듣는 대학생까지 있었다.[238]

아닌 게 아니라 혁명이 된 4.19는 세대의 차이에 앞서 계급적 균열을 드러낸 지점이었다. 구두닦이와 같은 '돌마니'들이 시위에 앞장섰다는 것이지만, 그들의 존재가 부각되지 않았다는 사실은 이 균열의 깊이를 드러내는 것으로 읽어야 한다. 이른바 혁명의 승리 이후 돌마니들의 '기여'가 묻혀버린 점을 문제시하는 발언도 있었다. '시위에 가장 적극적이었던 이름 없는 시민(거지, 슈샤인보이)들이 상처를 안고 신음하고 있는데 영광은 학생들의 것이 되고 말았다'[239]는 것이다. 4.19의 원인(遠因)으로 뒷날 지적된 것은 1957년을 고비로 한 미국 원조의 감소다.[240] 원조

237 앞서 인용한 「민주정치 최후의 교두보」(좌담)에서 한태연이 한 발언, 『사상계』, 1960. 5.

238 예를 들어 어떤 대학생들은 '악독한' 경찰로부터 '선생님'이라는 소리를 듣기도 했다. 서울 의대 4월 19일 경무대 입구 효자동에서 서울 의대 학생들이 부상당한 이들을 후송하려고 경찰들에게 다가섰을 때 경찰들 가운데 누구는 학생들을 향해 이렇게 말했다는 것이다. "선생님 제 말도 좀 들어보십쇼. 어른(대통령)은 그래도 어른으로 모셔야 하지 않습니까", 『민주혁명의 발자취 — 전국각급학교학생대표의 수기』, 164쪽.

239 『민주혁명의 발자취 — 전국각급학교학생대표의 수기』, 135쪽.

240 전철환, 「4월 혁명의 사회경제적 배경」, 『4월 혁명론』, 한길사, 1983.

에 크게 의존하는 종속적 경제상황에서 원조 감소는 경기하강과 인플레이션을 가속시켰고, 더욱 빈곤한 처지로 몰려야 했던 대중의 불안감은 고조되는데, 그것이 정치적 부패에 항거하게 된 중요한 배경이었다는 것이다. '경제적 빈곤층'이 혁명대열에 대거 참여했다면 4.19는 단순히 청년학생의 의거가 아니었다. 그럼에도 불구하고 4.19를 혁명으로 만든 숨은 주인공인 빈곤층은 자신들의 목소리를 내지 못한다. 이런 상황에서 빈곤은 흔히 국가재건의 차원에서 해결해야 할 문제로 여겨졌다. 예를 들어 장준하는 4.19를 '지식인에 의한 혁명'으로 규정한 뒤 차후 '국민의 생활향상'을 기할 정책이 필수적임을 주장하면서, 그 이유를 "민생의 향상 없이 민도의 향상을 바랄 수 없고 민도의 향상 없이 민주국가의 실(實)을 거둘 수 없는 까닭"[241]으로 설명한다. 혁명을 이끌었듯 지식인이 나서 민생의 향상에 힘써 민도의 향상을 기해야 할 것이라는 요청이었다. 장준하가 말하는, 혁명을 이끌어야 하는 지식인은 청년학생이 일거에 성숙할 것을 요구하는 소망적 형상으로 보인다.

혁명이 지식인에 의해 수행되어야 한다는 생각은 역시 '위로부터'의 개혁을 염두에 둔 것이었다. 그러나 4.19의 주역으로 여겨진 '순수한' 청년학생이 곧 지식인은 아니었고 설령 그들의 일부분이 지식층으로 불릴 만하다 하더라도 이 지식층이 어떻게 '위에' 설 수 있는지는 막연할 따름이었다. 바로 그렇기 때문에 청년학생의 열정을 기대하는 이야기는 그들이 수행할 계몽적 역할을 요청하는 이야기와 어울리며 상투적으로 반복될 수밖에 없었던 것이 아닌가 생각된다. 거리시위의 열기가 잦아들고 '열정'의 시간을 돌이키는 과정에서 조금 더 지식층에 가까울 수 있는 대학생들의 목소리가 두드러졌던 것도 지식층에게 부여된 상상적인 기

241 장준하의 권두언, 「또다시 우리의 향방을 천명하면서」, 『사상계』, 1960. 6.

대와 관련하여 이해할 수 있는 현상이다. 그런데 지식층이 민주국가건설에 나서야 할 것이라는 생각은, 특히 자신들의 주도적이고 계몽적인 위치를 강조하는 한 이데올로기적으로 일정한 정향을 보이는 것일 수밖에 없었다. 의거가 '성공'한 직후에 열린 대학생들 간의 좌담회는 이를 에둘러 보여주는 예다.

「노한 사자들의 증언」이라는 제목으로 『사상계』에서 기획한 이 좌담회에서는 서울 시내 몇몇 대학의 학생들이 참석하여 4.19를 어떻게 규정하고 장차 어떤 비전을 가져야 하느냐는 주제를 놓고 논의를 벌였다. 한 학생(서울대 양성철)은 '어느 혁명이나 선두에는 노동계급이 서고 뒤에서 인테리가 조종한다'면서 4.19의 경우, 인테리들도 '저돌적으로 선두에 섰다'고 술회한다. 그의 견해에 의하면 4.19는 지식층이 주도한 혁명이었다. "사회 전체를 지배하는 올바른 세력을 강력히 하고 인테리들을 자진 각성케 해야 할 것"(서울대 이상우)이 4.19 이후의 과제라 발언은 지식층의 자발적인 각성이 '올바른 세력'을 형성하거나 그에 가담하는 조건임을 언급한 것으로 읽힌다. 4.19를 혁명이라고 부르는 데 대한 이견(고려대 이세기)도 있었지만, 그에 대해선 아직 혁명이 완수되지 않았기 때문에 현재는 혁명이 진행되는 과정으로 보아야 하지 않겠느냐는 견해가 전체적으로 수용되었다. 앞으로 정치뿐 아니라 사회 각계의 개혁이 이루어져야 한다는 점은 참석자들 전체가 동의하는 바였다. 4.19와 같은 혁명은 '후진국이 경유하는 과정'이라는 견해도 제출된다.(동국대 심춘섭) 4.19를 후발 국민국가의 발전 과정으로 보아야 한다는 주장이었다. 4.19는 '계급투쟁이 아니라 민권투쟁'이었고 따라서 '주권투쟁으로 나아가야' 할 것인데, 주권투쟁은 '남북통일이라는 국권통일이 전제되어야 하고 그러기 위해서는 미군 철거가 필요하다'는 지적이 이어졌다. 민권투쟁으로서의 주권투쟁이 민족적 자결을 요청한다는 생각에서 미군 철수가 발언되었던 것이다. 민권투쟁—주권투쟁에서 지식층, 혹은 대학생은 장차 어떤 역할을 해야 했던가. 계급투쟁과 구분되는 민권투쟁은 결국 부르주아 혁명을 도모할 수밖에 없는데 그런 혁명으로 과연 '경제사회면에서 심대한 변혁을 이룰 수 있느냐?'는 물음도 던져진다. 이에 대해서는 혁신세력을 육성해야 한다는 대답이 있었다. 그러나 장차 진보적인 정당의 출현이 불가피하리라는 예견에도 불구하고 대학생은 중간계급 내지 시민계급을 대표한다는 데로 의견이 모아졌다. '인테리의 각성'을 이야기했던 학생(이상우)의 다음과 같은 발언은 이 좌담회가 다다른 실질적 결론이었다. "앞으로 출발하는 정부는 자유민주주의이면서도 약간의 복지주의적인 사회주의적 색채를 띄운 국가가 되어야 하지 않을까 생각합니다. 서독식의 사회민주주의라고 할까."[242] 그의 발언을 따르면 혁명으로서의 4.19가 도모해야 할 국가는 진보적인 시민계급의 국가였다. 지식층은 시민계급을 쇄신하여 국가를 쇄신하는 길을 열어야 하는 존재가 된다. 미군철수를 거론하기도 했지만 참석자들에게 국민의 생활향상이라는 우선적 과제는 혁신세력의 육성으로 해결될 문제는 아니었다. 개혁을 주도해야 하는 지식층, 혹은 대학생이 중간계급 내지 시민계급을 대표한다는 견해는 개혁에 대한 기대와 더불어 경계를 표한 것이었다. 개혁은 계급적 타자가 배제된 '시민적' 입장에서 이루어져야 했다.

이 좌담회에 참석한 대학생들에게 혁명의 내용이 되는 개혁은 국가적이고 민족적인 과제였다. 그들은 '노한 사자들'의 계급적 정체성을 구획함으로써 국가를 이끌 지도적 '인테리'의 의미 역시 한정했다.[243] 4.19

242 「노한 사자들의 증언」(좌담회), 『사상계』, 1960. 6.

243 이 현상은 "대학생이 4.19를 만들어냈다기보다 4.19가 대학생이라는 사회문화적 주체를 탄생시켰다고도 할 수 있을 정도이다."(권보드래, 「4.19와 5.16, 자유와 빵의 토포스」, 『상허학보』 30집, 2010, 101쪽.)라는 진술에 이어지는 것으로 보아야 한다.

이야기를 통해 유포된 '순수한' 청년학생이라는 이야기 정체성의 헤게모니는 결국 개혁의 방향과 그 주체의 계급적 성격을 일정하게 규정하기에 이른 것이다.

4.19 이후 이데올로기의 빗장 열기가 시도되고 혁신정당이 출현하는가 하면 노동운동이나 통일논의가 전개되는 등 사회적 변화의 스펙트럼이 폭넓게 확산되었던 가운데서도, 국가민족주의의 입장에서 국가재건과 빈곤 퇴치를 위한 경제발전론이 당면한 과제로 여겨졌던 것은 혁명주체에 대한 계급적 한정에서 역시 그 이유를 찾을 수 있지 않을까 생각한다.

개혁에 대한 논의가 무성한 가운데 함석헌은 '혼으로 사랑으로 민중이 민중으로 더불어 움직여야 한다'는 처방을 내놓는다.[244] 대중은 혁명의 와중에서조차 진부한 일상에 갇힌 존재로 그려지기도 했지만,[245] '조종될 수 있는' 대중과 스스로 혁명에 나선 민중은 구분되고 있었다.[246] 그러나 민중은 어떻게 자신을 드러내고 말할 수 있을 것인가? 조용만의 단편소설 「속초행」(『사상계』, 1961. 9.)에서 화자인 대학교수는 시위에 참가했다가 총상을 입고 죽은 학생의 가족을 찾아 속초로 떠난다. 가난에 찌든 살풍경한 지방도시에 도착한 그는 학생의 어머니가 상심 끝에 죽었고 동생들은 몸을 파는 작부와 구두닦이가 되어 있음을 본다. 교수는 자신

244 함석헌, 「국민감정과 혁명완수」, 『사상계』, 1960. 12.

245 4.18고대 데모대를 깡패(청년단)들이 습격한 사건을 취재(조사)하는 기자들의 활약상을 '발견'의 기법으로 제시한 오상원의 「무명기(無明記)」(『사상계』, 1961. 8.)는 진부한 일상과 비상한 혁명을 대비시키고 대중을 그 일상에 묻혀 있는 무자각한 존재로 그렸다.

246 유주현의 소설 「밀고자」(『사상계』, 1961. 6.)에선 고급관리의 아들이지만 시위에 참여하려는 대학생이 그려지고 있다. 히틀러의 『나의 투쟁』을 읽는 아버지에게 대중은 조종해야 할 대상이지만 아들은 스스로 투쟁에 나선 대중을 민중으로 부르고 있다.(303쪽)

들을 서울로 데려가 달라고 애원하는 학생의 동생들을 남겨둔 채 어떤 언질이나 결심도 없이 그곳을 떠난다. 그는 단지 한 가족의 파탄을 확인했을 뿐이다. 페이소스로 가득 찬 이 쓸쓸한 후기에서 민중이 전락하고 소모되는 주변인의 처지를 넘을 길은 보이지 않는다. '4월의 노한 사자들'이라는 명칭으로 발행된 멤버십은 그들에겐 아무런 보장도 되지 않았다.

4

국가발전기획으로서의 '민주주의'

4.19 이후의 '해방된' 분위기에서는 사회개혁운동으로서의 사회주의운동에 대한 관심이 요청[247]되는가 하면 중립화론이 거론되기도 했지만, 혁명이 제시한 민주주의는 무엇보다 국가를 쇄신하는 '애국애족'의 이념이어야 했다. 부상당한 학생들을 돕는 모금운동에 나선 한 학생은 '칠순에 가까운 초라한 시골 할아버지가 지갑 속에 있던 천환 지폐를 모금함에 몽땅 넣어주며 뜨거운 눈물을 흘렸다'고 전한 뒤, 국민들의 '엄숙한 호응'을 민주이념의 표현으로 간주한다.[248] 민주주의가 국민적 성심으로 이룩되어야 한다는 생각은 특별한 것이 아니었던 듯하다.

기왕에 이승만 정권 아래서 저질러진 비법, 불법적 사례들은 전제

247 한 예로, 이동화, 「한국적 사회주의의 길(상)」, 『사상계』, 1960. 11.

248 김천명, 「모금운동 후감」, 『문경』(중앙대문리대) 9호, 『4월혁명 사료총집(5): 선언·성명·수기』, 472쪽.

적 권력이 얼마나 무능하고 무책임할 수 있는가를 드러낸 증거들이었다.[249] 이승만 정권의 폭정이 정치경제적 후진성을 원인이자 결과로 하는 것이었다면, 민주주의는 무엇보다 국가의 발전을 통해 확보되어야 했다. 국가발전이란 곧 후진국에서 벗어나는 것을 뜻했다. 4.19를 통해 종종 거론된 민족적 주권 역시 국가의 지위를 높일 때 행사될 수 있었다. 국가를 발전시켜 '민족사는 물론 세계사에 공헌'하고 국제사회에 참여하는 것은 주권을 확보하고 강화하는 실제적인 방도로 여겨졌다. 이승만 정권의 실정을 비판하는 서울대학교 의과대학 학생자치위원회의 이름으로 된 선언은 다음과 같이 개탄해마지않는다.

> "바야흐로 세계의 자유열방이 정치, 경제, 문화 각 방면에서 경이적인 발전향상을 보여주고 있을 때 우리의 현대사는 얼마나 유린되고 교살되고 왜곡되어 왔던가? 눈부신 과학의 발달을 배경으로 남들 모두가 서로 앞을 다투어 보다 부유하고 살기 좋은 나라를 만들어가던 십년 동안 우리는 여전히 비천한 낙후 민족의 비애로부터 탈피하지 못하고 더럽고 추잡한 정쟁과 부정한 협잡만을 일삼아 왔으니 이 얼마나 부

249 시위를 진압한다면서 학생들의 시계와 만년필을 뺏는 경찰의 모습(『민주혁명의 발자취—전국각급학교학생대표의 수기』, 144쪽)이라든가 경찰이 깡패들을 동원하여 고려대학 학생들을 습격한 사건(「한짝이 된 경찰과 깡패」, 『동아일보』, 1960.4. 25.)은 공권력이 얼마나 타락했는가를 보여주는 증거였다. 이승만 정권이 저지른 비법과 불법의 전례는 한국전쟁 시기까지 거슬러 언급된다. 당시 '서울사수'를 외치던 정부가 몰래 도피한 뒤 한강교를 서둘러 폭파시켜 많은 피난민들을 죽게 한 행위라든가, 국민방위군 사건과 거창양민학살 사건을 비롯하여, 이승만의 종신집권을 위한 1954년의 사사오입 개헌 등은 법이 작동하지 않는 폭력적 예외상태가 오래전부터 지속되어 왔음을 말하는 사례들이었다. 이승만 정권은 민족적인 영유(領有)에도 무능했다는 것으로, 재일교포 북송저지외교의 실패(1959년 2월 일본각의가 거주지 선택의 자유와 인도주의를 앞세워 재일교포의 북송을 결정하자 한국에서는 북송 저지를 위한 범국민운동이 일었으나 1959년 12월부터 북송은 시작된다.)는 대외정책의 한계를 드러낸 사건이었다.

끄럽고 한스러운 일인가? (중략) 보라! 가장 요긴한 현대사의 십 년을 송두리째 빼앗아간 도둑놈이 누구냐? 그들은 국민의 정당한 생존권도 박탈하고 자유로운 세계 참여의 의지도 압살했다."[250]

혁명은 '도둑놈'을 몰아내고 빼앗긴 시간과 기회를 되찾는 일이 된다. 국가의 발전이야말로 혁명의 과제였으며 '살기 좋은 나라'를 만들 때 혁명은 완수될 것이었다. 요컨대 국가의 지위를 높이는 일이 혁명이 된 것이다. 장차 혁명은 세계의 일원으로 '세계정신을 호흡'하고 '인류애의 차원에서 세계에 공헌'[251]하는 데까지 나아가야 했다.

미상불 4.19를 통해 한국은 6.25 이후 다시 세계의 관심을 모았다. 시위의 전개를 주목하고 '국민이 정부를 해산시킨'[252] 결과에 놀라움을 표한 외국 언론들의 반응은 물론 매우 고무적인 것으로 받아들여졌다. 4.19는 민주주의를 향해 발을 떼었다는 점에서 한국의 발전가능성을 대외에 알린 사건으로 자평된다. 『마산의 혼』에 실린 「세기(世紀)의 혜성(彗星)들아」라는 추도문은 이승만의 하야를 혁명의 승리로 간주하며, "반세기가 걸려도 세계 정치선수들이 해내지 못한 일을 세계에서 몇 째 안 가게 푸대접을 받고 악조건 속에 놓여 있던 우리 한국 청소년들이 맨주먹으로 깨끗한 마음과 열정 하나만을 가지고 최대의 속도로 해내었다."[253]고 예찬했다. 이는 '인류 역사 페이지에서 일찍이 보지 못한' 쾌거라는 것이었다. 시위대와 희생자들을 '세기의 혜성', 혹은 '인류 역사의 페이지를 찬

250 「백색 까운들의 수기」(서울대학교 의과대학 학생자치위원회), 『민주혁명의 발자취 — 전국각급학교학생대표의 수기』, 170~171쪽.

251 『기적과 환상』, 25쪽.

252 「반역정권은 사라지다」(4월 27일자 런던 타임스 사설), 『사월의 영웅들』, 247쪽.

253 『마산의 혼』, 115쪽.

란하게 장식한 주인공들'로 치켜세운 이 글에 의하면 한국은 이미 세계사적 장소였다.

한국이 세계 여러 나라들과 어깨를 겯고 나아가기 위해서는 비상한 각오와 성심이 필요했다. 비약적인 국가발전은 남들과 같이 해서 될 일이 아니었다. 무엇인가 특별한 방식이 필요했던 것이다. 해방 이후 한국에서 미국은 '부강한' 민주주의의 본보기로 여겨져 왔다. 그러나 혁명을 해나가야 하는 후진국은 처지가 다르다는 점 역시 언급되었다. 당시 미국의 한 유력지는 미국이 한국에 대해 일정한 권리를 갖고 있음을 전제한 뒤, 4.19를 기회로 한국은 민주주의가 운용되는 모범적인 전시관이 되어야 하며 그 민주주의는 자신들이 전시되기를 기대하는 민주주의여야 한다고 주장했다지만,[254] 4.19를 통해 거론된 민주주의는 미국이 전시되기를 요구한 민주주의와 다를 수 있었다. 국가발전의 기획으로서의 민주주의는 부패와 궁핍을 신속하게 해결하는 것이어야 했다.

일단 자유민주주의가 자본주의의 이데올로기라는 점은 논란의 대상이 되어서 민주주의를 지향하되 자본주의에 대해서는 제한을 가할 수 있어야 한다는 주장이 제출되기도 했다. 이승만 정권 아래서와 같이 정상배를 비롯한 소수 권력층이 부를 독점한 데 대한 확실한 처방이 필요하다는 생각에서였다. 『기적과 환상』의 대학생 저자들은 4.19를 통해 폭발한 경제적 빈곤층의 분노를 주목하며 역시 자유민주주의의 결함을 해결할 복지국가의 정책을 요구한다. 복지는 국가가 계급적 갈등을 해소하는 방향이었다.

254 「이 박사는 시련에 직면하고 있다」(4월 21일자 뉴욕 헤럴드 트리뷴 사설), 『사월의 영웅들』, 242~243쪽.

> "자유민주주의 국가에서 빈곤으로부터 해방을 찾지 못할진대 적극적인 복지국가로서의 수정자본주의 정책을 국민들은 원하고 있는 것이다. 생활의 안정이 없는 곳에 자유민주주의의 정치적인 보장을 받을 수는 없는 것이다. 이번 의거의 제3 의의는 이와 같은 '번영에 대한 향수' 라는 것을 알아야 된다. 지금 와서 이데오로기의 차이점을 논란하기보다는 국가 이익의 증진을 위하여 누가 더 많이 사회에 공헌할 수 있는가를 젊은 세대들은 주시하고 있는 것이다."[255]

번영, 곧 국가이익의 증진을 기해야 하는 민주주의는 필요에 따라 '한국적인' 것이 될 수 있고 또 되어야 했다. 이 젊은이들이 반복적으로 역설한 바는 빈곤의 문제를 해결할 "생산혁명이 실현되기를 갈망"[256]한다는 것이었다. 그들이 제시한 비전으로서의 (민주주의적) 복지국가는 무엇보다 번영을 지향해야 했다. 번영 없이 복지가 있을 수 없고 복지 없이 민주주의가 있을 수 없다는 논리였다. 결국 민주주의를 실현하는 방식으로서의 '수정자본주의'는 무엇보다 '생산혁명'으로 번영을 기해야 했던 것이다. 국가의 번영은 이데올로기에 앞서며 이 문제를 해결하는 방도가 된다. 그렇다면 과연 누가 '새로운 에포크'(308쪽)를 만들 주체일 수 있었던가? 도덕적 번영을 이루는 수정자본주의 정책은 그 정책을 수행할 강력한 리더를 요구하는 것이 아닐 수 없었다. 국가(지도자)가 실제적인 추진력과 통제력을 발휘하여 적극적으로 경제적 성장을 주도하고, 문제가 되는 사회적 환부(患部)를 과감히 도려낼 수 있을 때 번영은 이룩될 터였기 때문이다.[257] 번영론은 도덕적인 성장 절대주의와 이를 위한 국가권력

255 『기적과 환상』, 62쪽.
256 『기적과 환상』, 10쪽.

의 전면적 개입을 요구하고 있었다.

이런 견해가 얼마나 확산되었는지는 알기 어렵지만 국리민복(國利民福)의 이상이라든지 그와 결합된 국가주의적 상상력은 매우 일반화되어 있었던 듯하다. 사실 당시 한국의 처지에서 국가의 번영은 국가를 발전시켜야 하는 혁명의 우선적 과제가 아닐 수 없었다. 위의 젊은 대학생들은 이 바람을 대변하고 있었던 것이다. 국가가 도덕적 번영을 이루는 꿈이 '우리'의 바람이었다고 할 때 4.19는 이미 누대의 빈곤을 물리치고 '생산혁명'을 이룰 청렴하고 강직한 주체 — 지도세력의 등장을 한편으로 고대하고 있었다고 보아야 한다. 이런 주체 대망론은 지식층이 혁명을 이끌어야 한다는 막연한 생각을 빠르게 대체했던 듯하다. 학생들은 학교로 돌아갔고 장면내각이 들어섰지만 그들이 고대한 지도자는 등장하지 않았다. 그들은 번영을 위한 국가적 기획을 주도할 '더욱 젊고 새로운 인물이 선두에 나서기를 바라고 있었다.'[258]

자유민주주의에 대한 유보적인 입장이나 강력한 국가정책을 요청하는 도덕적 번영의 전망은 경제발전을 앞세우는 (국가)민족주의로 나타날 수 있었다. 그것이 빈곤과 정치적 후진성을 극복하는 빠른 길로 여겨질 수 있었기 때문이다. 5.16군사쿠데타가 있은 후 신일철은 '1. 식민지 반식민지적 예속으로부터의 민족해방 2. 빈곤 타파와 경제자립 3. 건전하고 안정된 민주주의의 재건'을 '후진국 혁명'의 과제로 꼽는다. '건전하고 안정된' 민주주의는 서구민주주의의 직수입품일 수 없었다. 그는 슐레진저의 '영웅적 지도자론'을 언급한 뒤, '5.16군사혁명을 국민혁명으로 발전시키기 위해서는 대중을 이끌고 나갈 지도적 전위가 필요하다'면

257 이 시기에는 특별한 지도자의 '영웅적 리더십'이 소개되기도 했다. 슐레이진저, 「영웅적 지도자론」, 『사상계』, 1961. 4.

258 「혁명 후 한국의 전망」(5월 1일자 런던옵서버지 기사), 『사월의 영웅들』, 340쪽.

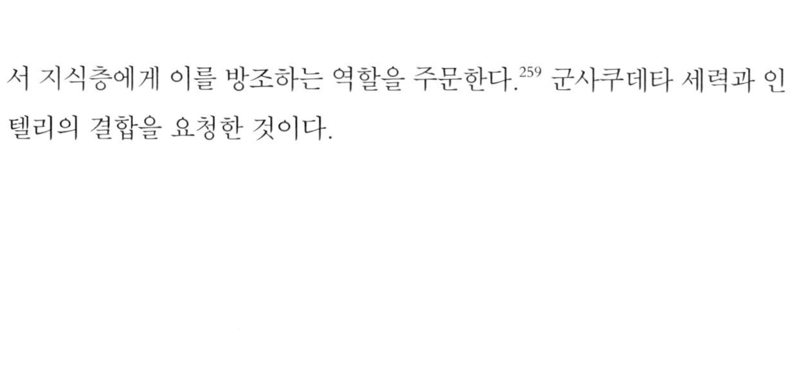

서 지식층에게 이를 방조하는 역할을 주문한다.[259] 군사쿠데타 세력과 인텔리의 결합을 요청한 것이다.

259 신일철, 「소리 없는 혁명」, 『사상계』, 1961. 11. 277~279쪽.

5

새로운 이야기를 향하여

이승만 정권이 무너진 이후 민권의 승리를 이룬 4.19 정신의 소재는 이내 의문의 대상이 된다. '4월을 미끼로 많은 단체가 족출하고 4월의 기업가가 횡행하는' 등, '그날의 의분이 아득한 추억이 되고 만' 현실에서 의거의 한 희생자는 '꼭 속은 것만 같은' 심정을 피력하고 있다.[260] 시위의 희생자들이 어느덧 혁명의 타자가 되고 만 데 대한 개탄이었다.

그러나 4.19 이야기가 증발해버렸던 것은 아니다. 국가발전을 위한 개혁이 혁명의 과제라는 생각은 자신들이야말로 혁명을 완수할 주체임을 자임하며 등장한 5.16군사쿠데타 세력에 의해 다시 여러 언설로 되풀이되었다. 혁명주체를 참칭한 쿠데타 세력이 주권적 권력을 합법화해가

260 〈4월 부상 학우의 수기〉 김홍수, 「우리는 젊음의 패기를 잃지 말아야 한다」, 『화백』(연세대 법정대), 4호, 1960. 10. 7. 『4월혁명 사료총집(5): 선언 · 성명 · 수기』, 591쪽.

는 경위는 4.19 이야기의 혁신담론을 전유함으로써 그 헤게모니를 강화한 과정으로도 읽힐 필요가 있다. 혁명을 도맡은 주체의 등극은 국가발전이 절실함을 말한 4.19 이야기의 지배적인 작용 없이는 불가능했을 것이다.

그러나 주권적 주체가 스스로 혁명의 주체임을 공언하는 상황이란 동시에 혁명을 배제하는 상황이 아닐 수 없다. 요컨대 쿠데타 세력만이 혁명주체일 수 있었으므로 4.19의 주인공으로 내세워졌던 청년학생들에 대한 재평가는 불가피했다. 이른바 민정이양을 앞두고, 혹은 그 직후 등장하는 일련의 이른바 '대학생 논의'는 4.19를 이끌었다고 주장된 대학생이 학창으로 돌아가야 하는 이유를 '훈계'[261]하는 데 이른다. 송건호는 청년학생들이 이승만 정권을 무너뜨렸다고 하지만 혁명세력이라고 하기에는 '지도부와 사상이 없었다'[262]는 점을 지적한다. 그에 의하면 10대 20대의 특징은 '충동적 세대'라는 점인데, 4.19가 조직적이고 사상적인 배경 없이 발생한 이유는 '사색적이라기보다 행동적이고, 산만하며 맹목적일 뿐 아니라 뇌동(雷同)성을 갖는' 신세대의 성격에서 찾아야 한다는 것이다.

> "4.19 전까지만 해도 틴에이저, 하이틴이니 해서 4, 50대에게 경멸과 탄식의 대상이 되어 왔다가 4.19 후로 갑자기 '4월의 사자'가 된 것은 갑자기 10대, 20대가 용감성과 정의감을 가지게 된 때문이 아니다. 기실은 경멸과 탄식의 대상이 되었던 바로 그 성격이 '4월의 사자'가 된

261 유창민, 「1960년대 잡지에 나타난 대학생 표상—『사상계』의 대학생 담론을 중심으로」, 『겨레어문학』 47호, 2011. 12. 153쪽.

262 송건호, 「세대론—4·19, 5·16에 나타난 세대의 계층과 그것의 분석 비교」, 『사상계』, 1962. 12. 237쪽.

성격과 동일한 것이었다는 점을 알아야 한다."[263]

이제 학생들은 그 본디의 사명인 학업에 정진해야 하며 대학생도 '본래의 자리'로 돌아가 국가와 미래를 위해 '때를 기다려야 한다'는 주장이 이어졌다.[264] 대학생은 더 이상 특별하거나 예외적인 존재가 아니라 국가발전을 위해 헌신하는 착실한 구성원이 되어야 했던 것이다. 군사혁명이 밝혔듯 혁명은 이제 국가적 사업이었다. 국가발전이 혁명의 실제적인 목표가 된 가운데 혁명은 이를 위한 정책적인 '결단'을 의미하는 것이 되고 만다.

4.19 이야기에서 국가의 역사성과 그 배경이 되는 냉전체제는 본격적으로 문제시되지 않았다. 그러나 군사쿠데타 세력이 약속한 번영을 목표로 이른바 경제개발정책을 가동시킬 때 냉전체제는 그 결정적 조건임이 드러난다. 그것이 국가들 간의 관계를 구획하고 국가주권에 대한 간섭으로 작동했을 뿐 아니라 국가체제의 성격을 이미 규정하고 있었기 때문이다. 결국 어떻게 후진성을 벗어나는가 하는 국가발전의 기획은 냉전체제를 어떻게 보고 그에 관해 어떤 입장을 갖는가에 따라 달라질 것이었다. 1962년은 경제개발5개년 계획이 착수되는 해였다. 한국의 경제발전에 필요한 일본 자본의 도입 문제가 빠르게 가시화되기 시작했고 그에 대한 우려와 비판이 제출되었다. 박정희 정권이 서두른 한일협정은 식민지의 기억을 돌이키게 했을 뿐 아니라 강화된 냉전체제의 작용을 가시화시켰다.[265]

263 위의 글, 245쪽.

264 김성식, 「때를 기다리는 법을 배워야 한다 — 학생과 국가의 장래」, 『사상계』, 1963. 3. 146쪽.

한일협정 반대투쟁으로 시작되어 박정희 정권에 대한 항거로 나아간 1964년의 6.3운동은 냉전체제를 본격적으로 문제시한다. '미국은 한일회담에 관여치 말라!'[266]라고 외친 〈서울대학교 3.24 결의문〉은 한일국교정상화가 미국의 아시아전략을 관철시키려는 기도임을 지적한 것이었다. 일본 자본과 미국의 지원을 받아 경제개발을 꾀하고 권력을 다지려는 박정희 정권은 매판세력으로 간주된다. 물론 박정희 정권이 내세운 '민족적 민주주의' 또한 민주주의일 수 없었다. 이제 '혁명의 완수'를 자임하며 등장했던 박정희의 5.16으로부터 4.19를 구획해내는 일은 마땅하고 불가피했다.[267] 4.19는 반외세, 반매판의 도정을 연 민족적 주권운동으로 새삼 규정된다. 시위대는 자신들이야말로 진정한 '4.19의 후예'[268]임을 주장했다.

한일회담에 대한 비판은 미국에 대한 비판으로 나아가서, 이윽고 '우리들의 모든 불행은 당신네 나라의 국가이성이 만들어 놓은 것이다.'[269]라고 선언되기에 이른다. 이러한 선언의 맥락 안에서 보면 국가의 쇄신을

265 '한미경제원조협정'의 체결(1961. 2. 8.) 이후 혁신계정당들은 대미종속을 비판하는 성명을 발표했다. 이후 일본 자본의 도입이 거론되면서 이는 단지 일본과의 문제가 아니라 미국의 아시아전략에 의한 것이라는 이해가 확신되었던 듯하다. 한 예는, 「1962년의 과제」(권두언), 『사상계』, 1962. 1.

266 〈서울대학교 3.24 결의문〉, 6·3동지회, 『6·3학생운동사』, 역사비평사, 2001, 459쪽. 그 밖에도 1964년 6월 2일 고려대 학생들의 시위에서는 "미국은 가면을 벗고 진정한 우호국임을 보여 달라!"라는 구호가 나왔다고 한다. 『6·3학생운동사』, 110쪽.

267 '5.16이 4.19의 연장일 수 없다.'는 것은 서울대학교의 5.20 선언문을 비롯해 당시 곳곳의 시위대가 외친 구호다.

268 "4.19의 후예들은 말한다./ 4.19는 살아 있다고!", 〈고려대 3.24 선언문〉, 『6·3학생운동사』, 461쪽.

269 송인복, 「아메리카인에게」, 『청맥』, 1965. 8. 89쪽. 이 '공개서한'은 미국을 향해 '당신네 나라의 국가이성이 오늘의 우리를 만들어 놓'았다고 선언하면서, '오늘의 우리'를 다음과 같이 규정하고 있다. "오늘의 우리는 분단된 우리, 의존하는 우리, 스스로가 될 수 없는 우리, 따라서 불행한 우리들이다."

바라며 민주주의를 국가발전의 기획으로 제시한 4.19 이야기의 여러 부분들은 보다 구체화되어야 했다. 국가주권을 지키고 매판세력을 제거함으로써 자립적 민족경제를 발전시켜야 한다는 방향은 4.19를 통해 주장된, 후진성을 극복하자는 막연한 개혁론에다가 더 각론적인 이야기를 보탬으로써 논의될 수 있는 것이었거니와, 국가의 주권 내지 민족적 자주성을 지켜야 한다는 원칙 아래 민주주의적 국가발전론을 펼치기 위해서는 국가를 규정하는 내외의 여러 조건들을 검토할 필요가 있었던 것이다. 비로소 6.3운동을 통해 이 조건에 대한 비판적 인식의 수준은 드러난다. 번영과 민주주의를 어떻게 더불어 달성할 것인가는 여전히 미지수였지만 민족적 자주성 없이는 번영도 민주주의도 있을 수 없다는 입장이 천명되었던 것이다.

참고문헌

자료

민영빈 편, 『사월의 영웅들: 세계의 눈에 비친 4.19혁명의 산 기록』(개정판), 시사영어사, 1993.

민주화운동기념사업회, 『4월 혁명사료 총집(5): 선언·성명·수기』, 2010.

사월혁명청사편찬회, 『민주한국사월혁명청사』, 비판신문사, 1960.

안동일, 홍기범, 『기적과 환상』, 영신문화사, 1960.

이강현 편, 『민주혁명의 발자취 — 전국각급학교학생대표의 수기』, 정음사, 1960.

조화영 편, 『4월혁명투쟁사: 취재기자들이 본 4월혁명의 저류』, 국제출판사, 1960.

지헌모 편저, 『마산의 혼』, 한국국사(國事)연구회, 1961.

현역일선기자동인 편, 『4월혁명 — 학도의 피와 승리의 기록』, 창원사, 1960.

논문 및 단행본

권보드래, 「4.19와 5.16, 자유와 빵의 토포스」, 『상허학보』 30집(2010년 가을).

오창은, 「4.19 공간 경험과 거리의 모더니티」, 『상허학보』 30집(2010년 가을).

우찬제, 이광호 편, 『4.19와 모더니티』, 문학과지성사, 2010.

유창민, 「1960년대 잡지에 나타난 대학생 표상 — 『사상계』의 대학생 담론을 중심으로」, 『겨레어문학』 47호, 2011. 12.

6·3동지회, 『6·3학생운동사』, 역사비평사, 2001.

전철환, 「4월 혁명의 사회경제적 배경」, 『4월 혁명론』, 한길사, 1983.

한국역사연구회 현대사연구반, 『한국 현대사 2』, 풀빛, 1991.

한국정신문화연구원 현대사연구소 편, 『한국 현대사의 재인식 4』, 오름, 1998.

Agamben, Giorgio, *Potentialities*, Edited and Translated by Daniel Heller-Roazan, Stanford University Press, 1999.

Bruner, Jerome, "Self Making and World Making", *Narrative and Identity; Studies in Autobiography*, Self, edited by Jens Brockmeier and Donal Carbaugh, John Benjamins Publishing Co., 2001.

Fina, Anna De, *Identity in Narrative; A Study on Immigrant Discourse*, John Benjamins B.V., 2003.

Freeman, Mark, "Rethinking the Fictive, Reclaiming the Real; Autobiography, Narrative Time, and the Burden of Truth", *Narrative and Consciousness*, Oxford University Press, 2003.

제6장

혁신담론과 대중의 위치

1 혁명은 있었던가?

2 신생활운동과 마땅한 강제의 호소

3 예외상태에서의 재건국민운동

4 비애, 혹은 '감수성의 혁명'

5 혁명이라는 과속(過速)/주술(呪術)

1

혁명은 있었던가?

1958년 가을을 배경으로 시작되는 최인훈의 소설 「회색의 의자」(1963~1964)에서 중심화자인 '독고준'은 다음과 같이 독백하고 있다.

"우리. 우리는 대체 뭔가. 풀만 먹고 가는 똥을 누면서 살다가 영악스런 이웃아이들에게 지지리 못난 천대를 받으며 살다가 남의 덕분에 자유를 선사받은 다음에는 방향치(方向癡)가 되어서 갈팡질팡의 요일(曜日)과 요일. 눈귀에서 보고 듣는 것은 하나에서 열까지 서양 사람들이 만들고 쓰고 보급시킨 심벌 심벌……. 자세를 바로잡을래야 잡는 재주가 없다. 연달아 신안특허를 양산해내는 억센 장사 솜씨 그대로 벌써 바닥이 들어난 이야기를 되풀이 또 되풀이 우려내고 재생시키는 그 솜씨. 서양 애들은 훌륭해. 얼마나 힘차고 놀라운 종자들인가. 악착같이 제 것을 찾고 잘사는 것이 옳다는 인종들. 인정사정도 없이 포만하게 행복해야만 하겠다는 탐욕. 이런 앞뒤 사정이 좀 알아질 만큼 되고 보니 벌써 때는 늦어서 발버둥쳐도 뺏지 못할 역사의 이니쉬티브를." (하략)[270]

독고준의 탄식으로부터 '영악한 이웃'과 '악착같은 인종들'을 향한, 그들의 오만과 탐욕에 대한 원한(resentment)을 읽기는 어렵지 않다. 그는 서세동점 이래 누적된 역사적 지체(遲滯)와 그로 인한 불균등성[271]의 심화를 문제시한다. '연달아 신안특허를 양산하는' 방식으로 압도해오는 모더니티는 서양의 전유물일 뿐이다. 모더니티를 생산하는 중심과 그 주도권 아래 놓인 주변은 인종적(정신적)인 차이로 구획된다. 그는 이 차이가 지배/피지배의 계급적 관계로 굳어졌음을 언급하고 있는 것이다. 그의 고민은 '지지리 못난 우리'가 어떻게 이 처지에서 벗어날 수 있는가를 묻는 데서 비롯된다. 주권국가라지만 새 점령자 미국[272]의 절대적인 영향 아래 세워진 대한민국이라는 신조(新造) 국가가 '남이 이니쉬티브를 쥔' 시간적 과정의 결과물이라고 보면, 새 국가에 대한 기대는 애당초 갖지 않는 편이 옳았다. 이미 정치적으로 부패했으며 사회적으로 무질서한 신조국의 현실은 희망을 갖기 어렵게 하는 것이다. 독고준에게 역사적 후진성의 극복은 심각하고 또 절망적인 과제이다.

270 최인훈, 「회색의 의자」, 『세대』, 1963. 7. 331쪽.

271 여기서 불균등성은 모더니티가 관철된 주변부에서 지역적 과거(local past)의 절단된 단면 위에 모든 것을 바꾸어가는 모더니티의 시간으로서의 당대성(contemporaneity)이 엇갈려 놓인 상태를 가리킨다. 즉 서로 다른 시간과 공간이 동시적으로 공존하는 양상이 불균등성이다. 불균등성은 「회색의 의자」에서 독고준이 지적하는 현실의 문제이다. 그는 다음과 같이 말한다. "우리들이 가지고 있는 모든 것이 한국이라는 풍토에 이식된 서양이 아닌가." 『세대』, 1963. 9. 388쪽.

272 독고준이 언급하고 있는 '서양'은 이 소설이 다루고 쓰인 시기에선 구체적으로 미국을 가리키는 것으로 읽을 수밖에 없을 것이다.

'혁명'은 흔히 이 과제를 해결하는 유일한 방안으로 거론되었다. 역사적 지체를 한탄하는 많은 사람들에게 혁명은 무엇보다 '발전'의 계기여야 했고, 주체적인 자기구성을 함으로써 종국적으로는 역사의 고삐를 틀어쥐고 인종적 위계를 뒤집는 일로 상상되었을 것이다. 단지 '정치'를 바꾸는 데 그치지 않고 어떻게든 모더니티의 속도를 따라잡는 것이 혁명이어야 했다면 모더니티, 혹은 그 속도를 향한 원한이야말로 혁명의 동력이 아닐 수 없었다. 그런데 4.19는 무엇보다 이러한 혁명이 가능할 수 있음을 증명한 사건이었다. "맨주먹으로, 깨끗한 마음과 열정 하나만을 가지고"[273] 세계가 놀랄 일을 해낸 것이다. 혁명적 원망(願望)을 담고 표현한 혁신담론은 4.19를 통해 이미 대중화되었다고 보아야 한다. 대중으로 하여금 이제 스스로 혁명의 주인공이 되어야 한다고 말하는 혁신담론은 후진성을 극복하는 길이 바로 혁명에 있음을 일깨웠다.

독고준에게도 혁명은 피할 수 없는 화두이다. 그러나 그는 '방향치'가 된, 어떤 나침반도 갖지 못한 한국의 현 상황에서 혁명이 과연 가능할까 하는 회의를 떨치지 못한다. 혁명을 바라지만 또 혁명을 기대하지 못하는 데서 고민은 깊어진다. 과연 무엇이 그를 회의하게 했던 것인가? '엽전'이라는 종족적 자기비하를 서슴지 않는 그의 모습[274]에서는 흔히 그 표현이 그렇게 사용되었듯 종족적 대중을 향한 절망적인 자조(自嘲)가 읽힌다. 그의 자조는 4.19가 민권(民權)의 승리로 종식되었음에도 불구하

273 김은우(이화여대 교수)에 의하면 4.19는 6.25 이후 세계 역사에 등재된 사건으로서 한국의 국제적 지위를 높인 쾌거였다. "4월 26일 반세기가 걸려도 세계 정치선수들이 해내지 못한 일을 세계에서 몇 째 안 가게 푸대접을 받고 악조건 속에 놓여 있던 우리 한국 청소년들이 맨주먹으로 깨끗한 마음과 열정 하나만을 가지고 최대의 속도로 해내었다."는 것이다. 「세기의 혜성들아」, 지헌모 편, 『마산의 혼』, 韓國國事연구회, 1961, 115쪽.

274 예를 들어 "누가 이따위 엽진들을 위해서 혁명을 해줄까 보냐." 「회색의 의자」, 『세대』, 1963. 7, 355쪽.

고 그 이후의 이른바 '민주적' 혼란을 겪으며, 대중의 민도(民度)가 낮아 민주주의는 시기상조라는 한탄[275]이 반복되었던 정황을 비추어낸다. 이 소설은 이미 혁명으로 불렸던 4.19와 5.16이라는 역사적 사건이 경과한 뒤에 발표되었다. 이 점을 고려하면 혁명에 대한 독고준의 회의는 기왕에 있은 두 혁명들에 대한 나름의 견해 표명으로 볼 수도 있다. 혁명이 가능하기 위해서는 혁명세력이 형성되고 이를 이끄는 사상이 성숙해야 하는데, 독고준에 의하면 우리의 어느 곳에도 그럴 기미는 없다는 것이다. 혁명의 가능성을 부정하는 그의 주장은 원한을 동력으로 하는 혁명이 과연 진정한 혁명일 수 있는가하는 물음을 던진다. 혁명 대신, 혹은 혁명에 앞서 그가 '사랑과 시간'[276]을 처방했던 것은 이런 사정에서다.

「회색의 의자」가 독고준의 기억과 상념을 통해 되풀이 반추해내는 것은 영혼과 육체를 침식시킨 분단과 전쟁이라는 깊은 외상이다. 이념과 체제의 폭력이 흔히 원한을 동원한 혁명의 구호 아래 저질러졌음을 생각하면 혁명이란 기실 의심스러운 용어가 아닐 수 없었다. 최인훈은 전작인 「광장」(1960)에서 남과 북 모두를 선택할 수 없었던 망명자를 그렸다. 「회색의 의자」의 독고쥬 역시 (예비)내부망명자의 모습을 드러내기도 한다. 그는 이미 38이북에서 진행된 '혁명'의 질식할 만한 압제를 경험했으며, 혁명이 외쳐졌음에도 불구하고 여전히 부자유하고 절망적인 남한의 현실 속에 있었다. 요컨대 분단과 한국전쟁, 4.19와 5.16을 겪은 뒤에 발표된 이 소설은 그간 과연 무슨 혁명이 있었는가를 묻고 있는 것이다.

275 한 예로 4.19 이후에 쓰인 황산덕의 「4.19와 한국 민주주의의 진로」(『4월 혁명』, 4월 혁명동지회출판부, 1965)와 같은 글을 읽을 수 있다. 황산덕은 4.19 이후의 혼란상을 거론하며 아직 민도가 낮아 민주주의는 시기상조이며 부득이 독재가 필요하다는 의견(110쪽)을 피력한다. 그는 비애감을 표현하면서 장차 민주적 역량을 키워야 '군인독재의 밥이 되는 것을 막을 수 있다'(126쪽)는 취지의 결론에 이른다.

276 「회색의 의자」, 『세대』, 1963. 7. 355쪽.

독재정권을 무너뜨림으로써 대중에 의해 혁명으로 불린 4.19와, 역시 혁신과 국가재건을 외친 5.16은 과연 무엇이었던가? 이 소설은 4.19라는 '기적'[277]을 어떻게 읽어야 하는가 하는 물음을 던졌다. 역사적 결과로 드러난 5.16의 필연성 또한 이 물음을 통해 설명되어야 했다.

이 글은 4.19 이후 확산된 혁신담론을 검토함으로써 5.16군사쿠데타를 겪은 후 이른바 민정이양(1963)에 이르기까지 혁명이라는 주제가 어떻게 언급되고 소통되었던가를 조명하려는 것이다. 획기적인 전환을 통해 모두가 새롭게 거듭나 상황을 근본적으로 바꾸어야 한다는 혁신(innovation) 혹은 쇄신(renewal)의 요청은 한국 근현대사를 통해 되풀이되어 왔다. 혁신담론은 이른바 애국계몽기에서부터 모습을 드러내는데, 식민지시대의 민족(계급)운동 과정을 거치며 거듭 재생산된 일정한 문법적 틀을 갖는다. 혁신담론의 대상은 대중이다. 즉 그것은 대중인 우리가 누구이고 어떤 문제를 안고 있으며 따라서 무엇을 해야 하는가를 이야기하는 공공적인 기투(企投)의 형식을 취한다. 다시 말해 혁신에 나서야 하는 대중을 집단적으로 호명하고 상황과 사태에 대한 인식을 공유하면서 특별한 선택적 행동을 불가피하거나 시급한 것으로 여기게 한 것이 혁신담론이었다. 혁신담론의 헤게모니는 무엇보다 집단적으로 호명된 대중이 혁신의 주체를 자기정체성으로 수용(내면화)할 때 작동할 것이었다. 혁신담론에 의한 이야기 정체성(narrative identity)의 형성이 대중을 특별한 공동체로 묶는 조건이었다는 뜻이다. 그런데 혁신의 내용이나 대상은 이 공동체를 주재하는 주체(세력)가 누구고 어떤 이데올로기적 정향을 갖느냐에 따라 다르게 규정되게 마련이었다. 혁신담론이 특정한 입장과 의도를

277 안동일과 홍기범이라는 두 대학생이 4.19에 대한 논고로 쓴 책의 제목인 『기적과 환상』(영신문화사, 1960)을 참조.

갖는 기획을 통해 가동될 때 서사적인 재구축(再構築), 이를테면 형식, 내용, 표현의 전유나 부분적인 배제, 의미론적인 전도 내지 전치 등이 진행될 수 있었던 것이다.

4.19는 혁신담론을 다시 가동시키는 출발점이 되었다. 부패한 독재정권을 무너뜨림으로써 민권의 승리를 확인한 사람들에게 이제 과거와는 다른 새로운 시대가 시작되어야 한다는 것은 마땅한 결론인 듯했다. 투쟁에 나섰거나 이를 듣고 이야기하는 방식으로 의거에 동참한 사람들은 자신들이 주권적 존재일 수 있음을 깨달았다. 주권자로서의 자기인식은 대중들로 하여금 혁명의 화두였던 민주주의를 실현하는 데 대한 의견과 주장에 귀 기울이게 했다. 구악을 일소하는 혁신은 역사의 필연적 과제가 되어, 사회적 평등과 정치적 권리의 확보를 비롯해 복지의 실현이라든가 남북통일과 재외국민 문제 등이 화제로 떠오른다. 이데올로기의 빗장이 부분적으로 느슨해지며 혁신정당이 출현했고 노동운동이나 통일논의가 전개되는 등 사회적 변화의 스펙트럼도 폭넓게 확산되었다. 그러나 혁신담론을 통해 혁신의 가상적 주체로 조명을 받았던 것은 청년학생들이었다. 청년학생은 4.19를 '성공'으로 이끈 주역이자 국가를 위해 몸바친 '순혈(殉血)'의 선구적 본보기로 부각되었다. 이 글에서는 정신혁명과 생활혁신을 부르짖은 대학생들의 '신생활운동'과 관련된 이야기들을 살펴보려 한다. 신생활운동이 4.19 이후 혁신담론의 특징적인 구도를 제시했다고 보기 때문이다. 4.19의거의 과정에서 쓰인 희생자들을 애도하는 이야기는 흔히 국가적 대의를 위한 헌신을 찬양했거니와, 여기서 이미 내핍과 정진(精進)의 자세는 요청되었다. 이는 혁신담론이 의식과 생활변혁에 초점을 맞추며 나타난 양상이었다. 국가체제나 그 성격을 발본적으로 문제시하기보다 국가 발전을 주문하는 4.19 직후의 논의는 신생활운동으로 나타났다고 말할 수 있다.

물론 신생활운동을 전개한 대학생들을 과연 혁신세력으로 볼 수 있는가 하는 의문은 불가피하다. 혁신이란 체제와 제도의 혁신을 도모하며 이를 통해 가시화될 것이었다. 정신혁명이라든가 생활혁신은 흔히 정치적인 혁신에 대한 시야를 가리는 역할을 해왔다. 그렇지만 혁신담론을 대중적 기투의 형식으로 보려 할 때 과연 당시의 혁신적인 정치세력이나 노동운동이 얼마나 대중적 저변을 확대해갔는가 하는 물음 역시 불가피하다. 대학생들을 중심으로 한 신생활운동은 대중운동으로 기획된 것이었다. 생활혁신의 기치를 앞세운 신생활운동은 이내 그 주장과 방법 사이의 모순에 봉착하는데, 이로써 담론과 실천의 문제가 노정되었다. 신생활운동으로부터 혁신담론과 대중의 관계를 살피려는 것이 이 글의 의도 가운데 하나다.

4.19의 주인공으로 여겨진 청년학생들이 '학창으로 돌아간'[278] 상황에서 발발한 5.16군사쿠데타는 역시 구악일소를 외치면서 국가적 '재건'을 천명했다. 반공을 강화하고 경제발전을 통해 체제적 승리를 도모한다는 것은 그들이 밝힌 재건의 방향이자 방법이었다. 민주주의는 반공으로 지켜내고 경제발전으로 달성될 것이었다. 쿠데타 세력이 미완의 혁명을 완수할 주동자로 등장하는 과정은 곧 대중적 기투로서의 혁신담론을 장악하는 과정이었다. 그들이 반복한 혁신담론은 반공발전의 내용을 적시하고 이를 제도화했다. 5.16 이후 쿠데타 세력의 기획 아래 민간운동의 형태로 전개된 '재건국민운동'은 혁신담론의 전유가 진행된 양상을 보여줄 것이다. 이 글에서는 4.19를 통해 확산된 혁신담론이 5.16 이후의 재건국민운동을 통해 전유되고 그럼으로써 또 배제되는 과정을 살피려 한다.

278 박종홍은 4.19 이후 학생들이 자기들이 할 바를 하고 학창으로 돌아갔다'는 취지의 글을 쓴다. 그것이 학생들이 할 수 있었던, 혹은 해야 했던 최대치였다는 뜻이었다. 박종홍, 「4.19정신」, 『4월 혁명』, 4월 혁명동지회출판부, 1965, 67쪽.

혁신담론의 틀 안에서도 누가 어떤 입장에서 어떻게 발화하느냐에 따라 이념적 내용이 바뀌기도 하고 대중과의 관계가 다르게 설정될 수도 있다. 이야기가 재구축되는 과정에서 덮어쓰기나 삭제, 빼돌리기, 거래 등이 나타나고 경우에 따라서는 내용상의 근본적인 차이가 노정될 수 있는 것이다. (진짜 혁명이든 아니든) 혁명으로 언급된 사건과 그것이 진행되었던 양상은 공공적 기투로서의 이야기들이 반복되며 또 바뀌어가는 기호학적 게임을 통해 좀 더 가까이 다가가 살필 수 있다는 것이 이 글의 입장이다.

2

신생활운동과 마땅한 강제의 호소

1960년 7월 3일 서울대학에서 '국민계몽대'가 결성되고 그 지휘 아래 '신생활계몽대'가 조직됨으로써[279] 시작된 신생활운동은 국민에게 '4월 혁명정신을 보급'하려 한 도시에서의 계몽운동이다. 이 도시계몽운동은 '학창으로 돌아간' 학생들이 '정신적으로' 혁명을 지속시켜보려 한 노력이었다. 무능하고 부패한 정권도 정권이지만 오염된 국민생활을 혁신하는 것이 급선무라는 생각에서였다. 계몽대는 '거리의 사치를 청소한다'는 행동방침을 앞세웠다. 혁명의 대상으로 일단 특권층과 소비대중을 지목한 것이다. 학생들은 지나가는 고급차를 세우고 여성들이 입은 양단치마에 먹물을 뿌렸다. 광화문 네거리에서 애국가를 부르며 양담배와 커

279 국민계몽대는 그밖에 학생문맹계몽단을 결성하기도 했고 향토학교건설지도자 양성강습이라든가 신생활계몽 웅변대회 등을 열기도 했다. 이에 관해서는, 고명균, 「국민계몽대의 전개과정」, 『한국 사회변혁운동과 4월 혁명 2』(한길사, 1990) 참조.

피를 쌓아놓고 불을 지른 그들은 다방을 성토하고 카바레와 빠를 급습하기도 했다. 또 유원지 등을 찾아 '놀이'에 사용된 관용차의 번호를 적어 공개했다. 이런 활동은 4.19의 연장으로 여겨졌다. 신생활운동이 정치혁명과 경제혁명에 앞서는 '마음의 혁명'을 도모해야 한다는 요청, 국민정신을 바꾸는 내적 혁명[280]을 달성해야 한다는 선언 등은 4월 혁명이 아직 완수되지 않았음을 주장한 것이기도 했다.[281] 마땅한 강제를 시행하려는 그들의 과격한 언사와 행동들은 혁명적 예외상태(state of exception)가 계속되어야 한다는 생각을 표명하고 있었다.

의식혁명이나 정신혁명의 기치 아래 대중의 생활혁신을 요구한 신생활운동은 물론 새로운 것이 아니다. 식민지시대에서는 민족적 저항을 위한 생활혁신운동의 전례가 없지 않았고 1930년대 후반 일제의 전시총동원체제는 강압적인 생활통제를 시도했다. 또 한국전쟁 와중에서 이승만 정권 역시 가정개량운동과 소비통제를 내용으로 하는 신생활운동을 지시한 바 있다.[282] 마음의 혁명을 통해 생활을 바꾼다는 이런저런 신생활운동은 서세동점의 근대화에 대한 주의주의(主意主義 voluntarism)적 대응[283]의 한 양상으로, 대개는 비상시(非常時)의 연장을 요구했다. 정신과 의지의 힘을 통해 서구(혹은 제국들)와는 다른 방식으로 서구 모더니티를

280 「신생활운동 학생좌담회」, 『경향신문』, 1960. 8. 25.

281 「신생활을 위한 좌담회」, 『동아일보』, 1960. 8. 19.

282 1950년 8월 25일 이승만은 부산에서 발표한 담화문을 통해 전시신생활운동의 전개를 지시했다. 주요 내용은 '세계 각 신문에 한국은 전국 곳곳이 냄새와 추잡한 생활환경으로 생활하기 힘들다고 보도되고 있으니, 공산당을 청소하는 전쟁을 하는 동시에 관민과 남녀노소가 합심하여 생활개선에 힘쓸 것', 'UN의 구호로 DDT가 들어오니 의복, 신체, 침구, 변소 등에 뿌려 각종 벌레를 없애고, 인분 냄새와 벼룩, 빈대를 없애자는 전 국민 궐기운동을 전개하여 자손들이 깨끗한 나라에서 살 수 있도록 힘쓰자' 등이다. 김은경, 「1950년대 신생활운동 연구」, 『여성과 역사』 제11집, 2009. 12.

283 대중의 의지와 헌신적 열정으로 증산을 꾀한 북한의 천리마 운동이나 중국의 대약진 운동은 그 극단적인 예 가운데 하나다.

따라잡아야(catch up) 한다고 외친 점에서 그러한데, 따라잡기를 위한 시간은 비상한 축약과 비약의 시간이어야 했던 것이다. 비상시란 무엇보다 생활의 정상성이 부인되는 시간이다. 신생활은 사실상 비상한 생활을 뜻했다. 예를 들어 여러 신생활운동이 요구한 공통된 내용이었던 내핍은 생활의 혁명적 제약/전환을 강요하는 것이었다. 4.19 이후의 신생활운동에서도 '개솔린이 한 방울도 안 나는 나라에서 무슨 자동차냐'는 주장 아래 자전거 타기나 걷기가 장려되었다. 마땅한 강제가 따라잡기를 위해 불가피한 방법으로 여겨졌던 가운데 비상시의 요구 또한 정당화될 수 있었다.

내핍을 외치는 입장에서 흔히 혁신의 표적으로 지목되었던 것은 유한여성이나 부유층이었다. 그런데 일반적인 어머니조차 혁신의 대상으로 여겨지기도 했다. 4.19가 '성공'한 직후 한 신문기자는 이 혁명이 새로운 건국의 기회임을 역설하면서 어머니들 역시 '피 흘리며 죽어간 아들들'을 본받아 분발할 것을 명령한 바 있다. 어머니들은 뒤처진 만큼 새롭게 마음을 다잡고 나서야 한다는 것이었다. 그는 어머니들을 꾸짖고 독려한다. "이제는 양단치마 저고리를 벗어버리고 안일과 사치와 태만에서 분발해 아들들의 피 흘린 자국을 따라 갑시다."[284] 모성이야말로 혁명에 동원되어야 할 자질이었다.[285] 보통명사로서의 어머니는 모든 누구나의 근원(cause)이라는 점에서 광범한 저변인 대중을 호명하는 용어였다고 볼 수도 있다. 비상시는 가정의 어머니도 나서야 하는 시간이었던 것이다.

신생활운동은 기성사회의 반성을 촉구한 점에서 4.19의 과정에서 제기되었던 세대 비판적 성격을 잇는다. 기성세대, 무엇보다 지배층은 개혁의 표적이었다. 더불어 이런 방식으로 신생활운동은 4.19를 통해 부각

284 지헌모 편저, 『마산의 혼』, 105쪽.

285 이러한 동원의 '젠더정치'에 대해서는 권명아, 『역사적 파시즘: 제국의 판타지와 젠더 정치』(책세상, 2005)의 2장 참조.

된 '피해대중'[286](기존 지배체제 속에서 피해를 받는 '경제적 빈곤자'를 가리키는 말로 쓰였음)을 대변하려 했다. 양담배와 커피 등을 배격한 행동 또한 수입품의 소비를 차단하여 민족적 자립경제를 도모하는 것이 피해대중을 위하는 길이라는 생각에서 나왔다. 양담배와 커피는 피해대중과는 무관한, 그들과 개혁 대상을 가르는 박래품일 뿐이었다. 대중을 소비대중과 피해대중으로 가르고 혁신을 피해대중의 입장에 서서 소비대중을 개혁함으로써 이루어질 일로 여긴 신생활운동은 민족과 민중을 동일시하는 전통을 따르고 있었다. 4.19정신을 보급한다는 계몽운동을 표방한 신생활운동이었지만, 염결한 평등의 민주주의가 실현되고 경제적 자립을 통해 민족적 주권을 갖는 미래전망을 제시했다는 점에서 그것은 학원 민주화운동이라든가 4.19 직후의 교원노조운동을 비롯한 노동운동이나 통일운동과의 접점을 갖는다.

학생들은 신생활운동의 입법화를 요구했고 이를 전면적 국민운동으로 확대시켜야 한다는 생각이었지만 뚜렷한 성과를 보기 전에 당장 신생활운동의 폭력성이 문제가 되었다. 법적 근거도 없는 계몽대의 활동은 '선의의 남용'으로 비판을 받는다. 계몽대의 요구는 물론 어떤 법적 강제력도 갖지 못한 것이었다. 신생활운동자들이 연장하려 했던 비상시는 사실상 상시이기도 했다. 하루아침에 양담배가 사라질 리 없었고 커피를 찾는 풍조가 바뀌지도 않았다. 서울대 불문과를 다닌다는 주섭일이라는 학

286 '피해대중'은 조봉암이 1956년 11월 10일 진보당 발당식에서 행한 개회사에서 쓴 말로, 진보당은 "필연적으로 광범한 근로대중을 사회적 기반으로 하는 피해대중의 당"이라고 선언했다는 것이다. 서중석, 『조봉암과 1950년대(하) — 피해대중과 학살의 정치학』, 역사비평사, 2000, 53쪽. 이에 대한 설명으로는, 오창은, 「4.19 공간경험과 거리의 모더니티」, 『상허학보』, 30호, 2010, 18쪽.

생은 한 신문에 기고한 글[287]에서 테르미도르 반동[288]을 들먹이며 혁명의 지속을 촉구한다. 그는 4.19 이후 정치적으로나 사회적으로 개혁된 것은 전무하다고 지적하면서 '참담한 농촌에 비해 서울은 소돔의 성(城)'이 되었다고 질타한다. 가난한 농민들이야말로 피해대중이 아닐 수 없었다. 피해대중의 입장에서 사치는 타락이자 죄악이었다. 서울이라는 소돔이 참담한 농촌을 짓밟고 서 있다고 할 때 이 소돔을 향한 분노는 정당한 것이 된다. 그는 거리낌 없이 증오와 적개심을 드러낸다.

> "양담배를 아직도 피우는 자를 증오하고 고급 요정의 몰지각한 부류에 대한 적개심, 왜음반만 골라 사는 다방 매담, 한잔의 피=한 잔의 커피를 안 마시면 못산다는 붕어족들에 대한 끓어오르는 분노가 불쾌감을 느끼게 하고 어떤 영업체의 영업을 방해한다는 여론이 있음은 어인 일인가?"

그의 분노는 양담배나 왜음반[289], 커피와 같은 외래품을 물리쳐야 한다는 마땅한 강제를 여론이 수용치 않았다는 데서 비롯된 것이었다. 그는 결국 유한한 소비층을 두호한 여론을 힐난한다. 흔히 자립과 자존의 경제적 민족주의는 해방 이후 미국이 남한사회에 절대적인 영향을 끼쳐

287 주섭일, 「성곽의 파수병들에게」, 『동아일보』, 1960. 7. 26.

288 프랑스대혁명 이후 '공포정치'를 편 로베스피에르와 자코뱅을 제거한 반란(1794년). 이로써 혁명의 열기는 식고 사회적 반동화는 가속되었으며 부르주아의 사치는 심화되었다는 지적이 있음.

289 박래품이 미국으로부터만 왔던 것은 아니다. 이승만 시대에 철저히 차단되었던 일본 대중문화의 수용은 4.19 직후부터 급격히 재개되었다. 천정환, 「'정상화'와 금지: 1960년대 일본대중문화 수용과 독서문화」, 『동아시아 언어, 문학, 문화의 혼(混)·잡(雜): 교통의 현장과 번역의 역학』, 한국문학연구학회 제 82차 정기학술대회, 2011. 12. 3, 74쪽 참조.

온 시간, 한국전쟁을 통해 이른바 원조경제체제가 굳어지며 미국에의 예속이 심화된 시간을 벗어나는 방향으로 여겨졌다. 위의 학생에 의하면 경제적 민족주의를 실천할 주체적 내핍의 요구가 이 예속의 시간을 통해 형성된 특권층 내지 도시의 생각 없는 소비대중에 의해 거부된 것이다. 소비대중은 새로운 매판세력이 아닐 수 없었다. 혁명은 피해대중을 얽어매는 국제자본주의의 수혜자, 신매판세력을 척결하는 혁명이 되어야 했다. 그런데 이와 같이 마땅한 강제가 관철되지 못하고 있는 상황이라면 신생활운동은 계몽이 아닌 다른 방법을 찾아야 옳았다.

피해대중의 빈곤을 해결하는 '복지'는 4.19 이후 민주주의를 언급하는 데서 숨은 논제였고 이를 위해 '수정자본주의' 정책이 필요하다는 제안도 있었다.[290] 기왕의 시장경제체제가 회의의 대상이 되었던 것이다. 복지를 위한 민주는 부의 강제적 재분배를 요구하는 것일 수도 있었다. 즉 복지를 위해 영리활동의 '자유'를 제한할 필요가 있다는 생각이었던 듯하다. 거리로 나선 학생들의 행동에 대한 부정적 여론을 어이없는 반동으로 치부하는 위의 과격한 태도를 통해 드러나는 것은 마땅한 강제가 절실하고 또 필연적이라는 믿음이다. 혁명은 다시금 마땅한 강제를 관철시킬 수단이 되어야 했지만 대학생 행동대가 취한 방법은 기껏해야 '선의'를 강요하는 수준에 머물렀던 것이다. 마침내 이 학생은 밑바닥 피해대

290 안동일, 홍기범은 『기적과 환상』에서 4.19를 통해 폭발한 '경제적 빈곤층'의 분노에 주목하며 '자유민주주의'의 결함을 해결할 복지국가적인 정책을 요구한다. "자유민주주의 국가에서 빈곤으로부터 해방을 찾지 못할진대 적극적인 복지국가로서의 수정자본주의 정책을 국민들은 원하고 있는 것이다. 생활의 안정이 없는 곳에 자유민주주의의 정치적인 보장을 받을 수는 없는 것이다. 이번 의거의 제3 의의는 이와 같은 '번영에 대한 향수'라는 것을 알아야 된다. 지금 와서 이데오로기의 차이점을 논란하기보다는 국가 이익의 증진을 위하여 누가 더 많이 사회에 공헌할 수 있는가를 젊은 세대들은 주시하고 있는 것이다." 62쪽.

중의 투쟁을 고무하며 이내 그들과 자신을 '우리'로 묶는다. "학대받고 신음하고 있는 대중이여! 당신들의 살을 오려먹고 있는 그네들에 대한 철저한 적개심과 끊임없는 전투를 상실하지 말라. 이것이 우선 우리들이 공평한 기회를 가질 수 있는, 그리고 잘살 수 있는 최초의 여건이 될 수 있기 때문이다." 그러나 이런 발언은 '위로부터의' 계몽운동이라는 신생활운동이 그 한계에 봉착했음을 드러낸 것일 수도 있다. 신생활운동은 더 이상 '혁명적으로' 전개되지 못한다.

신생활계몽대는 신생활운동의 입법화를 요구하며 국회 앞에서 시위를 벌이는가 하면 조직을 확대하여 수천 명의 '중고등학생 새생활운동대'가 거리를 행진하기도 했다. 신생활운동은 정치권의 관심거리가 되기도 해서 윤보선 대통령이 신생활복 입기 운동을 추진하자고 제의했다는 기사[291]가 실리기도 한다. 그러나 신생활운동을 통해 요구된 혁신은 대통령이 '골덴 양복을 입고' 나서는 해프닝이나 국회의원들이 벌인 청조(淸潮), 신풍(新風)운동으로 수행될 수 있는 것이 아니었다. 그것은 내핍이나 생활합리화 너머의 체제적 개혁을 가리키고 있었다. 신생활운동은 피해대중의 입장에서 혁신의 방향을 다만 제시하는 데 그쳤고, 근본적이고 또 전면적인 변화가 강제되어야 함을 호소했을 뿐이다.

두 '혁명'을 겪은 시점에서 쓰인 『회색의 의자』는 혁명에 대한 의심을 숨기지 않았다. 마음의 혁명이든 정치혁명이든 공공적 덕성(public virtue)이 확보되지 못하면 쉽게 폭력이 될 수 있다는 두려움이었다. '침착하게 웃는 얼굴로' 역사는 계급투쟁의 과정이라고 단정하는 선생님에게 놀란 38이북에서의 기억을 지우지 못한 이 소설의 화자로선 어떤 마

291 『동아일보』, 1961. 2. 11.

땅한 강제도 폭력 이상일 수 없었다. '고급 차를 세우고 양단치마에 먹물을 뿌'리는 행동도 예외는 아니었다. 그러나 과연 덕에 근거하는 혁명이 가능한가. 덕의 필요를 강조하는 입장은 피해대중 또한 언제든 두렵고 위험한 존재로 변신할 수 있다는 우려를 감추고 있었다. 즉 혁명은 피해대중이 그간의 피해를 만회해야겠다는 강렬한 바람을 표출할 기회가 되거나 누군가가 그들의 원한을 이용할 기회가 되리라는 걱정이었다. 『회색의 의자』에 의하면 한국 사회는 다시금 위험한 혁명을 수행하는 모험을 앞두고 있었다.

3

예외상태에서의 재건국민운동

5.16군사쿠데타 세력은 등장과 함께 자신들의 거사를 '군사혁명'으로 언명했다. 혁신의 주체를 자임하고 나선 것이다. 이들은 드디어 혁신을 위한 비상시를 발동시켰다. 쿠데타로 주권을 장악한 세력이 기왕의 법질서를 정지시킴으로써 시작되는 비상시는 혁명적 과제를 수행하려고 신생활운동이 요청했던 비상시와는 다른 것이었다. 무엇보다 새로운 법에 의한 '개혁'이 즉시 시행되었기 때문이다. 당장 '국가재건비상조치법'에 의해 부정축재자와 깡패를 잡아들였고 소비풍조의 척결이 명령되는가 하면 반공을 앞세운 배제와 구금이 이루어진다.

새 주권세력은 군사혁명이 민주당정권의 무능과 부패, 그로 인한 사회적 혼란이 초래한 국가적 위기를 타개하려는 절박하고 필연적인 선택임을 주장했다. 쿠데타 세력이 대중을 향해 자신들의 위치와 생각을 알리려 했을 때 혁신담론의 답습 내지 전유는 불가피했다. 혁신이야말로 대중을 획득하기 위해 반드시 필요한 주제였기 때문이다. 국가재건최고회의의 의장으로 취임한 박정희는 군사혁명의 목표가 정치적 부패와 무능을 일소하고 경제적 발전을 이루어 "진정한 민주복지국가를 건설"[292]하려는 데 있다고 밝힘으로써 대중의 원망을 거스르지 않았다. 다수 피해대중의 입장에서 혁신의 수행을 약속한 것이다. 더불어 군사혁명은 반공이 국가존립과 발전의 절대적인 조건임을 확인시켰다. '진정한 민주복지국가'는 체제의 승리를 이루어야 하며 따라서 마땅히 반공의 동의어여야 했다. 군사혁명위원회는 반공체제를 재정비강화하고 구악을 일소하여 민생고를 해결하는 등 과업이 성취되면, 양심적 정치인에게 정권을 넘기고 본연의 임무로 복귀하겠다는 뜻을 밝혔다.[293] 그러나 이는 기왕의 모든 법과 권한을 정지시킨 군사혁명위원회, 곧 쿠데타 세력이 (정권을 넘길 수 있는, 따라서 그렇게 하지 않을 수도 있는) 예외적인 위치에 있음을 알린 것이기도 했다.

군사쿠데타에 대해 상당수의 지식인들은 정도는 다르지만 긍정적인 반응을 보였다. 물론 그들의 기대는 대체로 급진적인 개혁의 가능성을 바라본 것이어서 쿠데타 세력의 정세판단이나 역사인식을 그대로 추인했다고 말할 수는 없다. 그러나 '강제'와 '지도'의 필요에 대해서는 일정한 공감이 있었던 듯하다. 예를 들어 신일철은 그간 '방임된 자유'가 근대 시민사회를 유지할 수 있도록 하는 사회적 양심을 마비시키는 데 이르렀다고 진단하면서, 군사혁명은 "자유를 확대하기 위한 자제력"[294]이 필요

292 박정희의 국가재건최고회의 의장 취임사(1961. 7. 3.), 『한국군사혁명사』 제1집(하), 국가재건최고회의 한국군사혁명사 편찬위원회, 1963, 36쪽.

293 「군사혁명위원회 성명 발표」(1961. 5. 18.), 『한국군사혁명사』 제1집(하), 7쪽.

294 신일철, 「후진국의 정신혁명」, 『한국혁명의 방향』, 중앙공론사, 1961, 7, 21~23, 28~29쪽.

하게 된 상황을 해결하는 후진국의 경로라고 주장했다. 여러 후진국이 그러하듯 '특별한 영웅적 지도자'의 리더십이 절실하다는 생각이었다. 한편 군사혁명이 '현실의 썩은 환부를 과감하게 도려내는 대수술'을 감행하고 있다[295]는 예찬에서부터 이 '재건혁명(군사혁명)'의 정신은 곧 4.19의 정신이며 미완으로 남겨진 4.19의 과제를 해결하려는 것[296]이라는 해석도 잇따랐다. 혁명이 군사작전과 같이 전격적으로 수행되리라 기대한 이러한 반응들은 사실 쿠데타 세력이 확보하고 있는 예외적 위치에 대한 두려움을 표한 것이기도 했다. 이제 혁신은 고급차를 세우고 양단치마에 먹물을 뿌리는 정도로 진행될 일이 아니었다.

예외적 위치에서 발동되는 권력에는 장애가 있을 수 없다. 혁명의 기적은 군사쿠데타라고 하는 예외적 사태를 통해 목격된 '힘'의 찬미를 통해 꿈꾸어진다. 4.19와 5.16을 혁명으로 묶어 부른 이어령에 의하면 이 비상한 역사적 전환은 '잠자던 거인이 탄생'하는 계기가 될 것이었다. 육신을 태워 그 재 속에서 솟구치는 불사조처럼 대중의 질적 쇄신을 통해 새로운 인간형이 출현하리라는 전망이었다. 과거를 단번에 떨쳐내는 순간적인 비약을 꿈꾼 것이다. 비약은 비상시이기에 가능했다. 전면적이고도 격렬한 전환을 통해 열릴 밝은 미래의 비전을 제시하는 그의 목소리는 자못 엄숙하게 예언자의 흉내를 내고 있다.

> "우울한 환몽은 가고 거인의 손과 발은 대지 위에 놓여질 것입니다.
>
> 거인의 고립은 끝나고 깃발처럼 불꽃처럼 그 행동은 새로운 상황

295 손우성, 「현 상황을 타개하는 길」, 위의 책, 83~84쪽.

296 강상운, 「국가재건의 정치적 방향」, 위의 책, 127~128쪽. 군사혁명만을 혁명이라고 명명하려는 의도에서 4.19는 혁명이 아니라 학생의거로 제한해 불리기도 한다.

을 불러일으킬 것입니다.

이 눈뜬 거인은 지난날의 그것처럼 결코 부패 속에서 자라나는 박테리아가 아닐 것입니다. 유약(濡弱)과 퇴폐의 패각(貝殼) 속에서 안일과 환몽을 방황하는 병든 달팽이가 아닐 것입니다. 또한 이 거인은 빈곤과 붉은 손의 침략 앞에서 무기력한 은둔으로 패배주의를 선택하고 앉아 있는 썩은 목상(木像)이 아닐 것입니다.

눈뜬 거인(새로운 인간형)은 그리하여 내일을 설계할 것입니다. 목전의 유안(愉安)을 버릴 것입니다. 푸성귀 같은 대지와 입을 맞추고 모든 불가능에 도전하고 꿈속에서나 있던 행복한 풍경을 스스로의 손에 의해서 실천해낼 것입니다."[297]

쿠데타 세력의 국가재건프로그램의 일환으로 발동된 것이 재건국민운동이다. 국민들을 '새로운 인간형'으로 거듭나게 하는 의식개혁이야말로 국가재건의 시급한 선결과제라는 생각에서였다. 역시 주의주의적인 입장에서 요구된 의식개변은 전면적인 정신개조를 기획한다. 정신개조는 조직적이고 집단적으로 수행될 과제였고 국민전체를 '재건'하는 데 이르러야 했다. 국민의 재건이란 혁신담론의 주된 테마였던 국가의 발전을 위한 행보가 무엇보다 먼저 국민의 혁신을 통해 시작될 것임을 알린 슬로건이었다.

1961년 6월 11일 「재건국민운동에 관한 법률」이 공포됨으로써 국가재건최고회의의 산하기구로 조직되는 재건국민운동은 국민재건의 프로그램을 가동시킨다. 운동본부 아래 전국에 지부가 세워지고 재건청년회와 재건부녀회가 결성되어 2년이 지난 1963년에는 조직원만 350만 명에

297 이어령, 「새로운 인간형의 모색」, 위의 책, 113쪽.

이르게 된다. 재건국민운동은 사상이념 교육과 정신개조, 생활개선 등을 목표로 하는 한편 향토개발사업(개간, 조림, 농로 개설 등)을 전개했다. 신생활운동에서처럼 주체적인 내핍은 생활개선의 과제였으나, 내핍에 그치지 않고 생산의 여건을 개선하는 '개발'이 도모된 것이다. 국민은 개발이라는 보다 적극적이고 공격적인 선택에 참여해야 하는 존재가 된다. 그런데 국민운동의 요강[298]에서도 드러나듯 개발의 방향을 궁극적으로 규율한 것은 반공이었다. 반공이 발전시켜야 하는 국가의 토대였기 때문이다. 용공적인 태도는 물론 이른바 중립사상 또한 단호히 배격되어야 했다. 정신개조는 반공으로 귀결되어야 했던 것이다. 결국 '국민의 재건은 공산주의와 싸우기 위한 것'[299]이 된다. 재건국민운동은 반공의 국민적 조

© 국가기록원

직화를 기도함으로써 국가의 발전이 반공을 통해 가능한 것임을 주장한다. 초대 본부장을 맡은 유진오로부터 유달영과 이관구에 이르는 지도적 인사들은 이런 입장을 일관되게 견지했다.[300]

재건국민운동본부의 요직에는 현역군인들이 적지 않았으나 한편으로 재건국민운동이 민간운동이어야 한다는 점도 강조되었다.[301] "군사혁명을 국민혁명으로 승화시키려 하는"[302] 것이 재건국민운동이라는 이관구(3대 본부장)의 설명처럼 이 운동을 단지 관 주도가 아닌 주체적이고 자발적인 국민운동이자 비정치적인 계몽운동으로 이끌려는 지향도 없지는 않았다. 요컨대 국민혁명이라면 민간이 주체여야 한다는 생각이었다. 쿠데타 세력의 입장에서도 재건국민운동은 민간운동이어야 할 필요가 있었다. 국민의 조직화가 자발적으로 이루어지는 모습을 보일 때 군사혁명의 정당성과 필연성은 입증될 터였기 때문이다. 이런 이유로 재건국민운동에서 강제와 자발성은 모순된 결합을 보였다. 그러나 재건국민운동은 쿠데타 세력이 선 예외적 위치에서 발동된 것이었다. 즉 '5.16을 계기로 정당 및 사회단체의 활동이 정지된' 상황에서 재건국민운동조직이 그 공

298 '범국민운동의 요강'은 다음과 같았다. 1. 승공민주이념의 확립 2. 내핍생활의 여행 3. 근면정신의 고취 4. 생산 및 건설의식의 증진 5. 국민도의의 앙양 6. 정서관념의 순화 7. 국민체위의 향상.

299 고재욱, 「조용한 혁명의 물결」, 『재건국민운동』, 재건국민운동본부, 1963, 10쪽.

300 유진오는 재건국민운동에 대해 '가장 짧은 기간 동안에 우리 국민들에게 민주국가의 공민으로서 당연히 갖추어야 할 자질을 갖추게 하는 데' 그 의의가 있다고 말한 바 있다. 유진오, 「국민운동의 기본이념」, 동아일보, 1961. 7. 15. 유진오의 반공적 입장에 대해서는 허은, 「'5·16군정기' 재건국민운동의 성격 — '분단국가국민운동' 노선의 결합과 분화」, 『역사문제연구』 11호(역사문제연구소, 2003. 12.)의 15~16쪽.

301 허은의 위의 글은 재건국민운동이 기왕의 평가와 같이 관제운동의 성격만을 갖는 것은 아니라는 점을 강조하고 있다. 학생들의 신생활운동을 적극적으로 지지했을 뿐 아니라 또 일군의 인사들과 '신생활협의회'를 조직하기도 했던 유달영 등에게 재건국민운동은 하나의 기회일 수 있었다는 것이다.

302 이관구, 「국민혁명의 주체의식을 재확인하자」, 『재건국민운동』, 1쪽.

백을 채워야 한다는 것[303]이 실제로 이 조직을 움직인 주권세력의 의도였다. 재건국민운동은 애당초 민간운동일 수 없었다.

혁신담론을 전유함으로써 전개된 재건국민운동은 주체적인 내핍과 생활합리화, 경제적 독립, 후진국을 벗어나는 근대화 등의 목표를 수용했다. 재건국민운동의 지도자들은 생산적이고 건설적인 마음가짐으로 '민주복지국가를 달성'하자고 반복해 외쳤다. 혁신은 재건국민운동에서도 강제되어야 마땅한 것이었다. 그런데 이제 마땅한 강제는 분명한 방법과 조직적 지원, 그리고 법적 뒷받침을 갖게 된 것이다.[304] 한 예로 지역 지도자를 기르는 합숙 훈련소[305]가 운영되기도 했다. 강제의 조직화는 설득이나 호소, 분노 등을 필요로 하지 않았다. 대신 교육과 훈련의 확대가 시행되었다.

재건국민운동이 혁신담론을 전유하는 과정에서 서사적인 재구축은 진행되었다. 예를 들어 기왕의 혁신담론과는 달리 국가를 전경화함으로써 반공이 부각되었던 것이다. 반공국가의 국민은 반공에 의해 결속된 공동체여야 했다. 국민을 반공의 공동체로 호명함으로써 신생활운동이 교

303 심이섭, 「조직활동의 강화를 위하여」, 『재건통신』 1호, 1962. 1. 8쪽. 심이섭(沈怡燮)은 1961년 10월 임명 당시 현역 육군대령으로 본부운영부장, 차장(본부장 다음의) 등을 맡은 조직의 실세였다.

304 재건국민운동조직은 지방의 지부들을 개설했는데 지부 산하에는 각급 행정구역단위마다 촉진회를 두었다. 이후 각급 촉진회에 부녀부를 신설하는 준칙의 개정이 있었다. 이는 식민지에서의 '애국반'을 연상시키는 것이기도 했다. 1937년 신사참배와 더불어 조직되기 시작한 애국반이란 '국민정신총동원조선연맹본부' 산하 도(道)나 부군(府郡), 읍면(邑面), 동정리(洞町里)로 이어지는 피라미드 조직 아래 10가구씩을 묶은 '최소의 세포조직'을 말한다. 애국반원들은 서로를 전우(戰友)로 부르기도 했고 정기적인 반상회(班常會)를 가졌다. 내선일체(內鮮一體)의 입장에서 국민사상을 진작해야 하는 애국반의 과제는 생업보국(生業報國)이나 근로봉사, 애국저축, 물자절약, 불평금지 등이었다. 「국민정신총동원 조선연맹본부 방문기」(『삼천리』, 1938. 10. 1.) 참조.

305 『재건국민운동』, 30쪽.

정의 표적으로 삼은 일부 특권층과 소비대중의 구획은 흐려지고 만다. 소비대중과 피해대중을 투쟁적 관계로 본다든지, 피해대중의 투쟁을 고무하는 시각은 당연히 삭제되어야 했다. 반공으로 결속되어야 할 국민에게 내부적 갈등이란 있을 수 없는 것이었기 때문이다.[306] 국가의 발전은 곧 반공발전을 의미했다. 그리고 그 방법으로 제시된 개발은 다른 선택의 여지가 없는 것이었다.

재건국민운동을 통해 거듭해 쓰이고 읽힌 이야기들은 역시 '위로부터' 발화된 것이었다. 그런데 혁신의 절실함을 말하는 화자들은 청유(請誘)의 태도를 취하기보다 명령의 어조를 더 자주 선택했다. 5.16 이후의 혁신담론에 삽입된 특징의 하나는 군사주의(militarism)이다. 예를 들어 재건국민운동 과정에서 가장 오래 본부장을 맡았던 유달영은 혁명과업을 종종 전쟁에 비유했다. '우리가 전선에 섰다'거나 '자신의 생사와 국가의 흥망을 결하는 싸움에 온 역량을 기울여야 한다'[307]는 식이었다. 혁명의 시간은 곧 전시(戰時)였다.

> "우리는 지금 죽느냐 사느냐 하는 마지막 언덕 위에 서 있습니다. 우리는 이 언덕에서 한 발자욱도 뒤로 물러설 수 없는 형편에 놓여 있습니다. (중략)
>
> 4월 혁명에 의해서 우리는 민족갱생의 새로운 서광을 기대했으나 꽃다운 젊은 학생들의 순국의 피는 그대로 썩은 정객들의 탐욕과 분쟁

306 물론 국민으로의 균질화 과정이 계층이나 계급의 해체를 지향한 것은 아니었다. 두루 알다시피 박정희 시대의 개발정책은 오히려 복잡한 사회분화와 계급적 대립과 갈등을 촉진한다. 국민은 이러한 계층분화 내지 계급적 균열의 심화를 외면하게 하고 이념적으로 봉합하려는 기표가 되었다. 즉 국민의 호명은 노동계급의 희생을 요구했던 것이다.

307 유달영, 「개척자의 길」, 『재건통신』 2호, 1962. 2. 1쪽.

에 의해서 여지없이 짓밟히고 말았습니다. 무자각한 국민들의 사치, 허영, 음란, 폭력, 패륜, 극단적인 이기주의, 무제한의 자유의 남용에 의해서 혁명의 불꽃은 사라지고 말았습니다. 수다한 실업자는 도시마다 들끓고 농촌은 무지와 빈곤으로 뒤덮였습니다. 다행히도 5월 혁명은 이 난마처럼 뒤얽힌 위기에서 마지막 혈로를 열어놓은 것입니다."[308]

4.19의 불꽃을 사그라지게 한 것은 국민들의 잘못이었다. 5월 혁명은 기왕의 잘못을 교정하는 '마지막 혈로'이니 누구도 빠짐없이 운명을 가르는 목표를 위해 매진해야 한다는 이야기였다. 유달영은 '무자각한' 국민들의 책임과 상황의 긴급성을 부각함으로써 혁명적 과제 해결에 매진할 것을 요구한 동시에 이를 해결할 군사주의적 강제의 정당성을 주장한 것이다. 그가 표현한 '사느냐 죽느냐'의 전쟁은 국가 존망을 가르는 것이었으므로 '잘못을 저지른' 국민들에 대한 강제는 불가피하거나 필수적이 된다. 즉 이러한 긴급의식(spirit of urgency)[309]은 전쟁을 수행하는 군사주의적 방식에 이의나 의문을 갖지 말 것을 명령하고 있었다. 나아가 긴급한 상황을 해결할 때까지 전쟁이 끝날 수 없는 것이라면, 그는 군사주의를 관철시키는 예외상태가 지속되어야 함을 에둘러 언급한 셈이다.

308 유달영 본부장의 취임사, 「새로운 결의와 반성의 새 출발」, 『재건생활』 7호, 1961. 10. 2쪽.

309 목표에의 일사불란한 매진을 요구하며 실수나 오류를 허용하지 않는 긴급의식(spirit of urgency)은 소비에트 러시아에서의 이른바 혁명 과정을 설명하며 그 정신적 기반으로 지적되었던 것이다.(Rufus W. Mathewson, Jr., *The Positive Hero in Russian Literature*, Stanford University Press, 1975, p. 5.) 지금 어떻게 하느냐에 따라 죽고 사는 길이 갈린다는 식의 긴급의식은 재건국민운동과정에서 일관되게 드러나 보인다. '떨어지면 무조건 죽는다'는 절박한 위기감이 번번이 조성되었던 것이다. 한 예로 재건국민운동 전라북도 교육원인 강사 강경래가 강연교안으로 쓴 「너와 내가 할 국민운동」, 『재건통신』 7호, 1963. 7. 참조.

혁신담론이 요청한 예외 상태 속에서 특별한 지도자의 역할은 부각될 수 있었다. 혁신의 주체로 제시된 지도자는 바른 길로 국민들을 이끌 뿐 아니라 국민들의 잘못을 일거에 해결할 존재였다. 탁월한 지도력은 물론 경륜과 인격을 갖춘 지도자를 따르는 것이 국민의 도리였다. 유달영은 '다행스럽게도 박정희 의장의 겸허, 정직한 인격을 온 국민이 점차 믿게 되었다'(3쪽)고 말한다. 재건국민운동의 과제가 "민족에게 든든한 척추를 만들어 넣"(3쪽)는 데 있다는 소신을 밝힌 그에게 이 긴급한 임무는 예외적 위치에 선 지도자를 좇음으로서 수행될 것이었다. '군사독재의 가능성을 우려'하는 여론이 있음을 언급했음에도 불구하고 그는 결국 군정 혹은 군사주의가 국민을 생체적 수준에서 쇄신시킬 기회를 제공하리라 기대한 것이다.[310] 그렇기에 그는 '4월 혁명'을 이룬 학생들을 향하여서도 "5월 혁명은 곧 그대들 혁명의 미완성을 완성으로 이끄는 과정"이므로 "재건국민운동의 용감한 전위부대가 되어야 할 것"(6쪽)이라고 말할 수 있었다.

재건국민운동은 이른바 민정이양(1963. 12.)과 함께 사실상 끝나고 만다.[311] 그것이 예외상태에서의 운동이었던 탓이다. 그러나 '군정이 끝났다고 해서 혁명과업이 완수된 것은 아니었다.'[312] 혁명(전쟁)을 지속하기 위해서는 이 과업을 이끌고 추진할 옳은 지도자와 마땅한 (군사주의적)

310 재건국민운동에 참여했던 유진오나 유달영이 생각한 혁신의 방향이나 국민개조의 이상이 결과적으로 드러난 쿠데타 세력의 그것과 같았다고 말할 수는 없다. 그러나 재건국민운동이 계획되고 진행되었던 동안 그들의 기대와 쿠데타 세력의 인식 사이에는 일정한 교집합이 있었다고 보지 않을 수 없다.

311 재건국민운동은 1964년 민간운동으로 전환된다. 군정기간 동안 박정희는 재건국민운동에 지속적인 관심을 보였다. 허은의 논문에 의하면 그는 민정이양이 이루어질 때까지 대민기구인 재건국민운동 조직이 와해되는 것을 원치 않았다는 것이다. 앞의 글, 35쪽.

312 「민주주의 교육특집」, 『재건통신』, 1963. 9. 27쪽.

강제를 받아들일 국민이 필요했다. 결국 국민의 혁신은 새 지도자의 추대로 확인될 것이었다. "새 집의 관리는 새롭고 양심적인 유능한 사람에게 맡겨야겠는데 그런 사람은 새롭고 양심적인 사람만이 발견할 수가 있"[313]다는 주장이었다. 국민의 혁신이 강요될 수 있었던 상황에서 예외상태는 잠재적으로 지속되고 있었다. 혁명의 지도자는 언제든 필요하다면 예외의 시간을 발동시킬 것이었다.

313 위의 글.

4

비애, 혹은 '감수성의 혁명'

1963년 12월 17일 박정희의 제3공화국은 출범한다. 민정이양은 군정의 주도자를 대통령으로 만들었다. 박정희가 전폭적인 지지를 얻었던 것은 아니지만 그의 당선은 군사혁명에 대한 대중적 기대가 상당했음을 말하는 결과였다. 즉 이는 농촌으로 하여금 궁핍에서 헤어나게 하고 산업화를 통해 경제적 자립을 달성해야 한다거나, '경제적 공익화(公益化)'로 '소득의 균등'을 이루는 '협동적 복지사회질서'를 건설하자는 박정희의 청사진이 일정하게 대중적인 공명을 얻었다는 뜻일 수 있다. 사실 박정희가 스스로 군정 2년간의 '중간결산'을 하면서 '병태아(病胎兒)'로 출발한 제2공화국이 '지도력의 빈곤'을 노정하여 '폐허'가 된 한국 사회를 방치했다고 비판했을 때, 혹은 이제 '퇴영, 조잡, 침체'의 길을 걸어온 '민족의 과거'를 전격적으로 척결해야 하지 않겠느냐고 외쳤을 때, 이를 반박할 수 있는 사람은 드물었다. 그렇지 않다면 어떤 '지위도 바라지 않고' 오로지 '국민의 의사에 복종하겠다'는 그의 '사심 없는' 심경고백이 진솔해 보였거나, '전 국민의 피와 땀과 인내'를 요구한 이 지도자의 우국충정에 동감하였을 수도 있다.[314] 여하튼 국민으로 불린 대중들은 이제 원하든 않든 박정희 정권에 의해 조직되고 가동된 혁신의 기계를 굴리는 일부분이 되어야 했다. 박정희 정권은 1964년 10월 베트남 파병을 결정하고 한일국교정상화를 추진하여 1965년 6월 협정의 조인이 이루어진다. 경제적 자립과 민주복지국가의 건설을 위한 선택은 미국, 일본과의 정치적이고 군사적인 불평등거래로 시작되었다. 물론 이는 외자도입의 방법이기도 했다. 그러나 군사 프롤레타리아(military proletariat)[315]와 식민지 역사를 매도(賣渡)함으로써 시작되는 국가재건, 혹은 산업화는 피해대중을 위한 '경제적 공익화'라든가 '복지사회' 건설이라는 목표와는 거리가 먼 선택이었다.

베트남 파병과 한일국교정상화가 혁신을 위한 정책적 선택이었다면 4.19 이래 요구된 마땅한 강제는 드디어 제3공화국에 의해 비로소 실행되기에 이른 것이다. 혁신이 사느냐 죽느냐를 가르는 긴급한 과제였던 만큼 이 정책들은 격렬한 비판과 반대가 있었음에도 불구하고 전격적으로 관철되었다. 반공에 입각한 민주복지국가의 건설이라는 국가적 목표가 이미 승인된 만큼 누구도 이를 실현한다는 국가정책을 거슬러서는 안 되었다. 국민에게 혁신은 국가정책을 충실히 따름으로써 성취될 것이었다. 쿠데타를 군사혁명이라고 외치며 국민을 호명한 '강제적 균일화[316]의 과

314 위의 인용은 이 시기에 출간된 박정희의 두 저서, 『우리민족의 나갈 길』(동아출판사, 1962)과 『국가와 혁명과 나』(향문사, 1963)의 이곳저곳에서 박정희가 국민들을 대상으로 발언한 내용을 발췌한 것임.

315 Lee, Jin-Kyung, *Service Economies; Militarism, Sex Work, and Migrant Labor in South Korea*, University of Minnesota Press, 2010, p. 3. and chap.1 "Surrogate Military, Subempire, and Masculinity."

정이 혁신 그 자체를 전유하고 그에 대한 논의를 장악해버린 결과였다. 혁신은 더 이상 대중적 논제가 될 수 없었다.

이른바 민정이 시작된 지 1년 여가 지난 시점에서 쓰인 김승옥의 단편소설 「서울 1964년 겨울」[317]이 그려낸 인물들에게 혁명은 더 이상 그들의 일이 아니다. 그들은 무기력하고 우울할 뿐이다. 마치 그들은 어떤 것도 바뀌지 않은 공허하고 고통스러운 현실로 돌아온 비애를 감추고 있는 듯하다.(짐짓 무심한 인물인 구청직원 '나'를 초점화자로 하여 우울한 대학원생과 절망에 빠진 서적 외판원을 그리고 있는 시선의 구도 역시 비애를 대상화하려는 소설적 장치로 볼 수 있다.)

소설의 무대인 '모든 욕망의 집결지'(258쪽) 서울은 동시에 '실의(失意)'(255쪽)의 공간일 수밖에 없다. 욕망들이 실현되는 일은 없을 것이기 때문인데, 동시에 이 실의의 감정은 모든 것이 빠르게 바뀌고 사라져가는 데 대한 유감의 표현이라는 생각도 해볼 만하다. 정지가 곧 죽음[318]이 된 가운데서 산다는 것은 이 속도와 함께 밀려가야 함을 전제한다. 실의는 그럴 수밖에 없는 자신을 바라보는 우울한 심정의 드러남이다. 차가운 바람만 세차게 부는 도시 속의 피난처인 양 그려진 포장마차에서 우연히 만난 '나'와 대학원생이 누구도 확인이 불가능한 거리 일우의 스냅샷과 같은 장면 세부의 모습을 상상적으로 제시하며 그에 대한 소유를 운운하는 장면은 자신들이 시간과 공간의 불확정한 유동 속에서 무력하게

316 Yasushi Yamanouchi, "Total-War and System Integration: A Methodological Introduction", *Total War and 'Modernization'*, Yasushi Yamanouchi, J. Victor Koschmann, Ryuichi Narita, eds. East Asia Program Cornell University, 1998, p. 3.

317 여기서는 김승옥, 『서울 1964년 겨울』(창우사, 1966)을 텍스트로 했음. 쪽수는 인용한 부분 뒤에 병기함.

318 Paul Virilio, *Speed and Politics*, Translated by Mark Polizzotti, Semiotext, 2007, p. 38.

떠내려가고 있음을 역설적으로 인정하는 것으로 읽힌다.

도시의 유동이 모든 것을 소진(消盡)시켜 갈 것인 한 소진의 장소로서의 도시는 이미 폐허이다. 폐허 속의 대중들은 서로에 대해 무심할 수밖에 없으며 그런 만큼 소외된 익명으로 존재한다. 어떤 안정도 찾기 어려운 상황에서 일상은 목적지가 없는 여행이 된다. 추운 밤거리를 '한 바퀴 돎'(264쪽)으로써 생(生)을 느끼고 마지막에는 여관에서 자고 가는 프로그램이 '나'의 취미가 된 사정 역시, 막연한 욕망에 휩쓸려 어디로 돌아가야 할지 알지 못하는 방랑을 계속해야 하는 것이 대중의 상황이었음을 말한다. 이야기는 '나'와 대학원생 앞에 가난한 서적 외판원이 등장함으로써 본격화되는데, 이 잠정적 동반자는 유동의 시간이 언제든지 파국에 닿는 시간일 수 있음을 보여준다. 사랑하는 아내를 잃은 그는 아내의 시신을 판 돈조차 그날 밤 안에 다 써버리려 작정한다. 돈을 소비하는 짧은 여정(화재라는 재난의 장면과 엮이는)을 통해 빠르게 파국을 향하는 소설의 이야기는 대중이라는 벙어리 군상이 실상 소진 — 파국의 과정 속에 있음을 새삼 일깨운다. 과연 혁명은 그들의 것이었던가? 그랬든 아니든 그들은 산업화(전쟁)의 시간이 본격화되기도 전에 이미 산화(散華)된 일종의 잔여물들로 그려진 것이다.

"감수성의 혁명"[319]을 보여주었다는 이 소설에 대한 평가는 그것이 폐허에 대한 알레고리로 쓰인 점을 지적한 것일 수 있다. 사실 이 소설은 형식적으로도 알레고리적인 기표, 즉 파편들로 이루어져 있다. 플롯은 사건들이 우연하게 이어지는 병치(竝置) 구조로 나타나며, 도시의 밤거리나 예를 들어 화재 현장 또한 전체적인 장면으로서가 아니라 빛이 명멸하는 판타스마고리아(幻燈 phantasmagoria)적 형상, 혹은 몽타주 내지 모자이크

319 유종호, 「감수성의 혁명」, 『비순수의 선언』(유종호 전집 1), 민음사, 1995.

된 세부로 제시된다. 이 소설에서 산화된 파편들은 인상적이지만 아이러니하고 또 근본적으로 냉소를 불가피하게 하는 것이다. 파편들의 시간은 이미 끝나버렸기 때문이다. 이들을 향한 애도의 감정을 숨김으로써 대상은 짐짓 무심하게 비춰지거나 또 그만큼 발랄한 감각적 색채를 입는다. 새로운 변화가 곧 파편화〔散華〕임을 보는 긴장(tension) 속에서 감수성의 혁명은 가능했다.

나와 대학원생이 그러했지만 파국을 짊어진 사내 역시 전개할 이야기를 갖지 않는다. 그들이 나누는 대화는 동문서답의 형식이 아니면 간결한 조각으로 흩어진다. 불 속에 (아내의 시신을 판) 돈을 던져버린 서적외판원은 마침내 파국 속으로 사라진다. 소설은 남은 두 사람이 이 믿음 없는 희생자에 대한 연민을 서둘러 차단하는 것으로 끝난다. 그것이 혁신의 속도가 일상을 지배하기 시작한 시대의 삶의 방식이었기 때문이다.

5

혁명이라는 과속(過速)/주술(呪術)

후진성 극복을 목표로 모더니티의 속도를 따라잡으려는 혁명은 하나의 '과속(過速)' 현상이며 이를 가능하게 하는 행위, 혹은 사건이었다. 혁신담론을 통해 혁명이 줄곧 이야기되었던 상황은 과속을 기대하고 상상하게 함으로써 그것의 관성을 작동시켰다. 혁명의 절실함과 정당성을 강조하는 이야기들이 요구한 마땅한 강제는 과속을 통해 시행될 수 있는 것이었다. 마땅한 강제가 요구되었던 가운데 과속은 결과적으로 불가피한 것이 된다. 마땅한 강제의 시행을 위해서는 예외적인 비상시 상태가 필요하고 그 상태가 지속되어야 했는데, 이런 예외상태야말로 그 자체가 과속의 상태, 과속의 관성을 관철시키는 상태였기 때문이다.

5.16군사쿠데타로 인한 예외상태는 과연 단번에 신속하고 전면적인 변화를 진행시켰고 앞으로도 끊임없는 혁신이 이어질 것을 예고했다. 그러나 과속의 상황에서는 마땅한 강제가 실제로 마땅한지 혹은 그렇지 않

은지 살필 시간 역시 주어질 수 없었다. 그렇기에 혁명의 시간은 마땅한 것에의 지향보다 과속의 관성으로 남을 것이었다. 혁명이 그저 과속의 관성을 작동시킬 때 혁명은 주술(呪術)이 될 수밖에 없었다.

의식의 혁명을 통해 생활을 바꾼다는 주의주의적 시도였던 신생활운동과 그 주장을 이은 재건국민운동에서 마땅한 강제는 자발적 참여를 요구했지만, 말 그대로 강제의 메커니즘을 내장하고 있었다. 마땅한 강제는 결국 강제를 정당화했다. 예를 들어 민족적 입장에서 마땅히 실행해야 할 사항인 듯했던 주체적인 내핍의 요구는 긴급의식과 군사주의적 통제의 결합을 통해 국민적 동원의 명령으로 화하게 된다.

혁명을 이야기하는 가운데서는 흔히 복지민주주의 건설이 그 목표로 여겨졌고 이로써 피해대중을 구원할 수 있으리라 기대했지만, 실제로 국가재건의 방법이 된 산업화는 주체적 내핍을 통해서가 아니라 다수 대중의 노동자화 — 국제적 노동 분업에의 복속을 통해 도모되었다. 박정희 정권은 베트남 파병과 한일국교정상화를 통해 외국의 경제원조(차관)을 얻어내고 수출경제정책을 펴는 한편 전면적인 개발주의(developmentalism)를 가동시킨다. 산업화와 개발은 미국을 위요한 일본과 한국의 냉전적 일체화라는 관계 안에서 이루어졌던 것인데, 베트남에 파견된 군사프롤레타리아들이 그러했듯 국민으로 불린 대중은 노동력 혹은 잠재적 노동력으로 그 관계 안에 배치되어야 했다.

그럼에도 불구하고 산업화가 여전히 혁명을 수행하는 방식으로 간주되고 도모되었던 사실은 놀랄 일이 아니다. 민족의 주체적 발전을 외치는 종족적 민족주의가 헌신을 요구하는 혁신담론을 추동했고, 계급분화와 사회분화가 가속되는 가운데서 노동대중을 관리하는 지배적 이데올로기로 작동했기 때문이다. 즉 산업화로 진행된 개발, 혹은 개발주의 또한 민족주의의 옷을 입고 있었다. 더구나 산업화를 통한 민족의 발전이 곧 반공을 실천하는 방법이었기에 누구도 이 혁명을 거슬러서는 안 되었다. 혁명을 앞세운 산업화시대에서 일상은 언제든 비상시여야 했다. 혁명이 주술이 된 가운데 국민으로 묶인 대중은 강제가 계속되는 과속의 시간을 벗어날 수 없었다.

과연 '엽전'들에게 혁명은 가당치 않은 것이었던가? 중심으로부터 주변으로 관철되었던 모더니티가 주변부를 불균등한 상황 속에 위치시키고 그 내부의 불균등성을 심화시킨 과정은 줄곧 폭력이 생성되어온 과정이었다. 이 굴레를 벗어나야 한다고 했지만 역시 폭력이 되고 만 혁명은 하나의 멜로드라마였다. 이 비정한 멜로드라마에 공허하게 휩쓸려가는 대중은 우울한 비애의 군상으로 드러난다. 그러나 그들이 혁명을 넘어서는 꿈을 꾸는 것이 불가능했다면 그들의 바람은 다시금 혁명이라는 고단한 멜로드라마를 진행시킬 수밖에 없었다.

참고문헌

자료

『경향신문』 기사.

김승옥, 『서울 1964년 겨울』, 창우사, 1966.

『동아일보』 기사.

신일철 외, 『한국혁명의 방향』, 중앙공론사, 1961.

안동일, 홍기범, 『기적과 환상』, 영신문화사, 1960.

『재건국민운동』, 재건국민운동본부, 1963.

『재건생활』, 재건국민운동본부, 1961.

『재건통신』, 재건국민운동본부, 1962.

지헌모 편, 『마산의 혼』, 한국국사연구회, 1961.

최인훈, 「회색의 의자」, 『세대』, 1963. 7.

황산덕 외, 『4월 혁명』, 4월 혁명동지회출판부, 1965.

논문 및 단행본

고명균, 「국민계몽대의 전개과정」, 『한국 사회변혁운동과 4월 혁명 2』, 한길사, 1990.

권명아, 『역사적 파시즘: 제국의 판타지와 젠더 정치』, 책세상, 2005.

김은경, 「1950년대 신생활운동 연구」, 『여성과 역사』 제11집, 2009. 12.

서중석, 『조봉암과 1950년대(하) — 피해대중과 학살의 정치학』, 역사비평사, 2000.

오창은, 「4.19 공간경험과 거리의 모더니티」, 『상허학보』, 30호, 2010.

유종호, 「감수성의 혁명」, 『비순수의 선언』(유종호 전집 1), 민음사, 1995.

천정환, 「'정상화' 와 금지: 1960년대 일본대중문화 수용과 독서문화」, 『동아시아 언어, 문학,

문화의 혼(混)·잡(雜): 교통의 현장과 번역의 역학』, 한국문학연구학회 제 82차 정기학술대회, 2011. 12. 3.

허은, 「'5·16군정기' 재건국민운동의 성격— '분단국가국민운동' 노선의 결합과 분화」, 『역사문제연구』 11호, 역사문제연구소, 2003. 12.

Lee, Jin-Kyung, *Service Economies; Militarism, Sex Work, and Migrant Labor in South Korea*, University of Minnesota Press, 2010.

Virilio, Paul, *Speed and Politics*, Translated by Mark Polizzotti, Semiotext, 2007.

Yamanouchi, Yasushi, "Total-War and System Integration: A Methodological Introduction", *Total War and 'Modernization'*, Yasushi Yamanouchi, J. Victor Koschmann, Ryuichi Narita, eds. East Asia Program Cornell University, 1998.

제7장

베트남 파병과 월남 이야기

1 국가적 스코프(scope) 안의 베트남전

2 아시아의 연대, 반공의 연대

3 개발로서의 파병

4 '황색거인'의 현실

5 대중의 기억과 월남전을 그린 소설들

1

국가적 스코프(scope)[320] 안의 베트남전

한국군 백마부대의 중위로 1967년 베트남의 야전병원에서 근무했던 한 참전자는 포로가 된 북베트남군(NVA)[321] 소령이 자신에게 내뱉었다는 아래와 같은 내용의 말을 2001년의 회고[322]를 통해 기억해냈다.

320 여기서 국가적 스코프(scope)는 베트남 전쟁과 베트남이라는 대상을 보고 드러내는 방법이 국가적 관점에서 제한되었고 따라서 베트남 전쟁의 양상과 베트남의 모습이 오직 이를 경유하여 제시될 수 있었음을 지적하는 입장에서 선택된 용어이다.

321 이 글에서는 베트남(전)과 월남(전), 남베트남과 북베트남, 베트콩 등의 용어를 쓰려 한다. 월남은 한국 참전 당시 쓰인 용어이자 명칭이다. 월남전은 베트남전의 역사적 표현인 셈이고 '월남 이야기'는 베트남에 대해 쓰인 당시의 이야기이다. 남베트남과 북베트남은 당시엔 흔히 월남과 월맹으로 불리었으나 후자는 혼란을 피하기 위해 쓰지 않기로 한다. 베트콩은 Viet Cong, 즉 베트남민족해방전선, 다시 말해 베트남 공산주의자(Viet Nam Cong San)의 뜻이다.

322 회고의 주인공은 Walter B. Jung이라는 미국 거주 의사로, 회고는 미국에서 이루어졌다. 그가 미국에서 생활했고 그의 회고가 한국이 아니라 미국에서 이루어졌다는 점은 회고의 내용을 어느 정도 규정했다고 보아야 할 것이다. 위의 인용문과 그의 증언은, Li,

'한국군은 베트남에 볼 일이 없다. 우리는 당신들의 적이 아니다. 당신들은 미제국주의자의 대포밥(fodder)으로 여기에 왔을 뿐이다. 당신들은 당장 당신네 나라로 돌아가야 한다.'

6.25 때 과자를 던져주던 그 미군들과 더불어 베트남에서 싸우게 된 데 감개해했다는 회고의 주인공은 이 북베트남군 소령을 향해 너희야말로 사이공의 합법정부를 파괴하려는 침략자라고 공박하면서 국제공산주의를 물리치는 자신들의 승리를 장담했다는 것인데, 상대의 단호한 반박이 이어졌음을 또한 적고 있다. '미군과 한국군은 전쟁에 이길 수 없고 그중 많은 수가 온전히 제 나라로 돌아가지 못하리라'는 소령의 단언은 과연 사실이 되었다. 소령의 에피소드는 그의 '간교한' 탈출음모가 발각되는 데서 끝난다. 그러나 그런 결말 때문에 소령의 말이 깎아내려지지는 않는다. 한국군을 미군의 대용품(surrogate)이자 불청객으로 규정한 발언은 한국군의 참전에 대해 많은 베트남 사람들이 가졌던 생각을 표한 것일 수 있다. 베트남 사람들의 생각을 중요하게 여기지 않은 한국군(인)들에겐 그 말이 잘 들리지 않았을 것이다. 소령의 발언이 한국군으로 참전한 사람의 입을 통해 되살려지기까지에는 오랜 시간이 흘러야 했다.

1965년부터 1973년에 이르는 동안에 누계된 5000명이 넘는 한국군 전사자의 수[323]는 한국에서 월남전을 말할 때 6만에 가까운 미군 사망자와 비교되곤 했지만, 150만 명에 이르는 베트남인 희생자의 숫자가 환기되지는 않았다. 한국인들에게 베트남전은 처음부터 끝까지 미국 내지 미국과의 관계를 통해서 비춰졌다. 베트남전이 미국의 전쟁이었고 한국군

Xiaobing, *Voices from Vietnam War: Stories from American, Asian, and Russian Veterans*, University Press of Kentucky, 2010, pp. 178~183.

323 국방부군사편찬연구소, 『통계로 본 베트남 전쟁과 한국군』, 2007, 41쪽.

은 그에 참여한 것이었기 때문이다. 공산주의의 불씨를 미연에 끄지 않으면 인도차이나와 아시아가 차례로 적화위협에 직면하리라는 도미노이론은 6.25를 겪은 한국에서 하나의 경구(警句)로 받아들여졌다. 북한과 맞서야 하는 한국 정부는 반공진영의 이른바 집단방위체제에서 전향적인 행보를 할 필요가 있었다. 이미 한국전쟁 직후인 1954년부터 이승만은 인도차이나에 대한 한국군의 파병을 계속해 제안한다. 미국에 의해 매번 거부되었던 그의 제안은 반공군사동맹에서 적극적인 역할을 함으로써 국가안보와 이익을 보장받으려 한 것이었다. 5.16군사쿠데타 이후 미국을 방문(1961. 11. 14.)한 박정희가 케네디에게 파병의사를 밝힌 이유 역시 다르지 않았다.[324] 베트남에서의 냉전적 긴장은 고조되어갔고 1965년에 이르면 베트남전은 본격적으로 미국의 전쟁이 된다.[325] 베트남은 미국이 주도하는 지구적 반공전선의 한 지역이었다. 마침내 한국군은 미군과 함께 그 전선에 나선 것이다.

베트남전선은 휴전선의 제2전선[326]으로 여겨지기도 했거니와, 정전(停戰)상태의 한국에서 파병은 '반공전쟁'의 재개를 의미하는 것일 수 있었다. 그러나 베트남 파병은 대중적인 반대에 부딪혔고 이른바 정치권에서는 파병의 득실을 따지는 논의가 벌어지기도 했다. 여기서 제기된, 파

324 이승만의 파병 제안과 박정희의 행보에 대해서는, 최용호, 『한 권으로 읽는 베트남 전쟁과 한국군』, 국방부군사편찬연구소, 2004, 135~141쪽.

325 Kevin Ruane, *War And Revolution In Vietnam 1930-75*, UCL Press, 1998, p. 72. 1950년부터 1965년까지 중국은 베트남 혁명의 주된 지지자였다. 1964년부터 소련도 베트남에 적극적인 원조를 시작함으로써 국제공산주의운동에서 중국을 견제하려 했다. 베트남은 냉전뿐 아니라 중소갈등의 무대가 되었던 것이다. 중국뿐 아니라 소련의 개입은 존슨 행정부로 하여금 미군을 증강케 했다. 베트남 전쟁의 미국화라고 말하는 시기는 대체로 1965년 여름에서부터 시작한다. 이 시기는 1969년 미군의 철군이 시작되고 전쟁이 베트남화(남베트남 군인들이 전쟁을 수행하게 되는)될 때까지 지속되었다.

326 민옥인, 『화제의 월남』, 금문사, 1966, 6쪽.

병이 한국군의 방위력을 약화시키고 전략적인 공백상태를 초래하여 휴전선에서의 힘의 균형을 깨트릴 수 있다[327]는 반대론은, 파병을 계기로 한미상호방위조약을 보강하여 한국의 안보에 관한 좀 더 확고한 보장을 받고 미국 측의 지원을 얻어낼 수 있을 뿐 아니라 베트남에 기업을 진출시켜 경제적 이득도 거둘 수 있다[328]는 찬성론에 의해 묻히고 만다. 참전의 반대급부로 기대된 미국의 지원은 안보를 강화하고 반공개발을 꾀하기 위한 조건이었다. 파병과 관련된 당시의 이런저런 문건들은 한국 정부의 베트남 파병 안이 의회를 통과(1965. 1. 26.)한 뒤 파병이 진행되고 또 증대되는 과정에서 미국의 존슨 대통령과 험프리 부통령 등으로부터 군사적이고 경제적인 지원에 관한 약속이 있었음을 적고 있다. 1966년 3월 7일 미국정부가 브라운 주한미국대사를 통해 한국 정부에 전달했다는 〈월남 국군증파 16개 선행조건〉에 들어 있는, "파병에 관한 경비는 물론 파병으로 인한 결손을 보충할 병력을 훈련하고 충당하는 비용 전액을 미국이 원화로 한국 정부에 공여하여 이를 한국 예산에 추가하여 계산한다."[329]는 조항은 그 약속이 구체화되어간 예의 하나다. 베트남 파병은 국가의 안보와 이익을 도모한다는 입장에서 한국 정부가 미국과 한 거래였다. 물론 이 거래에서 베트남 사람들의 문제나 그들의 현실이 고려되었던 것은 아니다.

327 원용석, 『월남전과 한국』, 원무임소장관실, 1966, 116~117쪽.

328 『오늘의 월남』, 공보부, 1966, 151쪽.

329 『오늘의 월남』, 152쪽. 그 밖에도 이 문서에 포함된 사항은 다음과 같은 것들이었다. "주월 한국군을 위한 물자 용역 장비 등을 한국 내에서 조달하며 주월 미군 및 월남군의 군수품도 한국제품의 구입을 위해 노력한다. 박정희 대통령이 1965년 5월 미국을 방문했을 때 미국이 제공하기로 한 일억 오천만 달러의 AID 차관을 조기 사용토록하며 더 많은 차관을 계속 제공한다. 한국인 민간기술자의 고용 및 용역의 기회를 확대한다. 한국의 수출진흥을 위한 기술 원조를 강화한다."

한국 정부에게 베트남 파병이 심각한 국가적 사업이었기 때문에 베트남은 애당초 국가의 시각을 통해 보여졌다. 베트남의 과거와 오늘, 베트남 사람들과 그들의 삶, 베트남전의 리얼리티는 국가적 차원에서 제시되고 국가적 상상력(national imagination)을 통해 비춰져야 했던 것이다. 국가적 상상력은 이미 일정한 틀과 시각을 제시한 것이어서 그 자체로 하나의 스코프(scope)가 되었다. 반공이라는 절대적 명분을 갖는 참전을 통해 국가적 도약의 발판을 마련해야 한다는 기대는 이 스코프를 좁힌 요인이었을 것이다. 일정한 의도와 입장이 관철된 국가적 상상력의 스코프 안에서 베트남 사람들은 아무런 발언권도 없었으며 누구도 그들에게 귀 기울이려 하지 않았다. 스코프를 통해 제시된 월남 이야기는 일방통행적인 것이었다.

이 글은 베트남 파병이 현재진행형인 상황에서 출간된 베트남 현지의 특파원 보고서와 종군기, 혹은 참전자의 수기 등을 분석하여 베트남(전)을 그려낸 월남 이야기의 양상을 비판적으로 조명하려는 것이다. 당시 문화공보부가 펴낸 『오늘의 월남』(1966)과 같은 책은 베트남에 대한 기본적인 정보 내지 정부의 시각을 밝힌 경우지만, 공식적인 월남 이야기와 개인이 쓴 월남 이야기의 구별이 그다지 큰 의미를 갖는다고 보이지는 않는다. 몇 편의 종군기나 수기는 개인적인 관점에서 쓰였음에도 불구하고 일정한 구도와 내용을 갖는 이야기를 반복함으로써 오히려 공식적인 스코프를 구체화했다. 즉 월남 이야기는 국가적 스코프가 특별히 세부적 지침을 제공함으로써 씌었다기보다 대중적 소통의 채널을 통해 형성되었다고 말하는 편이 옳을 것이다. 종군기나 수기가 한편으로 국가의 관점을 적극적으로 수용하면서 이를 구체화해 갔다고 할 때, 제기되는 물음은 어떻게 그러한 '참여'가 '국민적' 수준에서 진행되었던가 하는 점이다. 여기서는 일단 베트남전쟁을 전하는 스코프를 형성한 월남 이야기의 내용과 그것이 제시된 맥락을 짚어보려 한다.

월남 이야기는 '우리' 한국군대가 이국의 밀림 속에서 싸우는 현장의 모습을 전하기도 했다. 그러나 그렇다고 해서 전투를 땅바닥에서 겪은 병사들의 생생한 육성이 옮겨지거나 겁에 질렸던 내면이 그려졌던 것은 아니다. 월남 이야기는 개인의 '좁은' 시각이나 '지엽적인' 경험을 수용할 수 없었다. 시각을 조정하고 보는 내용을 배치하는 상상력은 일종의 집단적인 압력 속에서 작동했다. 이 집단적인 압력이 정책적으로 조성된 것만이 아니라면 국가적 상상력은 또한 사회적 배경을 갖는 것이었다. 그렇게 제시된 스코프 안의 풍경들이 반복되면서 월남 이야기는 테마를 갖추고 디테일을 증식시켰다고 보이는데, 베트남전에 관한 여러 신화는 이렇게 만들어진 것인 듯하다. 예를 들어 자랑스럽게 전해진 한국군의 놀라운 무용담은 월남 이야기가 만들어낸 신화의 하나일 것이다. 월남 이야기는 영화라든가 소설 등에 관철되어 베트남과 베트남전에 대한 상상을 대중화하고 그럼으로써 합법화했다.

미국의 경우, 베트남전쟁은 첫 텔레비전 전쟁이었다. 매일매일 수백만의 가정에 검열되지 않은 전투와 파괴의 장면이 전송되었던 것이다.[330] 누구나 세계 초강대국이 아시아의 작은 농업 국가를 파괴하는 스펙터클을 접할 수 있었던 가운데 1960, 70년대 미국의 뉴 레프트와 반전 베테랑들은 베트남전쟁을 자본주의 체제의 이익을 도모하려는 제국주의 전쟁으로 비판할 수 있었다. 미국의 베트남 참전병사들은 미국 군대의 도덕적 덕성을 허무는 소외된 그룹이 되었다.[331] 그러나 한국 사회는 베트남전쟁과 관련한 비판을 사회적 이슈로 만들어내지 못한다. 1970년대 초

330 Patrick Hagopian, *The Vietnam War in American Memory*, University of Massachusetts Press, 2009, p. 12.

331 Ibid, p. 49.

미라이(My Rai) 학살 사건(1968. 3. 16.)이 밝혀졌을 때에도 한국군이 베트남에서 거두었다는 '빛나는 전과'가 재고되지는 않았다. 베트남전을 수행한 한국군 병사들이 오랜 시간이 지난 뒤까지 증언이나 고백에 나선 경우가 매우 드물다는 사실[332]은 월남 이야기가 그들의 기억을 덮어버린 시간이 그만큼 길었다는 뜻으로 새겨야 할 것이다.

이 글은 월남 이야기에 의해 왜곡되고 은폐된 숨은 진실을 밝히거나 베트남전에 참여한 병사들의 구체적이고 생생한 목소리를 복원하려는 것이 아니다. 월남 이야기를 제시한 스코프를 살펴 그 내용을 재구성해봄으로써 월남 이야기가 만들어지고 증식되는 데 작용한 메커니즘을 조명해보려는 것이다. 다시 말하지만 월남 이야기는 그저 베트남(전)을 알리는 이야기가 아니었다. 적어도 당시의 한국인들에게 베트남은 반공전쟁의 전선이면서 동시에 국가적 사업과 활동의 무대였다. 베트남이 한국과 겹쳐졌기 때문에 월남 이야기에서 베트남은 한국인을 투사해내는 공간이었다. 월남 이야기란 한국인의 베트남을 그려낸, 베트남에서의 한국(인) 이야기였다고 해야 옳다. 결국 월남 이야기의 분석은 당시 한국 사회의 일면을 들여다보는 일이 아닐 수 없다. 월남 이야기에서 나타나는 한국(인)들의 시선과 그 배면의 동학을 살필 때 이를 만들어낸 메커니즘—특히 사회적으로 작동한 집단적 압력의 윤곽에 다가설 수 있지 않을까 기대한다.

332 권오형의 『끝나지 않은 전쟁: 생생한 월남 체험기』(인천: 엘맨, 1994)라든가 '고백수기'라는 부제를 붙인 김진선의 『산 자의 전쟁, 죽은 자의 전쟁』(중앙 M&B, 2000)은 드문 경우의 하나다. 그 밖에 전혀 다른 입장에서 쓰인 최용호, 『증언을 통해 본 베트남 전쟁과 한국군』(1~3)(국방부전사편찬연구소, 2002~2003) 등이 있다.

2

아시아의 연대, 반공의 연대

"세상에 공평한 이치가 어디에 있는가? 오직 강한 권세만이 존재할 뿐이다."[333]로 시작하는 양계초의 『월남망국사』는 후진한 아시아가 바야흐로 냉엄한 국제적 현실과 직면했음을 일깨웠다. 역시 식민지가 되는 한국의 역사경험 또한 아시아의 애통한 운명을 벗어난 것은 아니었다. 아시아의 연대는 연민의 연대였다.

베트남은 야자수 우거진 이국이었지만 같은 아시아로서의 지역성을 갖는 나라였다. 예를 들어 '쌀을 주식으로 하며 대가족제도에 한자문화를 갖는다'는 면모가 언급되기도 했고, 안남산맥을 따라 남북으로 뻗은 지형에 북쪽으로 중국대륙에 접한 지정학적 위치라든가, 남농북공(南農北工)의 경제구조 또한 유사하다 점이 지적되기도 했다.[334] 그러나 베트남

333 양계초, 『월남망국사』, 안명철 송엽휘 역주, 태학사, 2007, 서(序).

은 무엇보다 '슬픈' 역사로 부각된 객체였다. 이 '아시아의 아픈 잔등'[335]은 상련(相憐)의 대상으로 비춰진다. 북쪽 대륙으로부터의 침략과 간섭이 계속되었던 오랜 시간은 중국의 변방으로서 겪은 고난이라는 공감을 갖게 하는 것이었거니와, 프랑스의 식민지가 되고 일본에 의해 점령되었다가 1945년 일본의 패망 이후 다시 진주한 프랑스군을 상대로 시작되는 참혹한 전란의 과정 또한 식민지의 불행과 6.25의 참담함을 일깨우기에 충분했다. 더구나 지난한 투쟁 역정을 밟아왔음에도 불구하고 냉전에 휘말려 17도선으로 남북이 분단된 채, '형은 정부군이고 동생은 베트콩이 되는 동족상잔의 비극'[336]이 진행되고 있다는 점 또한 한국의 처지와 다르지 않았다. 분단의 고통 속에 있는 '피의 땅'[337] 베트남은 한국인들에게 자신들의 모습을 비추는 거울이 아닐 수 없었다.

연민의 대상으로 베트남을 이야기할 때 흔히 언급되었던 것은 끈질긴 반식민투쟁의 역사다. 북베트남의 지도자 호치민은 반공의 입장에서 적대시되었지만 제국들의 침탈과 간섭에 맞서 반식민투쟁을 이끈 주인공으로 소개되기도 했다.[338] 공산세력이 베트남에 쉽사리 손을 뻗칠 수 있었던 이유를 사회 내부적으로 중산층이 없었던 베트남의 저발전상태에서 찾는 분석도 있었다. 그간 기업경영인은 백인이나 중국인이었고 원주민은 노동자, 농민이었다는 것이다.[339] 식민통치를 통해 부식된 인종/계급적 지배관계가 공산화를 가속시킨 배경이었으므로 베트남전은 애당초 제국의 침탈로에 의해 시작된 것이었다.

334 원용석, 앞의 책, 103~104쪽.
335 이규태, 『피 묻은 연꽃: 월남전쟁기행』, 영창도서사, 1965, 22쪽.
336 손주환, 심상중 공저, 『불타는 월남: 파월종군기자의 수기』, 대영사, 1965, 216쪽.
337 이규태, 17쪽.
338 한 예로 박경목, 「호지명과 베트콩의 전술」, 『사상계』, 1964. 10.
339 원용석, 46~47쪽.

그러나 한국(군)에게 베트남전은 역시 반공 전쟁이었다. 공산주의자가 노리는 것은 베트남 하나가 아니라 전 동남아이고 세계 적화이므로 베트남 전쟁이 '피안의 불길'일 수 없다[340]는 해석, 특히 오랫동안 베트남은 중국에게 동남아로의 팽창을 위한 관문[341]이었다거나 인도차이나에서 미국의 영향력을 배제하려는 '중공'의 남하를 저지해야 한다[342]는 주장은 파병을 절실하고 불가피한 것으로 만든 명분이었다. 물론 미국은 기왕의 식민세력들과 다른, 베트남에 대한 영토적 야심이 없는 자유민주주의의 수호자로 간주되었다.[343]

당시 박정희 정권이 추진한 '한일국교정상화'(1965)는 미국과 일본, 한국을 묶는 냉전구도의 상징적 일체성을 확인한 것으로 공산주의와 대치하는 전선을 이은 것이었다. 미국과 일본, 그리고 한국의 반공동맹은 또 미국이 주도하는 지구적 자본주의 네트워크와 겹치는 그것의 한 부분이 된다. 안보와 경제발전을 도모한 박정희 정권에게 반공동맹 — 자본주의 네트워크에의 편입은 선택할 수 있는 사항이 아니었다. '밝은 태양과 풍요한 생활을 향해서 오랜 동면(冬眠)의 지각(地殼)을 깨뜨리고 일어서야'[344] 한다는 아시아의 연대는 곧 반공의 연대여야 했던 것이다.

반공의 연대를 구축하는 것을 스스로 사명이라 여긴 한국군에게 '호

340 1965년 1월 26일 정부의 베트남 파병안이 국회를 통과한 이후 발표한 박정희 대통령의 담화문.

341 호앙 반 치, 『월남의 현재와 과거』, 김규정 역, 박영사, 1965, 25쪽.

342 원용석, 8, 26, 33쪽.

343 『오늘의 월남』, 공보부, 1966, 27쪽.

344 "밝은 태양을 향해서, 풍요한 생활을 향해서 오랜 동면(冬眠)의 지각(地殼)을 깨뜨리고 일어난 우리 아세아의 선민(善民)들, 그들은 지금 기대에 따르지 못한 현실의 욕구불만을 가누지 못하여 때로는 정치적 불안이나 사회적 혼란을 조성하기도 합니다. 실로 이 아세아적 고민의 해결이야말로 우리의 공동의 관심사이며 공동의 과제라 아니할 수 없습니다.". 「아세아. 태평양 지역 각료회의에서의 박정희 대통령 치사」(1966. 6. 14.).

지명의 부하나 김일성의 부하는 매한가지'로 '꼭 한 공장에서 제조해낸 제품'[345]에 불과했다. 물론 베트남을 얽매고 있는 여러 문제들이 과연 반공으로 해결될 것인가 하는 물음은 던져지지 않았다. 베트남이라는 존재는 반공의 연대를 통해서만 의미를 가질 수 있었다. 반공은 베트남의 이런저런 현실에 대한 이해와 인식을 제한하고 차단하는 역할을 했다. 반공의 절대성을 앞세운 반공군대는 그만큼 일방적인 위치에 서게 된다.

이런 상황이었기 때문에 베트남의 문제는 베트남인들이 반공에 적극적이지 않은 데 있다고 여겨질 수 있었다. 베트남인에 대한 인상으로 흔히 언급되었던 것은 '무표정하다'는 것이었다. '동족의 시체가 떠내려오는 강에서 누구도 눈 하나 깜작 않고 낚시를 계속하는' 나라가 베트남이었다.[346] 공산주의에 동조하지 않는다고 하면서 또 미국의 간섭을 배격한다는 베트남의 학생과 지식인은 주체적이기 위해 정작 현실적으로 해야 할 선택을 피하는 회의주의자로 간주되었다. 무엇보다 공산화를 막아야 할 처지임에도 불구하고 입으로만 자주를 외칠 뿐 자신들의 운명을 개척할 의지가 없다[347]는 비판이었다. 오랜 전쟁에 지친 때문인지 베트남 사람들은 민족애가 부족하다고 진단되기도 했다. 사람들 대부분이 '이기적 무심함'[348]을 보이는 것이 베트남의 문제라는 지적이었다. 결국 베트남은 반공의 마음가짐과 결속이 얼마나 중요한 것인가를 확인시켜주는 반면교사로 그려진다. 이로써 상련의 감정은 번번이 한국을 베트남과는 다른 나라로 보는 차별의식에 의해 대체되었다.

우선 한국군이 베트남을 '도우러' 파병되었다는 사실은 한국과 베

345 박안송, 『평화의 길은 아직도 멀다: 월남전쟁 종군기』, 함일출판사, 1969, 23쪽.
346 민옥인, 124쪽.
347 민옥인, 6쪽.
348 이규태, 22쪽.

트남의 차이를 말하는 증거였다. 월남 이야기의 주된 역할은 한국을 베트남 앞에 놓는 데 있었다. 독재정권을 무너뜨려 '민주적 진전'을 이루었고, 혁신적인 군사정권이 '국가재건'을 위한 정책들을 실행에 옮기고 있는 한국이 베트남과 같은 나라일 수는 없었다.[349] 한국은 정치적이며 경제적인 후진성을 극복하는 데 앞장선 본보기임을 자임했다. 심지어 응오딘지엠(Ngo Dinh Diem)을 몰아낸 남베트남의 군사쿠데타(1963)는 한국의 4.19와 5.16에 의해 고무된 것으로 해석되었다. 응오딘지엠이 이승만의 초청으로 한국을 방문(1957. 9. 18.)한 바 있고 이승만의 답방(1958. 11. 5.)이 이루어졌던[350] 기억 때문인지 그는 이승만에 비겨졌고, 따라서 그가 축출된 사건 또한 한국에서의 혁명을 본받은 결과로 단정되었던 것이다. 이미 베트남에 '학생혁명을 수출'[351]한 한국은 이제 또 여러 기업과 수많은 기술자를 진출시키고 있는 나라였다. 고도경제성장의 희망을 품고 있는 한국이 베트남과 비교될 수는 없었다.

그러나 한국군대가 미국의 동맹군으로 '원정(遠征)'에 나섰다는 인식은 파병이 병사들의 희생을 담보로 하는 국가의 진출이라는 또 다른 사실을 떠올리게 하는 것이었다. 남의 전쟁에 팔려가는 젊은이들의 모습은 기왕에도 한국인들이 경험한 바 있는, 제국의 하위주체로서 갖는 모순된 감정을 느끼게 했던 듯하다. 다시 제국의 대리인으로 동원되었다는 민족주의적 자기연민은 이제는 과거와 달리 불행한 역사를 떨쳐버려야 한다

349 한국이 베트남과 같은 '약소 후진국이 아니'라는 주장은 반복되었다. 한 예로, 민옥인, 173쪽.

350 이승만의 방월이나 응오딘지엠의 방한은 지극히 우호적인 분위기 속에서 이루어졌다. 베트남을 방문한 이승만에게는 베트남 학자들이 그의 방문을 치하하는 한시(漢詩)를 지어 올렸고 응오딘지엠의 방한 때도 그러한 해프닝이 있었다. 그 한시의 내용은, 최상수, 『한국과 월남과의 관계』(한월협회, 1966) 참조.

351 이규태, 35쪽.

는 비감한 각오를 다지기에 이른다. '월남을 누빈 일선 소대장의 수기'라는 부제가 붙은 맹호부대소대장의 파월 감상문 『쟝글의 벽』(1967)은 슬픔과 원한, 그리고 과도하게 격앙된 기대를 더불어 보여준다. 이야기는 1965년 10월 베트남으로 가는 배를 타는 장면에서 시작된다.

자식과 남편을 떠나보내는 가족들은 "대부분이 슬픔에 젖어 손수건으로 얼굴을 가리고 있"으며 병사들은 "마취된 환자인양" 미군의 배에 오른다.[352] '죽음이 기다릴지 모르는' 이역만리의 밀림을 향하는 그들은 비장하게도 조국의 번영을 대망한다. 육군사관학교를 졸업한 이 젊은 소대장에게 베트남행은 곧 국가발전을 위한 정신(挺身)이었다. "강자에게 유린되었던 이그러진 지난 날, 언제부터 시작되었는지 그 출발점도 모르고 서러운 세대를 이어온 가난의 유산들"(84쪽)을 돌이키는 그는 파병이 슬픈 과거를 떨치는 계기가 되어야 한다고 다짐한다. "월남에서/ 새 아침 맞아/ 약진하는 조국/ 그 맥박과 숨결 듣고// 우리,/ 어제는 서러웠어도/ 오늘, 또 내일은/ 울지 않도록/ 조국의 새 아침/ 빛나라, 햇빛처럼……."(19쪽) 수송선의 시골출신 병사들은 "구미에도 맞지 않는 음식"에 괴로워하며 '된장국과 보리밥'을 그리워한다.(23쪽) 또 그들은 단호하게 양담배를 거부하면서 "우리는 단 1달러라도 고국에 보내야 하지 않겠습니까?"(24쪽)라고 외친다. 드디어 베트남에 닿지만 '반가운 표정으로 손을 흔드는 사람은 거의 없다.'(37쪽) 그들이 처음으로 구경한 외국은 전혀 우호적인 곳이 아니었다.

이 일선 소대장이 피력한 과거에 대한 원한과 착잡한 심회는 베트남(인)의 처지를 동감하는 쪽으로 발전하지 않는다. 그가 일깨우는 국가(민족)주의적 쇄신의 바람은 오직 '조국'을 향한 것이었다. 그는 베트남

352 신정, 『쟝글의 벽: 월남을 누빈 일선 소대장의 수기』, 홍익출판사, 1967, 17쪽.

으로 떠나는 병사들을 4.19의 청년들과 등치시켰다. 병사들 역시 '젊음에의 미련도 다 잊어버리고 묵묵히' 조국을 위해 나섰다는 것이다.[353] 독재정권을 무너뜨린 4.19의 젊은이들이 민주주의를 위해 몸 바쳤다면 베트남으로 파병된 한국의 청년병사들은 조국재건에 헌신할 것이었다.

그러나 아무리 한국이 베트남에 앞서 가고 있다고 하더라도 베트남의 전장은 한국의 과거를 돌이켜보게 하는 장소였다. 앞서의 젊은 소대장은 마주치는 월남의 농촌사람들이 어른 아이 할 것 없이 모두가 무엇을 달라고 손을 내민다고 하면서, 체면을 앗아간 가난의 기억을 반추한다. "6.25 동란 때 미군에 대한 우리 태도도 저렇지 않았던가 반성해보니 마음이 더욱 무거워진다."[354] 미군 헬리콥터에 쫓기는 월남 사람들을 보는 한 기자는 "6.25사변 때 피난길에서 공습비행기를 만나 옥수수 대 하나 붙들고 빙빙 돌던 생각"[355]을 해낸다. 베트남 사람에게 욕을 하는 한국군의 모습에서는 '미군이 한국인을 린치하는 과거'를 끄집어내기도 한다.[356] 베트남인(군)에 대한 미군의 인종차별은 한국군으로 하여금 자신들 역시 아시아인임을 확인케 한다. '피부색갈이 같은' 한국군은 미군과 달리 베트남 사람들에게 더 가깝게 다가갈 수 있고, 그런 만큼 이 '불행한 이웃의 감정을 다독거려야 한다'[357]는 언술도 있었다. 과거의 경험이나 현재의 처지로도 한국(군)이 서야 할 위치는 미군 쪽이 아니라 베트남

353 "눈을 감고 고요히 생각해보자./ 젊은 지성의 함성이 끊기지 않을 때, 그들의 펄펄 뛰는 심장이 고동을 멈추지 않고 약동할 때, 이것이야말로 겨레의 순결이요, 민족의 핏빛 항의일 것이며, 역사의 거룩한 횃불일 것이리라./ 우리는 지금 이역만리 월남의 밀림을 간다. 희망도 하소연도 숱한 젊음에의 미련도 다 잊어버리고 묵묵히 남국의 장글을 간다."(85쪽)

354 신정, 117쪽.

355 이규태, 264쪽.

356 손주환, 심상중, 117쪽.

357 배기섭, 『월남 하늘에 빛난 별들』, 세림출판사, 1966, 84~85쪽.

사람들 쪽이어야 하지 않겠느냐는 일종의 자기설득이었다. 그러나 미군의 대리인이면서 베트남인의 친구가 되는 것은 베트남에 오게 된 경위나 동기를 부정해야 하는 기만, 혹은 그에 대한 성찰을 필요로 하는 일이었다.

3

—

개발로서의 파병

비둘기부대와 함께 베트남을 향하는 미군수송선을 탄 기자는 그 배가 6.25 당시 최초로 부산에 미군들을 실어온 수송선임을 알고 감회에 젖는다. 한국이 '영양실조의 역사'를 딛고 이제 번듯이 '원군(援軍)'을 보내게 되었기 때문이었다. 사병들에게까지 '깨끗한 시이트'가 깔린 잠자리가 주어진 것이나 양식(洋食)을 먹게 된 것도 감격스러운 일이었다. 청소와 같은 선내의 '천역(賤役)'은 필리핀 수병들이 맡아보고 있었다. 그러나 한국군이 오른 미군수송선에서는 화장실의 휴지가 한 시간 만에 동이 나며 점심을 먹고 난 식당의 스푼 백 개가 없어진다. 배설물이 곳곳에 널린 화장실의 '진경'에 미군들은 눈살을 찌푸렸다고 전하며 기자는 서양식 시설에 익숙지 못한 한국군 병사들이 빨리 '매너'를 익혀야 할 것이라고 자위한다.[358] 해외로 진출한 병사들은 먼저 자신들을 개발해야 했다.

한국인들에게 베트남 파병은 원조를 받던 한국이 이제 남들과 어깨를 걸고 해외로 나선 감개무량한 사건이 아닐 수 없었다. 더구나 한국군이 그 전투력에 관한 한 미군에 뒤지지 않을 뿐 아니라 오히려 그들을 능가한다는 자기평가는 어느덧 정설이 되었다. 한 기자는 베트남에서 한국군이 거둔 '빛나는 승리'가 그간의 군사적이고 국가적인 성장에 따른 것이라는 런던타임스의 기사에 감격한다.[359] 군대의 활약상뿐 아니라 '실력 있는' 의료진이 인도적 구호활동을 벌이고 있다는 뉴스보도나 여러 기업이 진출하여 베트남 재건에 참여하여 땀을 흘리고 있다는 소식 또한 한국의 발전을 확인하게 했다. 베트남을 통해 한국은 앞서가는 나라가 된 것이다. 한국군이 베트남에서 거둔 성과는 국가적인 성과였으므로 이는 박정희 정권에 의해 도모된 개발이 유효하다는 간접적 증거일 수 있었다. 베트남은 개발의 효과가 검증되어야할 실험의 공간이었다. 군사프롤레타리아로 고용된[360] 병사들이 '자유수호의 십자군'[361]으로 격상되었다는 점에서 미상불 파병부터가 이미 개발행위였다. 한국인들은 한국을 발전시키고 있듯 베트남을 일구어낼 것이었다.

대상을 쓸모 있고 향상된 상태로 변화시키는 행위로서의 개발은 모더니티의 지구적 프로젝트였다고도 말할 수 있다. 특히 한국과 같은 후진국에서 개발우선주의는 모더니티가 발원한 중심을 따라잡는 불가피한 방법으로 선택되었다. 개발은 모든 문제를 해결하는 열쇠로 여겨졌고 그런 만큼 모든 것을 대상으로 하는 행위가 되었다. 예를 들어 경제개발은 단지 산업화만이 아니라 건설의욕을 고취하는 심성의 개발, 즉 분명한 목표를 갖는 자조와 협동의 자세를 필요로 했다.[362] 그런데 한국에서 경제

358 손주환, 심상중, 55~58쪽.

359 박안송, 40쪽.

360 Paul Virilio, *Speed and Politics*, Translated by Mark Polizzotti, Semiotext, 2007, pp. 66~67.

361 비둘기 부대의 환송식에서 박정희가 한 치사의 한 부분.

개발을 맥락화(contextualize)하는 조건은 반공이었다. 반공은 개발의 단서로서 이를 규정하고 재허(裁許)했다. 개발은 반공개발이어야 했던 것이다. 한국의 베트남 진출은 반공개발의 방법이자 그 가능성의 시험일 수 있었다. 즉 공산세력을 물리치고 의료혜택을 주며 집을 짓는 한국군은 베트남을 개발함으로써 반공개발의 정당성을 입증해보려 했던 것이다.

개발의 주체는 국가이자 군대이고 또 남성이었다. 베트남을 개발되어야 할 곳으로 보는 시선의 대상으로 초점이 모였던 것 중의 하나는 베트남 여성이다. 이국 여성을 향한 관음증적 호기심[363]에도 불구하고 베트남 여성의 용모는 '한국 여성에게 비할 바가 못 되는'는 것으로 언급되었다. 가날프고 화장도 하지 않아서 순수한 매력이 있지만 그 매력은 '애수의 미(美)'와 연관된 것이었다.

> "월남 여성은 한국여성에 비해서 몸이 가냘픈 편이다.
>
> 태양볕이 내려 쬐이는 남국에서 자랐기 때문에 피부색은 물론 검으스레하게 타서 반짝반짝 윤이 난다.

362 5.16 쿠데타 직후인 1960년 6월 11일 「재건국민운동에 관한 법률」이 공포됨으로써 국가재건최고회의의 산하기구로 조직되는 재건국민운동은 '국민재건'의 프로그램을 가동시킨 것으로 사상이념교육과 정신개조, 생활개선 등을 목표했다. 사상이념교육과 정신개조는 개발의 출발점이었다. 특히 그 가운데서 '승공(용공 중립사상의 배격)'은 무엇보다 앞서는 과제였다. 개발은 반공개발이어야 했던 것이다.

363 한 기자는 다음과 같이 말하고 있다. "베트남에서 돌아오면서 그리고 돌아와서 받은 많은 질문 가운데 공통된 하나의 질문이 있었던 것을 흥미롭게 생각했다. 비행기 속에서 이웃에 자리를 같이 한 타이랜드 상인, 타이페이의 택시운전수, 동경 아사꾸사의 한 추탕집 여급도 같은 질문을 했고 안면 있는 세종로의 교통순경이며 그러한 말을 묻기에는 너무 늙고 또 점잖은 친구의 가친마저도 물었다. 국경 없이, 내외 없이, 또 노유 없이 물었다. 베트남에서 미국이 뜻한 대로 되겠느냐는 정치적인 물음도 아니요, 또 피와 시체 속에서 묻혀 사는 그 나라 사람들에 대한 인간적인 물음도 아니었다. 그것은 베트남 여자들이 예쁘더냐는 물음이었다. 어처구니없는 물음이었다." 이규태, 189쪽.

머리카락은 길게 느리고 화장을 한 여성은 드물다.

월남 여성의 용모는 한국 여성에게는 비할 바가 못 된다. 그만큼 한국 여성은 월남 여성에 비하면 얼굴 색갈, 몸매, 화장술에 이르기까지 현대적으로 세련되어 있다. 그러나 월남 여성은 까만 눈동자에 그 매력을 지니고 있다.

생기가 풍기는 눈 속에는 어딘가 애수의 미(美)가 조용히 잠겨 있다."[364]

그러나 베트남을 개발되어야 할 곳으로 보는 시선 앞에서 베트남 여성은 '까만 눈동자의 매력'으로만 머물러 있을 수 없었다. 이 시선은 '한국 여성에 비할 바 못되는' 베트남 여성이 풍만하게 바뀌고 성숙한 모습을 상상해낸다. "좀 더 선이 선명하고 육체의 볼륨이 풍만하고 키가 커진다면 사이곤 여인은 명동(明洞) 여인의 질시를 받을 것이 분명하다."[365] 베트남 여인의 성적 매력을 제고하여 명동 여인도 시기할 만한 경쟁력을 갖도록 하는 방법이 개발이었다. 베트남 여성의 눈 속에서 '애수'를 발견한 시선 위에 겹쳐졌던 것은 개발을 그들이 필요로 하고 받아들여야 할 운명으로 단정하는 시선이었다.

반공개발의 모토는 단결이었다. 타자를 배제하는 통합, 곧 단결의 요구는 국가구성원 모두가 국가발전이라는 목표를 내면화하고 이를 위해 힘을 모을 때 선진국을 따라잡을 수 있다는 자기설득을 동반했다. 이런 입장에서 볼 때 반공전쟁을 치루고 있으면서 사회적 통합이 전혀 이루어지지 않아 무질서한 혼돈을 연출하고 있는 베트남은 단결이 얼마나

364 배기섭, 65쪽.
365 손주환, 심상중, 78쪽.

절실한 과제인가를 느끼게 하는 곳이었다. 이기적 무관심에 젖은 사람들이 오직 각각의 사욕을 채우려 할 뿐이고 여러 계층과 집단들이 제가끔 이른바 '민주적 요구'를 쏟아내는 가운데 전쟁은 누구의 전쟁인지 알 수 없게 되었다는 진단이었다.

> "우리 한국군은 물론이요 미군을 비롯한 동맹군들은 월남의 원조 요청에 의하여 그들을 도우는 손님이요 월남전의 주인공이 월남인이어야 함에도 불구하고 월남 사람들은 전쟁을 하는 건지 장난을 하는 건지…… 월남의 수도라는 사이공에서 백주 대로에 테러가 벌어지는데도 주야로 술과 여자, 그리고 온갖 모리배가 득실거리는 실정이며 더구나 군인은 군인대로 학생은 학생대로 불교도는 불교도대로 카톨릭교도들은 또 그들대로 부질없는 정치데모에 넋을 빼앗기고 있으니 그 어느 영화 제목처럼 정말 '누구를 위하여 종은 울리는' 것일까?"[366]

베트남전은 전선도 불분명하고 적의 식별조차 어려운 '이상한' 전쟁이었다. "낮에는 허리에 낫을 찬 소박한 농민이 밤이 되면 총을 들고 공격하는 적이 되는가 하면, 총을 숨기지 않은 순수한 농민도 아군은 아니다. 그렇다고 베트콩도 아니다. 그들은 어느 편도 편들지 않는다. 한마디로 월남전은 누구와 누구의 싸움인지 분간하기 어렵다."[367]는 것이었다. 이런 소감에 이어 베트남전이 이상한 전쟁이 된 이유도 지적되었다. 특권층의 권력형 부패가 만연하고 빈부격차가 크다는 점, 통치권력이 정당성을 확보하지 못한 점 등은 베트남이 해결해야 할 큰 문제였다. 베트

366 신정, 158쪽.
367 민옥인, 124쪽.

남은 단지 경제적인 저발전 상태만이 아니라 사회적이고 이념적인 저발전 상태에 봉착해 있었다. 한 기자는 '부잣집 자식은 해외로 유학을 가고 고급관리의 자식은 빈둥거리는'[368] 현실에서 누가 목숨을 걸고 싸우려 들겠느냐고 탄식한다.

베트남 문제에 대한 진단은 흔히 이 불행한 나라의 지도층이 자국이 처한 상황을 옳게 파악하지 못하고 이를 해결할 생각을 모으지 못하고 있다는 데로 귀결되었다. 앞서의 기자는 그러한 진단을 '피로감'으로 표현해낸다. 비둘기부대를 환영하느라 비엔호아 성(省) 지사가 연 파티에 초청되었던 그의 시선은 자못 신랄하다. 화이트하우스에서의 이국적이고 호사스러운 연회였지만 시간이 흐르면서 '비둘기'들은 '겹치는 피로'를 느꼈다는 것이다.

> "남국에서 벌어지는 가아든 파티인데 정장의 신사들이 정원에 숱하게 서성댄다. 비엔호아 성의 이른바 명문들은 죄다 초대됐다. 비둘기를 환영하는 욘 지사의 파티는 매우 호사했다.
>
> 안락을 만끽해야 할 이 연회에서 초대된 비둘기들은 시간이 흐름에 따라 겹치는 피로를 느꼈다. 파아티의 베트남인과 술잔을 맞댄다. 그럴 때면 엉뚱하게 피로한 월남인의 모습이 떠오른다. (중략) 영양실조한 밀림 속의 가난한 베트남 할머니, 앙상한 여인의 가슴에 안겨 말라버린 젖줄을 마냥 빨기만 하는 갓난아기, 남편을 전장에서 잃고 실신한 열일곱 살의 가엾은 베트남 여인……. 이들 외로운 베트남인의 얼굴이 백악의 저택에서 웃음을 퍼뜨리는 행복한 베트남의 얼굴에 투영된다. 행복한 베트남의 얼굴이 많아질수록 베트남의 불행이 선명하게 나타난

368 손주환, 심상중, 225쪽.

다."[369]

베트남 지배층의 '행복한' 모습과 보통 베트남 사람들의 불행을 대조시킨 기자의 의도는 국가구성원의 단결이 국가발전의 조건임을 말하려는 데 있었다. 그러나 '비둘기'들이 느꼈다는 피로감은 불청객의 자기방어적인 감정노출이거나 한국의 현실에 대한 복잡한 소감을 전치(轉置)한 표현일 가능성도 있다. 베트남의 문제를 한국과 비교하는 데서 발생한 이 피로감은 한편으로 과연 한국이 베트남과 달리 그 구성원들 모두가 나름의 책임과 의무를 다하는 '우리'로 결속되어 있는 곳인지 거꾸로 묻게 하는 것일 수 있었다. 피로감 운운에는 그러한 물음에 답하기를 회피하는 모호한 입장이 감추어져 있는 듯도 하다.

하지만 많은 것을 잃고 이제는 표정마저 잃은 베트남 사람들의 모습은 우리가 가야 할 길을 가리키는 징표가 아닐 수 없었다. 일찍이 이광수가 말했듯 무정한 곳을 유정한 곳으로 만들어 가자는 기획은 월남 이야기를 통해 되풀이되었다.

369 손주환, 심상중, 130~131쪽.

4

'황색거인'의 현실

베트남 파병은 어쨌든 한국군의 지위를 격상시키는 기회일 수 있었다. 미군과 더불어 싸우게 되었기 때문이다. 참전르포들은 한국군이 미군을 도우러 간 것이고 그런 만큼 미군들의 환영을 받았다는 이야기를 반복한다. 한국군을 반기는 미군들의 모습은 감격스러운 것이었다. "한국군을 맞아드리는 미군들의 환성! 마냥 고독하기만 했던 미군들은 그들의 육친의 형제를 맞은 것 같은 기쁨으로 정답게 말을 걸어오는 것이 아닌가!"[370] 미군이 우리말 구령으로 태권도를 배우는 광경에 젊은 한국 군장교들은 '기쁨을 참지 못한다'. 베트남의 미군들 가운데는 한국에서 근무한 경우도 있었는데, 앞서의 한국군 소대장은 한국말을 아는 미군을 보면 '고향 친구'를 만난 듯했다고 적고 있다.[371] 한국인의 눈에 베트남의

370 민옥인, 171쪽.

전장은 인종적 차이와 위계가 무화되는 공간으로 비치기도 한다. 두 나라 군인들이 헬리콥터에서 물자하역을 하는 광경을 보는 기자는 '백색의 미군이나 흑색의 미군이나 황색의 한국군이나 모두 빨간 먼지에 뒤범벅되어 있는 모습에서 인종의 차이를 느끼지 못했다."[372]고 술회한다.

미군의 '인정'을 받은 한국군은 동양인이면서 이미 동양인이 아니었다. 한국군의 우월성은 베트남 사람들의 시선을 통해서 확인되었다. 한국군(인)은 베트남(군)인에 비해 몸집이 크고 '씩씩하다'는 것이었다. 한 특파원은 아오자이 차림에 '쌍그라스'를 쓴 두 베트남 여인이 한국군의 행진을 바라보며 주고받는 대화를 인용한다. "한국군은 같은 동양인이면서 어떻게 저리 씩씩하고 용모가 단정할 수 있을까? 글쎄 말야, 우리 월남 군인들도 한국군들의 저 씩씩한 모습을 좀 배워야겠어!"[373] '같은 동양인'임에도 불구하고 '딱 벌어진 어깨와 패기에 찬 체격'의 한국군은 베트남(군)인과는 다른 "황색의 거인"[374]이었다. 얼굴은 황색이지만 거인으로 자칭된 한국군(인)은 인종의 위계를 벗어나는 예외적이고 특별한 존재가 된다. 한국군은 미군과도 달라야 했다. 과연 한국군의 전투력은 미군을 능가하는 것으로 이야기되었다. 적군을 사살한 수와 미군 희생자의 비율이 5대 1이라면 한국군은 '10대 1 내지 50대 1'의 전과를 올렸나[375]는 주장이었다. 베트콩에게는 한국군이 공포의 대상이어서 웬만하면 한국군과 맞서기를 피한다는 주장도 정설처럼 되풀이되었다.

'황색거인'은 또 특별한 인격과 정신적 면모를 갖는 존재로 그려졌

371 신정, 201쪽.
372 배기섭, 81쪽.
373 박안송, 42쪽.
374 민옥인, 172쪽.
375 배기섭, 93쪽.

다. 그들은 '베트남 여인을 희롱하는 경박한 미군'들과 달리 '예의 바르고 겸손'[376]하다는 것이었다. '화랑의 후예'인 황색거인에겐 '동양의 도의(道義)'를 실행하는 임무가 주어져 있었기 때문이다. '전통적인 무인(武人)정신'을 갖는 그들은 '근엄'하기까지 하다.[377] 황색거인은 진정한 남자였다.[378] 황색거인으로 불렸음을 주장함으로써 상상되었던 남성성은 도덕적인 성숙을 표지로 하고 있었다. 따라서 베트콩을 몰아내는 것만이 그들의 과업은 아니었다. 포로에게조차 '인종차별 없는 극진한 치료'를 베풀어 이국 하늘에 사랑을 퍼뜨리는 한국군은 휴머니티를 심는 전도사였다. 그렇기에 그들의 희생은 한없이 '고귀한' 것이 된다. 동양인이면서 동양인이 아닌 이 예외적인 존재는 아시아의 새로운 가능성을 보여주는 본보기였다. 서양인의 힘을 가지면서 동양적 가치를 구현한다는 것은 이 형상이 가리키는 개발의 방향이었다.

그러나 실제로 베트남의 전장에서 한국군이 확인하게 되었던 것은 한국군에 대한 처우가 미군과 달라도 크게 다르다는 점이었다. 미군과 '동등한' 입장에서 싸우는 동맹군이라면 이 심각한 차별을 문제시해야 했다. 차별에 대한 불만은 대체로 미국(군)을 향한 항의의 형식을 취했다. 한국군 전투부대가 처음으로 정글에 투입되고 난 뒤 다음과 같은 말들이

376 박안송, 43쪽.

377 박안송, 43, 105쪽.

378 이진경 교수는 한국군의 베트남 참전으로 제시된 군사적 스펙터클과 이를 통해 제공된 그것의 심미적이고 집단적인 남성성(masculinity)이 대중적으로 내면화되었다는 점을 지적한다. 이 군사적 남성의 이미지는 국가, 인종, 반공, 개발 등과 관련된 것으로, 이 남성성의 과시와 자부(自負)는 하위제국(subempire)으로서의 만족감을 채움으로써 국가적(민족적) 재남성화(남성성의 회복)를 가능하게 했다는 것이다. Lee, Jin-Kyung, *Service Economies; Militarism, Sex Work, and Migrant Labor in South Korea*, University of Minnesota Press, 2010, pp. 43, 47.

쏟아져 나왔다는 것이다. "우리는 가난한 나라의 군대이기 때문에 부잣집 미국 애들이 받는 만큼 월급을 요구하지는 않는다. 그러나 적과 싸우는 데 있어 장비의 차별을 둔다는 것은 너무하지 않은가?"[379] '체격이 좋은 미군은 M16이라는 가벼운 총을 사용하는데 한국군은 정글에서 부적절한 구식 M1소총을 쓰고 있고, 작전에 투입되는 한국군은 60킬로가 넘은 군장을 지고 도보로 이동해야 하지만 미군은 장비와 식량, 탄약은 물론 물탱크까지 헬리콥터가 투하해준다'[380]는 볼멘소리였다. 황색거인은 그에 걸맞은 대접을 받고 있지 못했다. 그게 아니라면 황색거인은 과도한 명칭이었다.

파병된 한국군 병사의 최저 봉급은 30달러였고 1급 전사자에게는 48개월분의 봉급을 지급하게 되어 있었다.[381] 실로 '하루 1달러에 목숨을 거는'[382] 것이 한국군 병사들의 처지였던 것이다. '한국군 일병이 봉급으로 받는 33달러는 미국병사가 받는 것의 10분의 1도 안 된다'[383]는 사실 앞에서 한국군(인)들은 다시금 자신들이 '가난한 나라'에 속해 있음을 확인했을 것이다. 이 명백한 차별은 그들을 베트남에 오게 한 국가 간의 거래가 애당초 공정하지 않았음을 뜻했다. 육사 출신의 소대장은 다음과 같이 말한다. "1명의 병사가 죽을 때마다 생각나는 것은 우리 맹호병사들에 대한 처우 문제이다. 적어도 자유와 평화를 위한다는 한 개의 깃발 아래 싸우는 동맹군이라면 그 생명의 값어치는 같아야 하지 않을까?"[384] 실제로 이념이 생명의 값어치를 계상하는 데서 결정적 인자일 수는 없었

379 박안송, 197쪽.
380 민옥인, 195쪽.
381 『오늘의 월남』, 154쪽.
382 민옥인, 194쪽.
383 박안송, 197쪽.
384 신정, 160쪽.

다. 생명의 값어치 문제는 베트남에 투입된 한국군으로 하여금 자신들이 부당한 고용계약에 묶인 군사프롤레타리아임을 새삼 깨닫게 했으리라. 그들이 자신들의 베트남행을 결정한 거래의 당사자는 아니었지만 그들에겐 합당한 고용을 요구할 권리가 있었다. 베트남에서 싸우는 '노력의 대가가 금전으로 환산되는' 현실에서, "정당하고 공평한 대우를 바라고 싶은 것은 당연한 이성(理性)의 주장이 아닐까?"[385]라는 반문은 한국군 병사들이 어떻게 자신들의 위치를 파악하고 있었던가를 보여주는 한 예다.

군사 프롤레타리아들이 자신들의 고용 조건을 문제시하려 했을 때 그들의 요구가 미국을 대상으로 하는 것일 수만은 없었다. 앞서의 소대장은 미군과 비교해 한국군의 문제를 지적하기도 한다. 미군은 중대장 이하 모든 병사들이 모두 최전선에 나가 싸우는데 한국군에서 '벅찬 공격 명령의 최일선 수행자는 언제나 소대장이거나 소총병이'[386]라는 비판이었다. 미군을 통해 한국군 안의 폭력적인 위계라든가 권위주의적 낙후함이 드러나 보였던 것이다. 그런데 파병된 한국군의 주둔 비용은 미국 측에 의해 지불되었기 때문에 비둘기 부대원의 부식비는 '한국군의 13배되는 액수'[387]였다. 이는 한국군 병사들이 합당하지 않은 거래에 기꺼이 동원되었던 사정을 설명해준다. 사실 병사들에게까지 베트남은 '한 몫 잡는' 투기의 장소로 여겨지기도 했다. 그렇다면 그들이 외치는 '정당하고 공평한 대우'의 요구는 매우 착잡한 것이 아닐 수 없었다. 황색거인 운운은 한국군병사들이 처한 불균등하고 자기모순적인 상황을 호도하는 기만적인 수사가 되고 만다.

한국군 병사들에게 베트남전은 고통스러운 전쟁이었을 테지만 자신

385 신정, 162쪽.
386 신정, 169쪽.
387 손주환, 심상중, 136쪽.

들이 누구인가 하는 물음 앞에서 혼란스러울 수밖에 없었다는 사실은 더 고통스러운 일이었음이 분명하다. '월남전의 승리'가 한국에서의 경제 건설을 좌우하는 열쇠로 여겨졌던 상황에서, 병사들은 모든 불평등과 부당함을 견디며 '싸움으로써 건설'해야 하는 조국의 역군이어야 했다. 그렇게 불리고 스스로도 그렇다고 여김으로써 그들은 자신들이 한 행위를 외면할 수 있었다. 동원된 군사 프롤레타리아들은 자신들의 처지와 행동에 대해서 말할 수 없고 말해서도 안 되었던 것이다. 그들이 자신들이 참여한 전쟁을 외면하거나 그에 대한 언급을 보이콧한 이유는 근본적으로 여기에 있는 것이 아닐까?

5

대중의 기억과 월남전을 그린 소설들

1980년대에 들어 베트남전을 다룬 소설이 여러 편 출간되었다. 대체로 작가들 자신의 참전 체험을 바탕으로 한 소설들은 '수수께끼'와 같던 베트남의 기억을 돌이킴으로써 국가적 스코프를 통해 정착된 시각의 틈새를 비집거나 나아가 이를 비판하는 역할을 했다.[388] 이런 성과가 1980년 이후 반공동맹의 일체성을 부정하게 된 시대 상황[389]에 힘입은 것이었음은 물론이다.

388 베트남전에 참전한 병사들이 특별한 개인적 관점에서 하는 구술과 대중적 기억의 관계에 대해서는, Van Nguyen-Marshall, "Oral History and Popular Memory in the Historiography of the Vietnam War", *Soldier's Talk*, Edited by Paul Budra and Michael Zeitlin, Indiana University Press, 2004, p. 142.

389 아마도 리영희의 『전환시대의 논리』(1974)와 같은 책은 반공국가주의와 이른바 국제적 반공동맹의 일체성에 대한 비판을 대중화하는 출발점이 아니었던가 생각된다.

안정효의 『전쟁과 도시』(1985)[390]에서 한국군 병사들을 실어 나르는 미군수송선은 '노예선'으로 비유되며 침대의 흰 시트조차 '수의(壽衣)'로 비춰진다.("빈 침대의 새하얗고 구겨진 시트들이 수의 같아 보였다.", 28쪽) 참전의 기억이 한국전쟁의 기억과 종종 겹쳐졌음에도 불구하고 그 배경을 말하는 데서 반공전쟁의 명분은 수용되지 않았다. 전쟁터는 권태로울 뿐 아니라 무의미한 파괴와 혼란이 이어지는 난장판일 뿐이다. 더구나 소설이 그려내는 한국군 병사들의 모습은 "장터의 양아치처럼 지저분했다."(67쪽) 황색거인은 상스러운 룸펜이거나 겁먹은 마초에 불과했다. 베트남을 떠난 지 오래인 소설 속의 인물들은 새삼스레 자신들에게 남겨진 상흔의 깊이를 들추며 "한 번 전쟁을 겪은 사람에게는 그 전쟁이 영원히 끝나지 않는다."(23쪽)는 사실을 예감한다. 그리고 마침내 소설의 이야기는 '인간사냥'에 나섰던 그들이 어디에 있건 '영혼의 유형지'(330쪽)를 벗어날 수 없다는 사실을 확인하면서 끝난다.

『전쟁과 도시』가 그려낸 베트남 참전자들에게 이 전쟁은 납득되지 않는 전쟁이었다. 회고의 주인공이자 이야기를 끌어가는 서술자는 "그때 적이, 우리들이, 그리고 내가 왜 어떻게 그런 행동을 할 수가 있었는지 아무리 따져보아도 납득이 가지 않았다."(24쪽)고 술회한다. 그(들)는 자신(들)이 무슨 짓을 하고 있는지 몰랐음을 주장함으로써 또한 피해자가 된다. 나아가 베트남전을 알린 공식적 스코프가 결코 그들이 겪어야 했던 실제를 비추어내지 않았다는 점을 들어 자신들 또한 희생자임을 주장한다. 결과적으로 기만을 당한 것은 자신들이었다는 것이다.

390 이 소설은 1985년 『실천문학』에 연재되었다. 여기서는 단행본 『전쟁과 도시』(실천문학사, 1985)를 텍스트로 한다. 이후 쪽수를 인용 부분 뒤에 병기할 것임.

"한국에서 극장과 텔레비전을 통해 이런 '현지보도' 영화가 상영되면 단순 사고만 하는 사람들은 우리들이 두 주일 동안 어떤 고통을 치르었는지 전혀 짐작도 못하리라. 그리고 그들은 우리들이 총 들고 신나게 뛰어다니기나 하지 죽거나 불구자가 되거나 호 속에서 겁에 질려 헛소리를 해댄다는 것은 모를 터였다. 베트콩은 무수히 죽어도 아군은 한 명도 죽지 않으며 승승장구 가는 곳마다 적을 때려 부수는데, 그런데 왜 월남전은 끝나지 않을까 궁금해 하는 사람도 없었다. 미군들도 마구 죽는데 한국 사람들만 다치지 않고, 포탄 3만 발에 베트콩 한 명이 죽는 꼴이라는 지극히 비생산적이고 비경제적인 전쟁에서 어떻게 한국군만 그렇게 수지맞는 장사를 할까? 나와 내 전우들이 죽거나 병신이 되어도 왜 고국에서는 그 현실을 알려고 하지 않을까? 만일 살아서 귀국하게 된다면 나는 친구들에게 뭐라고 애기를 하나? 우리들은 영광의 창조를 위해 진실을 잃었다." (138쪽)

황석영의 『무기의 그늘』(1985)[391]은 베트남전쟁의 '진실'을 총체적으로 그려내려 한 소설이다. 암시장을 감시하는 군수사대요원이 된 한국군 병사의 이야기에다가 한 남베트남 지식청년이 베트콩으로서 민족해방투쟁을 벌이는 과정을 대위법적으로 엮은 이 소설에서 전쟁은 뒷거래가 횡행하는 거대한 장사판이자 인종적 살육(genocide)의 장으로 드러난다. '상투적 감상주의'를 배제하고(상권, 79쪽) 보면 베트남을 다시금 피의 땅으로 만든 것은 달러였다.(하권, 251쪽) 서술자는 곳곳에서 자본의 탐욕이 이 제국주의 식민전쟁을 가동시킨 동력이고 오만한 인종주의 또한 그 실제적 계기였음을 말하려 했다. 소설은 어중간한 고발자인 한국군 병사의 주

391 황석영, 『무기의 그늘』(상,하), 형성사, 1985.

변을 맴돌면서도 베트콩이 된 남베트남 지식청년을 우호적으로 조명했는데, 제국주의에 맞서는 민중의 투쟁은 "물건과 사람의 목숨을 최대한으로 바꿔가며 버티는 도리밖에 없"(상권, 98쪽)는 처절한 것이었다. 〈작가의 말〉에서와 같이 이 소설은 이른바 '월남 패망'이 "민족해방의 또 다른 준거로 논의되기도" 했던 1980년대의 시각을 수용하여 베트남전으로부터 제국을 배제하는 민족(통일)의 길을 전망하려 했다. '베트남의 수렁에 빠져 개처럼 죽어가'(하권, 118쪽)야 했던 한국군 병사들은 자신들이 제국의 게임을 위해 고용된 국제프롤레타리아임을 깨닫지 못한 희생자였다.

그 밖에도 베트남전에서는 있을 법하지 않은, 한국군 병사와 남베트남 처녀와의 이루어질 수 없는 '슬픈' 사랑을 그린 박영한의 『머나먼 쏭바강』(1978)이라든가 남베트남의 왕정복고주의자를 민족주의적 제3세력으로 조명한 이상문의 『황색인』(1986) 등이 출간된 바 있다.

위에서 열거한 소설들은 모두 베트남전에 대한 공적 기억에 이의를 제기하는 개별적인 해명, 혹은 변명의 성격을 갖는다. 물론 이 소설들이 제시한 나름의 서사적 진실은 월남 이야기를 통해 형성되었을 베트남전에 대한 대중적 기억에 일정한 영향을 끼쳤음이 분명하다. 그러나 소설들이 다시금 상기시킨 베트남전쟁은 이제 대중들에겐 먼 과거의 일일 뿐이었다. 사실 이 전쟁과 관련된 '편치 못한 부끄러움'을 어떤 방식으로든 드러낼 수 있었다는 것은 그에 대해 말하는 일이 더 이상 직접적인 이해(利害)의 문제가 되지 않는 상황이었음을 뜻한다.

1960년대 중반 한국에서 쓰인 월남 이야기는 무엇보다 미국과 박정희 정권의 관계 및 박정희 정권의 성격과 정책을 통해서 설명되어야 할 것이다. 월남 이야기는 정보를 생산하고 규정하며 이를 유통시키는 정치학의 산물이었다. 거듭 말하지만 월남 이야기는 무엇보다 반공개발의 절실함을 주장한 것이었다. 월남 이야기는 야자수 우거진 이국을 비췄고 그곳에 진출함으로써 얻게 될 새로운 국가적 지위를 상상하게 했다. 여기서 베트남은 한국이 반공개발을 통해 더 앞서가고 있는 곳임을 확인하게 하는 장소였다.

월남 이야기가 베트남을 개발되어야 할 곳으로 그린 이유는 근본적으로 여기에 있었다. 즉 월남 이야기는 베트남을 개발해야 한다고 외친 것이 아니라 베트남도 (한국처럼) 개발되어야 하리라고 말한 것이었다. 월남 이야기는 6.25의 아픈 기억을 일깨웠지만 계속해 전해진 한국군의 활약상은 그 상흔을 덮거나 만회토록 한 것이었다. 월남 이야기에서 베트남은 사실 중요하지 않았다. 이른바 '월남의 패망' 또한 반공의 경각심을 일깨웠을 뿐이어서 결과적으로 베트남을 잊는 계기가 되었다. 베트남전쟁을 다룬 소설들의 등장은 앞서 말했듯 1980년대이기에 가능했지만 한편으로는 개발의 이야기가 더 이상 흥미의 대상이 되지 못하고 그것을 수용한 집단적인 압력이 사라지면서 가능했던 것이 아닐까 진단해본다.

베트남전을 비판적으로 돌이킨 소설들이 그에 관한 대중적 기억을 교정했다고 말할 수 있을까? 그렇기 위해서는 월남 이야기를 수용한 대중의 욕망에 대한 비판이 이루어졌어야 했다. '월남 패망' 이후 월남 이야기에 대해 말하는 것 또한 무용한 일이 되었다. 베트남의 기억은 흐려졌다. 위의 소설들은 그런 가운데서 '다시' 읽혔다. 과거 한국군이 베트남에서 무슨 일을 했던가는 아직도 일종의 논쟁적 대상이다.[392] 이 현상

392 2000년대에 들어 베트남에서 한국군의 민간인 학살과 관련한 베트남전 진실위원회의 활동이 있었고 김현아, 『전쟁의 기억, 기억의 전쟁』(책갈피, 2002)와 같은 책이 출간되기도 했다. 그러나 베트남전참전전우회는 『베트남전쟁과 한국군』(베트남전참전전우회, 2002)이라는 책에서 베트남전 진실위원회의 활동을 비판하고 한국군에 의한 민간인 학살은 없었다고 주장했다.

은 월남 이야기가 통용되었던 한국 사회에 대한 역사적 성찰이 이루어지지 않은 결과로 보이기도 한다.

참고문헌

자료

민옥인, 『화제의 월남』, 금문사, 1966.

박안송, 『평화의 길은 아직도 멀다: 월남전쟁 종군기』, 함일출판사, 1969.

배기섭, 『월남 하늘에 빛난 별들』, 세림출판사, 1966.

손주환, 심상중 공저, 『불타는 월남: 파월종군기자의 수기』, 대영사, 1965.

신정, 『쟝글의 벽: 월남을 누빈 일선 소대장의 수기』, 홍익출판사, 1967.

안정효, 『전쟁과 도시』, 실천문학사, 1985.

『오늘의 월남』, 공보부, 1966.

원용석, 『월남전과 한국』, 원무임소장관실, 1966.

이규태, 『피 묻은 연꽃: 월남전쟁기행』, 영창도서사, 1965.

최상수, 『한국과 월남과의 관계』, 한월협회, 1966.

호앙 반 치, 『월남의 현재와 과거』, 김규정 역, 박영사, 1965.

황석영, 『무기의 그늘』(상,하), 형성사, 1985.

논문 및 단행본

국방부군사편찬연구소, 『통계로 본 베트남 전쟁과 한국군』, 2007.

김현아, 『전쟁의 기억, 기억의 전쟁』, 책갈피, 2002.

최용호, 『한권으로 읽는 베트남 전쟁과 한국군』, 국방부군사편찬연구소, 2004.

최용호, 『증언을 통해 본 베트남 전쟁과 한국군』(1~3), 국방부전사편찬연구소, 2002~2003.

Hagopian, Patrick, *The Vietnam War in American Memory*, University of Massachusetts Press, 2009.

Lee, Jin-Kyung, *Service Economies; Militarism, Sex Work, and Migrant Labor in South Korea*, University of Minnesota Press, 2010.

Nguyen-Marshall, Van, "Oral History and Popular Memory in the Historiography of the Vietnam War", *Soldier's Talk*, Edited by Paul Budra and Michael Zeitlin, Indiana University Press, 2004.

Ruane, Kevin, *War And Revolution In Vietnam 1930–75*, UCL Press, 1998.

Virilio, Paul, *Speed and Politics*, Translated by Mark Polizzotti, Semiotext, 2007.

Xiaobing, Li, *Voices from Vietnam War: Stories from American, Asian, and Russian Veterans*, University Press of Kentucky, 2010.

제**8**장

식민지시대 계몽(개척)소설을 통해 본 새마을운동 이야기

— 1970년대 새마을운동 지도자의 수기를 대상으로

1

새마을운동 이야기의 역사성

1972년 새마을운동이 본격적으로 가동[393]되면서 내무부가 관변기록과 홍보를 위해 펴내기 시작하는 책 『새마을운동』에는 상당한 분량의 새마을운동 수기[394]들이 실린다. 각각의 마을을 이끈 '지도자'의 중간보고

393 새마을운동은 1970년 박정희 대통령에 의해 제창된 뒤, 1971년의 '새마을 가꾸기 사업'을 거쳐 1972년 3차 경제개발 5개년 계획의 가동과 더불어 '범국민적 약진운동'으로 전개되었다는 것이 이 운동을 돌이키는 공식적인 글들이 되풀이해 언급하고 있는 바다. 뒷날 새마을운동의 전개 과정은 1970년~1973년까지의 '기반조성 단계'를 거쳐, '사업확산 단계'(1974~1976), '효과심화 단계'(1977~1979), '체제정비 단계'(1980~1989)로 이어졌다고 돌이켜지기도 했다. 『새마을운동 30년 자료집』, 새마을운동중앙회, 2000, 4~6쪽.

394 새마을운동 지도자를 필자로 하는 수기가 형식화되어 출간되기 시작하는 것은 1971년 이후부터이다. 1972년 어름부터는 지역별, 직장별로 숱한 사례를 담은 '미담가화집'이 쏟아져 나온다. 예를 들어 그 가운데 『나는 이렇게 성공했다』(전라남도 광주, 1971)라든가 장석향, 『새마을의 기수: 인내와 지혜와 투지로 가난을 물리친 역군들』(삼일각, 1972) 등은 그 한 예다. 이 글에서는 1973년부터 연간으로 발간된 『새마을운동』(내무부, 문교부)에 부록으로 실린 새마을 '성공사례'들을 대상으로 할 것이다. '마을사례'와 '사업사례', '미

와 같은 성격을 갖는 이 '피땀으로 이룩한 성공사례'들은 정책적으로 부각[395]되었으니, 이야기되는 내용과 그 구성에서 일정한 유사성을 보인다. 1973년에 나온 첫 권『새마을운동』에 실린 수기들의 내용을 간추리면 다음과 같다.

가난에 찌든, 낙후한 농촌의 현실은 어둡고 참담하다. 영세한 농가는 원시적인 농법밖에 모르며 농민들은 나태하여 술과 도박에 빠져 있다. 빚에 짓눌린 농촌이 인정(人情)을 잃은 지도 오래다. 파벌의식에 사로잡혀 있거나 자기중심적인 그들은 서로를 헐뜯고 시기할 뿐이다. 게다가 그들로 하여금 개혁에 저항하게 하는 부정적 요인의 하나는 여전히 만연한 미신이다.

'흙에 대한 신앙'[396]을 갖는, 혹은 이 참담한 현실을 타개하고자 일어선 지도자는 먼저 '잘살아보자'는 결심과 의지를 다진다. 그는 이렇게 외친다. "무엇 때문에 누구의 잘못이 있었기에 이토록 못살아야 하나? 평생을 호구지책에 매달려 그렇게 서럽게만 살아야 하는 까닭이 어디에 있단 말인가?"[397] '하면 된다'와 '잘살아보자'는 지도자가 마음속에 새기는 신조다. 영향력 있는 마을 인사(주로 청년들)들을 찾아 진정(우정) 어린 설득을 시작하는 그(그녀)는 솔선수범하여 실제적인 성과를 거둠으로써 마

담사례' 등으로 나뉜 이 성공사례들이 어느 정도 가려 뽑혀진 대표성을 갖는 것으로 보이기 때문이다.

395 새마을운동 수기는 국가적이고 정책적인 조명을 받았던 것이다. 예를 들어 정부의 장관들과 국회의 분과위원장이 출석하는 경제기획원(현재의 기획재정부)의 '월간경제동향보고' 회의에 농민지도자를 초청하여 성공사례를 발표하는 일도 있었다고 한다.

396 송세근,「실의와 가난에서 벗어나 부촌의 꿈을 키우는 마을」,『새마을운동』, 내무부, 1973, 345쪽.

397 김종원,「개미처럼 뭉친 힘, 바위를 부수고」, 위의 책, 316쪽.

을사람들을 일으켜 세운다.

가난의 원인은 무엇보다 농민들 자신에게 있었다. 농민들은 낙후한 생각을 떨치고 마음가짐부터 새롭게 해야 했다. 지도자는 자력갱생을 실천하여 정신의 개조가 가난을 이기고 농촌을 전면적으로 쇄신하는 조건임을 확인시킨다. 자신들을 바꾸어가는 과정에서는 금주단연 등을 결단하는 모습이 부각되기도 한다. 새 정신은 새 생활로 나타날 것이었다. 허례허식을 버린 검소하고 합리적인 생활 속에서 새마을의 기풍은 자리잡아간다.

지도자는 농로를 새로 닦는 등 마을 환경을 바꾸고 나름의 규약을 정해 자율적인 강제력을 갖게 하는가 하면, 협동심을 북돋아 사업의 효율을 높인다. 상부상조의 전통을 되살리는 것은 생산력을 높이는 방법일 수 있었다. 공동 작업반이 조직되고 뽕나무를 심거나 양계 및 양돈을 모색하는 등 다각적인 방법으로 소득 증대를 꾀하는 것이다. 점차 형편이 나아지면서 마을 금고를 열기도 한다. 새마을공장을 유치하여 농공병진을 꾀하는 것 역시 '협동영농'의 발전된 방향이다. 고향은 안팎으로 쇄신된 면모를 갖추어간다.

마침내 지도자는 대통령을 만나 치하를 듣는 영광을 누리며 시멘트와 같은 부상(副賞)을 받는다. 물론 그(그녀)는 기왕의 성과에 만족치 않고 더욱 부유한 마을을 만들겠다는 포부를 밝힌다.

새마을운동의 구호인 '농촌 근대화'는 박정희 정권이 조성한 준혁명적 상황의 목표였던 '조국 근대화' 사업의 일환으로, 농촌의 개발[398]을

398 여기서 개발은 경제적인 개발이며 곧 산업화를 의미한다. 이병천은『개발독재와 박정희 시대』(창작과비평사, 2003)의 총론인「개발독재의 정치경제학과 한국의 경험」에서 개발이 '국가의 개발'이었으며 "성장 이데올로기의 국민적 공유 및 성장을 위한 국민 동원과

© 국가기록원

목표한 것이었다. 농촌의 개발이란 위의 이야기에서처럼 정신을 개조하여 소득을 높이는 일을 뜻했다. 낙후한 농촌을 잘 사는 곳으로 만들 주인공은 물론 농민들 자신이어야 했다. 수기들은 농민들이 '우리도 잘 살 수 있다'는 자기암시적인 기대와 믿음을 갖게 됨으로써 발전의 길에 들어설 수 있었다고 돌이킨다. 마을 구성원 모두가 마음을 모아 의지를 새롭게

위로부터의 국민 통합"(21~22쪽)을 요구했다고 지적했다. 이 개발국가론은 '사적 이해를 도모하느라 분열되어 있는 사회 대신 국가가 공익을 대변할 수 있다는 국가물신적 공사이분론과 엘리트주의적 반정치론에 사로잡힌' 것이었으며, 경제개발을 위한 국가정책이 '준혁명적 정당성을 갖는다고 보았던 만큼 절차적 정당성을 무시했다'(28쪽)는 것이다.

하는 공동체적 쇄신(刷新)[399]이 농촌 개발의 경로임을 역설한 것이다. 수기들은 자신들의 처지를 바꾸는 새로운 삶의 방식을 획득해가는 지도자와 농민들을 그렸다.

박정희 정권은 산업화의 동력을 정신적 의지에서 찾는 주의주의(主意主義)적 개발을 도모했고 농촌 개발에서도 예외가 아니었다. 새마을운동 과정 내내 되뇌어진 '하면 된다', 혹은 '잘살아보세'라는 구호는 외부의 도움을 기대하기에 앞서 자신들의 의지를 벼려 개발에 나설 것을 명령하고(mandate) 있었다. 자력갱생은 주의주의적 개발의 방침이었다. 새마을운동은 일단 마을 단위로 이루어졌으므로 각 마을의 농민들은 공동체적인 결속을 통해 '마음의 총화'를 다져야 했다. 그렇지만 자력갱생의 조건인 마음의 총화는 이미 그 내용과 방향이 한정되어 있었다고 보아야 한다. 왜냐하면 개발은 국가의 개발이어야 했고 따라서 이를 위한 마음의 총화 — 공동체적 결속 또한 국가적 차원으로 확대되고 모아져야 할 것이었기 때문이다. 마음의 총화가 국가적 통치[400]를 관철시키는 방법이었다고 본다면, 위의 수기들은 단지 누대의 가난으로부터 마을 농민들

399 공동체적 쇄신이란 그 구성원이 정신적으로 개조되고 의지적으로 통합되어 새로워진 공동체를 만들어내는 것이다. 새마을운동은 농업공동체(agrarian gemeinschaft)의 이상을 환기하며 시작되었고 새로운 공동체로 거듭나야 한다는 요구를 되풀이했다.

400 채터지에 의하면 식민 지배를 받았던 후기 식민국가에서 통치자들은 이른바 '민주주의의 원칙'들을 따르기보다 식민통치의 기술을 이어받아 빈곤을 해결하는 경제성장과 개혁의 플랜을 제시했고, 그럼으로써 국가의 발전에 대한 전망을 앞세웠다는 것이다. 민중은 여기에 암묵적으로 동의했다는 것이 채터지의 지적이다.(Partha Chatterjee, *The Politics of the Governed: Reflections on Popular Politics in Most of the World*, Columbia University Press, 2004, pp. 37～41.) 경제개발과 근대화를 외치면서 이를 쇄신된 공동체 건설을 통해 달성한다는 기획은 이 '지배당했던 자들의 정치학(*The politics of the governed*)'에 비추어 볼 수 있다. 공동체적 결속이 지배당했던 과거를 극복하는 빠른 발전의 방법으로 제시되었다는 점에서 특히, 그러하다. 이 정치학은 지배당했던 자가 다른 형식의 지배(통치)를 받아들이지 않는 '통치의 연속성'을 시사하는 것이기도 하다.

을 구하는 이야기일 수 없다. 수기들은 각 마을의 사연이지만 하나같이 농촌의 개발이 국가개발의 '총화체제'[401]를 확립해야 함을 말하고 있었다. 마을의 총화를 국가적으로 이룩하는 것이야말로 새마을운동의 목표였다.

새마을운동 수기는 드디어 성취를 말할(보고할) 수 있게 된 지도자의 발화를 옮기는 전문(傳聞)의 형식을 취했다. 그간의 어려움과 우여곡절을 돌이키면서 문제를 해결하여 성과를 거두게 된 경위를 제시하는 내용이었다. 수기의 플롯은 하나같이 마음의 총화를 다지는 데로 모아진다. 지도자는 그 과정에서 쇄신의 모범을 보이고 헌신적 노력 끝에 농민들의 마음을 얻는다. 물론 지도자는 마을의 외부인이 아니며, 밖으로부터 개발 권력을 부여받는 특별한 절차나 인증의 과정을 거치고 있지도 않다.[402] 수기들은 마음의 총화가 자발적으로 조성되어야 함을 역설했다. 그러나 누구의 특별한 지시 없이도 개발자의 위치에 서서 마을사람들로 하여금 변화가 절실함을 자각하게 하는 지도자, 자력갱생의 화신은 착오 없이 주권자의 (통치)의지를 구현하고 있었다. 지도자는 그 의지를 농민들의 생활 속으로 관철시키는 형상이었다. 농민들의 삶이 고도로 '정치화' 되어야 함을 말하는 수기에서 타율적으로 변화를 좇아야 하는 고충 따위는 언급될 수 없었다.

모든 이야기가 그렇듯 새마을운동 이야기가 이미 씌어져온 이야기

401 『새마을운동』, 문화공보부, 1973, 52쪽.

402 새마을 지도자는 일정한 교육과 연수를 받아야 했지만 지도자의 선정이 항상 특별한 절차를 통해 이루어지지는 않았던 듯하다. 이장 등이 논의를 통해 애당초 지도자를 지목하는 경우도 있었고 또 그간의 성과를 통해 지도자가 되는 경우도 있었다. 어쨌든 지도자의 수기에서는 지도자는 특별히 선도적인 역할을 함으로써 지도자가 되며 지도자가 됨으로써 선도적인 역할을 한다.

에 근거한 것이라면, 지도자라는 자력갱생의 주인공 역시 갑자기 출현한 인물일 리 없다. 사실 자기쇄신의 열정을 갖고 헌신 끝에 농민들의 마음을 얻는 지도자의 선각자적 면모는 여러 전례를 갖는 낯익은 것이다. 그렇기 때문에 시간을 거슬러 자력갱생론이 역사적으로 발생한 과정을 돌이켜볼 필요가 있다.

이 글은 새마을운동 수기를 기왕에 쓰인 농촌 계몽과 개척의 이야기를 통해 검토해보려는 것이다. 새마을운동의 성격과 의미는 식민지시대 농촌진흥운동을 배경으로 하여 분석되기도 했다.[403] 그러나 이야기의 구조와 그 내부의 특징적 계기들을 비교해볼 때 새마을운동 이야기는 헌신적인 지식인 운동자가 농촌사업을 벌인다는 내용의, 1930년대부터 거듭해 쓰인 대중적인 독물들 — 이광수의 『흙』(1933)과 심훈의 『상록수』(1935)[404], 그리고 이기영의 『고향』(1934) 및 『처녀지』(1944) 같은 소설의 이야기와도 긴밀하게 연관되어 있는 듯하다. 이들 소설은 모두 근대화의 거점인 도시에 의해 주변부로 구획된 농촌을 계몽하고 개척하는 이야기를 펼쳤다. 소설의 주인공인 지식인 운동자를 움직이게 하고 또 그들이 농민에게서 조성해내려 한 것은 자력갱생의 의지였다.

자력갱생은 농촌을 공동체의 공간으로 획정하는 조건이었는데, 그렇게 그려진 공동체가 민족적 상상을 수용하거나 최소한 배제하지 않았다는 점에서 이 소설들은 진흥운동의 이야기와 차별된다. 자력갱생으로 공동체의 공간을 획정하려 한 지식인 운동자의 욕망은 민족이라는 기표를 매개하여 전개되었지만 그 욕망은 실현될 수 없거나 변모되어야 했

403 김영미, 『그들의 새마을운동』 푸른역사, 2009, 239쪽.

404 실제로 수기들 가운데서는 지도자가 『흙』과 『상록수』의 이야기를 언급하는 경우도 간혹 보인다. 한 예로는, 「가맛골 마을에 성가 울릴 때」, 장석향, 『새마을의 기수: 인내와 지혜와 투지로 가난을 물리친 역군들』, 삼일각, 1972, 174쪽.

다. 그들이 획정하려 했던 공동체의 공간은 이미 농촌진흥운동이 펼쳐지고 국가적 동원체제가 구축되는 제국의 통치대상이었기 때문이다. 더구나 공동체적 쇄신은 총력전의 수사이자 동원 체제를 구축하는 방법이기도 해서, 쇄신된 공동체 건설의 과정을 그리는 일은 농촌진흥운동이 총력전을 위한 동원 체제 건설로 수렴되는 도정으로부터 자유로울 수 없었다. 공동체의 공간을 획정하려 한 지식인운동자의 욕망과 국가(통치)의 관계는 이들 소설을 읽는 데서 특별히 유념해야 할 사항임이 분명하다. 각각의 마을이 어떻게 자력갱생을 실현하였는가를 보여준 새마을운동 이야기가 국가적 총화체제 건설의 요구에 입각한 것이었다는 점은 기왕의 계몽(개척)소설들을 참조할 때 역사적으로 조명되리라 생각한다.

2

예비적 진단 — 자력갱생은 가능했던가?

새마을운동 수기에서 지도자는 자력갱생의 가능성을 확인하고 이를 실천해 보이는 역할을 한다. 앞서 언급했듯 자력갱생은 마음의 총화로 공동체적 쇄신을 이루어 개발을 수행하는 방침이었다. 자력갱생론은 농촌이 자족적이고 자율적인 공간이어야 한다는 일종의 농본주의 이데올로기에 근거한다. 그렇기 때문에 오랜 공동체적 질서를 새롭게 하는 방식으로 농촌이 자력갱생을 도모할 때, 개발되는 농촌이 농촌으로 보존되리라는 기대 또한 없지 않았던 듯하다. 농촌은 특별한 질서와 규율이 통용되는 원형적 공간이어야 했던 것이다. 수기들은 자력갱생이 농촌을 지키면서 잘살게(개발) 하는 길이라고 말하고 있었다. 도시가 아닌 농촌을, 경쟁을 통해서가 아니라 쇄신된 공동체를 건설하여 개발을 도모한다는 이 대안적 기획은, 그 실제적 가능성 여부와는 상관없이 되풀이 되어온 농촌 계몽과 개척의 이야기가 쓰인 배경을 돌아보게 만든다.

농촌 분해가 광범하게 진행된 근대화 과정에서 그에 따른 자기정체성의 불균형을 만회하려는 방어적 감정으로서의 노스탤지어[405] 역시 일반화되었다고 보면, 농촌은 지켜져야 하면서 동시에 변모되어야 할 곳이었다.[406] 노스탤지어가 농촌을 향한 애호심을 자극했기 때문이고, 농촌을 도시와는 다른 방식으로 '재건'함으로써 귀향은 달성될 수 있었기 때문이다. 식민지시대 이래 계몽 내지 개척이 목표한 농촌공동체의 쇄신은 도시에 대한 선망과 원한을 떨쳐내는 대안이 된다. 더구나 식민지에서 농촌은 종종 민족의 대지로 여겨졌기 때문에 농촌이 자력으로 공동체의 충만함을 회복하는 전망에는 막연하게나마 민족해방의 바람이 담겨질 수 있었다. 갱생하는 농촌공동체가 식민지로부터 민족을 구획해내리라는 기대였다. 농촌을 향한 노스탤지어는 민족으로 귀환함으로써 보다 거룩하게 승화될 것이었다.

앞에서 열거한 『흙』, 『상록수』, 『고향』, 『처녀지』 등은 귀향한 지식인 운동자의 성심 어린 노력이 공동체적 쇄신의 정신적 자원을 모아내는 모범적인 사례를 제시하려 했다. 새마을운동 수기에서 부각된 자력갱생의 의지가 어떤 이야기적 내력을 갖는가 하는 데 대한 추적이 권고문학(advice literature)의 형태를 취한 이들 소설을 상대로 하여 시작되어야 한

405 고향으로부터 분리되는 근대적 과정에서 자기정체성의 불균등한 혼란이 불가피했다고 본다면 노스탤지어는 나르시스틱하게 과거에 함몰됨으로써 정서적으로나마 이 분리를 속이는 방식일 수 있다는 것이다. Andreea Deciu Ritivoi, *Yesterday's Self; Nostalgia and the Immigrant Identity*, Rowman &Littlefield Publishers Inc., 2002, pp. 28~33. 이러한 노스탤지어는 '방어적'인 것이라고 할 수 있다.

406 김철 교수는 이기영의 『고향』과 『신개지』, 『처녀지』와 같은 소설들에서 종종 "전원시적 풍경"이 제시되고 있음을 지적하며 이를 '노스탤지어가 그려낸 원형 공간'으로 진단했다. 이 소설들이 전개하는 농촌 개혁의 이야기는 건설될 미래로의 귀환을 꿈꾸는 노스탤지어에 입각한 것이었다는 분석이었다. 즉 이 소설들에서 제시된 농촌의 개혁이 갖는 의미와 그 한계를 규명한 것이다. 「프롤레타리아 소설과 노스탤지어의 시공」, 『식민지를 안고서』, 역락, 2009.

다고 보는 이유는 여기에 있다. 소설은 수기에 비해 훨씬 복잡한 의장(意匠)을 갖지만, 자력갱생하는 이야기의 틀을 세우고 이를 시험하는 것이었다는 점에서 수기들을 읽는 시금석(試金石)의 역할을 할 수 있을 것이다.

『흙』 등은 우까끼 총독이 농촌진흥운동[407]을 본격적으로 펼치는 시기에 씌어졌다. 이 소설들은 진흥운동이 전개된 농촌을 소설적 배경으로 하는 것이었다. 대공황을 겪으며 농촌 경제의 피폐화가 문제시된 가운데 농민의 생활안정을 위한다는 '경제갱생'의 기치를 걸고 전개된 진흥운동은 '자력공려(自力共勵)'라는 슬로건을 앞세웠다. 자력공려는 협동에의 자율적이고 적극적인 참여를 요구했으니, 공동성의 진작을 위한 용의와 태도를 규정한 구호였다. 생산력 확충 및 민풍작흥이라는 과제와 관련하여 자율적인 협동운동의 필요는 이미 역설되어온 바이기도 했다.[408] 농촌은 도시와 달리 공동체로서의 성격을 갖는 곳이고, 따라서 공동성을 되살림으로써 쇄신되어야 한다는 처방이었다. 자연촌락을 중심으로 진행된 진흥회 활동 역시 지역적 애호심이나 상호부조의 관습을 일깨우고자 했으며, 향약(鄕約)정신을 되살려야 할 것으로 간주하는[409] 등 공동체적인 기

407 1932년부터 식민지에서 본격화되는 농촌진흥운동은 농민들의 불만과 체제변혁적 저항의 가능성을 막고 식민권력과 이른바 유지들에 의한 농촌지배체제를 온존시키려 한 '관제 국민동원운동'으로 규정된 바 있다.(지수걸, 「일제의 군국주의 파시즘과 '조선농촌진흥운동'」, 『역사비평』, 1999년 여름호(통권 47호), 1999. 5. 17쪽) 농촌진흥운동이 시작되는 당시에도 이미 이런 운동에 앞서 먼저 분배 문제를 바로잡는 것이 필요하다는 의견, 즉 '소작권과 단결권의 확립'이 필요하고 '토지겸병'을 막고 농산물과 공산물간의 가격차를 조정하는 정책이 우선되어야 한다는 의견이 제출되기도 했다. 한 예로, 「농촌진흥책의 검토 — 입각점의 차이」(사설), 『동아일보』, 1932. 10. 14.

408 '자력갱생'은 단지 농촌진흥운동에서만 부르짖어졌던 것은 아니다. 1929년의 세계대공황을 통해 식민지농촌의 피폐상이 문제시되면서 생산력 제고와 민풍작흥을 위한 여러 방안 — 문맹퇴치라든가 금주단연, 부업장려, 근검저축, 이촌향도의 경계 등이 처방되었다. 이런 내용은 자력갱생의 의미를 이미 어느 정도 규정하고 있었던 것으로 보인다.

반 형성에 관심을 기울였다. 그러나 농촌의 자력갱생은 식민지국가를 위한 자력갱생이어야 했다. 사실상 농촌진흥운동은 이 국가가 가동시킨 비상시의 캠페인이었으므로,[410] 자력갱생이 농촌공동체를 국가로부터 따로 떼어내 줄 수 있는 것은 아니었다. 농촌 경제의 안정을 목표했던 진흥운동은 이내 증산을 독려하는 동원운동으로 바뀌어갔다.[411] 한 연구자는 농촌진흥운동이 '애국반'이나 '생활신체제'운동을 통해 1938년부터는 촌락의 총동원체제를 본격적으로 구축해간다고 지적했다. 이 과정에서 공동경작이 꾸준히 확대되어 1940년대에 들면 공동작업반의 결성이 전면화되는데, 공동작업반 활동은 도리어 촌락조직의 분화를 가속시켰다는 것이다.[412] 동원체제 안에서 동원을 위해 도모된 공동체가 공동체로서의 결속을 유지할 수 없었다는 지적이었다.

『흙』, 『상록수』, 『고향』 및 『처녀지』는 그것들이 그린 농촌 계몽 내지 개척이 진흥운동의 내용과 겹치는 만큼 진흥운동이 전개된 추이와 그 맥락을 무시하면서 독해될 수 없다. 식민지에서 농촌이 민족을 상상하는 장소였다면, 이 소설들은 민족의 대지에 총동원체제가 구축되는 시간을 통해 쓰인 것이다. 그 과정에서 농촌은 공동체로서의 결속을 확보하기는 커녕 분해되는 운명을 피할 수 없었다. 따라서 위의 소설들은 다음의 물

409 신정희, 「일제하 향약을 통한 지방통치에 대한 소고」, 『서암 조항래 교수 화갑 기념 한국사학논총』, 아세아문화사, 1992.; 윤해동, 『지배와 자치』, 역사비평사, 2006, 348쪽.

410 기본적으로 농촌진흥운동은 촌락의 질서를 식민지 질서로 재편하려 한 것이었다. 그것은 전면적인 반동화의 양상으로 나타난다. 즉 관공서의 명령에 복종하고 국법의 준수해야 한다는 등 국가에 대한 충성을 강요했던 것이다. 농촌진흥운동이 반동적인 정신운동으로 진행된 양상은 이른바 '심전개발운동'의 전개를 통해 살펴볼 수 있다. 이에 대해서는, 김순석, 『일제시대 조선총독부의 불교정책과 불교계의 대응』(경인문화사, 2003)의 '심전개발운동'에 대한 부분 참조.

411 농촌진흥운동은 유사전통적 가치를 표방하는 한편, 군사조직의 특징을 갖추어갔다는 것이다. 윤해동, 『지배와 자치』, 361쪽.

412 윤해동, 『지배와 자치』, 353~359쪽.

음을 통해 읽혀야 한다. 농촌의 자력갱생을 위한 노력은 실제로 어떤 의미를 갖는 것이었던가? 주인공들로 하여금 귀향을 감행하게 하고 계몽 내지 개척을 통해 잘살게 만듦으로써 지키고자 한 농촌이라는 공간은 어떻게 드러났으며 그 소재는 어디였던가? 그들이 자력갱생의 방법으로 도모하려는 공동체의 쇄신, 나아가 공동경작의 노력[413]은 증산의 명령 아래 공동경작이 꾸준히 확대되었던 현실 속에서 과연 어떤 결말에 이를 것이었던가?

농촌의 자력갱생은 민족의 대지를 구획하는 상상을 통해 불가피하고 또 바람직한 길로 여겨졌지만 이미 식민지시대부터 총력전의 수사였다. 쇄신된 공동체를 건설한다는 기획은 그것이 갖는 마땅한 절실함 때문에 가히 주체성을 식민화[414]할 만한 것이었는데, 그렇기에 또한 국가의 기획이 되었던 것이 아닌가 하는 생각도 해봄직하다. 즉 통제라는 형식의 외압이 마땅한 것에 대해 감정적 호응으로 치환되는 과정을 통해 주체성의 식민화가 진행되는 것이라면, 공동체적 쇄신에 대한 감정적 호응이 크고 지속되는 만큼 국가적인 동원 역시 효율적으로 진행될 수 있었다고 보아야 한다. 계몽(개척)소설들이나 새마을운동 수기의 이야기는 이 메커니즘 위에서 쓰였던 것이 아닌가 생각된다.

새마을운동에서 역시 자력갱생의 요구는 농촌을 공동체로 보존하려

413 『흙』의 '허숭'은 공동경작을 주도하고 있고 『상록수』의 '동혁' 역시 공동답 건설에 매달리고 있다. '남표'(『처녀지』)가 도모하는 개척은 애당초 공동의 사업이다.

414 감정은 특정한 조건 속에서 주체성을 식민화하는 것이다. 즉 어떤 감정이 사회적으로 바람직한 것이고 어떤 감정을 가져야 성공이 보장된다는 생각(요구)은 개인을 효율적으로 통제하게 된다. 누구나 상황에 적절한 감정을 가짐으로써 자기존경을 확보하고 다른 사람에게도 영향을 끼치려 한다면 감정에 의한 주체성의 식민화는 매우 보편적으로 진행되어 온 현상일 수 있다. Sighard Neckel, "Emotion by Design: Self Management of Feelings as a Cultural Program", *Emotions as Bio-cultural Processes*, Birgitt Röttger-Rössler, Hans J. Markowitsch edit, Springer, 2009, pp. 184~192.

한 것이 아니었다. 두루 알다시피 새마을운동이 전개된 시기는 농촌 분해가 가속되기 시작한 때다. 사실 이 캠페인은 1960년대 중반 이후 진행된 빠른 산업화가 농촌을 일층 더 낙후한 곳으로 만든 연후에 시작되었다. 농촌은 박정희 정권이 중화학공업육성을 목표로 성장의 도모하는 과정에서 배제되어 있었다. 이윽고 1970년대 들어 개시된 새마을운동은 '조상 대대로 살아온 영원한 고향이자 우리가 살아갈 삶의 터전'[415]인 농촌을 지켜야 한다고 호소했지만, 농촌이 영원한 고향으로 남을 가능성은 애당초 없었다. 이미 여러 소설들에서 고향(농촌)은 떠나야만 하거나[416] 돌아간다고 해도 알아보지도 못하게 바뀐 곳[417]으로 그려졌다. 나날이 유족해지는 농촌공동체의 전망을 제시한 새마을운동 수기들의 내용은 실로 기만적인 것이었다. 농촌의 개발이 산업화라는 국가적 개발의 방향을 거스를 수 있는 것이 아닌 한 자력갱생은 농촌을 잘사는 공동체로 지켜내는 방법일 리 만무했다.

415 머리말, 『새마을운동』, 내무부, 1973.
416 김승옥의 「무진기행」(1964) 참조.
417 황석영의 「삼포가는 길」(1973) 참조.

3

공동체의 경계, 혹은 소재

한국 근대소설에서 귀향은 중요한 주제이자 빈발하는 화소(話素)이다. 변호사가 된 『흙』의 '허숭'은 출세 길이 열린 서울을 버리고 '살여울'로 향하며, 『상록수』에서 '박동혁'은 '채영신'의 손을 잡은 채 "공부고 뭐고 다 집어치우고서 우리의 고향을 지키러 내려가자"[418]고 외치고 있다. '김희준'(『고향』) 역시 일본 유학에서 돌아오자마자 곧바로 농촌에 눌러앉는다.

이들 소설에서는 농촌의 아름다운 자연이 묘사되기도 하지만 '가난에 부대끼고 빚과 병에 졸리는' 농민들의 현실은 암울하다. 고향은 '원시부락'(『상록수』, 13쪽)과 같이 낙후된 채로 머물러 있거나 아니면 '회사와

418 심훈, 『상록수』, 박헌호 책임편집, 문학과지성사, 2005, 50쪽. 이후의 인용에는 쪽수만 부기함.

은행, 그리고 농장의 것'(『고향(상)』[419])으로 바뀌어가는 곳이다. 이미 몇몇 신경향파 소설들은 극한의 빈궁 속에 버려진 농촌의 참상을 고발했다. 박탈의 삶을 살아야 하는 농민들의 원한에 동감하고 연민의 마음을 갖는 것은 일반적인 독서의 방식이었을 것이다. 그러나 농민을 열등한 낙오자로 간주하는 시선 또한 특별하지 않았다. 『흙』의 한 인물은 바야흐로 '상공업'이 주가 된 시대에 농사는 '인종지말(人種之末)이나 하는 일'[420]이라고 내뱉고 있다. 과연 근대화 과정에서 도시가 모더니티의 당대성(contemporaneity)을 수용하는 중심이 될 때 농촌은 뒤떨어진 시간 속에 남겨져야 했다. 농촌을 벗어나 도시로 나가는 것은 출세나 생존을 위해 불가피하고 필연적인 선택이었다. 그렇다면 선망의 대상인 도시에서의 삶을 버리고 농촌으로 향하는 주인공들의 귀향은 근대적 이동의 추세를 거스르는 행위가 된다. 왜 이들은 귀향을 감행하고 있는가?

먼저 허숭의 경우를 보자. 탐욕과 치정으로 얼룩진, 어설프게 양풍(洋風)을 좇는 복마전은 『흙』이 그려낸 서울의 한 모습이다. 빠른 변화 속에 있는 도시의 삶은 번란하고 삭막하며 정처가 없다. 살여울을 찾았다가 서울로 돌아오는 허숭은 경성역에 내리자마자 "바쁜 택시의 떼, 미친 년 같은 버스, 장난감 같은 인력거, 얼음가루를 팔팔 날리는 싸늘한 사람들"(16쪽) 속에 던져진다. 고학으로 변호사가 되어 이제 세속적 성취를 바라보게 된 그지만 모더니티(자본주의)가 천박하고 비정하게 관철된 도시에서의 삶을 회의하고 있다면, 장차 출세를 위해 그가 쏟을 노력 역시 허망한 분투가 되고 말 터였다. '윤 참판'의 사위라고 해도 든든한 배경을 갖지 못한 그에게 이 새로운 지위는 그다지 안정적인 것이 못되었다. 무

419 이기영, 『고향』, 한성도서주식회사, 1936, 15~16쪽. 이후의 인용에는 쪽수만 부기함.
420 허숭과 대화하며 '김갑진'이 내뱉는 말. 이광수, 『흙』, 이경훈 책임편집, 문학과지성사, 2005, 62쪽. 이후의 인용에는 쪽수만 부기함.

엇보다 그가 도시에의 귀속을 회의하는 한 그는 자신이 선망해마지 않았고 이윽고 누리게 된 세속적 성취에 대해 분노할 수 있었기 때문이다.[421] 성공가도에 오른 이 주변인에게 귀향은 도시가 그에게 입힌, 혹은 장차 입히고 말 상처를 만회하는 선택이 된다. 소설은 유순의 이야기를 통해 허숭의 마음이 이미 고향으로 향해 있음을 알렸다. 도시가 아닌 좀 더 우호적인 곳으로 떠나려는 혼란스러운 열정 — 노스탤지어가 유순과의 기억을 돌이키는 방식으로 제시되었던 것이다. 그가 있어야 할 곳을 찾아간 귀향은 이제 허숭을 정착시켜 다시 주변으로 밀려날 수 없게 하는 교두보를 마련하는 데 이르러야 했다. 그의 귀향은 멜랑콜리를 극복하면서 노스탤지어를 충족하려는 기획이었다.

허숭은 살여울을 '잘살게'(192쪽) 만들겠다는 포부를 피력한다. 『상록수』의 동혁이 먼저 쓰러져가는 고향집을 '일으켜 세울 도리'를 찾아야 한다고 되뇌고 있듯(48쪽), 농촌의 가난을 해결하는 일은 무엇보다 앞서 귀향자가 수행해야 할 임무였다. 귀향이 낙후한 농촌을 지키고 살려내야 한다는 위기의식과 관련되어 있었기 때문이지만, 고향을 '일으켜 세움'으로써만 그에의 귀속이 확인될 터였기 때문이기도 하다. 즉 귀향은 자기정체성을 새롭게 세우려는 욕망과 관련된 것이어서, 그저 농촌으로 돌아간다고 해서 달성될 일이 아니었다. 비상한 헌신과 봉사를 기다리는 농촌은 일종의 예외적 공간으로 여겨졌고 농촌의 원한에 부응하려는 그는 희생적인 교사거나 헌신적인 메시아일 수 있었다. 그럼으로써 공동체의 공간을 새롭게 획정하는 꿈이야말로 도시에서의 출세를 대신할 만한 것

421 선망이 분노로 바뀌는 감정적 메커니즘에 대해선, Sighard Neckel, "From Envy to Rage?: Social Structure and Collective Emotions in Contemporary "Market Society"", 6th Conference of the European Sociological Association in Murcia, September 23th~26th, 2003.

이었다.

농촌이 공동체의 공간이라는 생각, 질주하는 모더니티로부터 뒤처진 만큼 무엇인가 오래고 고유한 것을 남겨 갖고 있으며 그런 만큼 다른 가능성을 갖는다는 기대는 일반적이었다. '식민지 도시의 우울'을 떨쳐내지 못하는 식민지 지식인에게 농촌이 또 다른 건설과 자기쇄신의 장소로 여겨졌던 것은 당시의 한 트렌드이기도 했다. 앞서 말했듯 농촌 공동체로부터 자기정체성을 새롭게 확보하려는 기대는 이를 민족적인 것으로 구획하는 상상과 관련된다. 소설은 허숭의 정신적 스승인 한민교 선생의 입을 통해 '농촌 사업'이 곧 조선을 살리는 길임을 주장하고 있거니와, 농촌 행이 민족을 향하여 가는 길이라면 민족은 노스탤지어의 거룩한 표상이었다. 그렇기에 버려진 농촌으로 돌아가는 운동자는 뒤처진 민족을 일으켜 세우는 중차대한 역할을 자임할 수 있었다.

살여울이 민족의 공간으로서의 가능성을 환기했다고 볼 때 귀향한 허숭의 활동은 일찍이 작가 이광수가 쓴 「민족개조론」(1921)의 연장선상에서 검토될 필요가 있다. 허숭이 수행하는 농촌과 농민의 계몽은 민족개조라는 근대화의 기획을 상상을 통해 개진한 의미를 갖는다. 허숭에게 이 계몽적 근대화는 그저 (서양) 지식이나 기술에 의해 성취될 수 있는 일이 아니었다. 식민지 도시에서와는 다른, 노스탤지어의 완성이라는 목표를 갖는 대안적 근대화는 무엇보다 공동체를 굳건히 하려는 비상한 용의와 진정을 필요로 하는 사업이었다. 즉 도시적 모더니티를 좇지 않는 쇄신된 공동체를 건설하려 한 것이고 이로써 민족개조를 실현하려 한 것이다. 허숭은 먼저 농민의 낮은 자리로 내려서리라 다짐한다. '가장 가난한 농민의 심부름을 해주며 글을 가르치고 소비조합을 만들어주겠다'(48쪽)는 그의 결심은 헌신의 지극한 성심을 보여 집단적인 변성(變性)을 유도한다는 전략에 입각해 있었다. 농민들이 마음으로 집단적인 변성을 이룩하지 않고 농촌경제의 개선은 있을 수 없었다. 성심에 의한 감화는 농민들의 자발성을 이끌어내는 방법이었으며, 그렇게 함으로써 농민들이 자력으로 갱생의 방책을 모색하도록 한다는 기획이었다.

과연 허숭이 농촌에서 실제로 벌인 일은 어떤 것인가. 살여울에 내려온 그는 마을 사람들을 모아 체조를 가르치고 논을 개간하며 '공동경작'을 주도하는 한편, 타작마당과 창고를 만들기도 한다.(361쪽) 허숭이 시도하는 사업의 내용은 동혁의 경우와 대동소이하다. 동혁 역시 공동답에 매달리고 허숭의 협동조합과 다르지 않은 이용조합을 결성한다. 금주단연 및 절약저축은 공동체를 도덕적으로 결속하는 일상의 과제가 된다. 일정한 규범과 준칙들을 세워 따르게 함으로써 공동체의 공간을 획정하는 것이 이 운동자들의 계몽사업이었던 것이다. 물론 공동체의 공간이 외부와 절연된 것일 수는 없었다. 변호사인 허숭은 마을 사람들의 송사(訟事)를 돌보기도 한다. 그러나 이내 공동체의 외부가 곧 내부이고 따라서 공동체의 경계란 그어질 수 없는 것이었음이 드러난다. 유순의 사망사건과 관련하여 조사를 받게 된 허숭은 주재소 소장으로부터 "지금 그런 일은 당국에서 다 하고 있는 일인데, 네가 그 일을 한다는 것은 당국이 하는 일에 대해서 불만을 가지고 당국에 반항하자는 것이 아닌가"(689쪽) 하는 힐난을 듣는다. 쇄신된 공동체를 건설하려는(민족개조의 기획일 수 있는) 허숭의 사업이 애당초 당국(식민국가)의 일임을 단언하는 주재소 소장에 의하면 허숭은 감히 식민국가와 경쟁을 벌인 것이다. 소장은 허숭이 이룩하려는 공동체의 소재를 확인시키며 그가 살여울을 위해 쏟은 성심이란 국가에 의해 관할되어야 한다고 말하고 있었다. 왜냐하면 살여울 역시 식민국가의 확정적 영토였기 때문이다. 결국 허숭에겐 협동조합과 야학회를 조직했다는 이유로 징역이 언도되기에 이른다. 그는 식민지의 법(여기서는 '치안유지법')에 의거해 처벌되고 만다.

변호사였지만 이의 없이 죄수가 되어 형벌을 감수하는 허숭은 무죄한 희생의 파토스를 환기함으로써 새삼 민족을 정서적 차원에서 구획한다.[422] 허숭이 식민국가의 사업을 넘보았다면 그의 죄는 그가 보인 성심이 궁극적으로 가리키는 방향에 따라 물어져야 할 것이었다. 과연 허숭은 민족의 재건을 기획하고 있었던가? 민족재건은 식민국가의 경계를 벗어나야 하는 것이고, 따라서 이를 위한 개조의 기획은 어떤 방식으로든 제국에 맞서는 투쟁의 프로그램을 내장하고 있어야 했다. 그러나 허숭이 살여울을 잘살게 하려고 애쓰는 이야기에서 그러한 프로그램의 흔적을 찾기는 어렵다. 농촌을 살려 조선을 살리겠다는 꿈은 그 공간을 다르게 규정하려 하지 않는 한, 민족자치론의 경우처럼 그것이 놓일 위치에 대한 소망 충족적 기대 내지는 자기기만적 착각 속에 빠져들게 마련이었다.

『상록수』의 경우, 동혁과 영신이 열정으로 건설하려는 농촌공동체는 여러 가지 점에서 민족적이라기보다 인민주의적이다.[423] 무엇보다 품성의 공동체를 구획함으로써 정치적 자치권의 확보를 상상한 점에서 그러하다. 그들이 지어 부르는 '애향가(愛鄕歌)'는 과연 지역에 대한 애호심을 품성공동체의 이상과 결합시키고 있다. 가난하지만 "송백(松柏)같이

422 이경훈 교수는 이 부분에 대해 다음과 같은 해석을 가한 바 있다. "법률적 지식과 활동을 방기하고 '시골 상놈'의 수준에서 잘못된 처벌을 감수함으로써, 허숭은 유순에 대한 죄의식을 씻고 그 관계를 상징적으로 회복한다. (중략) 그는 국가의 변호사로 불리는 대신 기꺼이 죄수로 호명된다. 이는 일본 국가와 모순된 것으로서 조선 '민족'을 정립한다. (중략) 허숭의 새로운 정체성인 '죄수'는 전근대적 신분질서는 물론, 일본 국가의 법률과 근대적 계약관계를 넘어서는 '민족'의 경험을 파토스적으로 설득하는 일종의 민족이성을 극적으로 표현한다. 이로써 '민족'은 대중적으로 경험되고 육체적으로 이해되기 시작한다. (중략) 이는 저항의 감각을 확립하고 수식한다." 「'흙', 민족과 국가의 경합」, 『대합실의 추억』, 문학동네, 2007, 82~84쪽.

423 인민주의의 이데올로기적 양상에 대해서는, Donald MacRae, "Populism as an Ideology", *Populism; Its Meanings and National Characteristics*, eds. Ghita Ionescu, Ernest Gellner, Weidenfeld and Nicolson, 1969.

청청한" 구성원들의 임무는 '목숨이 끊어질 때까지' "한 줌의 흙도 움켜쥐고 놓치지 말아"(75~76쪽)야 하는 것이다. '피와 땀으로 고향을 지킴으로써' 농촌을 구하겠다는 계몽운동자에게 외부의 간섭은 마땅히 배제해야 할 것인 듯하다. 자력갱생 — 공동체의 자율성을 강조한 만큼 그들의 활동은 또 다른 방식으로 국가와 경쟁을 벌이고 있는 것처럼 보이기도 한다. 그러나 그들의 자율성은 겨우 '회관'을 짓는 데 그친다.

허숭에게 제재가 가해지는 사건은 식민지국가와 법이 어떤 예외나 누구의 이탈도 불허하는 것임을 확인시켜준다. 그런데 재판 과정에서 허숭이 일절 이의를 제기하지 않는 이유는 애당초 그가 예외의 입장에 서려 하거나 이탈을 원하지 않았기 때문이라고 보아야 한다. 사실 소설 속에서 그는 농촌을 잘살게 하는 일이 국가 안에서 시도될 수밖에 없다는 생각을 밝혔다. 그에게 공동체란 '현 사회조직을 그대로 두'는 위에서 간고한 농민의 현실을 개선하기 위한 것이었다.

> "어디 해보자. 내 힘으로 살여울 동네를 얼마나 잘살게 할 수 있는가. 맑스주의자들의 계급투쟁 이론의 가부는 차치하고 어디 건설적으로, 현 사회조직을 그대로 두고, 얼마나 나아지는지 해보자. 이것은 내가 동네 사람들과 더불어 할 수 있는 일이 아니냐. 장래의 천국을 약속하는 것보다 당장 죽을 농민을 살릴 도리, 아주 살릴 수는 없다 치더라도, 고통을 감하고, 이익을 증진할 도리?이것은 내 자유가 아니냐."
> (192~193쪽)

작가 이광수가 생각한 민족의 개조가 제국의 법을 벗어나기 위한 것이 아니었듯 허숭은 자율적 공동체를 건설하려 하지 않았다. '당장 죽을 농민을 살'리려는 긴급한 방책이 개량주의적 한계를 넘어설 가능성은 없었다. 국가체제를 변화시킬 대상으로 보지 않는 개량주의는 경우에 따라 그것을 초월적 배경으로 자연화하는 것이다. 국가를 자연화함으로써 개량의 대상을 한정하는 개량주의에 주어지는 선택의 폭은 좁다. 국가의 부분적인 개선은 개량주의가 기도하는 최대치이다. 그러나 이를 달성하는 순간 개량은 국가의 사업이 될 것이었다. 성심으로 집단적 변성을 이루어내는 것은 살여울을 잘살게 하겠다는 포부 아래 허숭이 도모한 바였다. 허숭의 피체는 이 공동체가 놓일 소재를 확인시키고 공동체의 건설 자체가 국가의 사업이어야 함을 명령한 사건이었다. 제도('현 사회조직')가 허용하는 범위 안에서 쇄신된 공동체를 건설하려는 자력갱생의 꿈은 애당초 국가의 기획 안에 있었다.

허숭의 피체에도 불구하고 소설 속의 여타 인물들은 허숭의 희생을 딛고 대지로 귀환함으로써 성심의 가능성을 재삼 투사해내고 있다. 공동체의 공간을 새롭게 획정하려는 욕망은 도덕적 개혁의 대의로 확대되는 듯하다. 하지만 이 성심 릴레이 역시 식민지국가의 기획 안에서 진행되는 것인 한 그에 대한 '동의(consent)'의 연쇄로 읽을 수밖에 없다. 식민화된 주체성이 아무리 주권에 대한 환상을 갖는다 하더라도 그것은 환상에 불과하다. 마땅한 길을 선택한 그들은 공동체의 도덕적인 결속이 언젠가는 국가를 쇄신하리라 기대하고 있는 것인가? 그렇다면 허숭과 그의 후계자들을 움직이게 한 민족이라는 기표는 식민국가의 쇄신을 통해 그 경계가 확보될 수 있지 않을까 소망하는 어떤 모호한 것이 되고 만다.

농촌을 선택한 지식인 운동자들이 당대성을 갱신하는 도시적 모더니티 안에서는 불가능한 공동체적 쇄신의 가능성을 실현하려 하는 이야기는 여러 입장에서 되풀이되어왔다. 공동체의 쇄신은 도덕적이며 인간적인 완성을 향해가는 길이라는 생각 역시 널리 받아들여졌던 것이다. 그러나 이 대안적 공간이 운동자에 의해 획정될 수 있었던 것은 아니었다.

달리 말해 운동자가 주권자가 될 가능성은 없었다. 일본 제국주의는 (서구적) 모더니티에 맞서는 공동체적 쇄신을 명령하는 방식으로 총력전을 요구했다. 농촌공동체가 총동원을 위한 국가기구의 공공성에로 포섭되게 마련이었다면, 허숭과 같은 인물은 국가의 사업을 대행한 형상이 되고 만다. 그가 마을 차원의 자율성[424]을 과도하게 기대했다면 그것은 그의 착각이었다. 또 다른 귀향자 김희준의 경우는 어떠한지 살펴보자.

424 한 연구자는 전시동원체제가 수립되기 이전까지 촌락차원의 진흥운동은 어느 정도의 자율성을 확보할 수 있었다고 지적한다.(이용기, 「일제시기 모범부락의 내면과 그 기억」, 『한국사학보』 38호, 2010. 2. 345쪽) 물론 계몽적 인물에 의한 자율적 개혁보다 행정력에 의한 변화가 더 지배적으로 작용하여, 모범부락이라고 하여도 운동은 하향식 추진의 한계를 보였지만, 그럼에도 불구하고 농민들의 '인정욕망' 또한 강했다는 것이다.(360~361쪽)

4

변혁에서 개척으로

식민화를 진행시킨 모더니티에 어떻게 맞설 것인가는 식민지 농촌 문제를 거론하는 데서 핵심적인 논제였다. 농촌이 모더니티의 작동으로부터 유예된 별도의 공간일 수 없고 오히려 그것이 가장 약탈적으로 관철되는 장소라는 인식은 이미 특별하지 않았다. 『고향』은 농민이 식민체제(모더니티) 속에서 온존된 소작제도에 맞서 쟁의를 벌이는 과정을 그려냈다. 이야기의 뼈대가 되는 사건인 소작쟁의가 농촌을 둘러싼 식민관계의 해소를 궁극적으로 겨냥하고 있었다면, 쟁의 과정에서 농민들이 눈떠가는 장면들은 식민지 농촌이라는 낙후한 곳에서 새로운 역사적 발전의 단초가 마련되고 있었음을 알리는 의미를 갖는다. 김희준에게는 이 기획을 안내하는 역할이 주어졌다.

일본에서 돌아오는 김희준을 맞는 것은 읍내가 '큰 시가(市街)를 이루고 기찻길이 동네 앞뜰을 뚫고 지나가고 공장이 들어선', 사뭇 달라진 고향의 모습이다. 그는 길을 잃은 나그네와 같은 소조한 마음을 금치 못한다. 그럼에도 불구하고 이내 소설은 이 변화 앞에서 문득 '형용하지 못할 쾌감'을 느끼는 김희준의 모습을 비춘다.[425] 그의 마음속에서 갑작스레 일어난 감정의 전환은 고향을 바꾼 변화가 또 다른 변화로 이어지리라 전망한 데 따른 효과였다. 즉 농촌에 가해지는 식민지 모더니티의 위협이 이를 극복하려는 긍정적인 변화 또한 진행시키리라 기대한 것이다. 김희준을 초점화자로 하는 다음의 독백은 자연적인 순환의 법칙처럼 변화는 이미 진행되고 있다는 생각을 드러낸다. 새 것은 어떻게든 낡은 것을 밀어낼 것이었다.

> "모든 것은 새 생활을 앞둔 고민과 같았다. 태아를 비롯는 산모의 진통과 같이 묵은 것은 한편으로 씨러저 간 것 같다. 그것은 다만 묵은 것을 조상하는 것은 아니었다. 묵은 둥치에서 새싹이 엄돗는 것과 같다 할까? 늙은이는 더 늙고 죽어갔으나 젊은이들은 여름풀과 같이 씩씩하게 자라났다. 어린아이들은 몰라보도록 컸다. 인순이는 색시태가 흐르고 인동이는 몰라보도록 장성하지 않았는가?"(상권, 25쪽).

과연 농민들의 성장은 이미 공장이 들어선 농촌의 변모된 풍경 속에서 진행된다. 쟁의의 이야기를 농촌 변혁의 알레고리로 읽어야 한다면, 이 변혁은 '기찻길이 동네 앞뜰을 뚫고 지나간' 사태를 거스르기보다 이를 극복함으로써 농촌을 예전과는 성격이 다른 곳으로 바꾸려는 사업이었다. 농촌은 이미 과거의 고향이 아니었거니와, 장차 이루어질 변화는 결코 '아름다운 과거'를 돌이켜 내지 못할 것이었다. 쟁의가 투사하는

425 "그동안의 변천은 어쩐지 형용하지 못할 그런 쾌감을 자아냈다."(상권, 24쪽)

해방의 전망은 농민들이 대지(혹은 낙원)의 정주민(定住民)으로 귀환하는 길을 가리키고 있지 않았다. 과연 이 소설에서 소작쟁의는 노농연대로 발전한다. 성장하는 건강한 농민들 몇몇이 활동적 노동자가 되는 소설 속의 에피소드들은 농민이 더 이상 과거에 머무를 수 없음을 보여주었다.

그렇지만 『고향』을 농민이 계급적으로 각성, 변모해가는 과정을 그린 소설이라고 단언하기는 어렵다. 이 소설에서 농촌과 농민의 변혁이 진행될 데에 대한 전망은 분열되어 있다. 자연적 순환의 법칙에 대한 믿음을 표할 때와 달리 김희준은 번번이 우울한 모습으로 등장한다. 스스로 규율을 세우기보다 농민들이 자신들의 현실을 자각할 때 필연적으로 바뀌어 가리라 기대하는 점에서 그는 허숭처럼 도덕적이지는 않지만, 여러 제약과 맞닥뜨리는 가운데 이미 내세운 신념과 상충되는 자신의 심사를 드러낸다. 예를 들어 아내에 대해 불만이고 다른 여인을 향한 성적 욕망을 억제해야 하는 내면의 갈등은 그가 자신을 통제하고 있지 못할 뿐 아니라 현실 또한 기대와 달리 완고한 것임을 에둘러 비추고 있는 듯하다. 그렇기 때문에 그에게 혁명은 종종 좀 더 우호적인 곳으로 떠나려는 혼란스러운 열정의 상태인 노스탤지어의 대상이 되고 만다. 농촌의 변혁이란 기왕의 농촌을 사라지게 만들 것이었음에도 불구하고, 소설의 서술자는 잃어버린 아름다운 낙원의 기억을 회고해내는가 하면 인물의 형상화나 이런저런 삽화들에서 낭만적인 채색을 피하지 않음으로써 노스탤지어를 공연하게 드러내었다. 결과적으로 소설의 주제가 되는 농촌의 변혁은 농촌공동체를 온전히 지키는 데 그 목적이 있는 것처럼 보이기도 한다. 변혁의 전망이 자족적인 공동체에 대한 유토피아적 비전으로 추상화되고 있음은 현실에서 변혁의 가능성을 구체적으로 확집하지 못한 상황을 반영하는 것일 수 있다. 낡은 것을 밀어내는 자연적 순환에 대한 기대가 상실한 낙원을 회복하는 상상으로 표현될 때 현실은 막연하게 도덕적으로 재단되기 십상이다. 농촌을 공동체로 쇄신하려는 변혁이란 그 의미를 매우 제한하거나 왜곡하게 될 것이었다.

마침내 소작쟁의는 성공에 이른다. 그러나 이 결말은 김희준도 인정하고 있듯 농민들 스스로의 역량으로 이루어낸 성과는 아니며 노농연대의 승리 역시 아니었다.[426] 그것은 우연하고 단발적인 사건들이 중첩되면서 빚어진 뜻밖의 산물이었다. 나름의 이해에 입각한 조정과 유사 인정주의적 타협으로 얻어진 쟁의의 승리 아닌 승리가 변혁 과정의 단계적 지점을 표한다고 여기기도 어려우므로, 농민들은 자신들의 노력에 따른 것이 아닌 수혜자가 된 셈이다. 현실이란 낡은 것을 밀어내는 자연적 법칙이 관철되기보다 복잡한 이해관계와 사회적 힘들이 중층적으로 작용하는 예상하기 힘든 곳임을 역설적으로 확인하게 되는 이 소설의 결말에서 농촌 변혁의 전망은 새삼 모호해진다. 농민들이 변혁의 주체로서 자신들의 성장을 입증해내지 못했고 김희준이 변혁의 이념을 구체적 실천을 통해 신념으로 다질 수 있었던 것도 아닌 이상, 장차 어떤 전망을 갖고 어디로 나아가야 하는가는 여전히 암중모색의 과제일 수밖에 없었기 때문이다.

이기영은 이후 장편소설『신개지』(1938)나『봄』(1940)을 통해 근대적

426 소작쟁의의 성공에 이르는 사건들의 연쇄는 '안갑숙'과 관련된 '추문'을 둘러싸고 진행된다. 그것은 농민들의 혁명적 성장과 무관한 것이다. 김희준 역시 소작쟁의에서의 승리를 '튼튼한 실력으로 하지 못하고 한 개의 위협 재료를 가지고 굴복받은 부끄러운' 결과라고 인정하고 있다. 물론 혁명의 결실이란 상상될 수밖에 없는 불투명한 것이어서, 혁명서사에는 갈등하는 혁명적 주체, 분열하는 주인공의 모습이 나타날 수 있다. 그러나『고향』의 경우, 그러한 분열은 서사가 종결되는 지점까지 봉합되지 않는다. 혁명적 성장과 통합의 과정이 그 결실이어야 할 소작쟁의로 이어지지 않는 것이다. Shin Hyung-ki/ Park Jae-ik, "Re-reading Yi Gi-yeong's Hometown; Two Aspect of Progress", *Innovation; East Asian Perspective*, A Multidisciplinary conference at UCLA, Jan. 25~26, 2013.

변화의 소용돌이가 농촌으로 관철되며 나타나는 상승과 전락의 삽화들을 이어냄으로써 식민지 농촌의 생태학적 역사성을 돌이켜 내기도 했다. 그러나 식민지시대 말기로 갈수록 그에게 농촌공동체를 건설하는 이상은 농촌에서 진행되었던 변화의 종국에 놓여야 할 것이 되었던 듯하다. 만주의 수전개척사를 다룬 이른바 '생산소설' 『대지의 아들』(1940)은 농촌을 개척의 공간으로 그려냈다. 농촌 변혁이라는 주제와 달리 개척은 자족적 공동체의 건설을 명시적으로 목표하는 것이었다. 이 소설에서 개척의 공간이 되는 만주는 국가의 개입이 상대적으로 느슨할 수 있는 곳처럼 서술되어서, '대지의 아들'들이 공동체를 이룩해가는 모습은 보다 낭만적으로 그려졌다. 그러나 만주라고 해서 자율적인, 혹은 민족적인 공동체의 획정이 가능했던 곳은 아니었다. 신경(新京)의 한 병원에서 조수일을 하는 예비의사 '남표'가 도시를 버리고 만주오지의 조선인 마을로 낙향해 의료 활동을 펼치며 개간을 주도한다는 줄거리의 『처녀지』(1944)[427]는 애당초 그 가능성을 부인하는 데서 시작된다.

『처녀지』 역시 특별한 대안적 공간으로서 농업공동체 건설의 전망을 제시했다. '도회 사람을 증오해'[428]마지않는 이 지식인 운동자가 오지에 세워내려는 공동체는 도시에서는 불가능한 건강함과 서로에 대한 헌신의 마음으로 채워져야 할 곳이었다. 그런데 서술자는 남표와 같은 의사가 '사회적 책임이 큰 공기(公器)'임을 지적하며 '현하와 같은 비상시국에서는' 책임 있는 자의 선택이 한층 중요한 의미를 갖는다는 점을 강조하고 있다.(상권, 57쪽) 과연 수도사와 같이 염결하고 과묵한 그는 김희

427 이기영, 『처녀지(상)』, 삼중당서점, 1944, 103쪽. 이후의 인용은 쪽수를 병기함.
428 "그들에게 지식을 넣어주고 과학정신을 배양식히자면 부지중에 그들이 감화해야 된다. 그것은 어떤 힘으로 강제해서도 안 되고 무위이화(無爲而化)로 불언실행(不言實行)이 있어야 한다."(상권, 145쪽)

준과 달리 적극적으로 농민의 본보기가 되려 한다. 성심을 다해 농민들의 보건을 지키는 예비의사에게 개척이란 정신뿐 아니라 육체를 대상으로 하는 것이었다. 그의 활약을 뒤쫓던 소설은 마침내 '건민(健民)이어야 건병(健兵)'(하권 404쪽)이 될 수 있음을 일깨운다.

남표의 개척 — 공동체적 쇄신을 향한 노력은 만주오지의 조선인 마을을 제국에 편입시키는 방법이었다. 그는 새로운 질서를 부식함으로써 개척의 공간을 획정하지만 역설적이게도 만주의 오지라는 위치에서 그 공간을 제국에 복속시켰다. 결과적으로 공동체는 국가의 편재성(ubiquitous)을 확인하는 것이 된다. 남표의 지극한 성심이 제국에의 봉공(奉公)으로 나아간 이유가 과연 '친일'로만 설명될 수 있는 것일까? 개척에 집착하는 이 편집적인 메시아는 공동체적 쇄신으로 획정되는 공간이 국가에 의해 재허(裁許)될 수밖에 없는 것이고, 그렇다면 국가의 보장을 받아야 한다고 생각했던 것은 아닐까?[429] '사회적 책임이 큰 공기'로 불린 남표는 이미 국가적 존재였다. 그가 이룩하려 한 공동체는 국가의 형식에 종속된 것이어서 그의 단호하면서도 심각한 형상은 통치의 절대성을 구현하고 있었다. 그렇게 남표는 '부속적' 주권자로서 그의 욕망을 실현할 수 있었다. 개조와 개발을 목표하는 개척이란 애당초 통치의 관철로 가능한 것이었다. 성심의 주인공 남표를 따른 농민들은 부지불각 중에 통치의 대상이 되고 만 것이다.

농민을 대지의 정주자로 묶어 세우려는 개척의 이야기에서 건설될

429 이렇게 보면 앞서 거론한 '지배당했던 자들의 정치학(*The politics of the governed*)'은 식민이후가 아니라 이미 식민지에서부터 광범한 영향을 끼쳤던 것이 아닐까 생각된다. 『처녀지』에서는 공동체적 쇄신이 (국가를 쇄신하여) 식민지의 지배관계를 또한 쇄신하리라는 막연하고 모호한 전망을 읽을 수 있었다. 사실 '지배당했던 자들의 정치학'은 '지배당하고 있는 자들의 정치학'이 연장된 것일 수밖에 없다.

새로운 고향을 향한 노스탤지어는 국가로 회수되어야 했다. 새로운 고향은 국가의 미래 속에 있었기 때문이다. 해방 후 이기영은 개척 이야기를 되풀이함으로써 새 국가건설의 과정을 그려냈다. 새 국가가 쇄신된 공동체를 이룩하리라 기대해마지 않은 것이다. 38이북에서 실시된 토지개혁을 찬양한 장편소설 『땅』(1948~1949)의 주인공은 공동체적 울력을 통해 논을 개간하고 그 소출을 '애국미'로 헌납하고 있다. 이제 주인공이 메시아일 필요는 없었다. 새 국가와 새 지도자가 공동체의 공간을 확정하고 이를 규율하는 질서를 세워낼 터였기 때문이다. 공동체를 건설하는 주권에의 욕망은 새 지도자를 충실히 따르고 모든 것을 그에게 의탁함으로써 성취해내어야 할 것이었다.

공동체적 쇄신이 국가의 미래 속에서 가능하고 국가에 의해 보장되리라 생각하는 계몽(개척) 이야기의 주체는 국가의 통치를 대행할 수밖에 없다. 그가 발휘하는 지극한 성심은 통치의 수단이 된다. 자력갱생은 결코 국가로부터 벗어나는 방법이 아니었다. 농촌의 공동체적 쇄신과 국가의 쇄신을 포함되는 부분과 포함하는 전체의 관계로 놓는 구도는 자력갱생으로 국가적 총화체제를 구축해야 한다고 요구한 새마을운동에서 그대로 재연되었다.

5

새마을운동 수기의 양상과 내용

단행본으로 된 사례집이나 새마을운동 관계 정기간행물에 게재된 새마을운동 수기[430]는 지도자의 노력과 그(그녀)가 거둔 성과를 조명하는 짧은 보고문의 형식을 취했다. 즉 일정한 성공을 이룬 시점에서 그렇게 되기까지의 '각고의 세월'을 돌이켜 낸 것이 수기의 정형화된 틀이었다. 사건의 시퀀스는 새로운 시도에 나선 지도자가 갖은 난관과 문제를 해결하고 드디어 피땀의 결실을 보게 되었다는 순서를 상투적으로 반복한다. 수기들 가운데는 구체적인 영농 정보를 제공하고 있는 경우도 없지 않으나, 대체로는 우여곡절 끝에 소득을 올리게 된 사연에 집중한다. 수기의

430 앞서 밝혔듯 이 글에서는 1973년부터 연간으로 발간된 『새마을운동』(내무부, 문교부)에 실린 수기들을 주로 다루려 한다. 1977년에 접어들면 새마을운동은 '자립완성단계에로 진입했다'(내무부, 『새마을운동』, 내무부, 1978, 32쪽)고 평가되었다. 여기서 언급하려는 수기들은 대체로 이 시기까지의 것이다.

주인공인 지도자는 그 다양한 면모[431]에도 불구하고 매우 기능적이다. 간혹 지도자는 초점화자로서 구체적인 정황을 알리거나 자신의 심경을 독백하고 있기도 하지만, 그럴 때에도 총괄적인 메가폰의 선택과 통제는 철저히 관철되어서 그 시선을 벗어나는 외부는 좀체 비춰지지 않는다. 통제된 전문 형식이 내용의 역동성을 가두고 있는 것이다. 이야기가 전체적인 경위와 의미를 규정하는 메가폰에 의해 여과되어 일정한 플롯의 틀이 반복되는 근본적인 이유는 이미 그 안에서 지도자의 위치가 정해져 있었고 그(그녀)에게 주어진 역할이 매우 제한적이었다는 데서 찾아야 할 듯싶다.

수기의 지도자는 계몽적 선구자라는 점에서 앞서 살펴본 농촌계몽(개척) 소설의 주인공들을 연상시킨다. 그러나 지도자는 지적, 혹은 도덕적 우위의 지점에서 남을 가르치려는 의도를 갖기보다 농민의 한 사람으로 새로운 영농의 아이디어를 실현한다든가 생산적인 협동체제를 마련하는 데 앞장서는 모습을 보여준다. 그 역할이 매우 기능적임에도 불구하고 지도자는 쇄신된 농민의 정체성을 스스로 획득하고 수립해 가는 역할을 수행하고 있다고 할 만하다. 그(그녀)는 지식인 운동자처럼 공동체의 공간을 획정하겠다는 꿈을 갖지 않는다. 무대가 되는 마을공간은 대개의 경우 지도자가 살아온 곳이므로, 그(그녀)의 이야기는 농민들에게 헌신함으로써 규율과 준칙을 세우려는 귀향한 계몽(개척)운동자의 이야기와는 그 출발이 다르다. 역시 마을 구성원의 일원인 지도자가 본보기

431 대부분의 수기에서 지도자에 대한 정보는 매우 빈약하게 제시되고 있다. 지도자의 학력을 밝힌 한 경우(『나는 이렇게 성공했다』, 전라남도 광주, 1971)를 살피면 이 책에 실린 41편의 사례 중 지도자가 대졸인 경우는 8명, 상고를 포함한 고졸 6명, 농업학교 3명, 고등학교 재학이 1명, 중졸이 11명, 국졸이 10명, 한학이 2명이었다. 이러한 분포는 지도자의 구성이 다양했음을 말하는 것이라고 해석될 수 있다.

를 보이려 하면 그것은 실제적인 성과를 거둠으로써 가능했다. 마을 농민들이 자신들의 눈으로 확인할 수 있는 성과를 내는 것은 지도자의 선결과제였다. 그렇기 때문에 지도자는 사업에 대한 구체적인 이해를 다지고 그 운용을 전략적으로 할 필요가 있었다.

수기들은 종종 지도자가 성과를 내기까지 여러 장애와 맞닥뜨리는 우여곡절의 과정을 고통스러운 것으로 그려냈다. 특히 여러 사례들이 공통적으로 부각하는 것은 지도자가 주위의 비웃음과 무관심을 이겨내야 했다는 점이다. 그 역시 농민의 하나였지만 어느덧 그는 무지할 뿐 아니라 고루한 인습에 매여 가난을 타개할 생심도 못하는 여타 농민들의 무리를 상대하는 위치에 선다. 그(그녀)는 이렇게 특별한 인물이 됨으로써 지식인 운동자들이 사라진 위치를 메운다. 경우에 따라 지도자에겐 불의의 재앙이 닥치기도 하는 등 그(그녀)가 처하게 되는 현실은 가혹하고 절박할 수도 있다. 그러나 지도자는 멈추지 않고 난관을 회피할 줄 모른다. 그(그녀)는 자신의 시도를 어림없는 일이라고 비웃는 사람들의 '조롱을 채찍 삼아 묵묵히 일해나가며',[432] 실패할 경우엔 죽는다는 각오로 사업에 매달린다.[433] 지도자는 우연한 은총과 같은 발견의 순간[434]을 맞기도 하지만 그렇다고 해서 곧 성공이 보장되는 것은 아니다. 그(그녀)는 거듭해 실패를 맛보아야 한다. 그런 만큼 지도자의 시도에 '선뜻 찬동하는 사람은 없다.'[435] 수기들은 갖은 어려움을 딛고 일어서는 인간승리의 이야기를 반복한다. 고난의 언덕을 넘어서야 하는 이 원주민 선구자는 자신을 구원함으로써 남을 구원하는 자력갱생의 표상이다. 무엇보다 지도자는

432 이정균, 「협동의 슬기 모아 잘 살게 된 '뽕나무골'」, 『새마을운동』, 내무부, 1974, 194쪽.
433 정환문, 「생산·판매의 일관체제로 새 농촌 이룩」, 『새마을운동』, 내무부, 1974, 237쪽.
434 김동준, 「바다와 싸워 잘 살게 된 '땅끝'마을」, 『새마을운동』, 내무부, 1974, 199쪽.
435 위의 글, 200쪽.

공동체적 쇄신의 노력이 농촌의 현실을 돌파하는 데서 시작되는 일임을 부각해냈다.

주변의 호응 없이 홀로 시련을 감내해야 하는 지도자는 때로 자기 연민을 표하기도 한다. 그러나 그(그녀)의 서러움은 언제나 '우리'의 가난에 대한 서러움으로 공공화되어야 할 것이었다. 고독과 냉대에 앞서는 것은 가난의 서러움이어서, 이를 떨쳐내야 하는 지도자에겐 우울해할 겨를이 있을 수 없다.[436] 아무리 뼈아픈 상실도 지도자를 주저앉히지는 못한다. 역설적이게도 새마을운동의 피해자가 수기의 주인공으로 그려지기도 했다. 지도자 '오양'의 경우다. '1971년 봄 새마을가꾸기운동의 기치 아래 마을 안길을 확장하는 공사가 시작되었는데, 이 공사로 인해 대대로 물려받아온 문전옥답 300평을 잃은 오 양의 아버지는 큰 충격을 받아 작업 현장에서 졸도한 후 9일 만에 세상을 떠났다'는 것이다. '실로 하늘이 무너지는 것 같은 슬픔이 오 양을 엄습해왔지만, 슬픔을 이긴 그녀는 내 고장의 가난을 물리치는 것만이 부친에게 보답할 수 있는 길이라고 마음을 굳혔다'는 사연이었다.[437] 지극한 성심이란 사무친 감정을 공공화함으로써 발휘될 수 있었다.

어떤 고난에도 원망하지 않고 오히려 신심을 다지는 지도자들의 모습은 욥기의 주인공을 연상시킨다. 지도자를 차별적 존재로 만드는 것은 상실과 시련이다. 이를 감당해야 하는 지도자는 선택된 형상이 된다. 실명 끝에 사망한 아버지의 빚을 행상으로 갚아나가던 중 또 어이없게 동

436 새마을운동 수기에서 부녀지도자의 이야기가 큰 비중을 차지하는 이유는 이 여성들이 '서러움'을 이겨내는 억척스런 주인공일 수 있었다는 점에서 찾아야 할 것이 아닌가 싶다. 한 연구자는 "여성들은 국가적 목표에 동의 때문이 아니라 새마을운동이 인간으로서의 자존심을 느끼게 해 주었기 때문에 참여했던 것으로 보인다"는 의견을 제시하기도 했다. 김영미, 『그들의 새마을운동』, 208쪽.

437 오세춘, 「처녀의 억척스런 집념으로 이룩한 부자마을」, 『새마을운동』, 내무부, 1975.

생을 먼저 보내야 했다는 한 부녀 지도자의 사연[438]은 그녀가 극한의 곤경 속에서도 어떻게든 새 삶을 살려는 의지로 거듭났음을 전한다. 지도자의 성심은 고난을 통해 벼려지며 마침내 빛을 보기에 이른다. 성심은 신앙으로 굳어져 지도자의 이야기는 신앙 간증이 된다. 상실이 크고 시련이 가혹할수록 신앙도 돈독해질 것이었다. 시련을 두려워 않기에 이미 십자가를 지고 있는[439] 지도자는 곰과 같이 미련하다면 미련한 모습[440]으로 그려지거나 유별난 행동 때문에 '미치광이'[441]로 비치기도 한다. 그렇지만 이미 흔들리지 않는 신앙의 깊이에 이른 지도자는 자신의 길을 가게 마련이었다. 새마을정신을 '신앙화'해야 한다는 것은 이 운동이 시작되면서부터 요구된 목표였다.[442] 다른 농민들에게 실제적인 성과를 보여야 하는 지도자는 '하면 된다'는 신앙을 표백하는 전도사로 비약해야 했다. 여기서 집단적인 변성이란 새마을정신이 모두에게 신앙으로 새겨짐으로써 이룩될 것이었다. 신앙은 쉽게 바꿀 수 없지만 바뀌지도 않을 터였다. 지도자는 자신들이 거둔 성과에 대견해하는 사람들을 향해 다짐하듯 되묻는다. "이제는 더 이상 가난하게 살 수는 없지 않습니까?"[443]

새마을운동 과정에서 농촌은 공동체의 전통을 지켜갖고 있는 곳으로 여겨졌고 그런 의미에서 특별한 정초적 장소로 간주되기도 했다. 농

438 신순분, 「근검저축으로 잘살게 된 협동엄마들」, 『새마을운동』, 내무부, 1975.

439 시련을 받아들이는 지도자의 자세는 종종 종교적인 것으로 그려진다. '1년 365일을 주야로 혼자 근무해야 하는 오지로 발령을 받은' 한 교사는 다음과 같이 생각했다는 것이다. "그는 짊어진 십자가를 생각하기 시작했다. 남이야 어떻게 생각하든지 이번 분교 발령이야말로 하느님이 그에게 시험 삼아 주신 좋은 기회요, 오히려 자신이 바랐던 선물이 아닌가!", 한규준, 「피와 땀의 결정」, 『새마을운동(교육부문)』, 문교부, 1976, 427 쪽.

440 서종탁, 「백운산의 백곰」, 『새마을운동(교육부문)』, 문교부, 1976, 496쪽.

441 김용환 「'장열'을 일으켜 세우다」, 『새마을운동 (교육부문)』, 문교부, 1976, 294쪽.

442 「새마을운동의 배경과 과제」, 『새마을운동』, 내무부, 1975, 28쪽.

443 최병대, 「주민과 밀착하여 풍요한 고장 만든 농협」, 『새마을운동』, 내무부, 1975, 436쪽.

촌이 쇄신된 공동체 건설의 기지가 되어야 한다는 생각이었다. '농촌에서 불붙어 도시로 번져가게 될'[444] 새마을운동은 모더니티가 도시를 거점으로 작동해간 경우와 달리, 농촌에 이니셔티브를 부여하고 있었다.[445] 그러나 '협동정신과 상부상조하는 기풍이 누천년 이래의 양속(良俗)'[446]이라고 했음에도 불구하고, 농촌의 공동체적 전통은 쉽게 일깨울 수 있는 것으로 기대되지 않았다. 오히려 수기들은 농민들이 보이는 완미(頑迷)함을 과거의 부정적 유산으로 부각했다.

전통은 무시되거나 파기해야 할 것이었다.[447] 대체로 지도자는 과거를 부끄럽게 여기며 그것과 과감히 절연하려는 인물이다. 그(그녀)는 다른 사람들 모두가 당연시하는 관습을 아랑곳하지 않는다. 낙후한 양반 마을에 시집을 와서 부녀친목계를 조직한 한 여성 지도자는 양반 체면을 앞세우는 어른들을 거스르고 산나물과 약초를 캐서 공동기금을 마련, 구판사업을 시작한다.[448] 지도자는 새로운 농법을 모색하는 등 혁신적인 연구자의 자세를 보여야 했을 뿐 아니라 때에 따라서는 마을 사람들의 환심을 살 필요도 있었다. 한 부녀 지도자의 이야기는 두부공장을 차려 공동

444 『새마을운동』, 문화공보부, 1973, 8쪽.

445 반면 도시는 공동체의식이 없어 새마을운동이 어려운 곳으로 간주되었다. 『새마을운동』, 내무부, 1974, 36쪽. 내무부장관 박경원의 이름으로 된 이 책의 〈머리말〉은 새마을운동이 '국민적 의지' 그 자체이고 "반유신, 반안보, 반총화의 요소를 우리 사회에서 말끔히 몰아내"려는 실천운동이라고 규정하면서 이 '새로운' 정치체제가 농촌으로부터 시작되고 만들어져야 할 것임을 강조하고 있다.

446 『새마을운동』, 내무부, 1974, 17쪽.

447 "조상 대대로 물려온 성황당을 부수고 아담한 통일동산을 만"든다든지 '유신탑을 세운' 경우는 그 한 예다. 서희순, 「억척스런 어부 아내들이 이룬 선촌마을」, 『새마을운동』, 내무부, 1974, 164쪽.

448 "부인들을 조직해 산나물과 약초를 채집, 팔러 다니자 동네 어른들은 상놈 집 출신의 며느리를 맞아들여 양반 체면 다 뭉개버린다며 노발대발했다." 김옥순, 「인보협동의 새마을」, 『새마을운동』, 내무부, 1978, 391쪽.

기금이 불어나자 구성원들이 그 돈을 나누어 갖자고 성화를 부렸고, 그래서 그들의 의심도 풀고 사기도 북돋을 겸 찬장 쉰여덟 개를 구입해 집집마다 나누어주니 이를 계기로 다시 굳게 뭉칠 수 있었다는 사연을 전하고 있다.[449] 지극한 성심은 상대와 상황을 고려함으로써 효과를 최대화해야 하는 것이었다.

수기들은 '주민들의 의욕에 불을 붙이는'[450] 역할을 하는 지도자를 부각했지만, 그것이 궁극적으로 국가의 뒷받침에 의해 가능했음을 또한 강조했다. 지도자는 하나의 점화수(點火手)일 뿐이었다. 농촌은 '자력추진 요인이 부재한 정체사회'여서 '행정력에 의한 점화'가 불가피하다[451]는 것이 운동본부의 입장이었다. 몇몇 수기들은 지도자의 노력이 한계에 봉착했을 때 국가가 직접 개입하거나 도움을 주어 문제가 해결될 수 있었음을 전한다. 소류지를 만들기 위해 작업하던 중 산사태가 나서 마을 사람 여럿이 죽고 중상을 입자 지도자와 주민들 사이가 벌어져 지도자를 험담하기에 이르렀으나, 이때 정부의 추가지원을 받아 다시 전처럼 일할 수 있게 되었다는 사례[452]가 제시되고 있기도 하다. 수기에서 국가에 의

449 이 사례의 내용은 다음과 같다. '도시중류가정에서 아무 걱정 없이 고등학교를 졸업하고 농촌으로 시집온 김소자 여인은 깜짝 놀랐다. 희망과 의욕이 없는 마을이어서 서글펐다. 마을 부인회를 조직하여 신축공사장에서 모래와 자갈 벽돌을 나르는 일을 해 12만 5000원을 벌었다. 그것으로 두부공장을 차려 팔러 다녔는데, 동네 남정네들은 '남의 마누라를 공사판 노무자로 끌어내더니 이제는 장돌뱅이로 만든다'면서 집에까지 찾아와 난리를 치기도 했다. 공동기금이 불어나자 부인회 성원들이 그 돈을 나누어 갖자고 성화를 부렸다. 그래서 부인들의 의심도 풀고 사기도 북돋을 겸 찬장 58개를 구입하여 집집마다 나누어주니 이를 계기로 다시 굳게 뭉칠 수 있었다.' 김소자, 「억척부인들이 이끈 새마을운동」, 『새마을운동』, 내무부, 1978, 433~435쪽.

450 『새마을운동』, 문화공보부, 1973, 66쪽.

451 『새마을운동』, 내무부, 1974, 286쪽. 「1월 보고항」의 "1973년 결산" 부분. 또 지도자의 사기앙양을 위해 '5년 이상 봉사 지도자의 공직 특채 등을 연구'하겠다는 보고도 있었다.(300쪽)

452 최재림, 「바다를 개척하여 부자마을 이룩」, 『새마을운동』, 내무부, 1978, 401쪽.

한 지도와 교육은 사람을 바꾸는 결정적인 힘으로 작용한다. 술과 도박을 일삼고 싸움질을 해 깡패로 불릴 만큼 아예 사람 취급을 받지 못했던 사고뭉치가 지도자로 선정되어 수원의 새마을 연수원에서 교육을 받은 후, 술 담배를 끊고 새사람이 되어 오히려 비협조적인 마을 사람들을 끈질기게 설득하기에 이르렀다는 이야기는 그 한 예다. 그의 변신에 놀란 주민들은 '저 사람이 웬일인가', '갑자기 정신병자가 됐나'며 반신반의하였지만, 이내 그에게 하나 둘 호응을 하기 시작하여 '낙후마을'에서 '자립마을'로 획기적인 승격이 이루어졌다는 내용이었다.[453] 수기에서 국가의 개입은 어떤 마찰이나 갈등도 일으키지 않는다. 지도자는 자신과 농민들을 관리하고 지도하는 국가의 에이전트였다.

새마을운동은 마을 단위로 전개되었으나 애당초 국가적 사업이었다. 마을에 대한 애호심이 곧 국가에의 헌신으로 '발전'되어야 한다는 점은 번번이 강조되었다. 각각의 마을공동체가 국가의 확정적 영토였으므로 새마을을 건설하는 새사람은 언제든 '국가 속의 자기를, 민족과 함께 있는 나를 알고 행동'하는 자각적 인자의 역할을 해야 할 것이었다.[454] 자신과 상황을 바꾸는 인간정신의 강조("인간의 정신은 모든 것을 지배한다."[455])는 '인간의 정신이 국가발전을 이끄는 원동력이다'라는 규정으로 이어진다. '우리도 잘살아보자'는 새마을정신은 '나라를 부강하게 만들 엄숙한 역사의 소명이 우리 세대에게, 바로 나에게 내려지고 있'음을 깨닫는 정신이었다. 마을이라는 부분과 전체로서의 국가 사이엔 어떤 유격도 있을

453 김순이, 「부부 지도자의 끈질긴 집념으로 소망 이룬 소도읍」, 『새마을운동』, 내무부, 1978, 329~336쪽.

454 박정희가 새마을정신의 핵심으로 강조한 이른바 "인보(隣保)의 정신"은 마을로 구획된 지역(隣)을 지킨다는 의미에 한정되는 것이 아니라 "나라를 사랑하고 민족을 사랑하는 정신"으로 확대되어야 하는 것이었다. 『새마을운동』, 내무부, 1975.

455 『새마을운동』, 문화공보부, 1973, 31쪽.

수 없었다. 공동체적 쇄신은 마땅히 '국력을 조직화'하는 데 이르러야 했다.[456]

운동 초기부터 새마을정신은 5.16정신에서 배태되었으며, 10월유신의 이념과 동일하다는 언명이 공식화되었다.[457] 새마을정신은 통치의 이념이자 '비상시'의 정신[458]이었다. 10월유신이 과제로 부각한 '한국적 민주주의의 토착화'는 새마을운동을 통해 성취해야 할 국가적 목표가 된다. 결국 새마을운동이 수행해야 하는 공동체적 결속—쇄신의 정치적 성격과 방향성은 한국적 민주주의라는 말에 의해 규정되고 있었다고 보아야 한다.

새마을운동이 이미 국가의 사업인 한 각 마을의 지도자 뒤에는 이 거국적 사업의 근원적 발의자 내지 입안자가 없을 수 없었다. 애당초 5.16이 잘살고자 하는 소망을 구체화했고 10월유신과 한국적 민주주의가 번영으로 나아가는 길을 가리켰다면, 이를 위한 새마을운동의 궁극적 지도자는 5.16과 10월유신의 주인공이었다. 새마을운동은 애당초 자율적으로 진행될 수 없었다. "이 운동을 성공시키기 위해서는 정부의 적극적인 지도와 지원이 있어야 한다."[459]는 결론은 불가피했다.

456 위의 책, 머리말.

457 위의 책, 17쪽.

458 1972년에 출간된 『새마을의 기수: 인내와 지혜와 투지로 가난을 물리친 역군들』의 말미에는 1971년 12월 6일 박정희가 발표한 〈국가비상사태선언문〉과 〈국가보위에 관한 특별조치법〉과 그에 대한 해설이 실려 있다.

459 위의 책, 84쪽.

6

메시아와 에이전트

귀향한 지식인 운동자를 주인공으로 하는 농촌 계몽과 개척의 이야기는 근대적 변화가 급격하고 폭력적으로 진행되었던 가운데 농촌이 자신을 되찾는 정체성의 터전이나 새로운 변혁의 거점으로 여겨졌던 상황에서 쓰인 것이었다. 도덕적 덕성에 의한 일체화라는 농업공동체의 이상은 이 이야기를 이끈 동력의 하나였다. 그러나 이 농업공동체는 모든 면에서 쇄신되어야 했다. 계몽(개척) 이야기는 집단적인 변성이 이루어지는 과정을 그려 쇄신의 전망을 펼쳤다. 그렇게 쇄신된 공동체가 생산성(혁명성)을 제고함으로써 질주하는 모더니티의 시간을 넘어서리라 기대한 것이다.

여기서 지식인 운동자는 지극한 성심을 발휘하여 쇄신의 방향을 가리킨다. 지식인 운동자에게 쇄신은 공동체의 공간을 새롭게 획정하려는 욕망과 관련된 것이었다. 쇄신된 공동체의 공간을 획정함으로써 자신을 선구자나 메시아로 정위(定位)할 수 있었기 때문이다. 요컨대 운동자가 펼치는 계몽과 개척은 모더니티가 노스탤지어를 과잉생산하는 가운데 새로운 영토와 주권을 상상하는 경로이기도 했던 것이다.(공동체의 공간에 투사된 주권에의 욕망은 흔히 제국과 모더니티의 침탈에 맞선다는 점에서 민족적인 것일 수 있었다. 그러나 주권의 상상이 언제든지 민족에로 수렴되었던 것은 아니다.) 식민지시대 이래 계몽과 개척의 이야기가 거듭해 쓰인 이유, 혹은 그 이야기의 틀이 번번이 부각되었던 이유는 여기에 있지 않을까 싶다. 계몽(개척) 이야기가 토착농민의 관점(perspective)을 수용하지 못한 사정 또한 그렇게 설명되어야 한다. 그러나 쇄신된 공동체의 영토를 획정하고 주권을 확보하는 상상은 당장 실제적인 제약과 맞닥뜨리게 마련이었고, 그렇기에 애당초 전개 자체가 왜곡될 수밖에 없었다.

'현 사회조직을 그대로 두고' 농촌을 잘살게 해보려 한 허숭의 노력은 '현 체제'와 부딪힌다. 그는 식민국가의 법에 의한 처벌을 저항 없이 받아들임으로써 이 현실에 맞서며 굴복한다. 그가 보인 성심은 여러 사람의 반향을 불러일으키지만 도덕적으로 마땅한 자세를 견지하는 것과 주권을 확보하는 것은 전혀 다른 문제였다. 한편 공동체의 쇄신과 이를 통한 공간의 획정이 오히려 국가에 의해 보장되리라 기대한 계몽(개척) 운동자라면 국가의 통치를 대행함으로써 주권자의 역할을 꿈꿀 수 있었다. 『처녀지』의 남표가 누구도 거슬러서는 안 될 염결한 메시아로 그려진 이유는 공동체의 공간을 새롭게 획정하는 개척을 국가의 사업으로 수행했다는 데서 찾아야 한다. 자신에게 엄격하기 그지없는 그가 편집적인 헌신의 길에서 돌연 희생되는 줄거리는 국가적 목적에의 봉공(奉公)이 순교에 이르는 과정으로 읽힌다. 계몽(개척) 이야기가 때로 역동적으로 보이는 것은 주권을 향한 욕망이 펼치는 드라마가 성취될 수 없었기 때문이다. 희생되거나 순교하는 것이 메시아의 운명이었다. 그럼에도 불구하고, 혹은 그렇기 때문에 공동체적 쇄신은 되풀이해 이야기되어온 것이다.

개발 이야기로서의 새마을운동 수기 역시 마음의 총화가 이룩되는 쇄신된 공동체 건설을 목표했으며 이를 앞서 수행하는 특별한 성심의 주인공을 내세웠다. 그러나 수기의 주인공은 지식인 운동자가 아니었다. 귀향 모티프 역시 삭제되었다. 지도자에게 무대인 마을은 삶의 터전이어서 그(그녀)는 이미 그곳에 속해 있었다. 수기에서 지도자를 지도자이게끔 하는 쇄신의 신경증 — 집요한 열의와 의지, 과단성 등으로 나타나는 — 은 계몽(개척)소설 속 운동자들이 보였던 지극한 성심의 다른 버전이지만, 지도자가 항상 우러르는 위치에 있었던 것은 아니다. 지도자는 따르되 또 그렇게 되어야 할 실제적 모델이었다. 즉 수기에서 농민들이 이룩해야 하는 집단적인 변성은 지도자가 이끌어내는 성과를 자신들의 것으로 만들어야 하는 일이었다. 새마을운동 수기는 지도자를 앞세워 '새 농민'의 이야기 정체성을 반복해서 생성[460]해내려 한 것으로 읽어야 한다. 수기는 이니셔티브를 행사하는 특별한 농민인 지도자의 관점을 관철시킴으로써 공동체적 쇄신을 통해 농민의 사회적 지위를 높이는 '멤버십 획득'의 과정을 보여준 것이다. 그러나 여기서 작용한(드러나는) 농민의 욕망이 여전히 농민으로 남겠다는 욕망이었는지는 불분명하다.

수기는 농민들이 자신들의 처지에 안주하지 말고 먼저 스스로를 책해야 한다고 말했다. 농민이 당당한 '국민의 일원'으로 편입되는 것이 이

460 이야기에서는 일정한 관점이 관철되는데, 그것이 반복되고 발전적으로 조성될 때 이야기는 정체성을 집단적으로 형성하는 수단일 수 있다. 왜냐하면 이야기는 상호주관적인 소통을 통해 사회적 콘텍스트를 생산하며, 이를 통해 세계를 보는 자아(self)를 제시할 뿐 아니라 자아를 인식하고 규정하게 하는 것이기 때문이다. Maureen Whitebrook, *Identity, Narrative and Politics*, Routledge, 2001, pp. 4~6.

멤버십의 내용이었다면 지도자는 국가의 에이전트였다고 볼 수밖에 없다. 각 마을을 무대로 했지만 수기의 공간은 그 경계를 특별히 획정하는 것이 아니었다. 어느 마을이든 새마을이 되어야 했기 때문이다. 새마을을 건설해야 하는 모든 농촌마을은 이미 국가의 확정적 영토여서 지도자에겐 자신을 메시아로 여기는 착각 또한 허용될 수 없었다. 더구나 이제 국가는 민족의 국가이지 않았던가. 물론 이 민족의 국가란 해방과 더불어 분단된 남북이 서로를 제거하려는 전쟁을 치른 후 체제경쟁을 벌여오는 과정에서, 구성원의 신체와 생명을 장악하고 관리하는 주권권력의 압력이 더할 수 없이 가중되었던 현실의 산물이었다. 지도자가 국가의 에이전트로서 주권자의 영감을 어느 결에 자신의 영감으로 내면화해야했던 이유는 이 과정을 통해 설명되어야 한다. 그러나 그럼에도 불구하고 수기의 주인공인 지도자가 일방적으로 국가(정책)의 메가폰 역할을 하는 데 그쳤다고 단정하는 것은 성급해 보인다.

수기의 지도자는 공동체적 쇄신이 국가에 의해 재허되게 마련이라고 생각한 선배개척자의 형상을 닮아 있다. 무엇보다 국가를 따르는 길이 '잘살 수 있는' 길이라고 믿은 점이 그러했다. 낙후한 농촌마을을 쇄신시켜 여러 혜택이 돌아올 수 있는 '자립마을'로 만드는 일은 만주 오지의 조선인 마을을 개척하여 제국의 새 영토로 편입시키려 한 남표의 기도를 떠올리게 하는 것이다. 과연 새마을의 지도자가 쏟는 성심은 국가의 통치를 대행하려 한 지식인 운동자의 욕망과 비교해볼 만하다. 국가에 더없이 충실한, 어떤 모반의 기미도 보이지 않는 지도자는 또 다른 선배 허숭의 막연하고 섣부른 꿈을 비웃는 듯도 하다. 농민이란 실제적인 이익의 가능성을 스스로 확인할 때 비로소 바뀔 수 있는 존재이며, 이를 위해 국가의 보장이 필수적임을 말하는 토박이 지도자는 지식인 운동자를 통해서가 아니라 농민들이 스스로 새롭게 자신들을 정위할 가능성을 제시했다. 그(그녀)는 농민의 입장에서 자신들을 개척(발)하는 이야기를 펼친 것이다. 나아가 개척(발)된 새마을의 새 농민이 도시(민)에 대한 원한을 갖는 낙후한 피해대중의 위치를 스스로 벗어난 존재여야 했고 그럼으로써 새 국민으로 정위되어야 했다면, 이 이야기에 의빙된 농민의 욕망은 농촌에 머물 수 없었다.

국가주권자가 개발자를 자임하고 나선 지는 이미 오래였다. 바야흐로 이 국가적인 개발의 행진에 다시 뒤처져서는 안 된다고 생각한 지도자에게 낙후한 농촌마을을 자립의 새마을로 획정하려는 욕망은 불가피하고 필연적이었다. 쇄신된 새마을이 국가적으로 이니셔티브를 행사하는 곳이 되어야 한다는 욕망이었다. 그러나 새로운 지위를 확보한 농촌이 과연 그대로 농촌일 수 있을지, 새로운 멤버십을 획득한 농민이 역시 그대로 농민일 수 있을지는 누구도 장담할 수 없었다. 새마을운동 이야기 역시 농촌공동체를 지키는 쪽으로 작용한 것은 아니었다.

7

새마을운동 이야기의 결말?

농촌의 자력갱생이 산업화 과정을 우회하리라 기대함으로써 지역적(제한적) 주권의 확보를 꿈꾸게 한 공동체적 쇄신의 이야기는 식민지시대 이래 되풀이해 씌어져왔다. 그러나 농촌이 자력갱생할 때 특별한 이니셔티브를 가지리라는 생각은 가히 신화적인 것이다. 실제로 농촌은 산업화를 '뒷받침해야 하는' 곳이 되었다. 식민지시대의 농촌진흥운동이 촌락조직의 분화를 저지하여 농촌공동체를 지켜낸 것이 아니었듯, 산업화의 시간 속에서 전개된 새마을운동 역시 스스로 내건 목표를 달성할 수 없었다. 계몽(개척)소설들에서 지극한 성심을 발휘하는 운동자가 등장해야 했던 것은 농촌에서의 공동체 건설이 애당초 가능하지 않은 일이었기 때문이라고 생각해야 한다. 이는 새마을운동 수기의 경우에도 마찬가지일 것이다. 지도자가 보이는 비상한 열의는 그에 의한 성공이 실제로 거의 불가능했음을 시사하는 것으로도 읽힌다. 이야기에서는 기적을 성취하는 플롯이 반복되었지만 실제에서 농촌은 결코 유족한 공동체로 남지 못했다. 공동체를 쇄신한다는 기획은 실로 탐구되어야 할 거대한 역사적 허구였다. 이렇게 보면 공동체적 쇄신의 이야기 자체가 일종의 통치기구가 아니었나하는 의문이 든다. 주체성의 식민화를 진행시켜 필요한 방향으로의 개조를 도모할 수 있었기 때문이다. 결국 새마을운동의 국가적 전개는 '지배당했던 자들(the governed)'에게 기왕의 통치방식이 보다 익숙하게 수용될 수 있는 것이었음을 확인시키는 증거이기도 하다. 지식인 운동자들의 지극한 성심이 그러했듯 새마을운동 지도자들이 보인 쇄신의 신경증은 계속된 비상시를 사는 방식이자 비상시를 만드는 방식이었다.

새마을운동 수기에서 걸러지는 것은 그에 관철된 정치적 명령들이다. 수기의 지도자는 만난을 무릅쓰고 목표를 성취해 자신의 선택이 옳았음을 보여준다. 그렇게 그(그녀)는 농민에게 마땅한 강제가 필요함을 말했다. 비상시는 강제가 마땅한 것이 되는 시간이 아니었던가. 이 시간성을 반복하는 이야기 안에서 지도자는 전망된 목표를 향해 가는 필연성을 이끌고, 그에 입각한 선택이 정당하고 절실함을 확인시키는 의식적 증빙의 형상으로 기능했다. 새마을운동에서 마땅한 강제의 주체는 국가(궁극적 지도자 — 주권자)였으므로 수기의 지도자가 갖가지 장애를 극복해 성공을 이룬다는 플롯은 가난에 대한 원한을 국가적 자본('하면 된다'라는 각오의 물질적 형태)으로 변환시키는 기능을 했다고 말할 수 있다. 이러한 플롯 — 장치는 다시금 계몽(개척) 이야기의 주인공과 식민지국가의 관계를 돌아보게 만든다. 마땅한 강제가 계몽(개척) 이야기의 실제적인 주제였으며 그것의 궁극적 발행자가 국가였다는 점에서다.

새마을운동에는 애당초 '한국적 민주주의의 토착화'가 과제로 부과되었다. 정신개조와 생산제고에 성공하는 수기 속 지도자는 마땅한 강제가 불가피함을 역설함으로써 결국 한국적 민주주의의 실효성을 확인하는 역할을 수행한 것이다. 여기서 한국적 민주주의는 그 내용이 여하하든 쇄신된 공동체 건설이라는 캐치플레이스를 내건 국가통치의 이데올로기적 표현으로 보아야 한다. 그것의 본질은 국가적 총화체제를 확립하여 마땅한 강제를 관철시키려 하는 데 있었다. 한국적 민주주의의 토착화는 선진국 따라잡기(catch up)를 위한 속도전[461]의 조건임이 천명되기도 했다. 개조된 정신으로 무장하여 생산의 제고에 진력해야 한다는 명령이었다. 새마을운동은 산업화의 무자비한 행진에 박차를 가하려한 운동이 되고 만다.

새마을운동은 박정희 정권 이후로도 지속되었다. 1983년 출간된 『새마을운동』은 최남선의 소론과 이광수의 민족개조론을 언급하면서 '국민성'론을 전개한다.[462] 국민이 품성의 공동체여야 한다는 요구였는데 새삼스레 최남선과 이광수를 들먹임으로써 공동체적 품성의 제고가 식민지시대 이래의 오랜 과제였음을 돌이켜낸 것이다. 새마을운동이 가야 할 길은 여전히 멀었다. 속도전으로 이룩해야 할 선진사회는 새 국민성을 정립함으로써 가능한데 그것이 곧 '새마을 국민성'[463]이라는 주장은 거듭되었다. 새마을 국민성을 확립하기까지, 그리고 그 이후로도 비상시는 계속될 것이었다.

461 새마을운동은 "선진제국이 100년, 200년에 걸쳐 이루어 놓은 발전과 부강의 속도를 10년, 20년으로 단축하려는 거족적 노력"이었다는 것이 그 성과를 자평하는 공식적인 입장이었다. 『새마을운동』, 내무부, 1978, 8쪽.

462 『새마을운동』, 내무부, 1983, 45~46쪽.

463 위의 책, 48쪽.

참고문헌

자료

『나는 이렇게 성공했다』, 전라남도 광주, 1971.

『새마을 운동』, 내무부, 1973~1983.

『새마을운동(교육부문)』, 문교부, 1976.

『새마을운동』, 문화공보부, 1973.

심훈, 『상록수』, 박헌호 책임편집, 문학과지성사, 2005.

이광수, 『흙』, 이경훈 책임편집, 문학과지성사, 2005.

이기영, 『고향』, 한성도서주식회사, 1936.

이기영 , 『처녀지(상/하)』, 삼중당서점, 1944.

장석향, 『새마을의 기수: 인내와 지혜와 투지로 가난을 물리친 역군들』, 삼일각, 1972.

논문 및 단행본

김순석, 『일제시대 조선총독부의 불교정책과 불교계의 대응』, 경인문화사, 2003.

김영미, 『그들의 새마을운동』 푸른역사, 2009.

김철, 「프롤레타리아 소설과 노스탤지어의 시공」, 『식민지를 안고서』, 역락, 2009.

신정희, 「일제하 향약을 통한 지방통치에 대한 소고」, 『서암 조항래교수 화갑기념 한국사학 논총』, 아세아문화사, 1992.

윤해동, 『지배와 자치』, 역사비평사, 2006.

이경훈, 「'흙', 민족과 국가의 경합」, 『대합실의 추억』, 문학동네, 2007.

이병천, 「개발독재의 정치경제학과 한국의 경험」, 『개발독재와 박정희 시대』, 창작과비평사, 2003.

이용기, 「일제시기 모범부락의 내면과 그 기억」, 『한국사학보』 38호, 2010. 2.

지수걸, 「일제의 군국주의 파시즘과 '조선농촌진흥운동'」, 『역사비평』, 1999년 여름호(통권 47호), 1999.5.

Chatterjee, Partha, *The Politics of the Governed: Reflections on Popular Politics in Most of the World*, Columbia University Press, 2004.

Neckel, Sighard, "Emotion by Design: Self Management of Feelings as a Cultural Program", *Emotions as Bio-cultural Processes*, Birgitt Röttger-Rössler, Hans J. Markowitsch edit. Springer, 2009.

Ritivoi, Andreea Deciu, *Yesterday's Self; Nostalgia and the Immigrant Identity*, Rowman &Littlefield Publishers Inc., 2002.

Whitebrook, Maureen, *Identity, Narrative and Politics*, Routledge, 2001.

제**9**장

전태일의 죽음과 대화적 정체성 형성의 동학

1 어느 청년 노동자의 이야기

2 신화의 주인공으로 거듭나다

3 위치잡기(positioning)와 반성의 플롯

4 위치 바꿈, 혹은 '피통치자의 정치'

5 '과학'과 '전위'로

1

어느 청년 노동자의 이야기

『어느 청년 노동자의 삶과 죽음』(1983)은 평화시장에서 재단사로 일하던 22살의 전태일이 근로기준법을 준수하라고 외치며 스스로 몸에 불을 붙인 지 십 몇 해 만에 공간된 그의 평전이다. 조영래가 썼다고 알려진 이 책은 전태일의 생애와 죽음에 이르는 도정을 비추어 그의 이야기를 구체화했다. 그러나 전태일이 쓴 수기와 일기는 이미 프린트물의 형태로 노동자들 사이에서 돌아 널리 읽혔다고 한다.[464] 예를 들어 1970년대 중반을 넘기며 출간되는 몇몇 노동자 수기들이 전태일을 듣거나 읽은 데 대해 언급하고 있는 점을 고려할 때, 전태일 이야기의 구체화는 노동자에 의한 읽기/쓰기의 문해성(literacy)이 새롭게 영역화되는 짧지 않은

464 정종현, 「1970~80년대 노동(자) 문화의 대항적 헤게모니 구축의 독서사」, 〈아래로부터의 글쓰기, 타자의 문학〉, 성균관대학교 동아시아학술원 인문한국연구소 주최 컨퍼런스(2013. 11. 8~9) 발표문, 90, 93쪽.

과정에 따른 것이라고 추정해볼 수 있다.[465]

전태일 이야기가 구체화된 과정은 기본적으로 대화적(dialogical)인 것이었으리라. 자신을 던져 노동자도 인간이라고 외친 전태일 앞에서 여러 사람들은 그렇다면 자신은 누구인가를 묻지 않을 수 없었을 터였기 때문이다. 어떤 형태로든 전태일을 읽었던 독자들과 발화자인 전태일 사이에 인간이란 무엇이고 인간이라면 어떻게 해야 하는가 하는 오랜 물음을 둘러싼 대화적 관계가 형성되었다고 보는 것이다. 전태일은 자신의 분신이 '불쌍한 형제 곁으로' 돌아가기 위한 선택임을 밝혔다. 참혹한 가난과 노역에 시달렸기에, 혹은 그러했음에도 불구하고 고통 받는 이들을 연민한 전태일이 그들에게 돌아가기 위해 감행한 자기던짐은 사람이 사람에게 하는 호소여서, 사람인 이상 그 호소를 외면할 수 없고 저버려도 안 되었다. 전태일을 읽고 쓴 대화적 관계를 통해 전태일 이야기의 구체화가 갖는 의미를 살피려는 것이 이 글의 목적이다.

자신이란 누구인가를 묻게 한 전태일과의 대화는 그가 아무도 눈여겨보지 않은 '핫빠리 인생'(21쪽)이었다는 데서 시작되었다. 『어느 청년 노동자의 삶과 죽음』은 결손의 무게에 짓눌리고 소망을 박탈당한 삶을 살아온 그를 고난의 형틀에 매인 인물로 형상화했다. 이 책은 다음과 같이 설파한다. "그의 버림받은 과거는 — 그의 가난함은, 그의 배우지 못

465 문해성의 새로운 영역화란 아마도 여러 담론과 문법 및 양식들이 서로 접면들을 바꾸고 넓히는 복합적인 과정을 통해 일어나는 변화일 것이다. 문해성의 새로운 영역화를 이끄는 주체는 새로운 접면들을 만들어냄으로써 그 역할을 수행한다고 여겨진다. 노동자 수기가 쓰이는 데서 지식인의 역할이나 개입은 종종 문제시되었다. 이는 두루 알려진 '서발턴이 스스로 말할 수 있는가' 하는 물음과 관련된 것이다. 그러나 지식인의 개입을 입증하거나 서발턴의 발화를 '복원'해내려 한다면 문해성이 새롭게 영역화되는, 즉 새로운 접면들이 만들어지는 복합적인 과정을 세밀히 분석할 필요가 있다. 이 과정은 그야말로 복합적일 수밖에 없어서 노동자들의 문해성을 별도로 영역화하려 한다거나 지식인들의 개입을 전면적이고 결정적인 것으로 단정하기는 어려워 보인다.

함은, 그의 얼굴에 패인 어둡고 우울한 그늘은, 그의 비천함은, 그의 잔약한 체구와 질병은, 그의 돼지우리 같은 집과 그의 초라한 차림새는, 그가 '무능한' 한낱 노동자임은, 그 모두가 사회라는 거대한 기구가 지워준 십자가였을 뿐 결코 그 자신의 책임이 아니었다."[466] 서술자는 전태일이 그의 형틀을 일으켜 세워 자신과 같은 처지의 사람들을 바라보고 또 그들로 하여금 자신을 바라보게 한 과정을 뒤좇는다. 마침내 그가 연민의 마음으로 목숨을 내놓았을 때 고난의 형틀은 희생의 십자가로 바뀌었다. 이로써 비천한 존재에는 고귀한 의미가 부여되었다. 평전은 순교(殉敎)에 이르는 과정을 그렸다. 전태일 이야기는 그의 순교가 갖는 의미를 부각한 것이었다.

누구의 정체성이란 그 생애 이야기의 구성적 양상이거나 효과이다. 시련의 삶을 산, 그 자신을 버려 노동자들의 현실을 일깨운 전태일의 육성이 필연적인 계기성(sequentiality)을 갖는 이야기를 통해 구체화된 것은 실로 하나의 역사적 사건이었다. 5.16 이후 인민혁명당 사건(1964)이나 통일혁명당 사건(1968) 등으로 나타났던 이른바 '불온한' 움직임들이 공론장을 향해 스스로 발언할 수 있는 기회를 갖지 못했던 것과는 달리, 이 비천한 순교자는 그 내면을 풍성하고 인상적으로 제시하는 생애 이야기를 통해 노동자의 정체성을 세워냈기 때문이다. 전태일은 죽임을 당하지 않고 순교를 감행했다. 어린 노동자들이 신음하고 있는 평화시장이 자기 '마음의 고향'이며 '이상(理想)의 전부'라고 밝혔던 그는 그를 죽게 한 고난의 장소를 지킴으로써 '노동자 의식'의 원형(元型)이 될 만한 것을 정초하기에 이른다. 고난의 장소가 인간의 대지임을 천명하고 고통 속에 있는 인간에게로 돌아가는 데 노동자의 선택이 있음을 보여준 그 원형적 의

466 『어느 청년 노동자의 삶과 죽음』, 전태일기념관건립위원회 엮음, 돌베개, 1983, 161쪽.

식은 고도로 정치적이면서 동시에 어떤 '정치적 의식'으로도 환원될 수 없는 윤리적 높이를 구현한 것이었다.

전태일 이야기로 구체화된 주인공의 지적 인상(intellectual physiognomy)은 어느덧 기림의 대상이 되어 그는 '예수'에 비견되기도 했다. 『어느 청년 노동자의 삶과 죽음』 앞머리에 실린 문익환의 발문은 전태일 앞에 '모든 사람은 부끄러운 죄인'일 수밖에 없다면서, 이 순교자가 '무덤으로부터 부활'하리라는 믿음을 표했다.[467] 과연 1990년대에 들어 『전태일 평전』(1991)이라는 제목의 개정판에서 편집자는 그간 '독자들의 호응이 신속'하여 이 책이 '당대의 고전으로 자리 잡게 되었'음을 알린다.[468] 전태일의 형상이 독자들과 나누는 대화적 관계를 통해 그들을 기왕에 경험했던 영역 밖의 다른 위치에 서게(positioning) 했다면 그것이야말로 '불쌍한 형제 곁으로' 돌아가려 한 그가 부활하는 방식이 아닐 수 없었다. 전태일 이야기를 읽는 사람들이 이야기에서 그려진 전태일과 그의 증언에 가까이 다가설 때, 그리고 이를 통해 자신의 삶에 대한 해석과 평가를 다시 할 때, 그들은 전태일 이야기의 현실을 자신의 문제로 가시화하는 관점(perspective)을 갖게 될 것이었다. 전태일 이야기의 경우는 이야기를 통한 대화 — 편재적 소통[469]이 자신과 세계를 새롭게 바꾸는 정체성 형성의 동학을 가동시킨 기념비적인 예라고 할 만하다.

전태일 이야기는 이 순교자와의 대화를 사회적으로 유도해냄으로써 노동자의 정체성을 구축하고 노동현실을 자각하는 관점의 전환이라는

467 문익환, 〈이 아픔, 이 진실, 이 사랑〉, 『어느 청년 노동자의 삶과 죽음』.

468 〈개정판을 내면서〉, 조영래, 『전태일평전』, 돌베개, 1991.

469 정체성이란 애당초 대화적인 것이다. 정체성 형성에서 자신의 경험적 한정을 넘는 다른 이들의 이야기를 접하고 수용하는 과정은 불가피하며 또 필수적인 것이다. James A. Holstein, Jaber F. Gubrium, *The Self We Live by*, Oxford University Press, 2000, p. 252.

시대적 변화의 전기를 마련했다. 정체성의 새로운 구축은 이데올로기적 행위이다. 자신을 어떤 현실에 위치시키느냐, 어떤 관점을 갖고 어떤 역할의 수행을 기대(상상)하느냐에 따라 이데올로기의 설정은 좌우된다. 요컨대 이데올로기란 그(그녀)의 정체성이 작동하는 형태라고 할 수 있다.[470] 전태일 이야기가 일으킨 변화는 이데올로기적 지향의 변화였다. 이야기를 나누며 형성되는 정체성의 동학이 이데올로기적 지향 내지 판도의 변화로 진행된 과정을 비추려는 것이 또한 이 글의 목적이다. 이 글에서는 전태일 이야기가 어떻게 쓰였으며 어떤 맥락에서 독자들과의 대화적 관계를 구축할 수 있었는지 묻고 답하려 한다. 그러기 위해서는 『어느 청년 노동자의 삶과 죽음』으로 전태일 이야기가 구체화되는 과정에서 쓰인 노동자들의 자전적 기록이나 투쟁기들을 더불어 참조해야 할 것이다. 이야기를 통한 소통의 확산이 새로운 시대를 열어갔다는 전제를 확인하는 것은 이 글의 근본적 관심사이기도 하다.

470 Dan P. McAdams, *The Stories We Live by: Personal Myths and the Making of the Self*, The Guilford Press, 1993, p. 80.

2

신화의 주인공으로 거듭나다

자신이 술회한 것이든 혹은 다른 이에 의해 옮겨진 것이든 누구의 생애 이야기가 자못 심대한 의미를 환기하기 위해서 그것은 신화적 구조를 필요로 할 수 있다. 신화는 삶과 현실의 문제들을 특별한 상황의 개별적인 경우를 통해 쟁론화하며, 그럼으로써 일종의 제의(祭儀)적 공간을 마련한다. 흔히 제의란 지배 권력이 주권을 강화하는 수단일 수 있지만, 그런 만큼 반대로 제도와 질서의 의미를 심사숙고하게 만드는 것이기도 하다. 예를 들어 프로메테우스의 신화는 배제로서의 지배(인간에게 불을 주는 일을 금지한)를 거스른 이타적 선의에 대한 어떤 공감의 능력을 요구한다. 이 이야기는 선의를 도덕적 덕목으로 제시하려는 것이 아니다. 오히려 선의가 형벌로 금제되는 상황을 그려냄으로써 주권적 지배를 문제시했다고 말할 수 있다. 프로메테우스가 결박되어 고통을 당하는 시간을 이른바 '인종전쟁'[471]이 지속되어온 시간으로 해석한다면, 독수리에게 간을 파 먹히는 제의가 요구하는 이타적 선의에 대한 공감의 능력이란 그로 인한 고통에 공감하는 능력일 수밖에 없다. 그런 점에서 신화는 공동체의 연대와 이를 위한 소통을 확대할 수 있게 하는 사회적 형식이다. 신화가 강렬하고 집중적으로 문제를 부각하고 공감을 요구할 때 여럿의 시선은 거기서 만날 수 있다. 희생을 통해 재림을 기약한 전태일 이야기 역시 신화적 구조를 갖는 것이었다. 이 신화는 인종전쟁이 이미 시작된 지 오래며 간을 파 먹히는 누군가의 고통이 지속되고 있음을 일깨웠다. 이제 이 고통에 공감하는 연대는 기왕과는 다른 시간이 시작되어야 한다는 공감으로 확대될 수 있었다. 전태일 이야기는 이렇게 대항 역사를 써 나가는 또 하나의 출발점을 마련했다.

『어느 청년 노동자의 삶과 죽음』은 전태일의 수기와 일기 등에 근거하여 그의 삶을 끝없는 시련의 과정으로 그려낸다. "항상 굶주려 있는 허기진 배, (중략) 버림받고 천대받고 거부당한 소외감, 끝없는 노동과 방황 — 그 지루한 20년 동안을 그는 이렇게 철저하게 빼앗기고, 철저하게 학대받고, 철저하게 좌절된, 눈물마저도 메말라버린 '밑바닥 인생'으로 살아야 했다."(30쪽) 그러나 그가 왜 그토록 가난하고 천대받아야 했는지에 대한 탐색이 이 책의 주된 과제는 아니었다. 전태일이 견딘 시련의 과정은 성장과 입사(入社)의 플롯을 이룬다. 그를 따라다닌 굶주림의 공포라든가 모진 노역으로 얼룩진 찢김의 상처가 더 높은 깨달음을 향해 나아가는 성장의 계기로 작용하는 것이다. 병든 어머니와 어린 동생을 바

471 여기서 '인종전쟁'이란 서구의 근대역사를 국가에 의해 주도된 인종 간의 전쟁 과정으로 보는 푸코의 견해를 인용한 것이다. 한국의 근대역사에서 식민지시대는 인종전쟁이 본격적으로 개진된 시기이다. 그렇다면 해방 이후 과연 인종전쟁은 종결된 것인가? 1960년대의 개발 권력은 새로운 인종전쟁을 벌였다고 말할 수 있다. Michel Foucault, *Society Must be Defended*, Edited by Mauro Bertani and Alessandro Fontana, Translated by David Macey, Picador, 1997, p. 69.

라보는 연민의 시선은 가난하고 고통 받는 저 '형제들'을 향해 확대되었다. 순교의 결단은 성장의 결말이었다. 그의 순교를 일관하고 필연적인 결말로 제시한 것이 전태일 이야기이다. 『어느 청년 노동자의 삶과 죽음』은 이야기의 정점을 표하는 그의 유서이자 기도(祈禱)를 열어봄으로써 시작되고 있다.

> "이 결단을 두고 얼마나 오랜 시간을 망설이고 괴로워했던가?
> 지금 이 시간 완전에 가까운 결단을 내렸다.
> 나는 돌아가야 한다.
> 꼭 돌아가야 한다.
> 불쌍한 내 형제 곁으로, 내 마음의 고향으로……내 이상(理想)의 전부인 평화시장의 어린 동심(童心) 곁으로.
> (중략)
> 내 마음의 결단을 내린 이 날, 무고한 생명체들이 시들고 있는 이 때에 한 방울의 이슬이 되기 위하여 발버둥치오니, 하느님, 긍휼과 자비를 베풀어 주시옵소서."
>
> 1970년 8월 9일의 일기에서

전태일의 일기에서 발췌된 이 유서이자 기도는 스스로 순교자가 되기를 결단한 그 내면의 증명이다. 그가 이미 경건한 입사의 의식을 치르고 있었기에 그의 결단은 다른 선택의 여지를 남기지 않는 "완전에 가까운 결단"이어야 했다. 순교의 결단에 고뇌가 없을 수 없다. 그러나 '무고한 생명체들이 시들고 있는 대지를 적시는 한 점 이슬'이 되려 한다는 인상적인 장면화[472]는 그를 결단하게 한 간절한 바람과 뜨거운 마음을 드러냈다. 신화(문학)로 쓰인 전태일 이야기는 노동자의 현실을 말하는 것이 이를 문학화하는 일임을 보여주었다. 이 문학이 기왕의 세계를 규정해온 여러 언표의 틀을 충격하는 것인 한 새로운 작자는 새로운 독자를 만들지 않을 수 없었다. 쓰기/읽기의 대화적 관계가 생산하는 역량은 새로운 관계로서의 문학적 공동체를 지향하게 될 터였다. 전태일 이야기가 여러 문학들이 쓰이는 기점이 되었음은 이렇게 설명되어야 한다.

그렇다면 과연 전태일 이야기의 원점이 된 이 유서이자 기도는 어떤 배경에서 쓰일 수 있었던 것일까? 전태일이 남긴 글들은 그가 자신의 과거를 돌이키는 일에 매우 적극적이었음을 보여준다. 그는 과거를 향해 줄곧 자신이 누구인가를 묻고 있었다. 자기신화란 지난 기억을 조망하고 선택적으로 구성하며 의미화하는 자의식의 소산이다. 전태일의 경우, 자기신화는 순교의 결단에 이름으로써 완성될 것이었다. 예전엔 몰랐거나 미처 깨닫지 못했던 바를 알게 된(결단한) 현재는 과거를 만회하고 수정하며 편집한다. 따라서 이야기된 기억은 왜곡되거나 강화된 기억이게 마련이다. 그렇게 신화 안에 배치된 기억들은 기능적으로 미래를 당겨오는 역할을 한다. 전태일이 돌이킨 기억들은 고백이고 증언이자 그럴 수밖에 없는 자기설명이었던 셈이다.

물론 그가 처음부터 순교자였던 것은 아니다. 그의 일기에는 연정에 몸달아하는 젊은이[473]가 등장할 때도 있고 집을 사는 꿈을 꾸는, 세상

472 Nicola King, *Memory, Narrative, Identity; Remembering the Self*, Edinburgh University Press, 2000, p. 25.

473 전태일, 「1967년 3월 20일의 일기」, 『내 죽음을 헛되이 말라: 일기·수기·편지 모음 : 전태일 전집』, 전태일기념사업회 엮음. 돌베개, 1988, 111쪽. "(전략) 누나, 희누나가 만약 나를 두고 다른 동생을 또 정한다면 나는 누나를 죽일 거예요. 내가 죽은 다음에라도 나를 동생이라 부르세요. 그리고 이 수기장을 누가 보기 전에 누나가 가져가세요. 두고두고 누나 혼자만 보세요. 지금도 이야기하고픈 내 누님. 얼굴이 보름달처럼 동긋이 내 마음에 떠오른다. 웃는 얼굴이."

일에 일희일비하는 생활인의 모습이 그려지기도 했다. 고단한 삶에 대한 페이소스 가운데는 안쓰러운 이상적 바람과 그만큼의 절망, 자기비하가 교차되어 나타난다. 일기나 단상 곳곳에서 죽음은 충동적으로 예감되는 결말이다. 노동자들의 조직을 꾸려가던 그가 스스로 사업자가 되어 '모범업체'를 설립하고 도덕적이고 합리적인 공장운영을 해 보려 꿈꾼 부분은 그 선의에도 불구하고 너무 나이브하게 느껴진다.(「모범업체 설립 계획서」, 155쪽) 역설적이게도 그가 남긴 기록으로부터 신화적 비상함을 찾기는 어렵다. 예를 들어 일찍이 남대문 시장에서 사업을 벌였던 그의 부친이 사기를 당해 큰 피해를 입고 낙담하여 가정을 돌보지 않았다[474]는 에피소드 역시 가세가 기울고 가난에 빠지게 된 경위를 설명하는 범상한 경우를 반복한다. 한편 대통령에게 호소의 편지를 쓰면서 '각하는 저들의 생명의 원천'이자 곧 '아버님'이라고까지 한[475] 한낱 비천한 존재가 어떻게 '자신의 죽음을 헛되이 하지 말라고'(136쪽)고 외칠 수 있었는지는 생각하기에 따라 의아한 점일 수 있다. '노동지옥'을 돌아봐 달라는 간절한 청원의 어휘로 냉혹한 지배를 누그러뜨릴 수 있다고 생각했다면 그것은 큰 오해였다. 그러나 순교를 결단한 시점에서 이런 면모들은 모두 성장의 우여곡절을 말하는 구비들로 재배치된다. 오히려 이런 '인간적' 측면이야말로 전태일이 '불쌍한 형제'를 위해 희생의 십자가를 지게 된 연유

474 남대문시장 대도백화점 2층에 미싱사까지 둔 가게를 연 그의 아버지는 브로커를 통해 어떤 고등학교의 체육복 수천 벌을 주문받았는데 4.19가 나며 브로커가 옷값을 떼어먹고 달아나버렸다는 것이다.(33쪽)

475 "각하께선 저들의 생명의 원천이십니다. 혁명 후 오늘날까지 저들은 각하께서 이루신 모든 실제를 높이 존경합니다.(중략) 삼선계헌에 관하여 저들이 아지 못하는 참으로 깊은 희생을 각하께선 마침내 행하심을 머리 숙여 은미합니다. (중략) 각하께선 국부이십니다. 곳 저희들의 아버님이십니다. 소자된 도리로써 아픈 곳을 알려드립니다. 소자의 안픈 곳을 고쳐 주십시오. 아픈 곳을 알리지도 않고 아버님을 원망한다면 도리에 틀린 일입니다."(138쪽)

를 설명해내는 듯하다. 그의 순교는 그가 특별할 것 없는 노동자였기에 선택할 수 있었던 비약적 행위였다.

과연 『어느 청년 노동자의 삶과 죽음』에서 전태일은 '중생(衆生)의 병'을 자신의 병으로 앓은 인물로 표상되었다.[476] 십자가를 진 주인공은 자신의 병을 치유하려 하지 않았다. 그의 병은 중생이 앓는 병의 병인을 제거함으로써만 나을 수 있었기 때문이다. 그렇다면 순교는 혁명을 고무하는 것이었던가? 비인간화를 강요받는 노동계급이 더 이상 그렇게 살 수 없음을 자각함으로써 계급해방을 위한 투쟁에 나선다는 자발성과 혁명의식의 동학은 전태일 이야기가 내장하고 있는 주제(theme)이다. 하지만 '노동자도 인간이고 인간으로서의 최소한의 요구가 있다'(19쪽)는 전태일 이야기의 외침은 먼저 인간적인 호소로 들린다. 하느님을 향해 '긍휼과 자비'를 구한 그의 순교는 인간적인 의지와 사랑, 그리고 위엄의 의미를 일깨우는 것이었다. 사실 전태일 이야기는 그가 노동계급의 투사이기 전에 서로를 배려하는 따듯한 세상을 꿈꾼 순수한 젊은이였음을 부각했다. 윤리적 열정을 갖고 인간해방이라는 거룩한 목표를 이루기 위해 몸바치는 내면의 고뇌와 희열을 부각하는 것은 낭만적 기원을 갖는다. 이런 삶을 주체화하려는 자기존경은 보편적 이상을 향한 공동체적 결속을 전망해왔다. 여기서 인격의 생산은 곧 새로운 세계를 만드는 방법이었다. 선의와 정의를 갈망한 한 젊은이의 죽음은 증오가 아니라 사랑과 희망의 빛을 뿌린 것이다. 전태일 이야기는 그 빛을 좇는 '심리적 여행'을 통해 그의 뜻이 구현되어야 함을 알렸다. 그는 이렇게 신화의 주인공이 되었다. 전태일 이야기가 펼친 혁명의 동학이란 새 세상을 향한 꿈이 갖는 보편적 힘을 통해 가동된 것이었다.

476 "중생이 병들었으므로 그도 여전히 병들어 있었다."(46쪽)

전태일은 근로기준법을 '발견'하고서 노동자의 권리를 보장하는 법이 있다는 사실에 고무(119쪽)되었지만, 국가와 주권자를 향한 그의 청원은 받아들여지지 않았다. 그는 법으로부터 버림받았다. 결국 그는 자신이 동원할 수 있는 유일한 근거인 자신의 육체를 근로기준법과 함께 불사름으로써 다른 법을 말하고자 했다.〔전태일은 '허울 좋은' 근로기준법의 화형식을 제의했고(214쪽), 그러기 위해 준비한 휘발유를 자신에게 붓고 그 법과 더불어 죽은 것이다.[477]〕 법을 태움으로써 법이 다시 세워져야 함을 말한 것이 그의 순교였다. 그의 청원은 법과 주권자가 아니라 인간의 양심과 정의를 향한 것이 되었다. 자기 몸에 불을 붙여 지켜지지 않는 법을 소각한 그는 고통 받는 인간을 위한 법이 정립되어야 함을 외친 점에서 실로 신화적 주인공이 아닐 수 없었다.

『어느 청년 노동자의 삶과 죽음』은 전태일의 죽음 이후 "사람들은 이제껏 아무도 발음하려 하지 않던 '노동자'니 '노동운동'이니 하는 어휘들을 입에 올리기 시작했다"(21쪽)고 적고 있다. 이 새로운 발언들이 다시 세워져야 할 법의 단초였다면, 서원(誓願)을 남긴 전태일의 순교는 그들로 하여금 새 법을 말할 수 있게 한 전환의 기점이었다. 전태일 이야기는 이러한 제의적 소통이 그 공간을 넓혀간 과정의 산물일 것이다. 그렇게 쓰이고 읽힌 전태일 이야기가 높은 반복성(redundancy)을 갖는 것은 불가피했다.

477 『어느 청년 노동자의 삶과 죽음』에 의하면 한 동료가 '전태일의 불길 속에 근로기준법 책을 던져 넣었다'(228쪽)고 한다.

3

위치잡기(positioning)와 반성의 플롯

전태일의 죽음 이후 노동현실에 항의하는 대학생들의 철야농성이 이어졌고 그의 방식을 뒤쫓으려는 누군가의 기도 또한 없지 않았다. 그러나 노동자들이 자신들의 존재를 드러내기 위해서는 스스로 일어서야 했다. 이제 그들은 눈을 뜨고 입을 열어야 했다. 전태일의 죽음이 굳은 벽에 균열을 일으켰기에 그로 인해 야기된 사회적이고 정치적인 반향은 사그러들 현상이 아니었다. 전태일 이야기는 그 반향이 커가는 과정을 통해 읽히고 또 다시 쓰였다. 전태일 이야기의 구체화가 노동운동이라고 통칭되는 역사적 진행에 동반된 것이었다는 뜻이고, 이 진행성을 통해 전태일 이야기가 공고한 것이 되었다는 뜻이다. 그렇다고 하면 1970년대 중반을 넘기고 여러 노동자 수기들이 쓰이는 데서 전태일 이야기는 이미 영향력 있는 본보기였다고 보아야 한다.

전태일을 십자가를 진 순교자나 서원을 남긴 예언자로 그린 이야기가 정착되고 또 완고하게 되풀이된 이유는 그런 읽기/쓰기가 불가피했기 때문이다. 무엇보다 그것은 오래지만 다시 새롭고 절실한 이야기였다. 그런데 앞서 언급했듯 전태일 이야기가 그것을 읽는 사람들에게 자신은 누구인가를 묻게 만들었고 이러한 대화적 관계의 설정이 읽기/쓰기의 방식을 결정했다면, 이야기의 높은 반복성은 대화관계가 설정되는 메커니즘을 통해 설명되어야 한다. 대화의 메커니즘에서 우선적으로 살펴야 하는 것은 독자가 이야기를 대하는 입장을 정하고 위치를 잡는 과정이다. 사실 어떤 위치에 입각하여 대화하느냐에 따라 그 내용은 달라지게 마련이다. 대화관계에서 독자의 위치잡기는 자신과 자신의 생각을 타당한(intelligible) 것으로 만들려는 선택의 행위이다. 이야기 정체성이란 그에 따라 형성/획득된다. 위치잡기가 여러 가능성을 갖는다면 어떤 선택을 통해 형성되는 정체성의 국면은 다성적(多聲的) 버전의 하나일 것이다. 하지만 전태일 이야기의 경우, 이를 다르게 읽으려는 여타의 선택은 어려웠음이 분명하다. 노동자도 인간이라고 외친 그의 선언이 인간으로서의 보편적인 책임을 묻고 있었기 때문이다. 1976년 『대화』지에 실린 석정남의 수기 「인간답게 살고 싶다」와 「불타는 눈물」은 전태일 이야기에 대한 위치잡기가 어떻게 이루어졌고 또 그것이 어떤 글쓰기 효과로 나타났는가를 보여주는 한 예다.

'어느 여공의 수기'라는 부제가 붙은, 일기 형식으로 쓰인 석정남의 글은 "손을 더 빨리 움직여 짧은 시간에 정확한 물건을 많이 생산할 수 있도록 노력"[478]하겠다는 '건강한 희망'을 피력하는 여공의 일상을 비추어나간다. 그녀가 자신의 정체성을 찾아가는 과정이 수기의 줄거리를 이루는데, 도덕화된 노동 관념에서 벗어나는 시간은 반성의 플롯으로 제시

478 석정남, 「인간답게 살고 싶다」, 『대화』, 1976. 11, 179쪽.

되었다. 반성의 플롯을 만드는 중요한 계기는 그녀가 전태일 이야기를 접하는 장면이다. 즉 전태일 이야기를 받아들이는 독해의 위치잡기가 반성적 플롯을 구성하는 동인으로 작용하고 있는 것이다.

"내일의 아름다운 생활을 위해 오늘의 괴로움을 이길 줄 아는 그런 건강한 사람이 되어야겠다"(183쪽)고 다짐하는 여공은 처지에 '어울리지 않는 문학가의 꿈'을 간직한 소녀이다. 계속 벼랑으로 내몰리는 절박한 현실은 개선되지 않는데, 그녀는 '종일 시를 쓰기도 한다.'(188쪽) 그러나 빨리 '미싱 기술자'가 되어야 하는 그녀에게 시는 너무나 높은 곳에 있는 것이어서 자비와 자굴은 불가피하다.[479] 고상한 문학을 동경하지만 짐승과 같은 삶을 살아야 하는 그녀는 자신은 누구인가를 묻고 있는 것이다. 여전히 고난을 극복하는 길은 노력뿐이라는 믿음을 부정하지 않음에도 불구하고, 그녀가 간절히 바라는 "평등과 경제적 안정"[480]이 그렇게 이루어지리라 기대하고 있는 듯해 보이지는 않는다. 도시산업선교회의 전태일 추모예배에 참석하여 추모사를 읽게 된 그녀는 "전태일 이야기가 몹시 내 마음을 흔들어 놓았다"(215쪽)고 술회한다. 그렇지만 여전히 그녀는 노동자였던 동료가 사무원이 되었다는 소식에, 그가 '인간의 가능성'을 보여주었을 뿐 아니라 '전 노동자의 빛'이 되었다며 자랑스러워하기까지 한다. 그녀에게 노동자라는 이름은 탈출해야 하는 운명적 굴레였다. 일기는 노동조합이 조직되어가는 소식을 전하지만 그녀에게 조합에

479 "오늘은 종일 시를 썼다. 헬만 헷세, 하이네, 윌리엄 워즈워드, 바이런, 괴에테, 푸쉬킨, 이 얼마나 훌륭한 이들의 이름인가? 나는 감히 상상도 못할 만큼 그들은 훌륭하다. 아 나도 그들의 틈에 끼고 싶다. (중략) 나 같은 건 어림도 없다. (중략) 감히 내가 저 위대한 이들의 흉내를 내려 하다니. 이거야말로 짐승이 웃고 저 하늘의 별이 웃을 것을 모르고—아무 지식도 배움도 없는 나는 도저히 그런 영광을 가질 수 없다. 이대로 그날그날 천하게 밥이나 처먹으며 사는 거지. 그리고 끝내 돼지같이 죽는 거야."(188쪽)

480 석정남, 「불타는 눈물」, 『대화』, 1976. 12. 208쪽.

드는 것은 '관리자'들이 말하듯 이 사회질서의 '바깥'으로 나가는 길이고 '신세를 망치게 되는' 길일뿐이다. 그러나 농성을 벌이며 참여를 호소하는 동료 노동자들 앞에서 그녀는 마침내 그 부름을 외면하지 못한다.

> "어떻게 그럴 수 있나? 어떻게 사람으로서, 같은 동료로서, 밤이 새도록 부르짖는, 가슴속 깊이 울려오는 메아리를 어찌 못들은 체 그 앞을 걸어 나간단 말인가?"(232쪽)

그녀처럼 조합에의 참여를 주저하던 한 노동자는 "우리가 사람이니? 우리는 인간도 아니야"(233쪽)라는 말을 내뱉고 주저앉아 운다. 내면적 전환을 그려낸 반성의 플롯은 줄곧 들려왔지만 그렇기 때문에 외면했던 '메아리'에 부응하는 순간을 잡아낸다. 이는 전태일 이야기에 대한 위치잡기가 인간적 의미와 존엄을 위해 마땅히 지키고 요구해야 하는 양심을 일깨우는 방식으로 진행된 데 따른 결과였다. 즉 위치잡기의 과정이 플롯구성으로 나타난 것이다.

반성의 플롯—위치잡기의 과정에서 대화는 자기대화의 형식을 취하게 마련인데, 자신이 누구인가를 자문하는 대화는 노동자가 비가시적 존재였기 때문에 혼란스러운 모색을 수행해야 했다. 사실 그간 노동자는 스스로 말하지 못하는 '이름 없는'[481] 부류인 '피해대중'들이나 간고하고 비루한 삶을 이어갈 뿐인 '소시민' 사이에 걸친 근로대중의 명칭이었다. 농업공동체로부터 유리된 도시하층민들은 그들의 모태여서 전락과 상실을 표상하는 룸펜과 노동자의 경계 또한 명확하지 않았다. 그러나 전태

481 '이름 없는 시민'은 4.19 당시 시위에서 가장 적극적이었던 '거지, 슈샤인보이' 등을 가리키는 표현이었다. 이강현 편, 『민주혁명의 발자취—전국각급학교학생대표의 수기』, 정음사, 1960, 135쪽.

일 이야기는 자신의 삶을 반추함으로써 자신이 처한 모순을 자각해가는 노동자의 모습을 제시했다. 반성의 플롯은 자신을 발견해가는 이야기를 재구성하는 것이기도 했다.

전태일 이야기를 읽는 위치잡기가 고착된 이유의 중요한 하나는 모두가 모르지 않는 예수의 희생이라는 전거를 이야기적 기반으로 했다는 데서 또한 찾아야 할 듯싶다.[482] 순교를 통해 고난 받는 이들에게 돌아가려 한 전태일은 예수의 희생을 뒤쫓은 것이다. 그가 남긴 단상에는 '신의 은총만이 현 사회를 구할 수 있다'[483]는 구절이 보이거니와, 그의 죽음은 경건한 기원의 자세를 부각해냈다. 전태일은 자신을 버려 구원의 길을 연 노동복을 입은 아이콘이 되었다. 이 성상(聖像)을 올려다보는 입장에서 반성의 플롯은 불가피했다. 전태일이 일한 평화시장의 미싱사였던 민종숙의 생활수기 「인간시장」(『대화』, 1977.4)은 위치잡기로서의 반성적 플롯이 남겨진 자들의 책임을 묻는 데 이른 경우를 보여준다. 이 여성 노동자의 독해에 의하면 무심한 노동자들 역시 전태일을 죽인 자들 가운데 하나였다. 노동자들을 예수를 죽인 대중들에 비김으로써 제기되는 것은 죄와 책임의 문제이다.

> "나는 이제야 전태일 씨가 왜 죽었는가를 분명히 알 수 있을 것 같았다. (중략) 나는 지금까지 전태일 씨는 우리들을 위해 죽었다고만 생각했을 뿐 우리가 그 고마운 분을 죽였다고는 생각하지 못했다. 그러나 이제 생각을 해보니 전태일 씨를 우리가 죽였다는 말은 분명히 옳은 말

482 1970년대 노동운동에서 산업선교회의 영향이 컸던 점은 더불어 생각해 보아야 할 점이다. 그러나 반드시 산업선교회 때문에 전태일 이야기가 예수의 이야기를 수용했다고 생각되지는 않는다.

483 『내 죽음을 헛되이 말라 : 일기·수기·편지 모음: 전태일 전집』, 134쪽.

이었다. 그분이 우리 근로자들이 잘살기 위한 길을 제시하고 우리의 단결과 투쟁을 호소했을 때 우리 모두가 참여했던들 그분이 왜 스스로를 불태워야 했겠는가. 아무리 참된 길을 가르쳐주고 제시하여도 우리가 깨닫지 못하고 나서지 못했기 때문에 그분은 죽음으로써 우리의 각성과 투쟁을 촉구하려 했던 것이다. 그분이 마지막 남긴 말씀 '내 죽음을 헛되이 하지 말라' 는 말씀이 우리 근로자들을 향한 간절한 호소였음을 지금에야 깨닫게 되었다."(257~258쪽)

위의 발언이 보여주는 자책에 입각한 각성은 적극적인 결단이 불가피함을 촉구하는 것이기도 했다. 그런 점에서 반성의 플롯은 새로운 이야기를 예비하고 있었다. 이제 노동자들은 인간이 되기 위한, 스스로 인간임을 확인받는 여정에 들어서야 했다. 그 길은 대체로 두 가지 갈래로 나뉜다. 하나는 노동자들의 연대를 인간적 성찰과 결속으로 다져가는 과정이고 다른 하나는 변혁을 위한 조직화와 정치적 지도/학습의 길이다. 노동자연대의 성취가 조직화와 지도/학습의 효과일 수 있다면 두 길은 만나야 하는 길이다. 그러나 노동자의 인간선언이 인간이 무엇인가 라는 윤리적 문제를 제기해야만 했다면 그에 대한 탐구가 정치적으로 정리되는 데서 끝나서는 안 되었다. 탐구는 한편으로 '문학'이어야 했고 그럼으로써 그 정치적 의미를 새롭게 할 수 있었기 때문이다. 사실 반성의 플롯이 잘못과 책임의 소재를 묻는 구도는 이미 권력관계를 배태하는 것이었다. 반성의 플롯은 변혁을 위한 대항권력의 형성을 요구하면서 조직화와 지도/학습을 위한 권력적 위계화를 받아들이게 되는 경로로 보인다. 하지만 탐구로서의 문학이란 조직화나 지도/학습으로 그 내용과 의미가 확고해질 수 있는 것은 아니었다.

4

위치 바꿈, 혹은 '피통치자의 정치'

전태일 이야기에서 노동자도 인간이라고 외친 그의 선언은 이미 '민주'의 의미를 물은 것으로 간주되었다. 보편적 인권을 보장하는 민주는 국가주도의 산업화 과정을 비판하는 근거이자 그에 대한 투쟁으로 이뤄내야 할 목표가 아닐 수 없었다. 전태일 이야기는 4.19의 정치적 표어를 다시금 절실한 과제로 부각시켰다. 왜냐하면 개발독재체제가 강화되는 과정에서 인권과 민주의 확보는 정치적 전횡에 맞설 뿐 아니라 구조화된 억압과 착취를 해결할 때 바라볼 수 있는 것이 되었기 때문이고, 노동자야말로 그들을 결박한 억압과 착취의 사슬을 풀어낼 주인공이었기 때문이다.

4.19가 그러했거니와, 6.3운동이나 『청맥』지의 발간, 1968년의 통혁당 사건에로 이어지는 변혁운동의 흐름은 '청년' 학생과 지식인을 중심으로 한 것이었다. 청년과 변혁의 전망을 연결시키는 것은 일반적 현상

이어서 전태일도 대비적인 세대론을 펼쳤다. 기성세대는 '수단 방법을 가리지 않고 목적을 이루려는 에고이스트'인 반면 신세대는 '선한 목적을 갖고 선한 방법을 고집하는 휴머니스트'라면서,[484] 노동착취를 기성세대의 탐욕이 빚은 결과로 진단했던 것이다. 역시 청년의 역할을 기대한 그의 세대론에서 기성세대의 탐욕이 초래한 노동문제를 해결해야 하는 청년은 노동자신세대가 아닐 수 없었다. 과연 노동자가 스스로 운동을 일으켜나갈 수 있는가는 논의되지 못한 당시의 관심사였다. 그러나 전태일의 죽음 직후에 쓰인 소설 「객지」(황석영, 1971)는 지도적 노동자의 형상이 이미 대중적 상상력 안으로 진입해 들어왔음을 보여준다. 자각적 경각심을 갖고 목적을 위해 계산된 행동까지 하면서 파업을 조직해가는 '동혁'의 형상은 비록 허구적 형식을 통해서나마 노동자가 운동자로 자신을 등록한 경우라고 할 만하다.(소설 말미에서 주인공이 미래를 위한 희생을 결단하며 드러내는 과도한 사명감은 전태일의 순교를 의식한 일종의 흉내 내기로 해석해야 할 듯싶다.) 이제 노동자는 운동자로 성장해야 했다. 1977년 발표된 유동우의 수기 「어느 돌멩이의 외침」(『대화』, 1977. 1~3.)은 그런 성장의 과정을 예시한다.

노동운동이란 '인간성 회복'을 위한 것임을 밝히며 시작되는 「어느 돌멩이의 외침」은 '너무도 가난했던 어린 시절'을 짧게 언급한 뒤 운동자로서 지도에 나서게 되기까지의 경위를 돌이킨다. 화자가 경험하는 노동현장은 '비인간적 경영체제'에 의해 장악되어 '노동자들끼리의 착취구조'를 조성하는 곳이다.[485] 노동자를 등진 어용노조는 회사나 경찰을 포함하는 폭압적 체제의 한 부분일 뿐이다. 이 거대한 먹이사슬의 밑바닥

484 『내 죽음을 헛되이 말라: 일기·수기·편지 모음: 전태일 전집』, 134, 149쪽.
485 유동우, 「어느 돌멩이의 외침」(상), 『대화』, 1977. 1, 217쪽.

에 놓인 노동자들이 서로를 적대하고 서로에게 원한을 내뿜는 현실에서 그는 자살을 시도할 만큼 절망했음을 고백한다.(225쪽)

그는 자신을 일으켜 세운 것이 고난 받는 이들의 지도자가 되겠다는 비장한 소명의식이었다고 말한다. 돈독한 신앙의 기독교인으로서 노동자들에 대한 선교에 나선 그는 마치 '부흥강사'와 같이 노동자들의 도덕적 타락을 질타[486]했는데, 그러나 이내 도덕적 구원보다 현실적인 구원이 더 앞서야 한다는 점을 깨달았다는 것이다. 노동자들이 그들의 잘못 때문에 죄를 짓는 것이 아니라면 그들을 구렁텅이로 내모는 구조를 척결해야만 했다. 그에게 노동자들은 연민의 마음으로 감싸 안아야 할 대상이 되었다. 그는 한탄하고 절규한다.

> "하루 16시간, 심지어는 철야노동까지 하면서도 임금만으로는 살 수가 없어 술집으로 팔려가고 가진 자 편에 선 자들로부터 폭행을 당해야 하는 나의 이웃들—. 사회적으로 '공순이'라는 차별과 냉대를 받으면서도 뭇 남자들의 값싼 동정에 마음을 빼앗겨 몸까지 망쳐버리면서도 누구 때문에 이런 고통을 당하는지조차 알지 못하고, 그저 우리가 배우지 못하고 가난하기 때문이라는 열등의식과 체념으로 자기의 팔자탓으로 돌리고 마는 천진스럽기만 한 내 이웃들.(하략)"(240쪽)

486 "이러한 공단사회의 진면목을 접하게 된 나는 크리스챤으로서 또 앞으로 성직자가 되기를 꿈꾸는 사람으로서 공단근로자들을 상대로 복음을 전하기로 마음먹었다. 사실 당시의 내게 공단근로자들의 성의 타락은 하나님의 진노를 받아야 마땅한 죄악으로 비쳐졌고 성직자가 될 내가 죄악에 빠져 있는 그들과 같이 어울려 생활한다는 것이 내 인격에 대한 커다란 모욕으로까지 느껴졌다. (중략) 어쨌든 나는 죄를 짓고 있으면서도 모르고 있는 그들이 불쌍하다고 느꼈고 또한 이들을 죄악에서 구원하는 것이 하나님이 내게 준 소명이라고 생각하였다."(232쪽)

화자의 발언은 어느덧 그 대상을 젊은 여성 노동자에 국한하고 있다. 여성 노동자들을 천진한 만큼 어리석고 무죄한(innocent) 희생자로 부각하였기에 그들의 고난과 타락에 안타까운 분노를 표하는 자신은 긍휼히 여김을 바라기보다 이미 긍휼히 여기는 위치에 서게 된다. 이 무죄한 희생자들의 구원을 자임한 만큼 그는 적극적인 지도자의 역할을 해야 했다. 그에겐 전태일과 같이 '중생(衆生)의 병'을 자신이 몸소 앓을 겨를이 없었다. 순교는 미루어지거나 다른 방식으로 수행되어야 할 것이었다.

「어느 돌멩이의 외침」의 주인공 역시 노동자의 권익을 찾기 위해 '노동관계법을 연구'하기 시작한다. 하지만 어떤 법도 그들의 법이 아니었으므로 험난한 투쟁은 불가피하다. 수기는 노동자들의 노조를 결성하려는 투쟁의 과정을 선각적 지도자의 입장에서 드라마틱하게 그려 보인다. 회사의 방해공작에 변절하고 그들의 선동에 넘어간 노동자들은 예수를 모함한 군중에 비겨졌다. 화자는 예수를 죽이려는 기득권세력에 속아 "자신들을 위해 일하시던 예수 앞에서 '바라바를 놓아주고 예수를 죽이시오'라고 외치던 가난하고 학대받던 군중들의 함성"을 듣는다.[487] 그러나 지도자로서 감내해야 하는 시련만큼 성과도 없지 않았다. 화자는 자신과 노동자 동료들이 서로 공부하며 깨닫는 과정을 거쳐 마침내 육친애로 결속되어갔음을 전한다. 그는 노동자들에게 자신이 아버지와 같은 존재("23살의 여자 종합원이 '분회장을 보면 꼭 우리 아버지 같은 생각이 든다.'고 말을 하는 것이었다.", 212쪽)가 되었을 뿐 아니라 자신이 보이지 않으면 여타 노동자들이 "무척 불안해하는 것 같았다"(212쪽)고 서술한다. 비범한 위엄과 영향력을 갖춘 자신이 나타나면 현장 관리자들조차 위축되어 노동자들에게 제대로 일을 시키지 못했다는 것이다.

487 「어느 돌멩이의 외침」(중), 『대화』, 1977. 2, 183쪽.

노동자들과 지도자인 화자가 무한한 신뢰와 의탁의 관계로 결속되었다는 것이 이 수기의 결말이었다. 이는 수기의 화자가 밝히고 있듯 자신과 노동자들이 가르치고 배우는 관계[488]를 돈독히 함으로써 획득된 성과였다. 수기는 이 성과가 노동자들의 도덕적 고양을 가능하게 했다고 전한다. 그의 주도로 공동체적 연대가 공고해짐에 따라 '체념, 자포자기, 동료에 대한 시기나 질투심, 상사에 대해 눈치 보기 등과 같이 노동자들이 예전에 갖고 있던 부정적 측면들 역시 하나씩 사라지기 시작했다'는 것이다. 대신 노동자들은 일하는 '자신들이야말로 세상에서 가장 소중한 존재라는 긍지감과 자부심'을 갖게 되었고, '어느 누구도 뗄래야 뗄 수 없는 우애와 신뢰로 뭉쳐진 하나의 견고한 운명공동체로 발전'하여 갔다는 이야기였다.[489] 노동자들의 결속된 쇄신은 이론과 조직에 의한 지도의 결과라기보다 특별한 인격 내지 진정이라든가 성심에 의해 발휘되는 실천적 권위에 의한 감화의 결과로 그려졌다. 진정성을 바탕으로 한 감화는 이 수기가 그려내고 있는 어용노조와의 갈등 과정에서 노동자의 연대를 차별화해내는 경로였다. 이 경로를 개척해 간 주인공을 앞세운 수기는 순교의 이야기를 전도시키며 또한 이를 연장하는 것이었다.

순교 대신 스스로 다른 이들의 지도(구원)자가 되는 위치 바꿈이 일어났기 때문이고, 그러면서도 연민에 입각한 헌신을 통해 순교에 부응하고 있기 때문이다. 지극한 마음을 다하여 헌신함으로써 순교를 일상에서 수행한 그는 적극적인 위치잡기를 수행했다고 볼 수도 있다.[490] 살아 있

488 노동자들이 자신을 '선생님'으로 불렀다는 것이다.(216쪽)

489 "이러는 사이 우리들 사이에는 무언가 새로운 인간적 사회적 관계가 싹트고 있다는 기분이 들었다. 어느새 우리는 어느 누구도 뗄래야 뗄 수 없는 우애와 신뢰로 뭉쳐진 하나의 견고한 운명공동체로 발전하고 있었다. 하루라도 동료를 보지 못하면 아쉽기만 하고 만나면 친형제보다 더 반가운 관계가 맺어졌고 같이 자고 같이 고락을 나누며 함께 공동으로 운명에 대처해 나간다는 깊은 연대감을 서로 나눌 수 있었던 것이다."(213쪽)

는 순교자의 이야기라면 역시 신화로 쓰일 수밖에 없었다. 그는 누구보다 앞서 새로운 세상을 열려는 신화적 분투의 예증이 되어야 했다. (이 수기에서 전태일이 언급되고 있지 않은 이유는 이렇게도 설명될 수 있지 않을까 싶다.) 그러나 순교자가 보인 경건한 기원의 자세는 삭제되었다. 다른 노동자들의 성찰과 각성을 이끌고 실현하는 지도자로서의 활약을 개진한 이 수기는 희생자가 마련하는 신화적 제의의 공간을 쇄신된 결속과 투쟁의 과정으로 채웠다. 이제 새로운 신화의 주인공은 인간해방이라는 목표를 이루려는 도덕적 열정 — 고뇌를 승리에 대한 믿음과 희망으로 바꾸어내야 할 존재였다. 이를 통해 헌신의 삶을 살려는 자기존경은 지도자로서 자신을 정위(定位)할 것이었다. 조직보다 육친애를 부각하고 이론이 아니라 성심으로 지도하는 수준이지만, 이 수기는 대항권력이 어떻게 형성될 수 있었는가를 읽게 한다.

노동자들의 결속은 해방의 전망을 구체화하는 필수적 조건이다. 더구나 「어느 돌멩이의 외침」에서처럼 도덕적으로 공고한 결속을 이루는 것은 해방을 안으로부터 선취하는 경로일 수도 있다. 그러나 '뗄래야 뗄 수 없는 우애와 신뢰로 뭉친' 품성의 공동체를 이룩하였다면서 그에의 귀속을 마땅한 일로 간주하는 이야기는 반성의 위치잡기를 통한 다른 선택의 가능성을 배제하는 것이었다. 자신이 누구인가를 발견하는 내면적 성찰이 오직 품성의 공동체에 귀속됨으로써만 의미 있을 수 있었기 때문이다. 더구나 인격적 지도에 의해 품성의 공동체를 이룩한다는 신화는 이미 권력담론을 내장하는 것이다. 노동자들이 인간적으로 고양된 결속을

490 연재를 끝낸 뒤 수기의 필자는 '우리는 이긴다'라는 부제를 붙인 〈후기〉에서 자신에게 여러 혜택을 주는 제의가 있었으나 모두 거절했음을 밝히며 다음과 같이 말하고 있다. "이 사회 속에 한 사람의 인권이라도 침해되거나 굶주리고 천대받는 일이 있다면 나는 그 사람들의 고통과 굶주림을 함께 나누어가지고 싶을 따름이다." 『대화』, 1977. 3, 213쪽.

성취하는 이야기 도정에서 그들의 구원을 자임한 화자의 나르시시즘을 읽기란 어렵지 않다. 과연 이 수기는 가부장적 권위주의나 확장된 가족주의를 수용하고 있기도 하다. 한 논자는 이 수기가 '교육담론과 인간적 진정성 담론 및 희생담론'에 근거하며 '발전주의와 국가주의, 군사주의적 규율 및 가부장제 담론 등을 대항적 글쓰기 형태로 재맥락화'했다고 지적한 바 있다.[491]

인격에 의한 지도라는 주제가 흔히 배제하지 못하는 가부장적 권위주의라든가 가족주의는 박정희 정권의 통치이데올로기를 이루는 기반이었다. 성장과 쇄신을 통해 공동체를 결속해간다는 줄거리 또한 '조국 근대화'라는 캐치플레이스 아래 경제개발을 도모한 '피통치자의 정치(politics of governed)'[492]가 요구하고 부각했던 내용이다. 사실 노동자의 정체성을 도덕적으로 획정하려는 입장에서 「어느 돌멩이의 외침」이 서술한 주인공의 특별한 희생적 노력은 발전국가의 목표인 '따라잡기'를 실현하려는 여러 모범적 사례들[493]에서 거듭해 그려졌던 바와 다르지 않다. 진정성을 갖고 헌신적으로 본보기를 보여 자발성을 유도하고 규율을 강화한다는 것은 일체화담론의 주된 테마였다. 그러나 이 수기가 기성담론을 문법적으로 답습하고 있다는 사실이 노동자 운동자의 출현이라는 이야기적 사건의 의미를 송두리째 부정하는 것은 아니다. 적어도 이 단계에서 노동자들은 서로에 대한 육친애와 도덕적 열정으로 결속될 수밖에 없었고, 특별한 성심에 의한 일체화는 그 경로일 수밖에 없었기 때문이다.

491 신병헌, 「70년대 지배적인 담론구성체들과 노동자의 글쓰기」, 『산업노동연구』, 12권 1호, 2006, 207~213쪽.

492 Partha Chatterjee, *The Politics of the Governed: Reflections on Popular Politics in Most of the World*, Columbia University Press, 2004, pp. 37~41.

493 예를 들어 새마을운동지도자의 수기들을 보라.

노동자가 인격적 지도(조직적이고 이론적인 지도가 아니라)에 의해 품성의 공동체를 이룩하는 이야기는 사실 노동자들 간의 지도와 배움의 가능성을 타진한 것이기도 했다. 동료나 선배의 이야기를 전하고 옮기는 것은 점차 노동자 수기의 한 방식이 되었다.[494] 여기서 노동자는 그 전위가 담보하는 '의식'으로 결속되기 이전에 고난의 연대를 통해 각성하고 성장해야 할 존재였다. 서로에 의해 고양된 품성은 훼손과 전락의 위협에 맞서는 자질이 될 터였다. 이렇게 확보되는 도덕적 자발성이 '민중적' 정체성의 한 부분을 이룬다고 할 때, 품성의 공동체 — 민중의 상상은 기성 담론(특히 공동체의 쇄신을 말하는)을 재맥락화함으로써 그 이데올로기적 내용을 탈구축하려는 것이었다고 말할 수 있다. 품성의 공동체로서의 민중은 발전국가가 수용한 '피통치자의 정치'의 또 다른 대응적 양상으로 보인다. 누구도 박해받지 않고 수탈당하지 않는 새 세상이 쇄신된 품성의 공동체를 통해 열리리라는 기대야말로 피통치자들의 기대였다는 점에서다. 특히 그런 점에서 민중 — 고양된 품성론은 '피통치자들의 정치'와는 달리 '도덕적' 발전의 전망을 열어 보인 것이었다.

494 특히 여성 노동자의 수기에서 그런 점은 두드러진다. 노동자 동료들을 통한 성장과 성숙의 이야기에 대한 설명은 김예림, 「노동의 로고스피어」, 『사이』, 15호, 2013. 11. 263쪽 참조.

5

'과학'과 '전위'로

1980년의 광주를 통해 국가와 민중은 이미 그 길을 달리해온 것임이 드러났다. 광주를 겪으며 분명해진 사실은 민중 앞에 먼 가시밭길이 놓여있고 민중이 그 길을 가야 한다는 점이었다. 품성의 공동체를 이룩하는 꿈은 노동자의 고통스러운 밤을 이어가고 있었던 것이다. 1980년대에 들어 쓰이는 노동자 수기는 여전히 힘겨운 노역에 갖가지 위협과 모욕을 피할 수 없는 곳이 노동 현장이며, 가난은 탈출 불가능한 질곡임을 새삼 증언한다. 애써 만든 노동자들의 노조가 분열을 겪는 모습[495]은 품성의 공동체를 이룩하는 일의 어려움을 확인시켜주는 듯도 하다. 그러나 회사의 부당한 처사에 저항하는 노동자들이 싸움을 통해 돌아가려는 곳은 다시 그 '현장'이다.[496] 그들은 고통을 나눔으로써 고난의 연대를 넓혀

495 송효순, 『서울로 가는 길』, 형성사, 1982, 122쪽.

간다.

장남수의 수기 『빼앗긴 일터』(1984)에서 역시 대화적 관계를 통한 정체성의 형성은 자신을 발견하는 방식으로, 플롯을 구성하는 시발점이 된다. 전태일과 노동자 선배들의 이야기가 "충격과 경이의 체험"을 안겨주었으며 "진실하게 살려는 의지와 투쟁이 내 가슴을 뛰게 만들었다."[497]는 것이다. 평범한 여공은 이 선배들과의 동일시를 통해 노동자라는 정체성을 감격적으로 획득한다. "나는 내가 바로 석정남이며 유동우이며 전태일이라는 것을 느꼈다."(25쪽) 물론 화자에게 순교자가 되는 길은 결단의 대상이 아니다. 그들은 어떻게든 살려 하고 살아야 한다. 고난의 연대가 서로를 살려내는, 그럼으로써 자신들이 누구인가를 깨달아가는 방식이라는 것은 이 수기가 체험적으로 부각하고 있는 바다. 여성 노동자들의 수기에서 특별히 같은 처지의 동료들을 비추는 이야기 비중이 큰 이유는 여기에 있는 듯하다. 이 수기는 쟁의 과정에서 투옥된 화자가 감옥에 갇힌 절도범이나 소년범들과 인간적으로 교류하는 장면(101~116쪽)을 제시하고 있거니와, 고난의 연대로서의 민중적 연대는 마땅히 노동자에 국한하지 않을 것이었다.

민중적 연대가 자신들의 말과 법을 찾음으로써[498] 공동체의 공간을 확보하려는 쪽으로 진행되어야 했다면 그 실현의 구체적인 방도인 정치화는 불가피한 길이었다. 정치는 '인종전쟁'을 다른 수단을 통해 수행하는 방식이었다.[499] 정치투쟁을 위한 조직과 이론의 문제는 점차 전면화되

496 위의 책, 143쪽.

497 장남수, 『빼앗긴 일터』, 창작과비평사, 1984, 24쪽.

498 『선봉에 서서—6월 노동자 연대투쟁 기록』(서울노동운동연합, 돌베개, 1986)에 실린 서태원, 엄현영 등의 수기, 149, 151, 152, 153쪽.

499 Michel Foucault, *Society Must be Defended*, p. 48.

기에 이른다. 그 과정에서 지식인의 '기여' 문제가 흔히 쟁점이 되기도 했다. 대체로 이 시기에 쓰인 수기들은 노동계급의 정체성 내지 주도권을 부각하려는 입장에서 학출노동자나 지식인에 대한 위화감을 표현했다. 노동자의 구체적인 삶과 투쟁을 통해 조직과 이론을 일구어내려는 시도는 마땅한 것으로 여겨졌다.

서울노동운동연합이 엮은 1985년 6월 노동자연대투쟁의 기록 『선봉에 서서』에서는 '절대 대학생도 부럽지 않은 내가 되었다'[500]면서 노동자의 쇄신된 정체성을 천명하는 자기선언이 보이기도 한다. 간고한 투쟁을 벌여나가기 위한 의지적 단결은 여전히 강조되고 있었지만, 이제 노동자들을 이끌 것은 '과학적 변혁이론'이고 '노동자 계급의 전위정당'이었다.[501] 연민에 의한 희생으로 시작된 이야기가 마침내 과학으로 무장한 전위적 투사의 출현을 알리는 데 이른 것이다. 노동자가 누구이고 누구여야 하는가는 어느덧 확정된 사항이 된 듯했다. 전위적 투사가 민중을 이끌어야 했다면 민중적 연대 역시 그들을 좇아야 이룩될 것이었다. 과학 내지 전위가 노동해방의 옳은 길을 비출 터였으므로 다른 선택의 여지는 없었다. 이는 반성의 위치잡기가 고정되어온 데 따른 필연적 결과일 수 있다. 즉 과학과 전위가 진리와 정의의 모색을 전유하면서 이를 외부로부터 규정해버렸다는 뜻이다. 최종적 승리를 위해 모든 노동자는 전위적 투사가 되어 정해진 방향과 목적을 향해 주저 없이 나아가야 한다고 했을 때 고뇌 어린 모색과 성찰은 더 이상 필요치 않았다. 희생의 신화가 과학과 전위의 신화로 바뀌어간 과정은 오히려 윤리적 탐구를 제한하는 '강력한' 일체화를 요구한 점에서 역시 '피통치자의 정치'의 한 양

500 김혜숙, 「자랑스런 노동자」, 『선봉에 서서—6월 노동자 연대투쟁 기록』, 166쪽.
501 김미영, 『마침내 전선에 서다』, 노동문학사, 1990.

상이 아닐까하는 생각도 든다. 1980년의 광주를 그린 한 소설(홍희담의 「깃발」, 1988)에서 노동자의 혁명적 지위를 확인한 여공은 노동자가 주도하는 새로운 시작을 나직이 선언하고 있다. 고통스러운 꿈들로 점철된 노동자의 밤은 정녕 새벽을 맞고 있었던가?

참고문헌

자료

김미영, 『마침내 전선에 서다』, 노동문학사, 1990.

민종숙, 「인간시장」, 『대화』, 1977. 4.

서울노동운동연합, 『선봉에 서서—6월 노동자 연대투쟁 기록』, 돌베개, 1986.

석정남, 「인간답게 살고 싶다」, 『대화』, 1976. 11.

석정남, 「불타는 눈물」, 『대화』, 1976.12.

송효순, 『서울로 가는 길』, 형성사, 1982.

유동우, 「어느 돌멩이의 외침」, 『대화』, 1977. 1~3.

장남수, 『빼앗긴 일터』, 창작과비평사, 1984.

전태일, 『내 죽음을 헛되이 말라: 일기·수기·편지 모음: 전태일 전집』, 전태일기념사업회 엮음. 돌베개, 1988.

전태일기념관건립위원회, 『어느 청년 노동자의 삶과 죽음』, 돌베개, 1983.

조영래, 『전태일평전』, 돌베개, 1991.

논문 및 단행본

김예림, 「노동의 로고스피어」, 『사이』, 15호, 2013. 11.

신병헌, 「70년대 지배적인 담론구성체들과 노동자의 글쓰기」, 『산업노동연구』, 12권 1호, 2006.

정종현, 「1970~80년대 노동(자) 문화의 대항적 헤게모니 구축의 독서사」, 〈아래로부터의 글쓰기, 타자의 문학〉, 성균관대학교 동아시아학술원 인문한국연구소 주최 컨퍼런스 (2013. 11. 8.~9).

Chatterjee, Partha, *The Politics of the Governed: Reflections on Popular Politics in Most of the World*, Columbia University Press, 2004.

Foucault, Michel, *Society Must be Defended*, Edited by Mauro Bertani and Alessandro Fontana, Translated by David Macey, Picador, 1997.

Holstein, James A. and Gubrium, Jaber F., *The Self We Live by*, Oxford University Press, 2000.

King, Nicola, *Memory, Narrative, Identity; Remembering the Self*, Edinburgh University Press, 2000.

McAdams, Dan P., *The Stories We Live by: Personal Myths and the Making of the Self*, The Guilford Press, 1993.

찾아보기

인명

기타